btb
Aus Freude am Lesen

btb

Buch

In einer kalten Februarnacht fällt im Privatkrankenhaus Löwanderska in Göteborg der Strom aus. Doktor Sverker Löwander hört den Alarm des Beatmungsgeräts aufheulen und eilt in die Intensivstation. Aber zu spät – der Mann im Respirator ist nicht mehr zu retten. Die Krankenschwester, die bei ihm sein sollte, liegt ermordet auf dem zerstörten Stromaggregat, eine weitere ist spurlos verschwunden.

Als Inspektorin Huss und ihre Kollegen ins Löwanderska kommen, behauptet die einzige Zeugin hartnäckig, eine gewisse Schwester Tekla sei in dieser Nacht auf den Fluren zu sehen gewesen. Was schlichterdings unmöglich ist, denn Schwester Tekla hat sich vor fünfzig Jahren auf dem Dachboden des Krankenhauses erhängt …

Autorin

Helene Tursten wurde 1954 in Göteborg geboren und war lange Jahre als Ärztin tätig, bevor sie sich ganz auf das Schreiben konzentrierte. Mit ihren Kriminalromanen um Inspektorin Irene Huss begeisterte sie Schwedens Kritiker und Publikum auf Anhieb und schrieb sich auch in Deutschland in die Herzen der Krimileser und -leserinnen.

Helene Tursten bei btb

Der Novembermörder. Roman (72554)
Die Tätowierung. Roman (73147)
Tod im Pfarrhaus. Roman (73233)

Helene Tursten

Der zweite Mord

Roman

Aus dem Schwedischen
von Holger Wolandt

btb

Die Originalausgabe erschien 1999 unter dem Titel
»Nattrond« bei Anamma Böcker, Göteborg.

Umwelthinweis:
Alle bedruckten Materialien dieses Taschenbuches
sind chlorfrei und umweltschonend.

Die im Buch zitierten Gedichtzeilen stammen von folgenden Dichtern: S. 308 von Gustaf Fröding aus »Hinauf nach Salem«, S. 308 von Harriet Löwenhjelm, S. 309 von Hjalmar Gullberg aus »Der küssende Wind«, S. 310 von Edith Södergran aus »Wir Frauen« und S. 310 von Hjalmar Gullberg aus »Ich denke daran, mich auf eine lange Reise zu begeben«.

Der btb-Verlag ist ein Unternehmen
der Verlagsgruppe Random House.

Einmalige Sonderausgabe Oktober 2004

Umschlaggestaltung: Design Team München
Umschlagfoto: Wolf Huber
Satz: Uhl + Massopust, Aalen
KR · Herstellung: Augustin Wiesbeck
Made in Germany
ISBN 3-442-73293-X
www btb-verlag.de

PROLOG

»Sie sind sich also ganz sicher, dass es die Krankenschwester auf diesem Bild hier war, die Sie heute Nacht gesehen haben?«

Kriminalkommissar Sven Andersson sah die magere Frau vor seinem Schreibtisch skeptisch an. Sie presste die Lippen zusammen und schien in ihrer Strickjacke aus dicker Wolle versinken zu wollen.

»Ja!«

Langsam und mit einem resignierten Seufzer ging der Kommissar auf den Gang. Zwischen Daumen und Zeigefinger der rechten Hand hielt er das vergilbte Schwarzweißfoto.

Bei jedem der Fenster zögerte er etwas. Schließlich blieb er vor einem stehen. Abwechselnd schaute er auf das Foto, das er in der Hand hielt, und durch das Fenster. Im Licht des neblig grauen Februarmorgens erschienen alle Konturen verschwommen, aber zweifellos war die Aufnahme einmal durch dieses Fenster gemacht worden.

Neben den drei Personen auf dem Bild war links eine junge Birke zu sehen. Als er den Blick hob und durch das Sprossenfenster schaute, hatte er eine riesige Baumkrone vor sich.

Mit zögernden Schritten ging er zu der Frau im Schwesternzimmer zurück. In der Tür hielt er inne und räusperte sich verlegen.

»Also, Schwester Siv. Sie können mein Zögern sicher verstehen.«

Sie wandte ihm ihr mageres, aschfahles Gesicht zu.

»Ich hab sie aber gesehen.«
»Aber zum …«
Er verschluckte das letzte Wort, ehe er fortfuhr:
»Die Frau auf dem Bild ist schon seit fünfzig Jahren tot!«
»Ich weiß. Aber sie war es.«

KAPITEL 1

Die Nachtschwester Siv Persson war gerade auf den Gang getreten, als das Licht erlosch. Die Straßenlaternen warfen einen so schwachen Schein durch die hohen Fenster, dass man sich nur mit Mühe zurechtfinden konnte. Es schien nur im Krankenhaus dunkel geworden zu sein.

Die Schwester blieb wie angewurzelt stehen und sagte in das Dunkel hinein:

»Meine Taschenlampe.«

Sie tastete sich zurück ins Schwesternzimmer. Mithilfe des spärlichen Lichts der Straßenbeleuchtung kam sie bis zum Schreibtisch und ließ sich auf den Stuhl sinken.

Als auf der kleinen Intensivstation der Alarm des Beatmungsgeräts zu schrillen begann, schreckte sie auf. Das Geräusch wurde von der geschlossenen Flügeltür am Ende des Korridors gedämpft, die zwischen Station und Intensivstation lag. Trotz der stabilen Türen war der Alarm in der Stille ohrenbetäubend.

Von ihrem Platz im Schwesternzimmer konnte die Nachtschwester die Tür sehen, die vom Treppenhaus auf die Station führte. Gewohnheitsmäßig warf sie einen Blick über den Korridor. Dann schrie sie auf.

Auf der anderen Seite der Glastür war ein dunkler Schatten aufgetaucht. Dann wurde die Tür aufgerissen.

»Ich bin's nur!«

Die Stimme des Arztes brachte sie zum Verstummen. Sie stand auf.

Wortlos rannte der Arzt durch den Korridor weiter auf die Tür der Intensivstation zu. Die Schwester folgte ihm und orientierte sich im Dunkeln an seinem wehenden weißen Kittel.

Auf der Intensivstation war der Alarm unerträglich schrill.

»Schwester Marianne! Stellen Sie den Alarm ab!«, schrie der Arzt.

Die Nachtschwester auf der Intensivstation antwortete nicht.

»Schwester Siv! Holen Sie eine Lampe!«

Mit schwacher Stimme sagte Schwester Siv:

»Ich … ich habe vorhin meine Taschenlampe hier vergessen, als ich Schwester Marianne dabei geholfen habe, Herrn Peterzén zu betten. Sie liegt auf dem Wäschewagen …«

»Dann holen Sie sie!«

Stolpernd ging sie ein paar Meter auf die Tür zu. Nachdem sie ein paar Sekunden im Dunklen herumgetastet hatte, stießen ihre Finger auf eine harte Plastikoberfläche. Sie griff sich den schweren Koffer und ging mit ihm auf den Arzt zu.

»Bin … bin ich jetzt in Ihrer Nähe?«

Eine Hand auf ihrem Arm ließ sie zusammenzucken. Er riss den Koffer an sich.

»Was ist das? Der Notfallkoffer! Was sollen wir denn damit? Es ist ja pechschwarz!«

»Im Deckel sind der Ambu-Beutel und das Laryngoskop. Das Laryngoskop ist aufgeladen. Damit können Sie leuchten.«

Murrend riss der Arzt den Notfallkoffer auf. Nach einigem Suchen fand er die Lampe, mit deren Hilfe betäubten oder bewusstlosen Patienten der Beatmungstubus in die Luftröhre eingesetzt wurde. Er klappte sie mit einem Klick auf und richtete den schmalen, intensiven Lichtstrahl auf den Mann im Bett.

Jetzt konnte er sich leichter im Zimmer orientieren. Schwester Siv ging langsam auf das Beatmungsgerät neben dem Bett zu und fand den Abstellknopf für den Alarm. Die Stille war ohrenbetäubend, nur die Atemzüge des Arztes und der Schwester waren zu hören.

»Herzstillstand! Wo ist Schwester Marianne? Marianne!«, schrie der Arzt.

Er drückte dem Patienten die Maske des Beatmungsbeutels über Mund und Nase.

»Sie kümmern sich um die Beatmung, ich mache die Herzmassage«, zischte er verbissen.

Die Schwester begann Luft in die reglosen Lungen zu pumpen. Mit den Handballen massierte der Arzt rhythmisch das Brustbein. Während des Wiederbelebungsversuchs wechselten sie kein Wort. Obwohl der Arzt direkt in den Herzmuskel Adrenalin spritzte, gelang es ihnen nicht, das Herz wieder zum Schlagen zu bringen. Schließlich gaben sie auf.

»Es hat keinen Sinn! Verdammt! Wo ist nur Schwester Marianne? Und wieso ist das Notstromaggregat nicht angesprungen?«

Der Arzt nahm das Laryngoskop vom Nachttisch und leuchtete mit seinem dünnen Lichtstrahl in dem kleinen Zimmer der Intensivstation herum. Plötzlich sah Schwester Siv den Wäschewagen. Vorsichtig ging sie, die beiden Hände in Hüfthöhe vor sich ausgestreckt, darauf zu. Mit der rechten Hand stieß sie gegen einen Stapel Laken. Sie ertastete Plastikhandschuhe und Nierenschalen. Schließlich bekam sie ihre Taschenlampe zu fassen und knipste sie an.

Das Licht traf den Arzt direkt in die Augen. Er unterdrückte einen Fluch und hob die Hände.

»Entschuldigung… ich wusste nicht, wo Sie stehen«, stotterte Schwester Siv.

»Ja, ja. Schon in Ordnung. Gut, dass Sie endlich eine richtige Taschenlampe gefunden haben. Leuchten Sie mal, ob Schwester Marianne irgendwo auf dem Boden liegt. Vielleicht ist sie ohnmächtig geworden.«

Aber die Schwester der Intensivstation war nirgends zu sehen.

Im Licht der Taschenlampe entdeckte der Arzt ein Telefon. Er ging darauf zu und nahm den Hörer ab.

»Tot. Funktioniert nicht.«

Nachdem er eine Weile lang nachgedacht hatte, sagte er: »Mein Handy liegt oben im Zimmer des Dienst habenden Arztes. Ich nehme die Taschenlampe und rufe von dort aus den Rettungsdienst an. Dann mache ich mich auf die Suche nach Marianne. Haben Sie sie weggehen sehen?«

»Nein. Seit wir zusammen Herrn Peterzén frisch gebettet haben, habe ich sie nicht mehr gesehen.«

»Sie muss also durch die Hintertür verschwunden sein. Ich nehme denselben Weg und laufe eben durch den OP-Trakt nach oben. Das geht am schnellsten.«

Der Arzt leuchtete auf die Tür, hinter der die Treppe und der Aufzug zum OP im nächsten Stockwerk lagen. Fuhr man mit dem Aufzug in das Stockwerk darunter, kam man dort im Erdgeschoss zur Aufnahme, chirurgischen Ambulanz und Krankengymnastik. Im Keller lagen die Röntgenabteilung, Umkleideräume für das Personal und Maschinenräume, große Flächen, die durchkämmt werden mussten. Aber wenn jemand geeignet war, die Löwander-Klinik zu durchsuchen, dann der Oberarzt der Chirurgie Sverker Löwander.

Er ließ die Schwester im Dunkeln allein. Diese tastete sich zur Tür. Mit zitternden Knien ging sie durch den Flur. Ehe sie ins Schwesternzimmer trat, schaute sie gewohnheitsmäßig durch die Glastür auf die Station.

Das schwache Licht der Straßenlaternen wurde vom bleichen Schein des Vollmonds noch verstärkt. Das kalte Licht strahlte durch die großen Fenster des Treppenhauses herein. Und in diesem Licht bewegte sich eine Frau mit dem Rücken zur Tür. Sie ging die Treppe hinunter. Ihr weißer Kragen hob sich hell vom dunklen Stoff ihres wadenlangen Kleides ab. Auf dem straff zurückgekämmten Haar trug sie eine weiße, gestärkte Haube.

KAPITEL 2

Dr. Sverker Löwander blieb vor der Tür der Intensivstation stehen und ließ den Lichtkegel über die Treppen streichen. Nichts. Rasch stieg er die Stufen zum Obergeschoss hinauf. Auf der letzten blieb er stehen und bewegte den Lichtstrahl langsam über den Treppenabsatz vor den Operationssälen. Alles war wie immer. Zwei Liegen standen links vor der Tür zum Lager. Neben der Treppe lag der Aufzugsschacht. Er ging darauf zu, leuchtete durch das kleine Fenster der Tür und stellte fest, dass sich der Aufzug nicht in diesem Stockwerk befand. Dann machte der Arzt eine halbe Kehrtwende und richtete den Strahl auf die Tür, die zu den Operationssälen führte. Sein Schlüsselbund klapperte, bis er endlich den Generalschlüssel gefunden hatte.

Hinter der Tür zum Operationstrakt war alles still. Der Geruch von Desinfektionsmitteln kitzelte ihn in der Nase. Er schaute hastig in die zwei Vorräume der Operationssäle. Auch dort war alles wie immer.

Eilig ging er durch den OP-Trakt, öffnete die Tür am entgegengesetzten Ende des Korridors und befand sich jetzt im kleineren Treppenhaus. Er blieb stehen und leuchtete durch das Fenster des zweiten Aufzugs. Wenn er die Taschenlampe nach unten hielt, konnte er das Aufzugdach sehen.

Auf der anderen Seite des Treppenhauses lag der Verwaltungsflur. Er rüttelte an den Türen der Oberschwester, der Sekretärin und seines eigenen Büros. Alle waren verschlossen.

Die letzte Tür führte zu einer kleinen Wohnung für den Arzt, der Bereitschaft hatte.

Er trat ein und suchte in seiner Aktentasche nach seinem Handy. Mit leicht zitternden Händen wählte er 112.

Die Notrufzentrale versprach ihm, so schnell wie möglich einen Streifenwagen zu schicken. Sie wollten auch dem Notdienst der Stadtwerke Bescheid geben, es war jedoch nicht sicher, wann der Elektriker kommen würde.

Sverker Löwander langte nach dem Telefonbuch, das erfreulicherweise auf dem Schreibtisch lag. Mit der Taschenlampe zwischen den Zähnen, ging er die unzähligen Bengtssons Göteborgs durch. Zum Schluss glückte es ihm, Folke Bengtsson, Hausmeister, Solrosgatan 45, zu finden. Es dauerte eine Weile, bis es ihm gelang, die Situation zu erklären, erst der schlaftrunkenen Frau Bengtsson und dann Folke Bengtsson selbst. Dieser verstand schnell, wie ernst die Lage war, und versprach, sich sofort hinters Steuer zu setzen.

Als Sverker Löwander das Telefon weglegte, merkte er, dass ihm der Schweiß herunterlief. Er holte ein paar Mal tief Luft, ehe er die Tür öffnete und wieder auf den Gang trat. So schnell er es wagte, ging er die Treppe hinunter. Vor dem Stationstrakt blieb er stehen. Vorsichtig öffnete er die Tür der im Dunkel liegenden Station. Schwester Siv saß vor dem Schwesternzimmer auf dem Fußboden und schluchzte. Sie hatte die Knie eng an die Brust gezogen und wiegte sich hin und her. Als sie den Arzt sah, wurde aus dem Schluchzen ein lautes Heulen.

»Sie … sie! Ich habe sie gesehen!«

»Wen?«, fragte der Arzt etwas schärfer als beabsichtigt.

»Das Gespenst! Schwester Tekla!«

Sprachlos sah Sverker Löwander auf die tränenüberströmte Krankenschwester hinab. Ein paar Sekunden lang stand er reglos da und dachte nach.

»Hier! Nehmen Sie die Taschenlampe und gehen Sie ins Schwesternzimmer.« Willenlos trottete sie hinter ihm her und ließ sich auf den Schreibtischstuhl drücken.

Sverker Löwander stürmte durch die Tür der Station die Treppe hinunter ins Erdgeschoss. Der helle Mondschein erleichterte sein Vorwärtskommen. In der großen Eingangshalle sah er sich gezwungen, seine Schritte zu verlangsamen. Hier zwischen den Pfeilern des Jugendstilgewölbes war das Dunkel undurchdringlich. Als er sich zur Eingangstür vorgetastet hatte und diese gerade öffnen wollte, lief es ihm eiskalt den Rücken herunter. Er wurde beobachtet. Er hatte das Gefühl, jemand stehe zwischen den Pfeilern und sehe ihn an. Er tastete sich zum Schloss vor. Als sich die schwere Tür endlich öffnete, hätte er beinahe vor Erleichterung geschrien. Die frische Nachtluft kühlte seine feuchte Stirn, und er holte tief Luft.

»Ich habe das gesamte Obergeschoss durchsucht. Nirgends auch nur eine Spur von Schwester Marianne. Sie scheint auch nicht im Zwischengeschoss zu sein. Wahrscheinlich ist sie im Untergeschoss oder im Keller. Wenn sie nicht in den Park gegangen ist.«

Dr. Löwander versuchte die Polizisten schnell auf den letzten Stand zu bringen, was seine Suche nach Marianne Svärd anging. Bengtsson, der Hausmeister, hatte seine eigene Taschenlampe dabeigehabt, und war bereits im Keller, um nachzusehen, was mit der Stromversorgung und dem Notstromaggregat los war.

Auch die beiden Polizisten hatten starke Taschenlampen. Die drei Männer standen in der großen dunklen Eingangshalle und sprachen miteinander. Der ältere der beiden Polizisten hatte sich als Polizeihauptmeister Kent Karlsson vorgestellt. Er ließ den Lichtkegel über die Wände der großen Eingangshalle gleiten. Dr. Löwander konnte sich mit einer gewissen verärgerten Erleichterung davon überzeugen, dass sich niemand zwischen den Pfeilern verbarg.

»Wenn Sie uns die Schlüssel geben, drehen Jonsson und ich hier oben auf dem Stockwerk eine Runde und …«

»Hallo! Hilfe! Da ist sie!«

Ein Ruf aus der Unterwelt unterbrach den Polizeihauptmeister. Ein schwankendes Licht wurde auf der Kellertreppe sichtbar, stolpernde Schritte waren zu hören. Die Taschenlampe des Hausmeisters kam über der letzten Treppenstufe zum Vorschein, sie blendete sie so, dass sie ihn im Gegenlicht nicht sehen konnten. Umso deutlicher war seine aufgeregte Stimme zu hören:

»Hier ist Schwester Marianne!«

»Wo?«, fragte Dr. Löwander scharf.

»In der Elektrozentrale… Ich glaube… ich glaube, sie ist… tot.«

Bei den letzten Worten versagte Bengtssons Stimme, nur ein heiseres Keuchen war zu hören. »To…ot!«, flüsterte das Echo zwischen den Pfeilern.

Sie lag über dem Notstromaggregat vornübergebeugt. Die Männer in der Tür sahen nur ihre Beine und ihren Hintern. Sie trug lange Hosen. Kopf und Arme hingen über die andere Seite. Ihre kurze Kittelbluse legte einen Teil des Rückens frei. Dr. Löwander sah, dass ihr ein Schuh fehlte. Vorsichtig ging er um das Aggregat herum. Er beugte sich vor und fühlte pflichtschuldigst nach dem Puls der Halsschlagader. Aber die Totenstarre hatte bereits eingesetzt. Ihr dicker, dunkler Zopf schleifte auf dem Boden. Ein scharfer, rotblauer Streifen lief um ihren Hals herum.

»Sie ist tot«, sagte er tonlos.

Polizeihauptmeister Karlsson übernahm das Kommando.

»Wir verlassen jetzt diesen Raum. Fassen Sie nichts an. Ich lasse Verstärkung kommen.«

Dr. Löwander nickte und trottete gehorsam hinter den anderen her.

»Wir müssen zu Schwester Siv auf die Station. Sie ist da oben ganz allein«, sagte er.

Polizeihauptmeister Karlsson sah ihn erstaunt an.

»Nachtschwestern sind es doch wohl gewöhnt, nachts allein zu sein?«

»Natürlich. Aber sie hat einen Schock erlitten.«

»Warum das?«

Dr. Löwander zögerte.

»Sie glaubt, dass sie ein Gespenst gesehen hat.«

Er sagte das unbeschwert, in der Hoffnung, dass die Polizisten dem nicht allzu viel Bedeutung beimessen würden. Hastig drehte er sich zu Bengtsson um und meinte:

»Begleiten Sie mich doch bitte nach oben zu Schwester Siv.«

Er streckte die Hand nach Bengtssons Taschenlampe aus und eilte auf die Treppe zu. Folke Bengtsson ging dankbar hinter ihm her.

Bereits gegen sieben Uhr morgens trafen Kommissar Sven Andersson und Inspektorin Irene Huss in der Löwander-Klinik ein.

Die beiden Kriminalbeamten stiegen aus dem blauen Volvo, den der Kommissar direkt vor dem großen Eingang der Klinik geparkt hatte. Beide blieben stehen und betrachteten eingehend das imposante Gebäude. Das Krankenhaus war aus braunroten Ziegeln erbaut. Das protzige Entree führte in ein Treppenhaus, das in einer halbrunden Ausbuchtung in der Mitte des Bauwerks lag. Portal und Fenster waren von aufwendigen Stuckaturen umgeben. Auf beiden Seiten des geschnitzten Portals wachten griechische Götter. Beide waren aus Marmor.

Sie stießen das schwere Portal auf. Inspektor Fredrik Stridh saß auf einem Stuhl im Entree und erwartete sie bereits. Er saß nicht einfach nur da, um seine müden Beine auszuruhen, sondern weil er etwas auf einem Block notierte. Als er seine Kollegen sah, sprang er schnell auf und kam ihnen entgegen.

»Hallo. Guten Morgen«, sagte Kommissar Andersson zu seinem jüngsten Inspektor.

Energisch begann Stridh Bericht zu erstatten:

»Morgen! Der Tatort ist von der Streife gesichert. Der Mann von der Spurensicherung war bereits bei der Arbeit, als ich gegen halb vier ankam. Malm sagt, es wirke so, als sei die Frau erwürgt worden.«

Der Kommissar nickte.

»Warum warst du erst um halb vier hier?«, fragte er.

»Ich war noch auf einen Sprung in Hammarkullen und habe mir einen Burschen angeschaut, der kurz vor Mitternacht aus dem achten Stock gefallen ist. Es waren mehrere Personen in der Wohnung, und das Fest war noch in vollem Gange. Entweder haben sie ihn alle aus dem Fenster geworfen, oder er ist selbst gesprungen. Mal abwarten, was die Gerichtsmedizin dazu sagt. Apropos Gerichtsmediziner, da kommt gerade einer.«

Sie sahen durch die dicke Glasscheibe der Außentür. Ein weißer Ford Escort sauste durch die Einfahrt und blieb mit quietschenden Reifen hinter dem Wagen des Kommissars stehen. Die Fahrertür öffnete sich, und eine feuerrote Mähne kam über dem Autodach zum Vorschein.

»Yvonne Stridner!«, stöhnte Kommissar Andersson.

Inspektorin Irene Huss war irritiert, als sie den Tonfall ihres Chefs hörte. Sie hoffte nur, dass er sein Temperament zügeln konnte, sodass sie auch wirklich alle Auskünfte von Yvonne Stridner erhalten würden. Sie war unerhört tüchtig und wusste das auch. Vermutlich war sich der Kommissar darüber ebenfalls im Klaren, denn er trottete vor und hielt Frau Professor Yvonne Stridner die Tür auf. Diese nickte gnädig.

»Guten Morgen. Jaha, Herr Andersson, die Mordkommission ist also auch schon hier.«

Der Kommissar murmelte etwas vor sich hin.

»Wo ist die Leiche?«, fragte Frau Professor Stridner geschäftsmäßig.

Fredrik Stridh führte sie die Treppe hinunter in den Keller.

»Das Opfer wurde als die Krankenschwester Marianne Svärd identifiziert, achtundzwanzig Jahre alt, mittelgroß, graziler Körperbau. Liegt auf dem Bauch quer auf einem Motor … aha … dem Notstromaggregat der Klinik. Die Kleider sind in Ordnung. Ihr fehlt der Schuh am rechten Fuß. Der Rigor mortis lässt darauf schließen, dass sie schon seit mindestens sechs Stunden tot ist. Wahrscheinlich etwas länger. Die Livores mortis der am weitesten unten liegenden Körperteile sprechen ebenfalls dafür. Ich messe die Körpertemperatur gleich vor Ort. Die Zimmertemperatur ist laut Thermometer an der Wand neunzehn Grad.«

Yvonne Stridner schaltete ihr Taschendiktiergerät ab und begann, den toten Körper zu untersuchen. Der Polizeitechniker Svante Malm versuchte, ihr dabei nicht im Weg zu stehen. Kommissar Andersson zog seine beiden Untergebenen nach draußen in den Korridor und zischte:

»Mit Malm da drinnen geht es ja noch, aber mit der Stridner bekomme ich keine Luft mehr. Was hast du rausgekriegt?«

Die Frage war an Fredrik Stridh gerichtet. Dieser nahm seinen Block aus der Tasche, leckte sich am Daumen und fing an zu blättern.

»Alarm bei der Notrufzentrale um null Uhr siebenundvierzig. Dr. Sverker Löwander ruft auf dem Handy an und meldet, dass es in der Löwander-Klinik einen Stromausfall gebe. Das Notstromaggregat sei ausgefallen. Gleichzeitig werde eine Schwester vermisst. Die Streife war um zehn nach eins bei der Klinik. Dr. Löwander empfing sie im Eingang. Gleichzeitig kam der Hausmeister der Klinik, Folke Bengtsson. Da Bengtsson eine Taschenlampe dabeihatte, bat ihn Dr. Löwander, gleich runterzugehen und nachzuschauen, was mit dem Notstromaggregat nicht in Ordnung sei. Die Schwester wurde also vom Hausmeister in dem Kellerraum gefunden, in dem sich die Elektrozentrale und das Notstromaggregat befinden.«

Hier sah sich Fredrik Stridh gezwungen, Atem zu holen. Der Kommissar warf rasch eine Frage ein:

»Was war mit dem Licht nicht in Ordnung? Jetzt sind doch alle Lampen an?«

Er deutete mit der Hand auf eine der Leuchtstoffröhren an der Decke.

»Bengtsson entdeckte den Fehler. Er leuchtete auf den Sicherungskasten und sah, dass jemand den Hauptschalter umgelegt hatte. Er schaltete den Strom einfach wieder ein.«

»Und was war mit dem Notstromaggregat?«

»Jemand hatte alle Kabel abgeknipst. Da war nichts zu machen.«

Andersson zog die Augenbrauen bis zum nicht vorhandenen Haaransatz hoch.

»Noch mehr von Interesse?«

»Der fehlende Schuh des Opfers wurde im Aufzug gefunden. Von mir. Eine stabile Sandale, Marke Scholl.«

»Das Opfer. Was weißt du über sie?«

»Dr. Löwander hat sie als Marianne Svärd identifiziert. Eine der Nachtschwestern der Löwander-Klinik.«

»Hast du mit ihm gesprochen?«

»Ja. Offenbar war er über Nacht in der Klinik geblieben, weil einer der Patienten beatmet werden musste. Ein alter Mann, der am Vormittag operiert worden war. Er starb übrigens infolge des Stromausfalls.«

Der Kommissar holte tief Luft.

»Noch eine Leiche!«

Inspektor Stridh verlor den Faden und sagte etwas verwirrt:

»Nun … also … das Beatmungsgerät hörte auf zu funktionieren. Er bekam keine Luft mehr. Er lag auf der Intensivstation. Dr. Löwander und die alte Schwester, die nachts auf der Station Dienst tut, haben versucht, ihn zu reanimieren. Vergeblich. Dabei haben sie auch bemerkt, dass das Opfer … Schwester Marianne … nirgendwo zu finden war.«

Inspektorin Irene Huss sah ihren Kollegen nachdenklich an.

»Das deutet darauf hin, dass sie schon vor dem Stromausfall nicht mehr an ihrem Platz war«, stellte sie fest.

Fredrik Stridh zuckte mit den Achseln und meinte:

»Offenbar. Es hat ganz den Anschein.«

Kommissar Andersson sah grimmig aus.

»Es sind hier in der Klinik heute Nacht also zwei Menschen gestorben.«

»Was hatte die andere Schwester zu sagen?«, fragte Irene.

Fredrik Stridh schnaubte, unüberhörbar:

»Als ich kam, wirkte sie noch ziemlich gesammelt. Aber als ich sie nach den Ereignissen der Nacht befragte, begann sie laut zu heulen. Die Dame heißt übrigens Siv Persson. Sie behauptet, dass hier heute Nacht ein Gespenst umgegangen sei und Schwester Marianne ermordet habe! Sie hat sogar ein Foto geholt, das in irgendeinem Schrank lag, und hat es mir gezeigt. Eine der Personen auf dem Foto ist ihr offenbar erschienen.«

Fredrik Stridh wurde von der Pathologin unterbrochen, die auf den Korridor trat.

»Jetzt können Sie sie abtransportieren lassen. Der Techniker ist gleich mit der Spurensicherung fertig«, sagte Professorin Stridner.

Irene sah, wie Svante Malm breite Klebestreifen auf Marianne Svärd befestigte. Weder sollten wichtige Spuren versehentlich verloren gehen noch neue hinzukommen.

Die Pathologin sah Andersson scharf an, dieser duckte sich unbewusst.

»Ein außerordentlicher Fall, Herr Andersson. Deswegen wollte ich mir den Tatort auch ansehen. Manchmal sagt einem der eine ganze Menge.«

»Und was sagt uns dieser? Wie ist sie gestorben?«, erdreistete sich Irene zu fragen.

Yvonne Stridner sah sie erstaunt an, als würde sie erst jetzt bemerken, dass sie mit dem Kommissar nicht allein in dem Kellergang stand. Dann antwortete sie mit hochgezogenen Brauen:

»Sie wurde erdrosselt. Mit einer Schlinge. Der Raum, in dem sie gefunden wurde, ist wahrscheinlich nicht der Tatort. Der Schmutz auf den Fersen lässt darauf schließen, dass sie hergeschleift wurde. Wahrscheinlich hat der Mörder nur die

Tür geöffnet und sie in den Raum gestoßen. Deswegen ist sie auch auf dem Notstromaggregat gelandet. Sie ist irgendwann um Mitternacht gestorben.«

Es wurde still im Kellerkorridor. Nach einer Weile fragte Irene:

»Liegt die Schlinge noch um ihren Hals?«

»Nein. Aber sie hat einen tiefen Abdruck hinterlassen. Der Mörder hat kräftige Finger. Ich fahre jetzt in die Pathologie. Ich obduziere sie heute Nachmittag.«

Der Kommissar versuchte es mit seiner üblichen aussichtslosen Charmeoffensive:

»Sie können nicht schon mal am Vormittag einen Blick auf sie werfen?«

»Nein. Bis zum Mittagessen obduziere ich mit meinen Doktoranden.«

Die Gerichtsmedizinerin eilte mit klappernden Absätzen die Kellertreppe hinauf und ließ eine Wolke teuren Parfüms zurück.

Irene fragte sich, was der Kommissar wohl sagen würde, wenn sie ihn darüber aufklärte, dass das Parfüm von Frau Professor Stridner Joy hieß …

Bei dem Polizistentrio machte sich nachdenkliches Schweigen breit. Schließlich wurde es von Andersson gebrochen:

»Außer Marianne Swärd haben heute Nacht offenbar nur noch zwei Personen in der ganzen Klinik Dienst gehabt. Dr. Löwander und die Krankenschwester … Siv Persson. Stimmt das, Fredrik?«

»Ja. Aber sie waren nicht allein. Auf der Station liegen sechs Patienten. Plus der Alte am Beatmungsgerät.«

»Irene und ich reden mit dem Doktor und Schwester Siv. Fredrik, du fährst ins Präsidium und schickst zwei, drei von unseren Leuten hierher. Sie sollen sich in der Gegend umhören und außerdem die übrigen Patienten vernehmen. Dann kannst du nach Hause fahren und dich hinlegen.«

»Aber ich bin nicht müde.«

»Kein Aber. Die Anweisung von oben ist mehr als klar. Weniger teure Überstunden!«

Der Kommissar wedelte Stridh mit dem Zeigefinger vor der Nase herum. Der Inspektor widersprach nicht und zog ab.

Dr. Sverker Löwander sah erschöpft aus. Der Schlafmangel hatte tiefe Furchen um seine Augen hinterlassen. Er schien unter seinem Arztkittel nichts anzuhaben, außerdem war er falsch zugeknöpft. Mit geschlossenen Augen saß er tief im Sessel der Bereitschaftswohnung und hatte den Kopf gegen die hohe Lehne gestützt. Die Muskeln in seinem Gesicht zuckten, und er bewegte unruhig den Kopf hin und her. Offenbar hatte er Mühe, eine entspannte Stellung zu finden. Schweigend standen Kommissar Andersson und Inspektorin Huss in der Tür und betrachteten ihn. Schließlich räusperte sich der Kommissar laut und trat ins Zimmer. Der Arzt zuckte zusammen und schlug die Augen auf. Hastig fuhr er sich mit den Fingern durchs volle Haar. Was nicht viel half. Er sah immer noch gleich verschlafen aus.

»Entschuldigen Sie, wenn ich Sie geweckt habe. Ich bin Kriminalkommissar Sven Andersson. Das hier ist Inspektorin Irene Huss.«

»Natürlich … wie spät ist es?«

Der Kommissar schaute auf seine Armbanduhr. Es war eine Digitaluhr, ein Geschenk von der Tankstelle, bei der er Stammkunde war.

»Viertel nach acht.«

»Danke. In einer Viertelstunde kommt mein erster Patient.«

»Wollen Sie sich heute Morgen wirklich in den Operationssaal stellen?«

»Ja. Ich muss. Ich muss an die Patienten denken. Gott sei Dank sind für heute keine größeren Sachen geplant.«

»Schaffen Sie das? Nach so einer Nacht?«

Sverker Löwander warf ihm einen müden Blick zu und rieb sich das eine Auge.

»Ich muss. Die Patienten kommen zuerst. Viele haben sich extra freigenommen. Sie würden es nicht verstehen.«

Eine Weile betrachteten die beiden Beamten den Arzt schweigend. Schließlich zog der Kommissar einen zerknitterten Block aus der Manteltasche und begann erfolglos alle anderen Taschen zu durchwühlen. Sverker Löwander verstand, was das bedeutete, und reichte ihm einen Stift aus seiner Brusttasche, einen Reklamekuli aus dunkelblauem Plastik mit einer goldenen Aufschrift: »Löwander-Klinik – für erfolgreiche Behandlung!«

»Geht das, dass ich Ihnen ein paar Fragen stelle?«

»Ja. Natürlich. Wenn es nicht so lange dauert. Wir können für heute Nachmittag einen Termin ausmachen. Da habe ich mehr Zeit. Nach halb fünf wäre optimal.«

»Okay. Dann lassen Sie mich jetzt nur eine kurze Frage stellen. Warum haben Sie unter Ihrem Kittel nichts an?«

Sverker Löwander zuckte zusammen und sah bestürzt auf seinen falsch geknöpften Baumwollkittel.

»Danke, dass Sie mich darauf hinweisen! Das hatte ich vollkommen vergessen. Ich muss etwas anziehen, ehe ich gehe…«

Er war bereits halb aus dem Sessel, als er wieder zurücksackte. Langsam fuhr er fort:

»Ich hatte geduscht und dann habe ich noch im Bett gelesen. Gestern war wirklich ein anstrengender Tag mit vielen Operationen. Gar nicht zu reden von der Komplikation bei Nils Peterzén. Gerade als ich das Licht ausmachen wollte, fiel der Strom aus. Mein erster Gedanke war natürlich das Beatmungsgerät. Auch wenn ich mir keine allzu großen Sorgen gemacht habe. Schwester Marianne ist… war eine sehr tüchtige Intensivschwester.«

Er unterbrach sich und seufzte laut. Der Kommissar schob eine Frage ein:

»Haben Sie in Kleidern auf dem Bett gelegen?«

»Nein. Ich hatte tatsächlich die Absicht zu schlafen. Peterzéns Zustand war stabil. Wo war ich? Ach so. Der Strom fiel aus. Ich lag da und wartete darauf, dass das Notstromaggregat anspringen würde. Aber das tat es nicht. Und als ich hörte, dass der Alarm des Beatmungsgeräts losschrillte, sprang ich aus dem Bett. In aller Eile zog ich Hosen und Kittel an. Seitdem habe ich keine ruhige Minute mehr gehabt. Ich hatte keine Zeit, darüber nachzudenken, wie ich aussehe.«

Löwander stand auf und kniete sich gleich wieder hin. Er spähte unter das Sitzmöbel und unter das Bett und entdeckte, was er suchte. Das T-Shirt war unter das Bett geraten.

»Entschuldigen Sie. Ich muss mich beeilen. Um halb fünf können wir uns weiterunterhalten.«

Der Arzt hielt den Polizisten die Tür auf.

Irene setzte sich auf einen Holzstuhl neben der Tür, um bei der ersten Vernehmung der Nachtschwester Siv Persson dabei zu sein.

»Schwester Siv, Sie verstehen vermutlich, wie schwer es uns fällt, an ein Gespenst als Mörder zu glauben«, begann Andersson vorsichtig.

Siv Persson presste die Lippen zusammen, ohne zu antworten. Der Kommissar sah nachdenklich auf die Fotografie, die er immer noch in der Hand hielt.

»Wie würden Sie sie beschreiben, Schwester Siv?«, fuhr der Kommissar fort.

»Sie brauchen mich nicht mit Schwester anzureden, Herr Kommissar. Sie können auch Frau Persson sagen.«

»Gut.«

Er sah wieder auf das alte Foto.

»Sah sie so aus wie auf diesem Bild?«

»Ja, genauso.«

Das Bild war von oben und aus großer Entfernung aufgenommen. Der Kommissar wusste sogar, von welchem Fenster des Korridors aus es gemacht worden war. Das hatte er gerade erst überprüft. Ganz rechts war ein großer schwarzer Wagen zu sehen. Ein kräftiger Mann hielt einer bedeutend kleineren

Frau die Beifahrertür auf. Ihr Gesicht war nicht zu sehen, da sie ihren Hut fest hielt. Offensichtlich ging ein starker Wind. Die Hand und der Mantelärmel verdeckten ihr Gesicht. Dass es sehr stark windete, war auch daran zu erkennen, dass der helle Mantel des Mannes flatterte und die Äste der kleinen Birke ganz links im Bild zur Seite gedrückt wurden. Zwischen dem Baum und den beiden am Auto stand die Krankenschwester.

Sie wendete dem Betrachter das Profil zu. Obwohl das Bild von oben aufgenommen worden war, konnte man sehen, dass sie eine große Frau war. Sie trug eine Schwesterntracht: weiße Haube mit gekräuselter Borte und einem schwarzen Band, weißer Kragen, weiße Manschetten, wadenlanges schwarzes Kleid und schwarze Schuhe mit kräftigem Absatz. Es war zu erkennen, dass das hoch gesteckte Haar unter der Haube blond war. In beiden Händen trug sie eine Reisetasche.

Langsam drehte der Kommissar das Foto um und las das Datum in schwarzer Tinte und zierlicher Handschrift. »2. Mai 1946.« Das war alles.

»Wo haben Sie dieses Bild her?«, fragte Andersson.

»Das existiert, seit ich hier auf der Station arbeite. Schwester Gertrud hat es mir gezeigt.«

»Arbeitet sie immer noch hier auf der Station?«

»Nein, sie ist letztes Jahr gestorben. Sie wurde exakt neunzig.«

Schwester Siv sah dem Kommissar direkt in die Augen, die von den dicken Gläsern eines unmodernen Brillengestells unnatürlich vergrößert wurden. Zögernd fuhr sie fort:

»Schwester Gertrud fing im Herbst ’46 in der Löwander-Klinik an. Sie übernahm den Dienst der Stations- und Oberschwester von Schwester Tekla. Gertrud ist Schwester Tekla nie im Leben begegnet. Nur als Toter.«

Siv Persson machte eine Pause und streckte die Hand nach dem Foto aus. Der Kommissar reichte es ihr. Nachdenklich betrachtete sie es.

»Gertrud fing natürlich den Klatsch auf und erzählte ihn mir weiter. Schwester Tekla war eine elegante Frau.«

Schwester Siv verstummte. Als sie fortfuhr, klang ihre Stimme eindeutig verlegen.

»Das hier habe ich nur aus zweiter Hand … aber Dr. Löwander und Schwester Tekla sollen eine Affäre gehabt haben.«

Kommissar Andersson zuckte zusammen.

»Augenblick! Mit Dr. Löwander habe ich doch eben erst geredet. Er kann noch kaum auf der Welt gewesen sein, als Schwester Tekla hier gearbeitet hat!«

Siv Persson schüttelte den Kopf.

»Ich meine natürlich den alten Doktor, Hilding Löwander, den Vater von Sverker Löwander.«

Natürlich. Liegt doch nahe, dachte Irene. Kommissar Andersson kam sich sicher genauso dumm vor, wie er jetzt aussah. Schließlich hieß das Krankenhaus Löwander-Klinik.

»Offenbar bekam seine Frau Wind von der Affäre und verlangte, dass Schwester Tekla das Krankenhaus umgehend verlassen sollte. Das Krankenhaus gehörte nämlich Frau Löwander. Sie hatte es von ihren Eltern geerbt.«

»Die Mutter von Sverker Löwander war also sehr reich?«

»Ja.«

»Und wie war sein Vater … Hilding?«

»An Hilding Löwander kann ich mich noch sehr gut erinnern. Er war einer der Ärzte der alten Schule. Niemand wagte ihm zu widersprechen. Er operierte noch mit fast fünfundsiebzig Jahren.«

»Und was wurde aus Schwester Tekla?«

»Gertrud sagte, dass Hilding Löwander etwas mit Schwester Tekla gehabt hätte. Sie war etwas über dreißig, und er war fast zwanzig Jahre älter. Das Merkwürdige ist, dass sich Frau Löwander zunächst nicht weiter darum kümmerte, das sagt jedenfalls der Klatsch. Die drei fuhren sogar übers Wochenende weg und machten zusammen Ferien. Laut Gertrud wurde dieses Bild heimlich bei einer solchen Gelegenheit aufgenommen.«

Andersson nahm das Bild wieder in Empfang und schaute es sich mit erneutem Interesse an. Siv Persson fuhr fort:

»Löwanders waren schon viele Jahre verheiratet, als die Frau plötzlich schwanger wurde. Sie war bestimmt schon über vierzig. Damals verlangte sie auch, dass Schwester Tekla das Feld räumen sollte. Irgendwie gelang es Schwester Tekla, eine Arbeit in Stockholm zu finden. Im Herbst '46 zog sie um. Danach hörte niemand mehr etwas von ihr, bis März '47. Da wurde sie erhängt hier auf dem Dachboden gefunden. Sie hatte Selbstmord begangen.«

In dem kleinen Zimmer wurde es still. Irene merkte, dass der Kommissar nicht recht wusste, wie er mit der Schwester und ihrer Geschichte umgehen sollte. Offenbar glaubte sie wirklich, die tote Schwester Tekla in der Nacht gesehen zu haben. Mehr um das Schweigen zu brechen, fragte Irene:

»Wie sind Sie an dieses Foto gekommen?«

»Gertrud hat es gefunden, als der alte Medizinschrank umfunktioniert werden sollte. Sie und eine Kollegin räumten die ganzen alten Medikamente aus. Da fand sie dieses Bild unten im Schrank unter einem Reservebrett. Sie wussten nicht, was sie damit anfangen sollten, daher legten sie es einfach zurück. Seither ist es gewissermaßen Geheimgut der Schwestern. Das Bild hat dort all die Jahre gelegen, und allen neu anfangenden Schwestern wurde es gezeigt. Allen hat man natürlich vom Krankenhausgespenst erzählt. Und dann hat man immer dieses Bild hervorgesucht.«

»Um zu zeigen, dass die Geschichte wahr ist?«

»Das ist sie auch! Gertrud hat selbst dabei geholfen, Schwester Tekla abzuschneiden. Sie hatte einige Tage oben auf dem Speicher gehangen, und schließlich war jemand … der Geruch aufgefallen.«

»Und Sie glauben wirklich, dass sie hier umgeht?«

»Viele haben sie in all den Jahren gesehen. Ich selbst habe sie nur gehört … heute Nacht habe ich sie zum ersten Mal gesehen.«

Sie verstummte und sah den Kommissar aus den Augenwinkeln an. Irene beeilte sich zu fragen:

»Was meinen Sie damit, dass Sie sie gehört haben?«

Schwester Siv antwortete nur zögernd:

»Die Steckbecken klappern im Spülraum, ohne dass jemand dort ist. Kittel rascheln in den Korridoren. Einmal habe ich selbst einen eiskalten Luftzug neben mir gespürt. Niemand vom Personal ist zwischen zwölf und eins gern auf den Gängen.«

»Verstehe. Was machen Sie in dieser Zeit?«

»Normalerweise trinken wir Kaffee. Im Schwesternzimmer der Station.«

»Sie und die Schwester der Intensivstation?«

»Ja.«

»Sind Sie dann allein hier?«

»Ja.«

»Aber nach zwölf bekommen Sie Verstärkung von der guten Tekla?«

»Zwischen zwölf und eins. Sie zeigt sich nie nach eins.«

»Ein klassisches Gespenst, das sich an die Geisterstunde hält. Was passiert, wenn Sommerzeit ist? Kommt sie dann zwischen eins und zwei?«, warf Andersson ein.

Schwester Siv war sich bewusst, dass er sich über sie lustig machte. Missbilligend verzog sie den Mund.

Um von den Gespenstern abzulenken, fragte Irene:

»Wie lange hat Marianne Svärd hier gearbeitet?«

Erst hatte es den Anschein, als wolle Siv Persson nicht antworten. Nach einer Weile putzte sie sich mit einem Papiertaschentuch die Nase und sagte:

»Fast zwei Jahre.«

»Was hatten Sie für ein Verhältnis zu ihr?«

Schwester Siv dachte lange nach, ehe sie antwortete:

»Sie war eine sehr tüchtige Krankenschwester. Sie konnte mit all diesen neumodischen Apparaten umgehen. Ich gehe bald in Rente und kann das nicht.«

»Wie war sie als Mensch?«

»Sie war freundlich und nett. Hilfsbereit.«

»Kannten Sie sich gut?«

Die Schwester schüttelte den Kopf.

»Nein. Man konnte sich gut mit ihr unterhalten, aber wenn wir anfingen, über Familie und solche Dinge zu reden, war sie ausweichend.«

»War sie verheiratet?«

»Nein. Geschieden.«

»Hatte sie Kinder?«

»Nein.«

Irene fielen keine weiteren Fragen mehr ein. Die kleine, graue Schwester schien noch weiter in ihrer Wolljacke zu versinken. Ihr Gesicht war müde und mitgenommen. Das sah sogar der Kommissar und sie schien ihm Leid zu tun.

»Soll ich jemanden bitten, Sie nach Hause zu fahren?«, fragte er mit seiner freundlichsten Stimme.

»Nein, danke. Ich wohne nur einen Steinwurf von hier entfernt.«

KAPITEL 3

Irene stellte bald fest, dass keiner der stationären Patienten etwas zur Ermittlung beitragen konnte.

Alle vier Patientinnen waren vom Alarm des Beatmungsgeräts geweckt worden. Benommen von Schmerz- und Schlafmitteln waren sie aber bald wieder eingeschlafen. Zwei Frauen hatten bandagierte Brüste, die anderen beiden hatten gewaltige Verbände um den Kopf. Aus den Verbänden hingen Wunddrainagen, die mit Blut gefüllt waren.

Die beiden männlichen Patienten der Station waren überhaupt nicht aufgewacht.

Die Schwester, die tagsüber Dienst hatte, Ellen Karlsson, war eine robuste Frau mittleren Alters. Mit ihrem grau melierten Pagenkopf und ihren braunen Augen machte sie einen freundlichen Eindruck.

»Wie schrecklich! Die kleine, süße Marianne… nicht zu fassen! Wer konnte sie nur ermorden wollen?«, rief sie und schluchzte auf.

Irene Huss hakte schnell nach.

»Das ist genau die Frage, die wir uns auch stellen. Sie haben keine Vorstellung?«

»Nein. Sie wirkte immer so umgänglich. Aber ich kannte sie kaum, da sie nur nachts arbeitete. Ich bin tagsüber hier. Außerdem waren wir auf verschiedenen Stationen. Sie können natürlich Anna-Karin fragen. Sie arbeitet tagsüber auf der Intensiv. Sie kennen sich… kannten sich etwas besser.«

Gemeinsam gingen sie aus dem Schwesternzimmer. Irene fiel die Ruhe auf dem Klinikkorridor auf. In allen Krankenhäusern, in denen sie bisher gewesen war, war das anders gewesen. Um überhaupt etwas zu sagen, fragte sie:

»Warum gibt es hier so wenige stationäre Patienten?«

»Die meisten Operationen werden heute ambulant durchgeführt. Hauptsächlich aus Kostengründen sowohl für die Patienten als auch für uns. Wie Sie sicher wissen, ist die Klinik ganz privat. Als ich vor dreiundzwanzig Jahren hier angefangen habe, gab es noch zwei Stationen. Vier Chirurgen arbeiteten Vollzeit. Damals waren die Stationen und die Intensivstation immer belegt. Wir haben natürlich auch an den Wochenenden gearbeitet. Jetzt ist die Klinik am Wochenende geschlossen, und wir sind nur noch vier Schwestern, zwei am Tag und zwei in der Nacht, eine für die Station und die andere für die Intensiv. Auch im OP und am Empfang hat man das Personal halbiert.«

»Warum dieser rigorose Personalabbau?«, fragte Irene.

»Sparmaßnahmen. Die großen OPs machen wir Anfang der Woche, Mittwoch und Donnerstag nur ambulant. Am Freitag ist nur Konsultation und Wiedervorstellung.«

»Wie viele Betten haben Sie?«

»Zwanzig auf der Station und zwei auf der Intensiv. Zehn Betten auf der Station befinden sich allerdings im Aufwachraum. Wir haben einen der größeren Säle neben der Intensivstation zur Wachstation für ambulante Operationen umgewandelt. Um diese Patienten kümmert sich die Intensivschwester.«

»Dort liegen die Patienten also einige Stunden und kommen zu sich, ehe sie nach Hause gehen?«

»Genau.«

»Was machen Sie, wenn es Komplikationen gibt und ein Patient nicht übers Wochenende nach Hause kann?«

»Wir haben einen Vertrag mit einer größeren Privatklinik in der Stadt. Sie kennen doch sicher die Källberg-Klinik. Dorthin schicken wir die Patienten, die noch nicht nach Hause entlassen werden können.«

»Die Löwander-Klinik ist also nie am Wochenende geöffnet?«

»Nein.«

Sie standen vor der großen Doppeltür zwischen Station und Intensivstation.

Schwester Ellen öffnete den einen Türflügel, und sie traten ein.

Zwischen zwei Betten stand ein winziger Tisch. In einem der Betten lag die Leiche von Herrn Peterzén. Auf seinem Nachttisch brannte eine Kerze, deren stille Flamme ein mildes Licht auf sein friedliches Gesicht warf. Er hatte die Hände auf der Brust gefaltet, und das Kinn war mit einer elastischen Binde hoch gebunden. Neben dem Bett stand eine Frau mittleren Alters und betrachtete den Toten. Als Irene und Schwester Ellen eintraten, zuckte sie zusammen.

»Entschuldigung … wir wussten nicht … wir suchen Schwester Anna-Karin«, stotterte Schwester Ellen verwirrt.

»Sie kommt gleich. Sie musste irgendwelche Papiere ausfüllen.«

Die Frau am Bett kam auf sie zu. Sie hatte offenbar geweint, wirkte aber gesammelt.

»Mein Beileid. Ich bin Kriminalinspektorin Irene Huss.«

Die Frau zuckte erneut zusammen.

»Kriminalinspektorin? Was machen Sie hier?«

»Haben Sie nicht gehört, dass … hier in der Klinik heute Nacht einige Dinge vorgefallen sind?«

Verwundert zog die Frau die Brauen hoch. Sie sah wirklich sehr überrascht aus.

»Einige Dinge? Dass Nils gestorben ist?«, fragte sie.

Sie war offenbar weder vom Stromausfall noch vom Mord an der Krankenschwester informiert worden. Da davon bald eh in den Abendzeitungen zu lesen sein würde, beschloss Irene, fortzufahren.

»Dass Nils Peterzén starb, war leider eine direkte Folge dieser Ereignisse. Darf ich nach Ihrem Namen fragen?«

»Doris Peterzén. Nils ist mein Mann.«

Nur ein leichtes Beben der Stimme verriet ihre Gefühle.

Irene schaute die beherrschte Frau an. Sie waren fast gleich groß. Das bedeutete, dass die Frau vor ihr fast ein Meter achtzig war. Für ihr Alter war sie ungewöhnlich groß und ungewöhnlich elegant. Obwohl sie ungeschminkt war und geweint hatte, war sie zweifellos eine schöne Frau. Das Haar war in einem ausgesuchten Platinblond ergraut, wahrscheinlich mit diskreter Hilfe eines geschickten Friseurs. Die Haut war glatt und makellos. Die großen grau-blauen Augen wurden von langen Wimpern umrahmt, und die Gesichtszüge waren perfekt. Irene kannte sie, wusste aber nicht, woher. Aus der Nähe sah sie, dass die Frau um die fünfzig war, aus der Entfernung hätte sie sie für bedeutend jünger gehalten. Sie trug einen dunkelblauen Wollmantel mit schwarzem Pelzkragen und einen passenden Hut.

»Ihr Mann musste gestern nach der Operation beatmet werden«, fing Irene an.

»Das weiß ich. Dr. Löwander hat mich gestern persönlich angerufen, um es mir zu erzählen. Aber Nils wusste selbst, dass er schlechte Lungen hat. Er hat über fünfzig Jahre lang geraucht, aber vor zehn Jahren aufgehört. Wir … Dr. Löwander glaubte, dass die Operation gut gehen würde. Sie war nötig. Der Bruch war sehr groß.«

»Wie alt war Ihr Mann?«

»Er ist dreiundachtzig.«

Sie drehte sich langsam um und ging wieder zum Bett. Mit gesenktem Kopf stand sie am Fußende und schniefte.

Die Tür zur Treppe und zum Bettenaufzug wurde aufgerissen. Eine junge Schwester mit blondem, ultrakurzem Haar platzte herein. Auf den Wangen hatte sie hektische rote Flecken.

»Sind sie schon da?«, sagte sie gehetzt zu Schwester Ellen.

Die ältere Schwester runzelte die Stirn und antwortete schroff:

»Nein.«

Irene fragte sich verwirrt, wer da wohl erwartet wurde, und

erhielt schon im nächsten Moment die Antwort. In der Türöffnung hinter der blonden Schwester tauchten zwei Männer in diskreten dunklen Anzügen auf. Zwischen sich hatten sie eine Liege auf Rollen, auf der ein dunkelgrauer Sack mit einem Reißverschluss lag.

Schwester Ellen trat an Doris Peterzén heran und sagte leise: »Das sind die Herren vom Bestattungsdienst.«

Doris Peterzén zuckte zusammen. Als sie die Männer mit der Bahre sah, wurde ihr Schluchzen lauter. Schwester Ellen legte ihr einen Arm um die Schultern und führte sie durch die Flügeltür nach draußen. Wahrscheinlich nimmt sie die junge Witwe ins Schwesternzimmer mit, dachte Irene. Sie selbst wollte noch etwas bleiben und mit der jungen Intensivschwester sprechen.

Die Leiche von Nils Peterzén wurde auf die Bahre gehoben und in den Sack gelegt. Der Reißverschluss wurde geschlossen, und die Männer verschwanden, wie sie gekommen waren.

Irene ging zu einem der beiden Fenster. Sie führten beide auf den großen Park an der Rückseite der Klinik hinaus. Irene lehnte die Stirn gegen die kalte Scheibe. Sie sah, wie die Trage durch die Hintertür gerollt wurde und im dunkelgrauen Kombi des Bestattungsdienstes verschwand. Er hatte ein erhöhtes Dach und getönte Scheiben. Das Ganze dauerte weniger als eine Minute. Weder das Personal noch die Patienten der Klinik hatten vermutlich etwas bemerkt.

Irene öffnete die Tür, durch die die Männer des Bestattungsdienstes verschwunden waren. Über der Tür leuchtete ein Schild mit der Aufschrift »Notausgang«. Die Tür war aus Stahl und sehr schwer. Auf beiden Seiten gab es jedoch einen automatischen Türöffner. Irene sah hinaus ins Treppenhaus und stellte fest, dass es sich um einen späteren Anbau handeln musste. Die Jugendstilornamente, die das übrige Krankenhaus auszeichneten, fehlten hier. Die Treppenstufen waren breit und aus Stein. An der cremegelben Wand war ein schlichter Handlauf aus Eisen. Die Treppe wand sich um einen Aufzug.

Dieser hatte graue Metalltüren mit kleinen Fenstern und der Aufschrift »Bettenaufzug« in schwarzen Lettern.

Irene schloss die Tür und wandte sich an Schwester Anna-Karin, auf deren Wangen immer noch hektische rote Flecken glühten. Kraftvoll und frenetisch riss sie die Laken aus dem Bett, in dem Nils Peterzén bis vor drei Minuten gelegen hatte. Die Bettwäsche stopfte sie in einen weißen Wäschesack.

Irene räusperte sich und sagte:

»Schwester Anna-Karin, ich würde gerne einige Minuten mit Ihnen sprechen. Mein Name ist Irene Huss, und ich bin von der Kriminalpolizei. Es geht um den Mord an Ihrer Kollegin Marianne Svärd.«

Die Schwester hielt inne und drehte sich blitzschnell zu Irene um.

»Ich habe keine Zeit! Die ersten Ambulanten kommen gleich!«

»Ambulante … was sind das?«

»Untersuchungen, die ambulant durchgeführt werden. Zwei Koloskopien und eine Gastro. Kommen jede Minute. Und dann haben wir eine Rhinoplastik. Wahnsinn, eine Rhino an so einem Tag.«

Diese junge Dame ist eindeutig nicht mehr Herr ihrer Sinne, dachte Irene. Fahrig und gestresst wirkte sie außerdem. Das war vielleicht nicht weiter erstaunlich, wenn man bedachte, dass ihre Kollegin in der vergangenen Nacht ermordet worden war. Irene sah ein, dass es nicht nur der gewöhnliche Stress war, sondern auch der Schock, der Anna-Karin so hin und her rennen ließ. Sie trat an die Krankenschwester heran und legte ihr behutsam eine Hand auf den Arm.

»Ich muss mich einen Augenblick mit Ihnen unterhalten. Wegen Marianne«, sagte sie ruhig.

Schwester Anna-Karin hielt inne. Sie ließ die Schultern sinken und nickte resigniert.

»Okay. Wir können uns im Empfang hinsetzen.«

Mit einer hastigen Geste zeigte sie Irene, dass sie sich auf den Schreibtischstuhl setzen sollte. Sie selbst nahm auf einem Hocker aus rostfreiem Stahl Platz.

»Ich weiß, dass Sie Anna-Karin heißen, weiß aber weder Ihren Nachnamen noch Ihr Alter«, begann Irene.

»Anna-Karin Arvidsson. Ich bin fünfundzwanzig.«

»Wie lange arbeiten Sie schon in der Löwander-Klinik?«

»Seit anderthalb Jahren.«

»Sie sind fast ebenso alt wie Marianne Svärd und haben auch fast ebenso lange hier gearbeitet. Hatten Sie auch privat viel miteinander zu tun?«

Anna-Karin sah aufrichtig erstaunt aus.

»Überhaupt nicht.«

»Nie?«

»Nein. Doch. Einmal waren wir zusammen unterwegs, zum Tanzen. Marianne, Linda und ich.«

»Wann war das?«

»Vielleicht vor einem Jahr.«

»Und dann sind Sie nie mehr zusammen weggegangen?«

»Nein. Abgesehen von der Weihnachtsfeier. Das ist das Betriebsfest, zu dem wir eingeladen werden, ehe die Klinik über die Feiertage schließt.«

»Kannten Sie Marianne gut?«

»Nein.«

»Was hielten Sie von ihr?«

»Freundlich. Zurückhaltend.«

»Wissen Sie etwas über ihr Privatleben?«

Anna-Karin schien sich mit dem Nachdenken wirklich Mühe zu geben.

»Nur, dass sie geschieden war. Sie ließ sich scheiden, ehe sie bei uns anfing.«

»Wissen Sie etwas über ihren Ex-Mann?«

»Nein. Doch. Er ist Rechtsanwalt.«

»Hat sie Kinder?«

»Nein.«

»Wo hat sie vorher gearbeitet?«

»Im Krankenhaus-Ost. Ebenfalls auf der Intensiv.«

»Wissen Sie, warum sie nach der Scheidung den Arbeitsplatz wechselte?«

Anna-Karin Arvidsson dachte nach und fuhr sich mehrmals mit den Fingern durch ihre hellen Stoppeln.

»Sie hat nie etwas gesagt… Aber ich hatte das Gefühl, dass sie einem Mann aus dem Weg gehen wollte.«

»Wem?«

»Keine Ahnung. Aber das eine Mal, als wir zusammen aus waren, haben wir uns erst zu Hause bei mir getroffen. Wir aßen eine Kleinigkeit und tranken Wein. Ich fragte Marianne, warum sie im Östra aufgehört hätte, und sie antwortete: ›Ich brachte es einfach nicht fertig, ihm jeden Tag zu begegnen und so zu tun, als sei nichts.‹ Aber dann wollte sie nicht weiter darüber reden.«

»Hatten Marianne und diese andere Schwester, Linda, mehr Kontakt zu ihr als Sie und Marianne?«

»Nein. Mit Linda bin ich öfters zusammen.«

»Arbeitet Linda auch hier auf der Intensiv?«

»Nein. Auf der normalen Station.«

»Aber nicht im Moment?«

»Nein. Jetzt arbeitet Ellen vormittags.«

»Wissen Sie, wann Linda das nächste Mal zur Arbeit kommt?«

»Ihre Schicht beginnt nachmittags um zwei.«

Sie wurden dadurch unterbrochen, dass sich die Tür des Bettenaufzugs öffnete und eine Liege mit einem betäubten Patienten herausgerollt wurde. Eine grün gekleidete OP-Schwester mit Papiermütze und Mundschutz sagte gestresst:

»Erste Koloskopie. Die Gastro kommt auch gleich.«

Schwester Anna-Karin sprang von ihrem Hocker hoch. Die beiden Schwestern raschelten mit Papier und standen flüsternd über den schlummernden Patienten gebeugt.

Irene beschloss, nach Schwester Ellen und Doris Peterzén zu suchen.

Die frisch gebackene Witwe saß im Schwesternzimmer kerzengerade auf einem Stuhl und hatte die Hände auf den Knien gefaltet. Den Hut hatte sie abgenommen und auf den Schreibtisch gelegt. Ihren eleganten Mantel trug sie immer noch.

Irene blieb auf der Schwelle zum Schwesternzimmer stehen, unsicher, wie sie die Vernehmung von Doris Peterzén beginnen sollte. Immerhin war ihr Mann gerade gestorben. Andererseits hatte sie noch nicht die Gelegenheit gehabt, mit ihr über die Vorfälle jener Nacht zu sprechen.

Die Betroffene wandte ihr ihr makelloses Profil zu und sagte müde:

»Schwester Ellen wollte einen Patienten nach Hause entlassen oder was auch immer. Sie kommt gleich.«

»Gut. Ich muss mit ihr sprechen. Aber inzwischen kann ich Ihnen vielleicht erzählen, was hier in der Klinik heute Nacht vorgefallen ist?«

Irene wählte ihre Worte mit Bedacht und versuchte behutsam zu sein. Aber Doris Peterzén geriet vollkommen außer sich, als sie vom Mord an Marianne Svärd erfuhr. Sie begann wieder zu weinen, und Irene wusste nicht so recht, was sie machen sollte. Um die anderen Patienten nicht zu beunruhigen, zog sie die Tür zu und setzte sich neben die weinende Frau. Vorsichtig legte sie ihr die Hand auf die Schulter, ohne dass dies eine sichtbar beruhigende Wirkung gehabt hätte.

Schwester Ellen trat ein. Sie warf einen Blick auf Frau Peterzén und sagte:

»Es ist wohl das Beste, wenn ich ein Taxi rufe.«

Irene nickte. Sie beugte sich zu der Frau vor und fragte:

»Soll ich irgendwelche Angehörigen verständigen? Haben Sie Kinder?«

Doris Peterzén schluchzte, aber schließlich gelang es ihr zu antworten:

»Gö… ran. Er ist in… nicht zu Hause. London… er ist in London.«

KAPITEL 4

Den Rest des Vormittags verbrachte die Polizei damit, mit dem Personal zu sprechen, das tagsüber arbeitete. Als alle vernommen waren, beschlossen sie, zum Mittagessen zu gehen. Die Spätschicht würde ohnehin erst um zwei Uhr nachmittags anfangen.

Kommissar Andersson und Irene entdeckten einen Pizzabäcker auf der Virginsgatan. Im Laden stand ein kleiner Tisch, und sie setzten sich, dankbar dafür, dass sie nicht im Auto essen mussten.

Sie bestellten beide Pizza und jeweils ein Leichtbier. Leise sprachen sie darüber, was die Vernehmungen des Vormittags ergeben hatten. Irene fand die Geschichte von Schwester Siv über das Krankenhausgespenst äußerst merkwürdig. Sie hatte keine brauchbare Hypothese, wen oder was die Schwester gesehen haben könnte, meinte jedoch, es sei nicht auszuschließen, dass es sich dabei wirklich um den Mörder gehandelt hatte. Aufgewühlt hatte die alte Schwester in ihrer überdrehten Phantasie die Gestalt mit der alten Gespenstergeschichte in Verbindung gebracht. Das sei am wahrscheinlichsten, meinte Irene.

Ihr Chef nickte und murmelte eine Antwort, den Mund voll von Calzone. Mit Wonne ging er auf seine Pizza los, woraufhin seine Plastikgabel abbrach. Als er sich zur Seite drehte, um den Pizzabäcker hinter dem Tresen um eine neue zu bitten, musste er feststellen, dass ihnen dieser ungeniert zuhörte. Der Kommissar konnte sich gerade noch bremsen, seinem Ärger Luft zu machen. Es war ihre eigene Schuld, die Pizzabäckerei war für solche Diskussionen nicht geeignet. Hochrot stand er auf und starrte den freundlich lächelnden Pizzabäcker finster an.

»Komm!«, sagte er zu Irene, ohne seinen wütenden Blick vom Mann hinter der Theke zu wenden.

Auf dem Weg nach draußen hielt er kurz inne, ging zum Tisch zurück und klaubte das Pizzastück, das übrig geblieben war, vom Teller.

Sie fuhren zum Harlanda Tjärn. Irene hatte das Gefühl, dass eine Dosis frische Luft ihre Gedanken klären könnte. Ein Spaziergang würde ihr hoffentlich dabei helfen, die Pizza zu verdauen.

Sie stellten ihren Wagen ab und gingen in die von Raureif bedeckte Natur. Irene stampfte versuchsweise mit dem Fuß auf die steinharte Erde und sagte:

»Das ist wirklich ein Problem mit dieser Kälte. Heute Nacht waren es minus fünfzehn Grad. Die Erde um die Klinik herum ist gefroren, da werden keine Spuren zu finden sein. Und Schnee liegt noch keiner.«

»Das ist wahr. Ich frage mich, ob Malm drinnen irgendwelche Spuren gesichert hat. Er hat versprochen, morgen früh bei der Lagebesprechung aufzutauchen.«

»Vielleicht stößt die Stridner heute Nachmittag bei der Obduktion auf was.«

Anderssons Miene verfinsterte sich, als der Name der Professorin fiel.

»Ich ruf sie an, obwohl ich mir Schöneres vorstellen kann«, seufzte er.

Schweigend gingen sie den zugefrorenen See entlang. Die Sonne schien schwach durch einen dünnen Wolkenschleier, und die Eisdecke des Sees glitzerte. Die Kälte schmerzte an Nase und Wangen. Irene holte tief Luft. Eine Weile lang glückte es ihr tatsächlich, sich vorzustellen, dass die frische und schneidende Luft, die sie in die Lungen bekam, vollkommen sauber war. Fast wie die beim Sommerhaus ihrer Schwiegereltern tief in den Wäldern von Värmland. Doch dann riss sie die Stimme des Kommissars aus ihren Naturträumen.

»Lass uns zurückfahren. Die Spätschicht müsste bald da sein.«

Nur auf der Station und auf der Intensiv gab es eine Spätschicht. Diese arbeitete bis halb zehn, dann übernahmen die Nachtschwestern.

»Arbeitet Siv Persson heute Nacht auch?«, begann der Kommissar.

»Nein. Sie hat sich krankschreiben lassen, ehe sie heute Morgen nach Hause gegangen ist. Wir haben eine Vertretung besorgt. Aber es sieht so aus, als käme meine Ablösung ebenfalls nicht«, sagte Schwester Ellen.

Ihre Stimme klang müde und bekümmert.

»Linda?«, warf Irene ein.

»Ja. Sie hätte um zwei hier sein sollen. Jetzt ist es fast halb drei. Ich habe gerade bei ihr zu Hause angerufen. Da nimmt niemand ab.«

»Wie heißt sie mit Nachnamen?«, wollte Irene wissen.

»Svensson.«

»Hat sie Familie?«

»Ja. Einen Freund. Aber der ist auch nicht zu Hause. Wenn sie nur keinen Unfall hatte. Sie fährt immer Fahrrad.«

»Auch bei minus fünfzehn Grad?«

»Ja.«

»Aha. Dann müssen wir wohl auf Schwester Linda warten. Wir können so lange auf die Intensiv gehen und dort mit der Ablösung sprechen«, schlug Irene ihrem Chef vor.

Schnell sagte der Kommissar:

»Tu du das, dann warte ich auf Schwester Linda. Ich würde gerne einen Moment mit Schwester Ellen sprechen. Ist das in Ordnung?«

»Ja… doch… wenn Linda kommt, dann ist das kein Problem. Aber jetzt bin ich allein auf der Station, und es muss einiges getan werden…«

»Gibt es mehrere Ärzte hier, oder ist Dr. Löwander allein?«

Schwester Ellen war aufgestanden und hatte den Medizinschrank aufgeschlossen. Sie zog eine Spritze auf, schlug mit dem Zeigefinger dagegen, um alle Luftblasen zu entfernen, und antwortete:

»Wir haben auch eine Internistin. Sie arbeitet nur einen Tag in der Woche. Wir haben hier in der Klinik schließlich nie stationäre internistische Patienten. Es ist mehr eine Dienstleistung für unsere Patienten, die lieber hierher als in eine Kassenarztpraxis kommen. Sie berät uns natürlich auch vor größeren Operationen in internistischen Fragen. Dann gibt es noch einen Anästhesisten, der fest angestellt ist, also einen Narkosearzt. Er heißt Konrad Henriksson. Und dann ist da natürlich noch Dr. Bünzler. Er ist unser begabter plastischer Chirurg.«

»Ist Dr. Löwander nicht auch plastischer Chirurg?«

Schwester Ellen sah den Kommissar mit ihren wachen braunen Augen an. Irene merkte, dass Andersson leicht errötete.

»Nein. Er ist Chirurg. Aber da es auf diesem Gebiet nicht mehr so viel zu tun gibt, hat er ebenfalls begonnen, kleinere plastische Eingriffe vorzunehmen.«

Sie kontrollierte noch einmal, dass in der Spritze keine Luftbläschen mehr waren, indem sie sie gegen die Deckenlampe hielt und den Inhalt genau betrachtete.

Irene, die ihre Heiterkeit kaum unterdrücken konnte, meinte amüsiert:

»Dann macht er also keine Rhinoplastiken?«

Schwester Ellen warf ihr einen Blick zu und sagte lächelnd:

»Nein. Entschuldigen Sie mich.«

Die Schwester rauschte, die Spritze hoch erhoben, aus dem Zimmer. Der Kommissar runzelte die Stirn.

»Was erzählst du da für Dummheiten? Rinn… Rinn… Zum Teufel!«, meinte er.

»Rhinoplastik«, sagte Irene noch einmal.

»Was ist das?«

»Keine Ahnung! Etwas, was man an einem solchen Tag nicht machen sollte. Das meinte jedenfalls Schwester Anna-Karin von der Intensivstation.«

Andersson holte tief Luft und sagte:

»Ich dachte, du bist schon auf dem Weg dorthin!«

Irene salutierte im Scherz.

»Ertappt! Aber erst muss ich noch etwas nachsehen.«

Sie ging zum Bücherbord, das über dem Schreibtisch hing. Ein Buch mit dem Titel »Medizinische Terminologie« in verblichenen Goldbuchstaben auf einem grünen Leinenrücken hatte ihre Aufmerksamkeit erregt. Irene schlug es auf, fuhr mit dem Zeigefinger die Buchstabenkombination »RH« entlang und fand schließlich, was sie gesucht hatte. »Rhinoplastik, plastischer Eingriff an der Nase.« Mit einem Knall schlug sie das Buch wieder zu. Sie drehte sich auf dem Absatz um und marschierte durch die Tür des Schwesternzimmers. Mit einem Seufzer sah der Kommissar auf seine geschenkte Uhr. Sie zeigte 14.47 Uhr. Zeit, dass Schwester Linda endlich auftauchte.

Auf der Intensivstation herrschte Chaos. Schwester Anna-Karin telefonierte und versuchte die Person am anderen Ende davon zu überzeugen, dass ihr Anliegen äußerst wichtig sei.

»Wenn A-negativ zu Ende ist, dann müssen Sie eben 0-negativ schicken! Der Patient blutet! Der letzte Hb war dreiundachtzig!«

Eine hektische Rötung breitete sich von ihrem Hals über ihre Wangen aus. Das kurze Haar stand in alle Richtungen. Dass sie sich die ganze Zeit mit den Fingern durch ihre nicht vorhandene Frisur fuhr, machte die Sache nicht besser.

»Gut! Schicken Sie es mit einem Taxi!«

Die Schwester knallte den Hörer auf die Gabel. Irene konnte ihre kurzen Atemzüge hören. Anna-Karin hob den Kopf und bemerkte Irene. Eilig hob sie eine Hand und sagte:

»Stopp! Wir haben keine Zeit für Fragen! Es gibt Probleme bei der Rhinoplastik.«

Irene sah auf das Bett, in dem noch vor sieben Stunden die Leiche von Nils Peterzén gelegen hatte. Ein Mann in OP-Grün und eine Schwester mittleren Alters standen über das Bett gebeugt. Irene sah, dass es sich um einen Arzt handelte, jedoch nicht um Dr. Löwander. Vorsichtig trat Irene auf Anna-Karin zu und sagte leise:

»Schwester Linda ist nicht zur Spätschicht gekommen. Haben Sie eine Vorstellung, wo sie sein könnte?«

Es dauerte eine Weile, bis Anna-Karin verstanden hatte, was die Inspektorin eigentlich gesagt hatte. Als es ihr endlich dämmerte, sah sie aufrichtig verwundert aus.

»Nicht?«

»Nein. Es nimmt auch niemand das Telefon bei ihr zu Hause ab.«

Die Verwunderung der Schwester ging in Unruhe über.

»Merkwürdig. Linda ist immer pünktlich. Hat sie vielleicht einen Fahrradunfall gehabt? Ist sie verletzt?«

»So weit wir wissen, nicht. Aber wir sollten dem vielleicht nachgehen. Wissen Sie, wo wir ihren Freund erreichen können?«

Anna-Karin erstarrte und presste die Lippen aufeinander. Eine ideale Zeugin, dachte Irene. Man kann ihr alles vom Gesicht ablesen. Da sie offensichtlich nicht antworten wollte, wurde Irene beharrlicher:

»Es würde Zeit sparen, wenn Sie gleich jetzt mit der Sprache herausrücken würden. Früher oder später bringen wir es auch so in Erfahrung. Aber es könnte einen seltsamen Eindruck machen, wenn Sie keine Auskunft geben. Besonders im Hinblick darauf, was hier heute Nacht vorgefallen ist.«

Die Schwester zuckte leicht mit den Schultern und murmelte:

»Sie haben Schluss gemacht. Er ist letzten Samstag ausgezogen.«

»Sie haben sich getrennt?«

»Ja.«

Dass eine Krankenschwester weniger als vierundzwanzig Stunden, nachdem ihre Kollegin ermordet worden war, nicht zur Arbeit erschien, war beunruhigend, fand Irene.

»Wie heißt ihr Exfreund und wo wohnt er jetzt?«

»Pontus… Pontus Olofsson. Ich weiß nicht, wo er jetzt wohnt. Es ging alles so schnell… Ich hatte keine Zeit, mich mit Linda darüber zu unterhalten.«

»Anna-Karin! Mehr Cyklokapron! Dieselbe Dosis.«

Die herrische Stimme des Arztes unterbrach sie abrupt. Anna-Karin eilte zum Medizinschrank. Gleichzeitig sah die ältere Schwester neben dem Bett von ihrer Arbeit auf und gab einen Gegenbefehl:

»Ruf im OP an und sag, dass Bünzler nach unten kommen soll!«

Unmöglich, sich jetzt mit Anna-Karin zu unterhalten. Irene beschloss später wiederzukommen.

Im Schwesternzimmer der Station war die Unruhe spürbar. Schwester Ellen brachte zum Ausdruck, was alle dachten:

»Wenn gestern Nacht nicht diese Dinge passiert wären, wäre ich nicht so beunruhigt. Aber Linda ist noch nie zu spät gekommen. Natürlich muss es dafür eine Erklärung geben.«

Dabei ist mir wirklich nicht wohl, dachte Irene. Sie mussten Linda Svensson einfach aufspüren.

»Wo wohnt Linda?«, fragte sie.

»Warten Sie… Kärralundsgatan. Die Hausnummer steht im Adressbuch der Station.«

Die Schwester ging zum Schreibtisch und zog die oberste Schublade heraus. Sie hob verschiedene Papiere hoch, ehe sie fand, was sie suchte. Nach etwas Blätterei in dem kleinen schwarzen Buch stieß sie auf Lindas Adresse und schrieb sie auf ein Blatt Papier.

»Fahren Sie sofort? Ich meine… sie liegt vielleicht in ihrer Wohnung und ist krank.«

Irene nickte. Andersson räusperte sich.

»Fahr du mal hin. Ich bleibe hier, falls sie doch noch auftaucht. Wir sollten vielleicht auch bei den Notaufnahmen der Krankenhäuser anrufen.«

Schwester Ellen lächelte den Kommissar hold an und sagte:

»Ich hoffe, dass Sie das selbst machen können. Ich habe noch sehr viel zu tun. Gar nicht zu reden von allen Entlassungspapieren, die noch auszufüllen sind.«

Sie rauschte aus dem Schwesternzimmer, ehe Andersson noch etwas sagen konnte. Irene verzog den Mund zu einem viel sagenden Lächeln, hob die Hand zum Abschied und verschwand ebenfalls durch die Tür.

KAPITEL 5

Niemand öffnete. Irene Huss hatte das auch nicht erwartet. Trostlos hallte die Klingel unzählige Male in der Wohnung wider. Sie bückte sich und sah durch den Briefkastenschlitz. Ihr Blick traf auf ein Paar weit aufgerissener türkisblauer Augen, gleichzeitig hörte sie ein lautes Fauchen. Irene prallte förmlich zurück, sodass die Klappe des Briefkastens zuknallte.

»Miau!«, erklang es beleidigt hinter der geschlossenen Tür.

Irene musste lachen und drehte sich sicherheitshalber auf dem Treppenabsatz um. Niemand hatte sie gesehen. Dass eine Vertreterin der Ordnungsmacht fast einen Herzschlag bekam, wenn sie eine Siamkatze sah, war nicht besonders Vertrauen erweckend.

Die Katze brachte sie auf eine Idee. Auf dieser Etage waren zwei weitere Wohnungstüren. Niemand öffnete, als sie rechts von Linda Svensson klingelte. Resolut drückte Irene auf die Klingel der Tür zur Linken. Auf dem Namensschild stand »R. Berg«. Von innen ließen sich schlurfende Schritte vernehmen, und eine ältere Frau rief mit dünner Stimme:

»Wer da?«

Irene tat ihr Bestes, so freundlich wie möglich zu klingen:

»Ich bin von der Polizei. Inspektorin Irene Huss.«

Sie hielt ihren Ausweis vor den Spion. Offenbar glaubte ihr die Dame, denn Schlösser und Sicherheitsketten begannen zu klappern und zu rasseln, und die Tür wurde vorsichtig einen

Spalt weit geöffnet. Irene beugte sich vor und versuchte, ungefährlich auszusehen.

»Guten Tag, Frau Berg…«

»Fräulein. Fräulein Berg.«

»Entschuldigung. Fräulein Berg also. Jemand hat Anzeige erstattet, dass eine Katze hier in der Nachbarwohnung ganz erbärmlich schreit.«

Die Tür wurde ganz geöffnet, und die Wohnungsinhaberin war jetzt vollständig zu sehen, viel war das nicht. Sie war nicht einmal ein Meter fünfzig groß. Das dünne, weiße Haar trug sie in einem Pferdeschwanz. Sie war gebeugt und mager. Ihre ganze Gestalt wirkte irgendwie durchsichtig. Eine dünne Hand mit blauen Adern ruhte zitternd auf der Türklinke. Dasselbe schwache Zittern setzte sich in ihrem Körper fort.

»Ich habe nicht angerufen. Aber natürlich habe ich die Katze gehört. Die maunzt schon seit heute früh. Aber das stört mich nicht. Ich kann schon seit langem nicht mehr schlafen.«

Die Stimme war erstaunlich klar und fest.

»Sie haben die Besitzerin der Katze nicht gesehen oder gehört?«, fragte Irene.

»Nein. Fräulein Svensson ist Krankenschwester in der Löwander-Klinik und hat unregelmäßige Arbeitszeiten«, informierte sie die Dame.

»So ist das also. Wann war sie zuletzt zu Hause?«

Das kleine zerfurchte Gesicht legte sich in noch tiefere Falten, so konzentriert dachte sie nach. Nach einigen Sekunden breitete sich auf ihm ein so großes Lächeln aus, dass der obere Rand der Zahnprothese zum Vorschein kam.

»Das war gestern Abend.«

Fräulein Berg machte eine kurze Pause, um den Plastikgaumen wieder in Position zu bringen. Dann fuhr sie fort:

»Gestern war sie zu Hause. Spätabends. Sie hört immer sehr laut Musik. Ich habe mit ihnen geschimpft, der junge Mann ist gerade ausgezogen, aber davor habe ich auch mit ihm geschimpft. Wir haben eine Abmachung. Nach zehn drehen sie leiser. Meist halten sie sich dran.«

»Und das tat Linda Svensson gestern Abend auch?«

»Ja. Sie drehte zwei Minuten nach zehn leiser. Später machte sie die Musik dann ganz aus und ging weg.«

»Um welche Zeit war das?«

»Etwa gegen halb zwölf.«

Irene spürte wieder diese innere Unruhe. Sie versuchte ihre Besorgnis zu verbergen und lotste die Frau vorsichtig weiter:

»Geht Linda oft so spätabends noch allein weg?«

»Manchmal geht sie mit Belker raus.«

»Belker?«

»Die Katze.«

Natürlich. Die Katze.

»Sie hat ein Halsband und eine Leine für sie«, erklärte Fräulein Berg.

»Kam sie denn gestern Nacht wieder nach Hause?«

»Ich habe nicht gehört, dass sie überhaupt wieder nach Hause gekommen ist. Wenn sie durch die Tür tritt, legt sie als Erstes eine Platte auf. Die Tageszeit spielt keine Rolle. Manchmal ist auch der Fernseher an. Gleichzeitig!«

Fräulein Berg schüttelte den Kopf, um zu zeigen, was sie von dieser Lärmbelästigung hielt. Da Irenes Zwillinge, zwei Mädchen, vierzehn waren, reagierte sie nicht weiter auf diese letzte Information.

Die alte Dame fuhr fort:

»Seit Fräulein Svensson letzte Nacht ausgegangen ist, habe ich aus ihrer Wohnung keine Musik mehr gehört noch irgendein anderes Geräusch. Ich habe sie auch nicht zurückkommen hören. Das kriege ich sonst immer mit.«

Daran zweifelte Irene keinen Augenblick. Ihr Gefühl, dass etwas nicht in Ordnung sein könnte, verwandelte sich in Gewissheit.

»Aus der Nachbarwohnung war also überhaupt nichts zu hören?«

»Nein. Das einzige Geräusch war das Maunzen der Katze. Er ist vermutlich hungrig. Der Ärmste.«

Irene versuchte, die Worte richtig zu wählen, um der alten Dame die Situation zu erklären:

»Es ist beunruhigend, dass Linda nicht wieder nach Hause gekommen ist. Ich muss wohl den Schlüsseldienst bestellen. Die sollen die Tür öffnen. Wir müssen schließlich dem armen… Belker helfen.«

Fräulein Berg nickte eifrig.

»Tun Sie das. Wirklich eine süße Katze. Etwas eigen, wie alle Siamkatzen.«

Irene wählte die Nummer der Einsatzzentrale.

»Einsatzzentrale. Inspektor Rolandsson.«

»Hallo. Irene Huss. Kripo. Wir haben eine Anzeige von einer Nachbarin erhalten wegen einer Katze, die schon den ganzen Tag schreit. Offensichtlich ist sie allein. Laut Nachbarin ist die Besitzerin der Katze seit gestern Nacht nicht mehr in der Wohnung gewesen. Sie ist auch nicht bei ihrer Arbeit erschienen. Ich muss in ihrer Wohnung nachsehen. Dazu brauche ich den Schlüsseldienst.«

»Okay. Wer hat die Anzeige erstattet?«

Irene nahm den Hörer vom Ohr und zischte Fräulein Berg zu:

»Wie heißen Sie mit Vornamen?«

»Rut«, erwiderte Fräulein Berg konsterniert.

»Rut Berg«, sagte Irene in den Telefonhörer.

Sie gab Rolandsson die Adresse und beendete das Gespräch.

»Ich habe aber keine Anzeige erstattet!«

Rut Berg sah tief gekränkt aus.

»Ich weiß. Ich habe das gesagt, damit es schneller geht. Wegen Belker«, sagte Irene.

Die alte Dame war etwas besänftigt, als der Name der Katze fiel.

»Na gut. Meinetwegen. Aber ich sage nicht als Zeugin aus oder so was!«

Irene versicherte, dass das nicht nötig sein würde. Mit dem Daumen wies sie auf die dritte Tür neben der von Linda Svensson.

»Wer wohnt da?«, fragte sie.

Rut Berg schnaubte.

»Im Augenblick niemand. Dort wohnte ein älterer Herr, und der kam irgendwie nicht mehr so richtig allein zurecht. Der war unsauber. Machte hier und dort Sachen, die man nur auf der Toilette machen soll. Er kam nach Weihnachten in ein Altersheim. Jetzt soll die Wohnung renoviert werden, ehe sie wieder vermietet wird.«

Irene sah sich gezwungen, endlich die Frage zu stellen, die sie während des gesamten Gesprächs beschäftigt hatte:

»Liebes Fräulein Berg, nehmen Sie es mir nicht übel, aber darf ich Sie fragen, wie alt Sie sind?«

Erst hatte es den Anschein, als wollte sie darauf nicht antworten, aber schließlich zuckte sie resigniert mit den Schultern und seufzte.

»In einem Monat werde ich einundneunzig. Aber niemand kommt, um mit mir zu feiern. Ich bin allein übrig geblieben. Alle anderen sind schon heimgegangen. Manchmal glaube ich, unser Herrgott hat mich vergessen.«

Sie schwieg einen Augenblick, dann fuhr sie fort:

»Jetzt habe ich nicht mehr die Kraft, noch länger zu stehen. Wenn Sie noch was wollen, müssen Sie klingeln.«

Sie schloss die Tür, und Schlösser und Ketten rasselten erneut.

Irene hatte noch genug Zeit, um in der Löwander-Klinik anzurufen und mit dem Kommissar zu sprechen. Linda Svensson war nicht auf der Station aufgetaucht. Sie befand sich auch nicht via Notaufnahme in stationärer Behandlung in irgendeinem Krankenhaus. Andersson hatte persönlich herumtelefoniert und das überprüft. Als Irene erzählte, Linda hätte am Vorabend um halb zwölf ihre Wohnung verlassen, war ihr Chef besorgt.

»Sag bloß nicht, dass noch einer Krankenschwester etwas zugestoßen ist!«

Der Schlüsseldienst öffnete das Sicherheitsschloss ohne größere Probleme. Irene betrat die Wohnung und zog die Tür zu, da sie an Belker dachte. In der winzigen Diele machte sie die Deckenlampe an. Von der Katze war nichts zu sehen. Rechts lag ein kleines Badezimmer, geradeaus eine Miniküche. Rechts von der Küche führte eine Tür in ein großes Wohnzimmer mit Schlafnische. Alles war aufgeräumt und frisch geputzt. Die Möblierung schien aus IKEA's Standardsortiment zu bestehen. An den Wänden hingen gerahmt spektakuläre Kino- und Theaterplakate. Alles wirkte jung, frisch und funktionell.

Aber von Linda keine Spur. Irene rief Kommissar Andersson an und teilte ihm dies mit. Seine einzige Antwort bestand aus einem tiefen Seufzer.

In der Dusche stand Belkers Katzenklo. Hier stank es wirklich nach Katze. Irene hatte keine Ahnung davon, wie man mit Katzen umging, da sie immer Hundebesitzerin gewesen war, aber sie sah, dass der Sand gewechselt werden musste. Außerdem brauchte die Katze etwas zu essen.

Energisch ging sie in die Küche und begann, in den Schränken zu suchen. Endlich fand sie eine Büchse Katzenfutter. Auf dem Boden standen zwei kleine gelbe Keramikschalen. Nachdem sie sie ausgespült hatte, füllte sie sie mit Wasser und Futter. Jetzt fehlte nur noch der Essensgast.

»Maunzmaunz. Komm, es gibt was zu fressen. Belker! Komm, es gibt was zu fressen«, lockte sie.

Bei Sammie funktionierte das immer. Noch bevor sie das letzte Wort gesagt hatte, war er schon beim Fressnapf. In der Diele waren anschließend die Teppiche verschoben, weil er es so eilig gehabt hatte.

Offenbar war das bei Katzen anders. Oder vielleicht waren sich Siamkatzen zu fein dafür. Irene beschloss sich genauer in der Wohnung umzusehen, teils um die Katze zu finden, teils um eventuell auf etwas zu stoßen, was Lindas Verschwinden erklären könnte.

Die kleine Küche war schnell durchsucht. Entweder war Linda Svensson Anorektikerin oder sie aß nie zu Hause. Die einzigen Esswaren waren ein fast leeres Paket Müsli, ein ungeöffneter Becher Jogurt und eine Tube Kalles Kaviarcreme. Gewürze, ein Pfund Kaffee und ein paar Teebeutel standen und lagen auf einem Bord über dem Herd. Im Gefrierfach gab es nur ein geöffnetes Paket Fischstäbchen. Dagegen fand Irene vier weitere ungeöffnete Dosen Katzenfutter. Zumindest war für Belker gesorgt, auch wenn das Biest nicht klug genug war, sich das Futter zu holen, wenn es ihm serviert wurde.

Das kleine Badezimmer barg keine Geheimnisse, genauso wenig der Schrank in der Diele. In dem großen Zimmer durchsuchte Irene das Regal und den kleinen Kiefernschreibtisch vorm Fenster. Sie setzte sich auf den Drehstuhl und begann, systematisch die Schubladen durchzugehen.

Auch die Schreibtischschubladen verrieten Ordnungssinn. Die ordentlichen Bündel Rechnungen, Ansichtskarten, Briefe und Überweisungsformulare erinnerten in nichts an Irenes eigene Ordnung. Bei ihr zu Hause herrschte das Prinzip, dass das, was zuoberst lag, zuerst erledigt werden musste.

Leider fand sich nirgendwo ein Anhaltspunkt für das Verschwinden von Linda – auch ihr Pass war noch da. Plötzlich wusste Irene auch, warum. Es gab kein Telefonverzeichnis oder Adressbuch und auch keinen Terminkalender. Sie durchsuchte das ganze Zimmer und fand nichts dergleichen. Schlüssel und Portmonee waren ebenfalls nicht zu finden. Und Belker.

Plötzlich stieß Irene mit dem Fuß gegen etwas. Sie bückte sich und schaute unter den Schreibtisch. Ein gelber Telefonnummernanzeiger. »Telia Anita 20« stand mit schwarzen Buchstaben über der Nummernanzeige. Die Buchstaben wiesen tiefe Klauenspuren auf. Ein graues Kabel, das von der Anzeige zum Telefon führte, war herausgerissen. Offenbar hatte Telia Anita dem gelangweilten Belker als Spielzeug gedient.

Irene steckte das Kabel wieder ein, aber das Gerät war hinüber. Wahrscheinlich war es kaputtgegangen, als es zu Boden fiel. Sie gab auf. Das führte zu nichts. Irene machte das Licht im großen Zimmer aus und ging in die Diele. Als sie die Hand hob, um das Licht auszuschalten, fragte sie sich noch beiläufig, wo Belker sich eigentlich versteckt haben könnte. Im nächsten Moment wusste sie die Antwort. Nach einem Tigersprung von der Hutablage saß er wie eine wütend fauchende Baskenmütze auf ihrem Kopf. Mit der ganzen Kraft, die eine enttäuschte kleine Siamkatze in ihre winzigen Pfoten legen kann, verkrallte sie sich unter ihrem Kinn. Das tat fürchterlich weh, und Irene fasste instinktiv nach den Vorderbeinen der Katze. Ein glühender Schmerz fuhr durch ihr rechtes Ohr, als Belker seine messerscharfen Zähne darin vergrub.

»Meine Güte. Das sieht wirklich nicht schön aus.«

Schwester Ellen schüttelte teilnahmsvoll den Kopf, während sie damit fortfuhr, Irenes Wunden zu reinigen. Im linken Oberarm pochte es nach der Tetanusspritze, aber das merkte sie kaum vor Schmerzen am Ohr und unterm Kinn. Dr. Löwander trat ein und versuchte sie aufzumuntern.

»Das verheilt ohne Narben. Aber Sie müssen Penicillin nehmen. Ich schreibe Ihnen ein Rezept aus. Die Apotheken haben jetzt allerdings schon geschlossen. Wir geben Ihnen ein paar Tabletten aus dem Medizinschrank mit.«

Er ließ sich auf den Stuhl hinter dem Schreibtisch sinken und fischte einen Rezeptblock aus der Schublade. Ehe er zu schreiben begann, rieb er sich müde die Augen und lächelte Irene entschuldigend an.

»Ich bin jetzt schon seit sechsunddreißig Stunden auf den Beinen. Und dann die Sache mit Schwester Marianne. Und dass Linda verschwunden ist … Ich bin todmüde.«

Irene fand ihn äußerst attraktiv, obwohl die Müdigkeit tiefe Falten um Augen und Mund gegraben hatte. Die Jahre hatten in seinem dunklen Haar ein paar charmante silberne Strähnen an den Schläfen und über der Stirn hinterlassen. Wie ungerecht, dachte Irene, Frauen werden grau und Männer distinguiert. Sie hatte den entschiedenen Eindruck, dass ihre eigene Haarfarbe inzwischen mehr an Stahlwolle erinnerte. Noch ein Jahr, dann war sie vierzig. Es war wirklich höchste Zeit, dass sie mehr an ihr Aussehen dachte. Sie nahm sich vor, bereits am nächsten Tag bei ihrer Friseuse anzurufen, um sich einen Termin zum Haareschneiden und Tönen geben zu lassen.

Sverker Löwander schrieb ein paar Krakel auf den Rezeptblock und riss dann das Blatt ab. Lächelnd überreichte er es Irene. Seine Augen waren müde und blutunterlaufen, aber die Pupillen erstrahlten in einem wunderbaren Meeresgrün. Spontan sagte Irene:

»Ich kann Sie nach Hause fahren. Für mich ist es auch höchste Zeit! Sie werden ja nicht wollen, dass ich überall in der Stadt herumlaufe und erzähle, dass ich direkt aus der Löwander-Klinik komme…«

Sie deutete auf ihr Gesicht, auf dem einige Kompressen klebten. Vor allen Dingen ihr rechtes Ohr sah komisch aus. Es schaute ordentlich in eine Kompresse verpackt und zugepflastert zwischen ihren Haaren hervor.

»Das wird alles sehr gut verheilen. Und es wäre mir sehr recht, wenn Sie mich fahren könnten«, sagte er.

Kommissar Andersson kam gemächlich durch die Tür geschlendert, als Sverker Löwander sich gerade fertig machen wollte.

»Zeit zum Nachhausegehen?«, fragte der Kommissar.

Löwander nickte. Ehe er durch die Tür verschwand, drehte er sich zu Irene um und sagte:

»Sie können hier warten. Ich ziehe mich nur eben um.«

Der Kommissar hob viel sagend die Augenbrauen, als der Arzt verschwunden war.

»So so. Machst du mit dem Doktor einen Ausflug?«, sagte er.

Verdammt, warum wurde sie nur rot? Sie riss sich zusammen und hoffte nur, dass die Kompressen die roten Flecken auf den Wangen verbergen würden.

»Ich dachte, dass ich die Gelegenheit dazu nutzen könnte, um mich mit ihm zu unterhalten. Er ist schließlich der Chef und muss sein Personal kennen.«

Andersson nickte.

»Ich habe mich mit ihm heute Nachmittag bereits unterhalten. Er sagt, dass er Marianne Svärd nicht näher kannte. Zum einen arbeitete sie nachts, zum anderen war sie wohl nicht der zwanglose Typ. Freundlich und tüchtig. Gewissenhaft, was die Arbeit angeht. Mehr hatte er nicht über sie zu sagen. Dagegen schien er wegen Linda Svensson sehr besorgt zu sein. Das ist vermutlich verständlich, wenn man bedenkt, was Marianne Svärd zugestoßen ist. Er hat Linda als fröhlich und tüchtig beschrieben. Sie kennt er besser, da sie tagsüber arbeitet. Aber ich glaube nicht, dass der Mord an Marianne und das Verschwinden von Linda etwas miteinander zu tun haben. Der Mord ist hier im Krankenhaus verübt worden. Linda hatte frei und ist aus ihrer Wohnung verschwunden. Deswegen glaube ich, dass wir diesen Ex-Freund von ihr suchen sollten. Ich habe Birgitta Moberg telefonisch gebeten, ihn ausfindig zu machen.«

Er ließ sich auf den Schreibtischstuhl sinken, der mit einem Knirschen gegen sein Gewicht protestierte, und sah auf den Rücken von Schwester Ellen. Diese verteilte Pillen in kleine rote Plastikbecher. Vorsichtig meinte Irene:

»Entschuldigen Sie, aber ich muss Sie noch etwas fragen.«

Ellen Karlsson drehte sich um und nickte.

»Ja?«

»Ich habe hier heute mit verschiedenen Schwestern gesprochen. Etwas ist mir aufgefallen. Entweder sind die Schwestern sehr jung, oder sie sind über fünfzig. Wo sind alle Dreißig- und Vierzigjährigen?«

Schwester Ellen seufzte tief, ehe sie antwortete:

»Die verschwanden Ende der achtziger, als sie zwischen zwanzig und dreißig waren. Eine ganze Station hat damals zugemacht. Nur wir älteren blieben. Obwohl wir damals natürlich auch zehn Jahre jünger waren als heute.«

»Warum wurden Marianne Svärd, Linda Svensson und Anna-Karin auf der Intensiv angestellt?«, wollte Irene wissen.

»Drei ältere Schwestern gingen innerhalb von sechs Monaten in Rente. Deswegen kamen Marianne, Linda und Anna-Karin fast gleichzeitig.«

»Gibt es noch andere Schwestern, die jetzt bald in Rente gehen?«

»Dieses Jahr sind es noch drei. Siv Persson, Greta unten von der Aufnahme und Margot Bergman von der Intensiv.«

»Ich habe sowohl mit Margot Bergman als auch mit Greta gesprochen ... mal überlegen ... wie hieß sie noch mit Nachnamen ...«

»Norén«, ergänzte Ellen Karlsson.

»Genau. Danke. Keine der beiden schien Marianne und Linda näher zu kennen. Schwester Margot fand Marianne angenehm und tüchtig. Das war alles.«

Ellen Karlsson warf Irene einen langen Blick zu, ehe sie sagte:

»Der Altersunterschied ist zu groß. Man sieht sich nicht privat, nur in der Arbeit.«

Die Einzige, die Marianne und Linda auch in der Freizeit getroffen hatte, war Anna-Karin. Irene hatte das Gefühl, dass der Mord an Marianne und das Verschwinden von Linda zusammenhingen, auch wenn der Kommissar nicht daran glaubte. Sie würde die junge Dame auf der Intensiv noch einmal befragen müssen. Bei all ihrer Gereiztheit wusste sie vielleicht etwas, was Licht auf die Ereignisse der letzten vierundzwanzig Stunden werfen konnte. Oder gab es zwischen den beiden Vorfällen keinen logischen Zusammenhang? Noch deutete nichts darauf hin, dass Linda Svensson Opfer irgendeines Verbrechens geworden war. Irene wünschte innerlich, dass es für ihr Verschwinden eine natürliche Erklärung geben würde.

Irene hatte umsonst darauf gehofft, weitere Informationen aus Sverker Löwander herauszuholen, während sie ihn nach Hause fuhr. Zum einen schlief er sofort ein, nachdem er sich in den Beifahrersitz hatte sinken lassen, zum anderen wohnte er auf der Drakenbergsgatan, nur knapp zwei Kilometer von der Löwander-Klinik entfernt.

Als Irene in die Auffahrt von Löwanders Einfamilienhaus einbog, stieß sie fast mit einem dunklen BMW zusammen, der rückwärts aus der Garage schoss. Es war eines der größeren Modelle und, so weit Irene beurteilen konnte, eines der neuesten. Mit quietschenden Reifen kamen beide Wagen zum Stehen. Die Fahrertür des BMW wurde aufgerissen und eine Frau warf sich aus dem Fahrzeug, ehe dieses noch richtig zum Stillstand gekommen war. Mit drei langen Schritten war sie bei Irenes Volvo.

»Was fällt Ihnen eigentlich ein, hier so reinzufahren!«, schrie sie.

Sverker Löwander war vom heftigen Bremsen aufgewacht. Die Frau beugte ihr wütendes Gesicht vor, um Irene näher in Augenschein zu nehmen. Diese hatte damit begonnen, das Fenster herunterzukurbeln. Ehe sie noch antworten konnte, hörte sie Sverker Löwanders müde Stimme:

»Das hier ist Kriminalinspektorin Huss. Sie hatte die Freundlichkeit, mich nach einem der schlimmsten Tage meines Lebens nach Hause zu fahren. Du hast dich schließlich dazu nicht herablassen können.«

Irene war vollkommen perplex, wie schnell sich das Gesicht der Frau knapp einen Meter vor ihr verwandelte. Die wutverzerrte Miene verschwand, und in dem schönen Gesicht regierten jetzt reine und kühle Linien. Das Ganze ging so schnell, dass Irene fast meinte, sich das wutentbrannte Aussehen der Frau nur eingebildet zu haben.

Sie war geringfügig kleiner als Irene. Ihr Haar war dick, blond und an den Schultern gerade abgeschnitten. In der Beleuchtung der Garagenauffahrt sah Irene, dass sie stark sonnengebräunt war. Da es noch kaum Mitte Februar war, musste sie davon ausgehen, dass es sich um Solariumbräune handelte.

»Du weißt doch, dass ich dich dienstags nicht abholen kann. Ich höre um fünf auf, und das Studio fängt schon um halb sieben an. Warum hast du nicht den Mazda genommen?«

Sie hatte eine weiche und angenehme Stimme, möglicherweise mit einem fast unmerklichen metallischen Unterton. Oder bildete sich Irene das nur ein, weil diese Frau jünger und schöner war als sie selbst?

»Ich bin zu Fuß zur Arbeit gegangen. Gestern früh«, sagte Löwander seufzend.

Er stieg aus dem Wagen und ging durch das offene Garagentor. Irene hörte, wie er in der Garage eine Tür öffnete und wieder schloss. Sie stieg ebenfalls aus dem Volvo, streckte der Frau die Hand hin und stellte sich vor:

»Kriminalinspektorin Irene Huss.«

Die Frau gab ihr eine kühle Hand und drückte die ihre überraschend fest.

»Carina Löwander.«

»Haben Sie gehört, was in der Löwander-Klinik passiert ist?«

»Ja. Mein Mann hat mich heute Morgen in der Arbeit angerufen. Aber wir konnten uns noch nicht ausführlicher unterhalten.«

Sie hielt inne und schaute ausgiebig und demonstrativ auf ihre schöne Armbanduhr mit gewölbtem Glas und metallicblauem Zifferblatt.

»Entschuldigen Sie, aber das Training beginnt in einer Viertelstunde. Und ich leite es«, sagte sie mit einem Lächeln.

Sie drehte sich auf ihren hohen Absätzen um, zog ihre Pelzjacke zurecht und ließ sich dann graziös in den BMW gleiten. Irene blieb nichts anderes übrig, als dasselbe zu tun. Aber mit Curlingstiefeln, verschlissener Lederjacke und einem alten rostigen Volvo 240 ergab das nicht dasselbe Bild. Außerdem konnte ein Flickenteppich aus Kompressen auf einem müden

Gesicht ohnehin nicht mit perfekter Haut und frischer Sonnenbräune konkurrieren.

Die Kommentare der Familie fielen genauso aus, wie sie sich das gedacht hatte:

»Was hast du nur angestellt?«

»Wie sieht der aus, der das mit dir gemacht hat?«

»Nur weil du bei den Schönheitschirurgen bist, musst du dich doch nicht gleich unters Messer werfen?«

Letzteres hatte Krister witzig gemeint, aber Irene war nicht zum Scherzen aufgelegt. Die Kommentare ihrer Töchter erwiderte sie kurz mit:

»Legt euch nie 'ne Katze zu!«

Sammie kam angerast und bezeugte Irene seine Anteilnahme. Als sie sich zu ihm hinunterbeugte, um seinen weichen weizenfarbenen Pelz zu streicheln, schnupperte er misstrauisch an ihren Kompressen.

Natürlich war sie gezwungen, der ganzen Familie zu erzählen, was vorgefallen war. Sie erstattete jedoch nur in Auszügen über die dramatischen Vorfälle des Tages Bericht. Gleichzeitig rollte sie Spaghetti auf ihre Gabel. Die ganze Familie aß an diesem Tag spät. Irene und Krister, weil sie spät von der Arbeit gekommen waren, Katarina, weil sie direkt nach der Schule zum Jiu-Jitsu-Training gegangen war, und Jenny, weil ihr Gitarrenunterricht erst um halb sieben zu Ende war. In letzter Zeit war die Familie nur noch selten vollständig um den Esstisch versammelt. Irene fand es gemütlich, alle um sich zu haben. Plötzlich fiel ihr auf, dass Jenny sich keine Hackfleischsauce zu ihren Nudeln genommen hatte. Die Schüssel stand neben ihr, und sie reichte sie ihrer Tochter. Diese sah auf die braunrote, tomatenduftende Sauce und schüttelte dann entschieden den Kopf.

»Ich esse kein Fleisch mehr«, sagte sie.

»Kein Fleisch? Warum?«, wollte Irene wissen.

»Ich will keine toten Tiere essen. Die haben dasselbe Recht zu leben wie wir. Alle Tierhaltung ist Folter.«

»Hast du deswegen auch aufgehört, Milch zu trinken?«

»Ja.«

»Warum?«

»Die Milch der Kühe ist für die Kälber da, nicht für uns Menschen.«

Kristers Stimme klang wütend, als er aufbrauste:

»Was sind das für Dummheiten? Bist du jetzt auch so eine verdammte Vegetarierin geworden?«

Jenny sah ihm lange direkt in die Augen, ehe sie antwortete:

»Ja.«

Um den Esstisch herum wurde es still. Katarina unterbrach das Schweigen.

»Sie sagt, dass ich meine neuen Stiefel nicht tragen darf«, sagte sie sauer.

»Die sind aus Leder! Es gibt wärmere und bessere aus Textilmaterial!«

»Und dann durfte ich heute Morgen keinen Honig in den Tee tun!«

»Nee! Denn der gehört den Bienen!«

Die beiden Mädchen schauten sich wütend an. Krister blickte grimmig. Er war gelernter Koch und bereitete alle möglichen Gerichte meisterhaft zu. Mit verräterisch sanfter Stimme fragte er:

»Und was gedenkst du dann zu essen?«

»Es gibt eine Menge prima Essen, das nicht von ermordeten oder gequälten Tieren stammt. Gemüse, auch Wurzelgemüse, Obst, Beeren, Getreide, Nüsse und Hülsenfrüchte. Außerdem gibt es Pflanzenfett.«

Es klang auswendig gelernt, als Jenny ihre Essensliste herunterbetete. Das war es sicher auch. Wo hatte sie das nur her?

Die nette, gemeinsame Mahlzeit hatte eine beunruhigende Wendung genommen. Krister war ein friedliebender und freundlicher Mensch, aber Essen war seine große Leidenschaft, sowohl beruflich als auch in der Freizeit. Das sah man seinem Bauch auch langsam an. Das ist wohl Berufsrisiko, dachte Irene zärtlich. In ein paar Jahren würde er fünfzig werden. Er sollte vielleicht etwas mit seinem Gewicht aufpassen. Sie selbst verabscheute es, zu kochen. Das hatte sie stets dankbar Krister überlassen.

Sein Tonfall war hart und kurz, als er sagte:

»In diesem Fall kannst du dir dein Kaninchenfutter selber zubereiten! Wir anderen gedenken weiterhin so zu essen wie bisher.«

Um den Tisch wurde es still.

KAPITEL 6

Du solltest langsam mal die Rasierklinge wechseln.«

»Es stimmt also, dass wilde Katzen auch nicht immer ungeschoren davonkommen!«

»Warst du so wild darauf, dich liften zu lassen?«

Die frechen Kommentare hagelten um Irenes eingepacktes Ohr herum. Sie war diesen Jargon gewöhnt und nahm ihn nicht weiter krumm. Er war das wohl bekannte Indiz für die Nervosität, die sich immer zu Beginn einer Ermittlung einstellte, besonders dann, wenn es um einen komplizierteren Fall ging. Die Scherze und Sticheleien nahmen etwas von der Spannung, die alle empfanden.

Irene blickte in die Runde. Sechs Inspektoren, der Kommissar und der Polizeitechniker Svante Malm waren zugegen. Der Kommissar sah müde und überarbeitet aus. Fredrik Stridh neben ihm wirkte alles andere als das. Er war der jüngste von ihnen allen, aber das war nicht der einzige Grund. Seine ganze Gestalt pulsierte von gezügelter Energie. Irene seufzte innerlich. Es war erfreulich, dass Leute wach und aufmerksam wurden, aber Morde ließen sich nicht durch jugendlichen Enthusiasmus lösen. Morde wurden durch langweilige Routinearbeit gelöst, Überprüfungen, nochmalige Überprüfungen, Verhöre und erneute Verhöre. Ein routinemäßiges Durchkämmen. Am Schluss hatte man hoffentlich ein Bild des Mörders oder wusste, wie er vorgegangen war.

Birgitta Moberg war die zweite Inspektorin in der Gruppe.

Sie und Fredrik Stridh hatten im vergangenen Jahr eine kurze Affäre gehabt. Sie war im Sand verlaufen, als Birgitta für zwei Monate nach Australien gefahren war und Fredrik sie nicht begleiten durfte. Mehrere Wochen lang war er sauer und verdrossen gewesen, hatte dann aber wieder zu seinem alten Ich zurückgefunden. Sie hieß Sandra, hatte sich Irene sagen lassen. Mit ihrem blonden Haar und ihren funkelnden braunen Augen war Birgitta eine schöne Frau. Sie sah jünger aus als ihre dreißig.

Inspektor Jonny Blom hatte schon ein paar Jahre mehr als Irene bei der Mordkommission auf dem Buckel. Er war verheiratet und hatte vier Kinder. Seine giftigen Kommentare und rohen Scherze bereiteten Irene Mühe, sie musste jedoch zugeben, dass er ein sehr guter Polizist war. Vor allem war er ein tüchtiger und geschickter Verhörleiter.

Tommy Persson saß auf der anderen Seite von Irene. Er war nicht nur derjenige, mit dem sie am engsten zusammenarbeitete, sondern auch ihr bester Freund. Anfangs hatten ihre Kollegen ihr Verhältnis kommentiert, aber mittlerweile hatten sie sich daran gewöhnt. Irene und Tommy hatten zusammen die Polizeischule besucht und waren seitdem gute Freunde.

Schließlich schaute Irene auf den ältesten der Inspektoren. Hans Borg war vierundfünfzig und damit zwei Jahre jünger als der Kommissar. Aber verglichen mit Hans Borg war dieser ein Phänomen an Gewandtheit. Borg hatte sein eigenes soziales Schutznetz erfunden: Er war Frührentner mit Arbeitsplatz und ohne Lohneinbuße.

»Da wären wir also vollzählig. Ich beginne mit einer Zusammenfassung der Ereignisse des gestrigen Tages.«

Andersson referierte die Umstände des Mordes an der Nachtschwester Marianne Svärd. Die Verdunkelung des Krankenhauses und die Sabotage des Notstromaggregates schienen vom Mörder genauestens geplant worden zu sein, die Aussage von Siv Persson über das Krankenhausgespenst Tekla war jedoch merkwürdig.

»Aber irgendwas muss die Gute doch schließlich gesehen haben? Oder hatte sie Halluzinationen?«, wollte Fredrik Stridh wissen.

Andersson nickte: »Irgendetwas hat sie sicher gesehen. Die Frage ist nur, was? Oder wen?«

»Ach was! Eine hysterische Alte, die Angst im Dunkeln hat. Darum brauchen wir uns doch wohl nicht zu kümmern!«, meinte Jonny Blom höhnisch.

»Hättest du das auch gesagt, wenn ein älterer Mann diese Aussage gemacht hätte?«, warf Birgitta Moberg ein.

Jonny Blom tat so, als hätte er sie nicht gehört.

Tommy Persson räusperte sich leicht, ehe er seine Ansicht kundtat. »Ich glaube, dass sie jemanden gesehen hat. Nämlich die Person, die das Notstromaggregat lahm legte und Marianne Svärd ermordete.«

Irene nickte zustimmend.

»Im ganzen Krankenhaus war es dunkel, und nach dem Tod von Nils Peterzén und dem Verschwinden von Marianne war sie verständlicherweise außer sich. Sie hat jemanden gesehen. Wahrscheinlich den Mörder.«

Andersson sah Irene nachdenklich an, ehe er antwortete:

»Sie hatte sicherlich Angst. Aber sie behauptete mit Bestimmtheit, dass sie die Gestalt sehr deutlich gesehen hat. Es war kalt und sternenklar. Der fast volle Mond schien durch das Dielenfenster und beleuchtete die Gestalt. Laut Siv Persson trug sie eine altmodische Schwesterntracht. Langes, schwarzes Kleid und weiße Haube.«

Jonny brach das Schweigen, das nach der letzten Bemerkung des Kommissars entstanden war.

»Sag bloß nicht, dass wir jetzt auch noch anfangen sollen, Gespenster zu jagen!«, rief er.

Andersson warf ihm einen irritierten Blick zu.

»Nein. Aber die Frage ist, was wir jagen sollen«, sagte er kurz.

Er wandte sich an Svante Malm und meinte hoffnungsvoll:

»Vielleicht hast du irgendwelche Anhaltspunkte?«

»Wir wissen nicht viel, außer, dass wir es mit einem Mörder zu tun haben. Einem Mörder mit guten Ortskenntnissen und Schlüsseln«, sagte Malm.

»Schlüsseln?«

»Ja. Nirgendwo sind die Schlösser aufgebrochen oder beschädigt worden – weder bei der Außentür noch bei den Türen innerhalb des Hauses. Die Haupttür vorne wird jeden Tag um 17 Uhr abgeschlossen. Die Hintertür ist immer abgeschlossen. Rund um die Uhr.«

»Aber bis 17 Uhr kann also jeder, der will, ins Haus schleichen und sich dort verstecken? Beispielsweise im Keller?«, sagte Irene.

»Ja. Theoretisch geht das. Aber in der Eingangshalle befinden sich die Telefonvermittlung und der Empfang. Dort sitzt immer jemand, bis abgeschlossen wird. Das heißt, bis 17 Uhr.«

Andersson seufzte und sagte:

»Das ist immer so eine Sache mit den Schlüsseln und den Schließzeiten. Der große Vorteil dabei ist nur, dass es die Zahl der Verdächtigen eingrenzt.«

Alle nickten zustimmend. Malm fuhr fort.

»Der eine Schuh von Marianne Svärd wurde im Fahrstuhl gefunden. Wahrscheinlich wurde sie darin in den Keller transportiert. Der Mörder verwendete gepuderte Gummihandschuhe. Ihre Strümpfe waren an den Fersen schwarz und sie hatte weiße Puderflecken unter den Unterarmen. Das deutet darauf hin, dass sie im Feuerwehrgriff weggeschleift wurde. Wahrscheinlich war sie bereits tot, als sie im Aufzug in den Keller gebracht wurde.«

»Als der Mörder die Tür zur Elektrozentrale öffnete, musste er Mariannes Leiche auf den Boden legen. Oder?«, fragte Birgitta.

»Ja. Auch diese Tür ist immer abgeschlossen.«

»Als er die Tür geöffnet hatte, brachte der Mörder Marianne wieder in eine aufrechte Stellung und stieß sie in den Raum.

Sie landete auf dem Notstromaggregat, aber das war dem Mörder egal. Für ihn ging es hauptsächlich darum, Mariannes Leiche zu verstecken«, stellte Birgitta fest.

»Warte. Das stimmt nicht. Wenn es ihm hauptsächlich darum gegangen wäre, Mariannes Leiche zu verstecken, hätte er dazu wohl nicht das ganze Krankenhaus verdunkeln müssen. In der Elektrozentrale sucht man den Fehler doch zuerst«, wandte Irene ein.

Svante Malm nickte zustimmend.

»Es wurde kein Versuch unternommen, die Leiche zu verstecken. Auch die Sabotage des Notstromaggregats war nicht weiter ausgefeilt. Sämtliche Kabel wurden durchgeknipst. Es muss passiert sein, ehe der Hauptschalter umgelegt wurde.«

»Wie willst du das wissen?«, fragte Fredrik.

»Wenn es hinterher gemacht worden wäre, dann hätte das Aggregat auf den Spannungsabfall reagiert und wäre angesprungen. Außerdem hätte der Saboteur in der Dunkelheit nichts gesehen. Die Sabotage wurde vor dem Stromabbruch durchgeführt.«

Tommy Persson sagte nachdenklich:

»Also wurde Marianne Svärd mit hundertprozentiger Sicherheit ermordet, ehe der Strom abgestellt wurde. Anders hätte man sie gar nicht im Aufzug transportieren können. Der Mörder hätte auch sonst im Keller und in der Elektrozentrale seinen Weg nicht gefunden.«

»Das liegt auf der Hand. Wir haben den Seitenschneider nicht gefunden, mit dem der Mörder die Kabel des Aggregats abgeknipst hat, aber es muss ein ziemliches Ding gewesen sein.«

»Hast du die Schlinge gefunden?«, wollte Andersson wissen.

»Nein.«

»Ich habe die Stridner gestern Abend angerufen, aber sie war mit der Obduktion noch nicht ganz fertig. Heute Mittag wissen wir mehr. Vielleicht gehe ich ja selbst in die Pathologie und versuche etwas herauszufinden. Das geht schneller, als zu warten, bis sie sich bequemt, hier anzurufen.«

»Wirklich ein richtiger Drachen in den Wechseljahren!«, meinte Jonny voll Überzeugung. Er war sich bewusst, dass seinem Chef dieser Kommentar gefallen würde.

Andersson widersprach nicht, aber murmelte der Ordnung halber, dass sie eine begabte Pathologin sei.

Malm räusperte sich, um die Aufmerksamkeit wieder auf sich zu lenken.

»Wir haben die Kleider von Marianne Svärd gestern abgesaugt. Auf der Rückseite ihrer Kittelbluse waren mit bloßem Auge dunkle Fasern zu erkennen. Wir haben damit angefangen, sie uns näher anzuschauen. Es scheint sich um dünne Wollfasern zu handeln.«

»Gib mir Kraft und Stärke! Schon wieder das Gespenst. Das Gespenst trug eine schwarze Schwesterntracht«, sagte Irene.

»Aber wissen wir, dass diese aus Wolle war? Oder ob sie dunkelblau, dunkelgrau oder dunkelgrün war? Es ist schwer, im Dunkeln Farben zu unterscheiden«, meinte Birgitta.

»Gespenster haben Kleider aus Ektoplasma«, sagte Jonny bissig.

Andersson hatte begonnen rot anzulaufen. Er zischte:

»Genau! Wisst ihr, wie ihr euch anhört? ›Das Gespenst hatte ein schwarzes Kleid. Oder war es grau?‹ Polizisten jagen keine Gespenster und das aus dem einfachen Grund, weil es keine Gespenster gibt! Wir jagen leibhaftige Verbrecher. Dieser hier war äußerst leibhaftig. Er hat Marianne ermordet und dann alle Kabel zum Aggregat abgeknipst. Dafür gesorgt, dass das ganze Krankenhaus im Dunkeln lag. So etwas tun Gespenster nicht. Aus dem einfachen Grund, weil es sie nicht gibt. Und wenn es sie gäbe, würden sie auf jeden Fall nicht das tun, was dieser Mörder in der Löwander-Klinik getan hat!«

Der Kommissar musste Luft holen. Niemand wies ihn darauf hin, dass der Schluss seiner Argumentation unlogisch war. Natürlich hatte er bis zu einem bestimmten Punkt Recht, Siv

Perssons Zeugenaussage konnten sie deswegen nicht einfach ignorieren. Was immer sie nun gesehen hatte.

Malm ergriff erneut das Wort:

»Eines ist merkwürdig. In Mariannes Kittelbluse lag das hier.«

Er hielt vor der Versammlung eine Plastiktüte hoch. In dieser lag ein Kalender mit einem dicken Einband. Einer der beliebten Marke Filofax.

»Ich habe mir den angeschaut. Das scheint nicht Marianne Svärds Kalender gewesen zu sein. Innen auf dem Deckel steht der Name Linda Svensson.«

Ein verblüfftes Schweigen machte sich im Raum breit. Irene war die Erste, die wieder etwas sagte:

»Warum hatte Marianne Svärd Linda Svenssons Kalender in der Tasche?«

Keiner hatte eine plausible Erklärung dafür. Vielleicht gab es einen einfachen Grund dafür, aber Irene spürte, wie es ihr eiskalt den Rücken herunterlief. Das war nicht gut, es war tatsächlich alles andere als gut.

Da sie mit dem Mord an Marianne nicht weiterkamen, wandte sich Andersson dem Verschwinden von Linda Svensson zu. Irene erzählte davon, wie sie die Wohnung durchsucht hatte. Sie erwähnte, dass sie weder ein Telefon- noch ein Adressbuch gefunden hatte. Außerdem erwähnte sie das kaputte Display. Auf ihre Rauferei mit Belker ging sie nicht näher ein.

Andersson fuhr fort:

»Wir haben gestern überall nach Linda Svensson fahnden lassen. Wir haben mit ihren Eltern in Kungsbacka gesprochen. Dort hat sie sich nicht blicken oder von sich hören lassen. Die neue Adresse ihres Exfreundes hatten die Eltern auch nicht.«

»Aber die habe ich! Da ich seinen Namen und seine alte Adresse hatte, habe ich einfach bei der Post gefragt, ob er einen Nachsendeauftrag gestellt hat«, sagte Birgitta triumphierend.

»Gut. Dann kannst du ja heute versuchen, ihn ausfindig zu machen. Zur Vernehmung kannst du anschließend Tommy oder sonst jemanden mitnehmen. Irene?«

»Ich denke gerade über etwas nach, was Anna-Karin gestern gesagt hat. Sie arbeitet auf derselben Station wie Marianne. Tagsüber. Sie ist nur wenig jünger, und sie kannten sich auch privat. Sie meinte, sie hätte das Gefühl gehabt, Marianne hätte ihre Stelle am Krankenhaus-Ost gekündigt, weil sie einen bestimmten Typen nicht mehr jeden Tag treffen wollte. Vielleicht wäre es interessant, herauszufinden, wer dieser Mann ist.«

»Aber das ist doch schon zwei Jahre her. Nun ja, warum nicht. Du kannst ja mal im Östra Erkundigungen einziehen und auch versuchen, ihren Exmann zu treffen. Ich habe seine Adresse ...«

Der Kommissar begann wie besessen in dem Papierberg auf dem Tisch vor sich zu wühlen. Nach langem Suchen fand er das Gewünschte und wedelte mit einem zerknitterten Zettel.

»Hier!«

Irene nahm ihn und las unkonzentriert.

Andreas Svärd, Privatadresse, Majorsgatan, und Büroadresse, eine Anwaltskanzlei auf der Avenyn. Alles offensichtlich ziemlich edel.

Andersson fuhr fort:

»Fredrik und Hans, ihr könnt bei den Häusern rund um die Löwander-Klinik weiter an den Türen klopfen. Wir interessieren uns hauptsächlich für die Zeit um Mitternacht zwischen Montag und Dienstag. Wir sollten vielleicht auch fragen, ob jemand Linda Svensson gesehen hat. Diese Frau ist wie vom Erdboden verschluckt! Vielleicht haben sich Linda und Marianne am Abend getroffen, wenn man an den Taschenkalender in Mariannes Tasche denkt.«

Irene schauderte es bei seinen letzten Worten. Wieder begannen ihre inneren Warnlichter zu leuchten.

»Jonny. Du kannst dich um das Verschwinden von Linda Svensson kümmern. Das hier ist ihr Passbild. Es ist vor knapp einem Jahr aufgenommen worden.«

»Schöne Frau«, meinte Jonny und betrachtete eingehend das Foto.

Irene streckte die Hand aus und bat, es sehen zu dürfen. Am Vorabend hatte sie nicht die Zeit gehabt, den Pass eingehend zu betrachten.

Größe ein Meter achtundfünfzig, stand im Pass. Selbst Irene fiel auf, das Linda süß war. Das lange, goldblonde Haar fiel ihr weich und voll über die Schultern. Ihr Lächeln war reizend, mit deutlichen Grübchen in den Wangen. Die Augen waren blau und funkelten in die Kamera.

Auf dem Tisch lag ebenfalls ein Passbild von Marianne Svärd, das vor vier Jahren aufgenommen worden war. Ihre Größe war mit ein Meter sechzig angegeben. Auch sie sah gut aus, aber auf eine alltäglichere Art als Linda. Das Haar war sehr dunkel, dicht und lang. Die Augen waren groß und braun und hatten einen ernsten Ausdruck, der sich um den Mund herum fortsetzte. Marianne Svärd hatte nicht den Esprit, der sich auf dem Foto von Linda erahnen ließ. Aber sie hatten trotzdem einiges gemeinsam. Sie arbeiteten beide als Krankenschwestern in derselben Klinik und waren in etwa gleich alt. Innerhalb desselben Zeitraums war ihnen beiden etwas Dramatisches zugestoßen. Irene hoffte inständig, dass Linda nicht auch tot war. Aber was war ihr zugestoßen? Und wo war sie?

»Ich werde selbst mit den Eltern von Marianne Svärd sprechen. Danach fahre ich vielleicht noch zur Pathologie. Um 15 Uhr ist Pressekonferenz. Es wäre gut, wenn ihr mich verständigen könntet, falls ihr etwas herausfindet. Andernfalls sehen wir uns hier um 17 Uhr wieder«, schloss Andersson.

Irene begann damit, es unter der Privatnummer von Anwalt Svärd zu versuchen. Niemand hob den Hörer ab, und sie versuchte es unter seiner Büronummer. Ein Anrufbeantworter setzte sie davon in Kenntnis, dass die Kanzlei erst um neun Uhr öffnete. Bis dahin war es noch eine halbe Stunde, und diese Zeit nutzte sie, um Informationen über Andreas Leonhard Svärd einzuholen. Beide Eltern waren noch am Leben und wohnten in Stenungsund, wo Andreas vor dreiunddreißig

Jahren zur Welt gekommen war. Aus einer Eingebung heraus ging Irene ins Zimmer von Kommissar Andersson und erkundigte sich nach der Adresse der Eltern von Marianne Svärd. Die Eltern von Marianne und Andreas waren Nachbarn. Das war vielleicht unwichtig, aber Irene beschloss, irgendwann auch die Eltern des Anwalts zu befragen.

Ehe sie wieder die Nummer der Anwaltskanzlei wählte, rief sie bei ihrer Friseuse an und ließ sich einen Termin zum Haareschneiden und Tönen geben. Sie bekam einen in genau einer Woche am Spätnachmittag, was ihr sehr gelegen kam.

Zufrieden mit sich, wählte sie die Nummer von Svärds Büro.

Eine angenehme Frauenstimme meldete sich:

»Anwaltskanzlei Svärd. Lena Bergman.«

»Guten Morgen. Hier ist Kriminalinspektorin Irene Huss. Ich würde gerne mit Andreas Svärd sprechen.«

Die Sekretärin holte hörbar Luft, ehe sie antwortete:

»Er ist heute nicht hier. Er ist auf einer Konferenz in Kopenhagen und kommt erst heute Abend wieder zurück. Ich nehme an, es geht um diese schreckliche Sache mit Marianne?«

Irene fuhr zusammen. Am Morgen hatte noch nichts über den Mord in den Zeitungen gestanden. Das würde jedoch bei den Abendzeitungen anders aussehen. Am Morgen hatte die Presse nur eine kurze erste Meldung erhalten.

»Woher wissen Sie, was Marianne Svärd zugestoßen ist?«, fragte sie scharf.

»Mariannes Mutter hat vor einer Weile angerufen und wollte ebenfalls mit Andreas … Rechtsanwalt Svärd reden. Sie war vollkommen verzweifelt und hat am Telefon geweint. Als ich sie gefragt habe, was los ist, hat sie von dem Mord erzählt. Furchtbar!«

»Ein Mord ist immer furchtbar. Haben Sie Marianne gekannt?«

»Nein. Ich arbeite hier erst seit zwei Jahren. Sie waren bereits geschieden, als ich hier angefangen habe.«

Irene dachte kurz nach. Zwei Jahre. Ebenso lange wie Marianne in der Löwander-Klinik gearbeitet hatte. War das ein Zufall?

»Kannten Sie Anwalt Svärd bereits, ehe Sie in der Kanzlei angefangen haben?«, fragte sie deswegen.

»Nein. Ich habe mich genau wie alle anderen auf eine Anzeige beworben.«

Lena Bergman klang sowohl erstaunt als auch beleidigt. Irene beschloss, bei Gelegenheit noch einmal auf die Sekretärin zurückzukommen. Sie verabschiedeten sich voneinander und legten auf. Irene brauchte jetzt so schnell wie möglich drei Tassen Kaffee, um richtig in Gang zu kommen. Dann wollte sie sich zum Krankenhaus-Ost begeben und versuchen, herauszufinden, wer der Mann war, dessen Anblick Marianne Svärd nicht mehr hatte ertragen können.

Die drei riesigen Blöcke aus gelbem Ziegel erhoben sich in den kalten, kristallblauen Februarhimmel. Irene parkte vor dem größten Block, dem so genannten Zentralkomplex. Sie ging davon aus, dass Marianne Svärd dort gearbeitet hatte. In den beiden anderen Hochhäusern waren die Kinderklinik und die Frauenklinik untergebracht. Ihre Zwillinge waren hier auf der Entbindungsstation zur Welt gekommen, da sie und Krister damals noch in der Smörslottsgatan gewohnt hatten.

Die riesigen Ventilatoren der Klimaanlage brausten, die Glastüren öffneten sich automatisch vor ihr, und sie trat in das große Entree. Sie blieb stehen und betrachtete einen großen Gobelin an der Wand, ehe sie sich nach Wegweisern umsah. Diese zeigten in Richtung der Aufzüge weiter hinten. Auf dem Weg dorthin kam sie an einer großen Cafeteria, einem Friseursalon und einem Laden vorbei. Der Ladeninhaber stellte gerade den ersten Aushänger von einer der Abendzeitungen auf: »Krankenschwester ermordet!«, schrie es ihr entgegen. Da stand noch mehr, aber Irene las nicht weiter. Sie wusste, worum es ging.

Sie nahm den Aufzug zur Intensivstation. Die Tür war verschlossen, und auf dem Schild wurde gebeten zu klingeln. Irene tat es und eine Schwester mit Mundschutz öffnete.

»Ja?«, fragte sie gehetzt.

»Guten Morgen. Ich bin Inspektorin Irene Huss. Ich suche den Chef der Intensivstation.«

»Dr. Alm ist im OP.«

»Kann ich dann vielleicht mit jemand anderem sprechen? Es geht um eine Krankenschwester, die hier früher einmal gearbeitet hat, Marianne Svärd.«

Die Schwester zog den Mundschutz unter das Kinn und sah Irene verwundert an.

»Marianne? Was kann die Polizei nur über sie wissen wollen?«

»Kennen Sie sie?«

»Ja. Wir haben zusammen hier gearbeitet.«

»Hat Schwester Marianne damals tagsüber oder nachts gearbeitet?«

»Tagsüber. Wieso fragen Sie das?«

«Sie ist das Opfer eines Verbrechens geworden. Wie lange haben Sie mit ihr zusammengearbeitet?«

»Zwei Jahre. Dann hat sie in der Löwander-Klinik angefangen.«

»Warum das?«

Die Schwester antwortete nicht, sondern biss sich auf die Unterlippe. Schließlich lächelte sie und meinte:

»Auch wenn Sie ziemlich verpflastert sind, glaube ich nicht, dass Sie auf der Intensiv richtig sind.«

Wirklich erstaunlich, was für Reaktionen ein paar winzige Kompressen hervorriefen, aber dieses Mal ließ sich Irene nicht ablenken. Es war vollkommen offensichtlich, dass die Schwester ihre Frage nicht beantworten wollte. Ungerührt sagte sie:

»Ich benötige auch nicht die Hilfe einer Intensivstation, sondern nur ein paar Auskünfte über Marianne Svärd. Deswegen stelle ich meine Frage noch einmal. Warum hat Marianne Svärd hier auf der Station aufgehört?«

Die Schwester zog den Mundschutz wieder hoch.

»Sie … ich gehe den Stationspfleger holen«, murmelte sie.

Eilig schloss sie die Tür. Die Sekunden wurden zu Minuten, und Irene spürte, wie ihr Ärger wuchs. Schließlich hörte sie, wie sich Schritte näherten, und die Tür wurde kraftvoll von einem Adonis geöffnet. Das war jedenfalls Irenes erster Gedanke, als sie den Mann in der Tür sah.

Das war jetzt innerhalb von vierundzwanzig Stunden bereits die zweite Person, die Mitte Februar stark sonnengebräunt war. Der Mann war ebenso groß wie Irene, gelenkig und muskulös. Das dicke, honiggelbe Haar hatte helle Strähnen und war im Nacken zu einem Pferdeschwanz zusammengebunden. Die hellen, bernsteinfarbenen Augen hatten dunkle Pünktchen. Die Gesichtszüge waren von klassischer Schönheit. Als er ein blendend weißes Lächeln aufsetzte, war die Wirkung fast betäubend.

»Hallo. Sie sind von der Polizei?«

»Guten Morgen. Ja. Kriminalinspektorin Irene Huss.«

»Niklas Alexandersson. Stationspfleger.«

Er streckte seine trockene Hand aus und drückte ihr kraftvoll die ihre. Irene bemerkte, dass er in beiden Ohren mehrere Goldringe trug. Er war älter, als sie zuerst geglaubt hatte, eher dreißig als zwanzig.

Es hatte keinen Sinn, noch mehr kostbare Zeit zu vergeuden, deshalb kam Irene direkt zur Sache:

»Ich muss mit jemandem reden, der mir Auskünfte über Marianne Svärd geben kann. Haben Sie mit ihr hier gearbeitet?«

Es war, als hätte sie den Strom abgestellt. Das strahlende Lächeln erlosch. Er stand schweigend eine längere Zeit da. Nach einer Weile sagte er:

»Lassen Sie uns ins Konferenzzimmer gehen.«

Er schloss die Tür zur Intensivstation und ging auf eine andere am Korridor zu, die er erst aufschließen musste. Er machte eine einladende Handbewegung.

Das Zimmer war mit einem ovalen Konferenztisch aus Holz

möbliert, mit Stühlen aus demselben Holz und mit dem obligatorischen Overhead-Projektor. Niklas Alexandersson ging zu einer Gegensprechanlage, wählte und sagte in das Mikrofon:

»Hier ist Niklas. Ich bin im Konferenzzimmer, falls etwas sein sollte. Am liebsten würde ich aber nicht gestört werden.«

»Okay«, antwortete eine Frauenstimme.

Langsam drehte er sich zu Irene um und fragte:

»Warum brauchen Sie Auskünfte über Marianne? Und was für Auskünfte sollen das sein?«

»Ich will so viel wie möglich über Marianne wissen. Was hielten Sie von ihr?«

Der Stationspfleger warf Irene einen scharfen Blick zu, ehe er ein schnelles Lächeln abfeuerte. Dieses Lächeln war nicht blendend, sondern bösartig.

»Harmlos und freundlich.«

Er hatte sie nicht gemocht, das war offenbar.

»Waren Sie mit ihr nicht zufrieden?«

»Nein. Sie war tüchtig und gewissenhaft.«

»Sie hat keine Fehler bei der Arbeit gemacht? Kunstfehler oder so etwas?«

Niklas Alexandersson sah aufrichtig erstaunt aus, als er fragte:

»Nein. Wieso?«

»Nach Aussage ihrer Arbeitskollegen in der Löwander-Klinik hat sie hier vor zwei Jahren abrupt mit dem Arbeiten aufgehört. Haben Sie eine Vorstellung, warum?«

»Selbst wenn ich das wüsste, sehe ich nicht, was das die Polizei angeht.«

Irene fing den Blick seiner göttlichen bernsteinfarbenen Augen auf. Ohne diesem auszuweichen, sagte sie langsam:

»Marianne Svärd ist heute Nacht ermordet worden.«

Die Farbe verschwand aus seinem Gesicht, und die Sonnenbräune wich einem kränklichen gelbgrauen Farbton. Offenbar war er kurz davor, ohnmächtig zu werden. Er tastete nach einem Stuhl, bekam einen zu fassen und ließ sich schwer darauf niedersinken. Erbarmungslos fuhr Irene fort:

»Deswegen geht das die Polizei was an. Ich wiederhole meine Frage. Warum hat sie hier aufgehört?«

Niklas stützte die Ellbogen auf den Tisch und bedeckte sein Gesicht mit den Händen. Nach einer Weile nahm er die Hände wieder weg und rieb sich die Augen. Mit angestrengter Stimme antwortete er:

»Sie sagte, dass sie etwas anderes ausprobieren will.«

»Das sagen ihre Kollegen von der Löwander-Klinik aber nicht.«

Er erstarrte, schwieg aber. Irene fuhr fort:

»Sie soll gesagt haben, dass sie es nicht ertragen könnte, täglich einem gewissen Mann hier auf der Station zu begegnen.«

Immer noch saß er unbeweglich da und antwortete nicht. Irene beschloss, etwas zu riskieren.

»Wenn Sie nicht antworten wollen, sollte ich vielleicht ein paar Worte mit Dr. Alm wechseln.«

Er machte eine müde Handbewegung.

»Das ist nicht nötig. Alle wissen das. Ich war es, dem sie nicht länger begegnen wollte.«

Irene war erstaunt. Sie schienen nicht gerade zueinander zu passen.

»Warum?«

Eine schwache Andeutung seines bösartigen Lächelns war wieder in seinen Mundwinkeln zu entdecken.

»Ich habe ihr Andreas weggenommen.«

Irene geriet einen kurzen Augenblick aus der Fassung.

»Meinen Sie… dass Sie und Andreas Svärd…?«

»Ja. Er hat sie meinetwegen verlassen. Schockiert?«

Bei der letzten Frage hob er spöttisch die eine Augenbraue und sah ihr direkt in die Augen. Allmählich kehrte seine normale Hautfarbe zurück.

»Nein. Sind Sie immer noch mit ihm zusammen?«

»Ja. Wir wohnen zusammen.«

»Wie hat Marianne die Sache aufgenommen?«

Niklas schnaubte höhnisch.

»Sie ließ nicht so schnell locker. Sie war penetranter als ich gedacht hätte. Das war mühsam für Andreas. Und mich.«

»Inwiefern war das für Andreas mühsam?«

»Sie wollte es nicht einsehen. Er wollte ihr nicht wehtun. Dann wollte seine Familie unser Verhältnis nicht akzeptieren. Sie redete ihnen die ganze Zeit ein, dass die Sache nur vorübergehend sei. Andreas kommt bald zurück. Ich verzeihe ihm alles!«

Er imitierte Marianne mit der Stimme im Falsett. Es klang wirklich verblüffend, wie eine tiefe Frauenstimme. Er machte eine flatternde Bewegung und breitete die eine Hand in einer sehr femininen Geste aus. Im nächsten Augenblick war jede Andeutung von Weiblichkeit aus seiner Körpersprache verschwunden.

Die Gegensprechanlage summte.

»Niklas?«

»Ja?«

»Das Röntgen hat wegen des ZVK angerufen. Es ist ein Pneumotorax. Es geht ihm richtig schlecht, und die Blutgase haben sich auch verschlechtert.«

»Au. Das ist nicht gut. Hast du mit Alm geredet?«

»Nein. Er ist im OP.«

»Ich weiß. Ruf dort an und sieh zu, dass er schnell herkommt.«

»Okay.«

Niklas stand auf und versuchte bedauernd auszusehen.

»Wie Sie gehört haben, muss ich wieder an die Arbeit.«

Es war wirklich ermüdend, sich als Teil einer Krankenhaus-Soap-Opera zu fühlen und kein Wort von dem zu verstehen, worüber die Leute redeten. War es wirklich notwendig, dass Niklas zurückging, oder war es nur ein Vorwand?

»Ist es etwas sehr Ernstes?«, fragte Irene.

Niklas blieb stehen.

»Eine punktierte Lunge kann bei einem so kranken Patienten wie diesem direkt lebensbedrohend sein. Sie müssen mich entschuldigen ...«

Irene dachte nicht daran, ihn so leicht davonkommen zu lassen.

»Wann sind Sie heute Abend zu Hause?«

Er schien zu überlegen. Sollte er die Wahrheit sagen oder nicht? Schließlich zuckte er mit den Schultern und sagte:

»Sicher nicht vor sechs.«

»Ist Andreas Svärd um diese Zeit auch zu Hause?«

»Ja. Er kommt heute Nachmittag von einer Konferenz zurück.«

Irene dachte schnell nach.

»Wir machen das so. Sie essen in Ruhe zu Abend, und dann komme ich gegen halb acht.«

»Ist das notwendig?«

»Ja. Wir suchen einen Mörder.«

Bei dem letzten Satz zuckte er zusammen, sagte aber nichts. Er schaute Irene kritisch an, während er ihr die Tür aufhielt. Manieren eines Gentleman, dachte sie. Sah man nicht oft heutzutage.

Unten im großen Entree wurde an kleinen Tischen Kaffee getrunken. Irene machte eine Runde durch die Cafeteria und entdeckte einen freien Tisch. Ein belegtes Brot und eine Tasse Kaffee wären jetzt nicht zu verachten. Sie hängte ihre Jacke über einen der Stühle und ging auf die Selbstbedienungstheke zu. Ihr Blick fiel auf die Aushänge der Zeitungen vor dem Laden nebenan.

Erst glaubte sie, es wäre ein Witz. Aber als sie den Aushang mehrere Male gelesen hatte, begriff sie, dass dem nicht so war. Auf dem Aushang der Göteborgs-Tidningen stand: »ZEUGIN sah GESPENST, das die Nachtschwester ERMORDETE!«

KAPITEL 7

Kommissar Andersson verabscheute es, in die Pathologie zu fahren. Am wenigsten gefiel es ihm, die Rechtsmedizinische Abteilung aufzusuchen, um mit der Pathologieprofessorin Yvonne Stridner zu sprechen. Er empfand einen intensiven Widerwillen dagegen, den Obduktionssaal zu betreten. Aber nur so konnte er die Untersuchungsergebnisse schnell in Erfahrung bringen.

Als Andersson nach der Professorin fragte, hob der Pförtner seinen Bodybuilderarm und deutete die Treppe hinauf. Der Kommissar sah erleichtert aus. Wie schön, dass die Professorin in ihrem Büro war und nicht obduzierte. Er klopfte leicht an die geschlossene Tür mit dem Namensschild »Prof. Stridner«.

Summ! Eine rote Lampe leuchtete neben dem Schild »Besetzt« auf. Neben dem Wort »Warten« war eine gelbe Lampe, neben »Herein« eine grüne. Da er schon den ganzen Weg gekommen war, beschloss Andersson die rote Lampe als gelb zu deuten. Also setzte er sich auf einen unbequemen Holzstuhl, der an der Wand stand. In der Stille des Korridors konnte er deutlich die wütende Stimme der Stridner hören: »… die schlechteste mündliche Prüfung, die mir je untergekommen ist. Man muss auch für mündliche Prüfungen lernen! Das lässt wirklich auf eine unglaubliche Einfalt schließen, zu glauben, dass man schon damit durchkommt, wenn man einfach nur herumschwätzt. Man muss auch wissen, wovon man spricht! Sie haben sich offenbar überhaupt nicht vorbereitet! Oder Sie begreifen gar nicht, was Sie lesen! Letzteres wäre natürlich das Schlimmste. Gegen das Erste kann man etwas unternehmen. Gehen Sie nach Hause und lernen Sie weiter! In drei Wochen wiederhole ich die Prüfung noch einmal mit allen, die durchgefallen sind. Schriftlich!«

Die Tür wurde geöffnet, und ein Mädchen mit kurzem, schwarzem Haar lief schniefend auf die Treppe zu. Der Kommissar blieb unschlüssig sitzen. Sein Zögern wurde von Entsetzen abgelöst, als er die Stimme der Professorin hörte.

»Sie sitzen wohl da und wissen nichts mit sich anzufangen, Herr Andersson?«

Andersson sah wie ein Student aus, der beim Abschreiben erwischt worden ist.

»Ja…«, gab er lahm zu.

»Was wollen Sie?«

»Marianne Svärd… ist sie schon obduziert?«

»Klar. Natürlich. Kommen Sie rein.«

Stridner ging vor ihm ins Zimmer und setzte sich auf den bequemen Schreibtischstuhl vor dem Computer. Auf der anderen Seite des Schreibtisches stand ein Besucherstuhl mit einem verschlissenen Plastikbezug. Er war hart und unbequem. Das war sicher auch beabsichtigt. Man sollte es sich bei Frau Professor nicht zu gemütlich machen.

Als er sich schwer atmend auf den Stuhl sinken ließ, warf ihm die Stridner einen durchdringenden Blick zu.

»Gibt es bei der Polizei keinen Betriebsarzt, der so etwas wie die Weight Watchers organisieren könnte? Information über gesunde Ernährung? Sport für Übergewichtige. Das würde für Ihren Blutdruck Wunder wirken.«

Aber Andersson ließ sich von der herablassenden Art der Stridner nicht provozieren. Mit größter Selbstüberwindung antwortete er mit neutraler Stimme:

»Gegen meinen Bluthochdruck nehme ich Medikamente. Alles unter Kontrolle. Aber ich würde gerne erfahren, was sich bei der Obduktion von Marianne Svärd ergeben hat.«

Er zwang sich zu einem freundlichen Lächeln. Die Stridner presste die Lippen zusammen und sah alles andere als überzeugt aus, was die Frage anging, wie sich der Kommissar um seinen Blutdruck zu kümmern vorgab. Zu Anderssons Erleichterung beschloss sie jedoch, das Thema zu wechseln.

Sie setzte eine grüne Lesebrille auf, die zu ihrem feuerroten Haar passte.

»Die Todesursache ist Erdrosseln. Die Schlinge hat sich tief in den Hals eingeschnitten und kräftige Blutergüsse verursacht sowie Muskulatur und Knorpel beschädigt. Neben dem Abdruck der Schlinge sind Kratzwunden vorhanden, die sich das Opfer selbst zugefügt hat, als es versuchte, sich gegen die Schlinge zu wehren. Dem Abdruck dieser Schlinge kann ich ansehen, dass der Mörder hinter dem Opfer stand. Man sieht deutlich, dass die Schlinge im Nacken geknotet war. Ich kann ebenfalls sagen, dass der Mörder größer war als sein Opfer, sofern dieses nicht gesessen hat, als es erwürgt wurde.«

»Um was für einen Typ von Schlinge handelt es sich?«

»Um ein dünnes, elastisches und starkes Seil. Ich habe in der Wunde ein paar Fasern gefunden, die ich zum Analysieren geschickt habe. Wahrscheinlich handelt es sich um ein dünnes Baumwollseil, das mit einem synthetischen und elastischen Material verstärkt worden ist. Möglicherweise ist das Seil auch ganz aus Kunstfasern.«

Die Stridner runzelte die Stirn und schien nachzudenken. Dann leuchtete ihr Gesicht auf, und sie rief:

»Apropos Fasern! Ich habe auch welche unter den Fingernägeln des Opfers gefunden. Sowohl unter denen der rechten als auch denen der linken Hand. Dunkle, dünne Textilfasern.«

»Wolle«, stöhnte der Kommissar.

Die Stridner sah ihn verwundert an.

»Wolle? Gut möglich. Wahrscheinlich hat das Opfer nach den Armen des Mörders gegriffen und versucht, diesen dazu zu bringen, seinen Griff um die Schlinge zu lockern. Aber sie erwischte nur den Stoff der Jackenärmel.«

»Der Ärmel des Kleides«, sagte Andersson düster.

»Ärmel des Kleides …?«

Andersson seufzte.

»Wir haben eine Zeugin. Eine ältere Nachtschwester, die aussagt, sie habe das Krankenhausgespenst zur Mordzeit gesehen. Das Gespenst ist eine Krankenschwester, die vor fünfzig Jahren Selbstmord beging. Sie soll in eine altmodische Schwesterntracht gekleidet umgehen.«

Die Stridner holte tief Luft.

»Unsinn! Diese Zeugin können Sie abschreiben! Ich kann sagen, dass wir es hier mit einem Mord durch Erdrosseln zu tun haben, den ein höchst lebendiger Mörder mit kräftigen Armen verübt hat!«

Die Professorin runzelte entschieden die Stirn. Ihre Miene duldete keine Widerrede. Nicht dass der Kommissar eine abweichende Ansicht gehabt hätte. Im Gegenteil; ausnahmsweise waren sie einer Meinung.

»Ich weiß. Aber sie ist sehr überzeugt von ihrer Sache«, sagte er resigniert.

Die Stridner schnaubte lautstark.

»Gespenster! Ein Gespenst haut doch wohl nicht ab und schleppt dabei sein Opfer hinter sich her, sodass die Hacken über den Fußboden schleifen? So ein Unsinn!«

Lahm versuchte der Kommissar sich damit zu verteidigen, dass er überhaupt nicht glaube, dass es ein Gespenst sei, dass … Aber die Stridner hörte ihm gar nicht mehr zu, sondern fuhr eilig fort:

»Ich habe in einer Stunde eine Vorlesung, und vorher muss ich noch etwas essen. Wir müssen das hier etwas beschleunigen. Marianne Svärd war weder schwanger noch hatte sie jemals ein Kind geboren. Im Magen befanden sich die Reste einer kleineren Mahlzeit, die sie ca. vier Stunden, ehe sie starb, zu sich genommen hat. Die Nahrungsmittelreste waren mit einem Schaum vermischt, den ich als Antacida deute.«

»Was ist das?«

»Antacida? Neutralisiert die Magensäure. Maaloxan und Ähnliches. Die Schleimhaut des Magens ist in Richtung des Pylorus kräftig gerötet, aber ich habe kein Anzeichen eines aktiven Ulkus entdeckt… also eines Magengeschwürs. Dagegen habe ich ein verheiltes am Zwölffingerdarm entdeckt. Aber das war alt. Abgesehen davon schien Marianne Svärd vollkommen gesund zu sein. Sie hatte keine äußerlichen Verletzungen außer dem Würgemal und den Kratzwunden am Hals. Auf den Unterarmen habe ich Spuren von Talkum gefunden.«

Andersson sah das Bild vor sich. Die in eine altmodische Tracht gehüllte Schwester ging hinter der nichts ahnenden Nachtschwester her. Mit einer schnellen Bewegung zog das Gespenst der Nachtschwester die Schlinge über den Kopf und zog an. Die junge Frau griff sich panisch an den Hals und den Nacken, um ihres Mörders habhaft zu werden. Sie bekam jedoch nur dessen Ärmelstoff zu fassen… Nein, das stimmte nicht. So liefen keine Morde ab. Morde wurden von Menschen aus Fleisch und Blut begangen. Aber wenn die Person in der alten Schwesterntracht nun aus Fleisch und Blut gewesen war!

Andersson war von seiner Erkenntnis vollkommen erfüllt. Deswegen hatte er nicht gehört, was die Stridner gesagt hatte. Sie sah ihn bekümmert an.

»Geht es Ihnen nicht gut? Ist Ihnen schwindlig? Sie haben nicht etwa kurz mal einen epileptischen Anfall oder was Ähnliches gehabt?«

»Nein. Aber mir ist etwas aufgegangen…«

Die Stridner warf einen demonstrativen Blick auf ihre exklusive Armbanduhr.

»Ihre Zeit ist um. Ich schicke den Obduktionsbericht in ein paar Tagen.«

Sie stand auf und öffnete die Tür auf den düsteren Korridor. Dem Kommissar blieb nichts anderes übrig, als sich zu verdrücken. Er murmelte ein paar Worte zum Abschied, was unnötig war. Die Tür hinter ihm war bereits geschlossen.

Irene hatte eine GT aus dem Zeitungsständer gerissen und zusammen mit ihrem Kaffee bezahlt. Sie ließ sich auf den Stuhl sinken und begann zu lesen: »Nachtschwester von Gespenst ermordet?«, lautete die Überschrift. Der Artikel war von Kurt Höök, dem Kriminalreporter der Göteborg-Tidningen.

Über die Zeitungsseite lief ein Bild von der Fassade der Löwander-Klinik. Das ließ darauf schließen, dass sie kaum Material für einen Artikel gehabt hatten. Die Bildunterschrift lautete: »Welche Ungeheuerlichkeiten spielten sich hinter der Fassade des alten Krankenhauses in der Nacht auf Dienstag ab? Der Chef der Klinik weigert sich, die Angaben zu kommentieren.« Ein Bild des zerzausten Dr. Sverker Löwander war in die linke untere Ecke des Fotos montiert. Die Fakten in dem Artikel waren Irene jedoch vollkommen neu.

»Eine Anwohnerin erzählt, dass sie das alte Krankenhausgespenst in der Mordnacht bei der Löwander-Klinik gesehen habe. Die alte Geschichte von der Krankenschwester, die um die Jahrhundertwende Selbstmord beging, ist allen vertraut, die in der Löwander-Klinik arbeiten oder in ihrer Nähe wohnen. Laut Legende soll die Schwester zurückkommen, um sich an denen zu rächen, die sie in den Tod getrieben haben. Die Zeugin, die anonym bleiben will, sah gegen Mitternacht eine altertümlich gekleidete Krankenschwester beim Krankenhaus. Die Zeugin war bis gegen drei Uhr wach und ist sich sicher, dass sonst niemand das Krankenhaus verlassen oder betreten hat.«

Darauf folgte ein langes Referat über die Geschichte des Krankenhauses. Typisches Archivmaterial. Die anonyme Zeugin wurde in dem Artikel nicht mehr erwähnt.

Irene war fassungslos. Wo hatte Kurt Höök die Geschichte von dem Gespenst her? Obwohl sie nicht ganz korrekt war. Schwester Tekla hatte sich in den Vierzigerjahren erhängt und nicht um die Jahrhundertwende. Also konnten seine Informationen kaum von jemandem aus der Löwander-Klinik stammen.

Sie saß lange da und grübelte, ohne dass ihr eine mögliche Informantin eingefallen wäre. Schließlich gab sie es auf, trank den inzwischen kalten Kaffee und aß ihr Käsebrötchen.

Sie schaute auf die Uhr. Es war Viertel nach zwölf. Ihr Entschluss war gefasst. Kurt Höök würde Besuch in der Redaktion bekommen.

Der Verkehr auf der E 6 war dicht. Abgesehen von einem kleinen Stau im Tingstad-Tunnel gab es jedoch keine größeren Stockungen.

Der große grauweiße GT-Komplex ragte neben der Autobahn auf. Eine Lichtreklame informierte die Vorbeifahrenden, dass die Außentemperatur –8° C betrug und dass es 12.38 Uhr war. Außerdem wurde dazu aufgefordert, die Göteborgs-Tidningen zu kaufen.

Irene stellte ihren alten Volvo auf einem Besucherparkplatz ab und schloss die Fahrertür ab.

Sie trat durch die Tür des dreieckigen Entrees aus Glas. Eine gut geschminkte und gepflegte Dame mittleren Alters betrachtete sie aufmerksam vom Empfang aus und fragte freundlich:

»Guten Tag. Wen suchen Sie?«

»Ich suche Kurt Höök. Ich bin Kriminalinspektorin Irene Huss.«

Irene kramte umständlich ihren Ausweis hervor, und die Empfangsdame ließ sich reichlich Zeit damit, ihn zu betrachten. Mit der Andeutung eines Lächelns reichte sie ihn zurück und sagte:

»Einen Augenblick, ich frage nach, ob Kurt Höök zu sprechen ist.«

Sie begann leise mit jemandem zu telefonieren. Offenbar verlief das Gespräch zu Irenes Gunsten. Die Empfangsdame nickte und deutete auf eine Glastür.

»Sie können hochfahren. Der Aufzug ist da drüben. Fahren Sie in den zweiten Stock. Bei der Zentralredaktion kommt Ihnen jemand entgegen und begleitet Sie zu Herrn Höök.«

Irene schlenderte auf die Glastür und den gläsernen Aufzug gegenüber der Spitze des Dreiecks zu. Sie kam an der Skulptur eines Bootsrumpfes aus farbigem Glas vorbei, die auf einen schwarzen Granitsockel montiert war. Auch die Kunst an den Wänden ließ darauf schließen, dass mit Lokalnachrichten richtig viel Geld zu verdienen war.

Eine gestresste Frau mit blau getöntem Haar und einer Lesebrille auf der Nasenspitze begleitete sie zu Kurt Hööks Platz. Keiner der Journalisten sah auf, als sie zwischen den Tischen entlanggingen.

Der Stuhl war leer. Der Bildschirm des Computers war jedoch an und zeigte den Artikel, den Irene gerade gelesen hatte. Offenbar war Höök noch nicht weitergekommen. Kommissar Andersson würde um drei Uhr seine Pressekonferenz abhalten, und erst dann würde der Name des Opfers bekannt gegeben werden. Irene begann vorsichtig, sich die Zettel anzusehen, die auf dem Tisch lagen. Sie hoffte, dass diese ihr einen Anhaltspunkt dafür liefern würden, wer die geheimnisvolle Zeugin war.

Sie hielt ein Auge auf ihre Umgebung gerichtet und sah daher, als Kurt Höök sich seinem Schreibtisch näherte. Er blieb vor ihr stehen und lächelte charmant.

»Hallo. Jetzt erkenne ich Sie. Sie sind vor einiger Zeit von den Hell's Angels draußen in Billdal verprügelt worden! Das war offenbar nicht das letzte Mal.«

Das war nicht ganz die Begrüßung, die sie sich vorgestellt hatte, aber sie schluckte alle giftigen Kommentare hinunter und versuchte, freundlich zu sein. Es spannte unter den Kompressen, als sie sich anstrengte, sich nichts anmerken zu lassen.

»Das stimmt. Kriminalinspektorin Irene Huss.«

»Richtig. Und ich ahne schon, was mir diese Ehre verschafft. Die Antwort ist leider nein.«

Der bedauernde Tonfall stand im Widerspruch zu dem frechen Funkeln seiner Augen.

»Was heißt hier nein?«

»Nein. Ich gebe nie Quellen preis.«

Höök sah sehr selbstzufrieden aus, versuchte es aber zu verbergen. Es war irritierend, wie gut aussehend er war. Irene hatte das Gefühl, dass die Kompressen in ihrem Gesicht die Größe von ausgebreiteten Badelaken annahmen.

»Das verstehe ich nicht. Aber wie Sie sicher begreifen, ist eine Zeugin, die in der Mordnacht etwas bei der Löwander-Klinik beobachtet hat, sehr wichtig für uns.«

»Natürlich. Aber die Antwort lautet immer noch nein.«

Irene legte den Kopf zur Seite und lächelte schwach.

»Wir könnten vielleicht zu einer Einigung kommen?«, sagte sie leise.

Einige Sekunden lang sah Höök unsicher aus, schwieg aber weiter. Irene fuhr fort:

»Wenn ich so viel wie möglich über Ihre anonyme Zeugin erfahre, dann bekommen Sie Informationen, zu denen garantiert kein anderer Journalist Zugang hat.«

Mit nur schlecht verborgener Erregung fragte Höök:

»Und die betreffen die Ereignisse in der Löwander-Klinik?«

»Ja.«

Der Journalist kaute auf seiner Unterlippe, während er nachdachte. Schließlich sagte er:

»Sie sind sich sicher bewusst, dass Sie gegen das Gesetz verstoßen, wenn Sie mich bitten, die Identität einer Informantin preiszugeben. Und ich weiß nicht, was Sie mir zu bieten haben.«

Dass er sich nicht in seine Karten schauen lassen wollte, ehe er wusste, was Irene für einen Trumpf in der Hand hielt, konnte man ihm nicht zum Vorwurf machen. Deswegen versuchte sie, ihm die Sache schmackhafter zu gestalten.

»Ich weiß, dass Sie die Identität Ihres Informanten nicht direkt preisgeben dürfen. Aber Sie könnten mir ein paar Anhaltspunkte geben. Von mir erfahren Sie Folgendes … es betrifft eine ganz andere Krankenschwester, die auch in der Löwander-Klinik arbeitet. Etwas ist ihr zugestoßen. In derselben Nacht, in der die Schwester ermordet wurde. Selbstverständlich bekommen Sie auch den Namen der ermordeten Krankenschwester.«

Die Versuchung war zu groß und der Journalisteninstinkt gewann die Oberhand.

»Okay. Das mit dem Gespenst ist Schnee von gestern. Die Schlagzeile war ein Knaller. Aber aus der Zeugin ist weiter nichts herauszuholen.«

Irene sagte nichts, weil sie begriff, dass er mit sich selbst haderte. Wiederholte Male strich er sich mit den Fingern durchs Haar, bis er schließlich aussah, als hätte er sich mithilfe eines Schneebesens frisiert. Er hielt inne und schaute Irene misstrauisch an.

»Aber diese Zeugin ist verdammt… speziell.«

Irene hatte das Tonbandgerät bemerkt, das auf dem Tisch stand. Jetzt sah sie, dass er gerade die Hand danach ausstrecken wollte. Doch dann hielt er mitten in der Bewegung inne und sah sie an.

»Es ist vermutlich besser, wenn ich Ihnen die Vorgeschichte erzähle, ehe Sie das Band hören. Das Ganze ist in der Tat ziemlich unbegreiflich. Kommen Sie.«

Er stand auf und nahm das Tonbandgerät mit. Sie gingen auf eine geschlossene Tür zu. Höök öffnete sie einen Spalt und schaute in das Zimmer. Es war leer. Er bedeutete Irene einzutreten. Sorgsam schloss er die Tür hinter ihnen.

Zögernd begann er:

»Diese… Zeugin… ist wie gesagt speziell. Ich weiß nämlich nicht einmal ihren Namen. Ich weiß auch nicht, wo sie wohnt.«

Er schwieg einen Augenblick, ehe er fortfuhr:

»Es begann damit, dass ein Typ, der mich ab und zu mit Tipps versorgt, mich gestern Nachmittag auf meinem Handy anrief. Offenbar hatte er zufällig die Unterhaltung zweier Polizisten belauscht. Da ich ohnehin in der Gegend war, dachte ich, dass ich genauso gut eine Pizza essen gehen könnte. Wollen Sie einen Kaffee?«

»Ja, danke«, sagte Irene, ohne nachzudenken.

Anschließend hätte sie sich die Zunge abbeißen können. Was sollte sie mit einem Kaffee, gerade als Höök von der Zeugin erzählen wollte? Aber ihre langjährige Koffeinabhängigkeit hatte die Oberhand gewonnen. Der Reporter verschwand nach draußen, war aber gleich wieder mit zwei dampfenden Plastikbechern zurück. Der Kaffee war stark und gut. Irene war froh, dass sie Ja gesagt hatte.

»Wo war ich stehen geblieben? Mein Informant hatte eben zu erzählen begonnen, als die Tür zur Straße geöffnet wurde.«

Kurt Höök unterbrach sich, schaute in seinen Becher und nahm dann einen Schluck, ehe er fortfuhr:

»Es war der Geruch... der Geruch veranlasste mich dazu, mich umzudrehen und sie anzuschauen. Sie bekam eine Plastiktüte mit altem Brot und setzte sich auf einen Stuhl. Wir beachteten sie nicht weiter, und mein Informant begann aufgeregt zu erzählen, dass einer der beiden Polizisten von einer Krankenschwester, die in der Löwander-Klinik umgehe, als möglicher Mörderin gesprochen habe! Das klang wirklich verdammt merkwürdig. Aber er war sich vollkommen sicher, dass die Polizisten dass gesagt hatten. Da öffnete der Berg Lumpen... die Dame... den Mund und sagte ungefähr das Folgende: ›Ich habe Schwester Tekla gesehen. Sie geht um. Sie will sich an denen rächen, die sie in den Tod getrieben haben!‹ Erst kümmerten wir uns nicht weiter um sie. Aber sie plapperte immer weiter, dass sie das Gespenst gesehen habe und so. Plötzlich sagte sie: ›Ich habe gesehen, wie sie gekommen ist. Ich habe gesehen, wie sie gegangen ist. Das Blut tropfte von ihren Händen.‹ Es war unheimlich.«

Irene unterbrach ihn:

»Hat sie wirklich Schwester Tekla gesagt?«

»Ja. Überzeugen Sie sich selbst, ich habe sie auf Band. Aber ich werde dabei das Zimmer verlassen. Papier und Stifte liegen auf dem Tisch, falls Sie sich etwas aufschreiben wollen. Aber Sie dürfen keinesfalls publik machen, dass ich Ihnen diese Informationen zugänglich gemacht habe!«

»Ich verspreche, dass ich mit dem Material vorsichtig umgehen werde.«

Er machte das Tonband an und ein bemerkenswerter Dialog war zu hören:

»Ich heiße Kurt Höök. Wie soll ich Sie anreden?«

»Mama Vogel. So nennen mich alle meine Freunde. Meine Lieblinge. Meine Kinder. Alle kleinen Kinder der Mama Vogel.«

»Haben Sie viele Freunde und Kinder?«

»Abermillionen! Meine Lieblinge. Meine Kindermeinekindermeinekinder ... alle meinekinder ...«

»Schon gut. Eben haben Sie doch gesagt, dass Sie ein Gespenst im Park der Löwander-Klinik gesehen haben?«

»Schwester Tekla! Ich habe solche Angst vor ihr. Angstwirklichangst! Ich muss meine Lieblinge beschützen. Sie wird töten! Allealleallе ... töten«

»Und diese Schwester Tekla haben Sie heute Nacht im Park gesehen?«

»Jajajajaja. Ich wohne da. Meine Lieblinge schlafen und ich muss wachen. Ich schlafe nicht. Ich sah. Mit blutigen Händen ging sie, um zu tötentötentöten ... tötentöten ...«

»Wer ist sie?«

Mama Vogel antwortete nicht, sondern summte ein Kinderlied.

»Sie müssen sich schon etwas zusammennehmen, wenn ich Sie zu einer Pizza einladen soll!«

»Ich will ein Bier und eine Pizza. Das Brot bekommen meine Lieblinge. Meine Kinder ...«

»Na gut. Wissen Sie noch mehr über diese Schwester Tekla?«

»Sie starb vor ... hundert Jahren. Starbstarbstarbstarb ...«

»Sie haben Sie also im Park gesehen?«

»Jajajaja.«

»Was hat sie gemacht?«

Eine Weile war es still, ehe Mama Vogels heisere Stimme erneut zu vernehmen war.

»Sie ging ins Krankenhaus.«

»Wie?«

»Wiewiewiewiewie …«

»Wie kam sie in die Löwander-Klinik?«

»Durch die Tür.«

»Passierte etwas, während sie im Krankenhaus war?«

»Gott löschte das Licht. Sie wollte eine dunkle Tat begehen. Die Stunde war gekommen, alles sollte ausgelöscht werden. Aber ich wachtewachtewachte …«

»Haben Sie sie wieder nach draußen kommen sehen?«

»Jajajajaja …«

»Was tat sie, als sie wieder aus dem Krankenhaus kam?«

»Sie hob die Hände zum Himmel und dankte Gott für ihre Rache! Racherache Racherache!«

»Und was tat sie dann?«

Wieder folgte ein langes Schweigen, ehe die Antwort kam.

»Sie nahm das Fahrrad. Gott bestraft Diebstahl!«

»Das Fahrrad? Welches Fahrrad?«

»Das der anderen. Aber jetzt ist sie tot. Alle gehen ihrem Tod entgegen. Zittert! Wachet und betet! Tottottottottot …«

»Schwester Tekla hat also ein Fahrrad genommen und ist fröhlich davongeradelt?«

Als Antwort brach Mama Vogel in einen Gesang aus, der wie der Joik eines Samen klang.

»Radelradelradelradel …«

Da hatte Höök das Band abgestellt. Irene spulte es zurück und hörte sich das Ganze noch einmal von vorne an. Danach spulte sie es noch einmal zurück und schrieb den eigentümlichen Dialog mit.

Sie war gerade damit fertig, da tauchte Höök wieder auf.

»Und damit haben Sie Ihren Artikel bestritten?«, meinte Irene, ohne ihr Erstaunen zu verbergen.

»Ja. Wäre nicht die Unterhaltung der beiden Polizisten gewesen, von der mir mein Informant erzählt hatte, hätte ich mich nie darum gekümmert. Aber jetzt gab es doch einige Übereinstimmungen, und zwar verdammt gute! Wenn man bedenkt, was die Polizei sagt, dann muss es einen Zeugen im Krankenhaus geben, der das Krankenhausgespenst ebenfalls gesehen hat. Oder nicht?«

»Irgendjemand hat diese alte Geschichte erwähnt… aber ich erinnere mich nicht mehr genau, wer das war oder warum«, antwortete Irene ausweichend.

Schnell wechselte sie das Thema:

»Wie sah diese Mama Vogel aus?«

Höök dachte eine Weile nach, ehe er antwortete:

»Ich habe bereits genug gesagt. Sie wissen bereits zu viel.«

Er hatte natürlich Recht. Aber es würde nicht leicht werden, die alte Frau aufzutreiben.

»Jetzt haben Sie erfahren, was Sie wissen wollten, jetzt bin ich an der Reihe«, sagte er auffordernd.

Irene erzählte ihm alles über Linda Svenssons geheimnisvolles Verschwinden und nannte auch den Namen des Opfers: Marianne Svärd. Höök schrieb wie besessen mit und schien anschließend sehr zufrieden zu sein.

»Vielen Dank. Aber jetzt muss ich gehen. Um drei ist Pressekonferenz. Wird das Verschwinden von Linda Svensson auf der Pressekonferenz bekannt gegeben?«, fragte er misstrauisch.

Irene versuchte, unschuldig dreinzuschauen. Zum ersten Mal war sie froh über ihre Kompressen, darüber, dass sie den größten Teil ihres Gesichts verdeckten.

»Keine Ahnung. Darum kümmert sich Kommissar Andersson. Heute Morgen hieß es jedenfalls, dass wir darüber den Medien gegenüber Stillschweigen bewahren sollten. Also, vielen Dank und Auf Wiedersehen.«

Sie riss ihre Mitschrift aus dem Spiralblock, stand eilig auf und verschwand in Richtung des gläsernen Aufzugs.

Auf dem Präsidium waren die Aktivitäten vor der Pressekonferenz in vollem Gang. Irene eilte zum Fahrstuhl und fuhr hoch in ihr Büro. Sie hatte vor, dort zu bleiben, um eine erneute Begegnung mit Kurt Höök zu vermeiden. Er war nach der Pressekonferenz sicher nicht mehr sonderlich guter Dinge.

In ihrem Zimmer standen zwei Schreibtische, da sie es mit Tommy Persson teilte. Sein Tisch war wie der ihre vollkommen leer. Sie nahm einen kleinen Kassettenrekorder aus der Schreibtischschublade und sprach den Dialog von Mama Vogel mit Kurt Höök auf Band. Er klang sehr geschraubt, als sie ihn das erste Mal sprach. Sie war gezwungen, sich mehrere Male zu wiederholen, ehe sie einigermaßen zufrieden war.

Anschließend saß sie lange tief in Gedanken versunken da. Mama Vogel war sicher vollkommen verrückt, aber was sie gesagt hatte, bewies, dass sie tatsächlich etwas wusste. Aber was? Wen hatte sie gesehen? Wie konnte sie die Geschichte von Schwester Tekla erfahren haben? Wo hatte sie gestanden, als sie die besagte Person bei der Löwander-Klinik gesehen hatte? Und das Wichtigste von allem: Wer war Mama Vogel?

Die Pressekonferenz verlief, wie solche Pressekonferenzen immer zu verlaufen pflegen, in einem gemäßigten Tumult. Andersson bestätigte, dass die Nachtschwester Marianne Svärd in der Nacht auf Dienstag, den 11. Februar, von einem unbekannten Mörder erdrosselt worden war. Auf die Frage, was an den Gerüchten von einem Gespenst dran sei, schnaubte der Kommissar so laut, dass es in den Lautsprechern schepperte.

Schnell ging Anderson zum Verschwinden von Linda Svensson über. Die Journalisten witterten Blut und warfen sich über diesen unerwarteten Köder, der ihnen da hingeworfen wurde. Alle notierten sich ihre Personenbeschreibung und dass sie bei ihrem Verschwinden wahrscheinlich eine rote Daunenjacke und braune Lederstiefel mit kräftiger Sohle getragen hatte. Da ihr Fahrrad ebenfalls verschwunden war, war sie mit aller Wahrscheinlichkeit mit diesem unterwegs gewesen.

»Bei dem Fahrrad handelt es sich um ein hellgrünes so genanntes Citybike mit Metalliclackierung«, beendete der Kommissar sein Referat. Leider hielt er sein Gesicht zu nahe am Mikrofon, deswegen konnten alle im Saal hören, wie er murmelte:

»Was, zum Teufel, ist ein Citybike?«

Die Fragen der versammelten Journalisten überschlugen sich jetzt förmlich, aber Andersson hatte nicht mehr viel hinzuzufügen. Stattdessen versprach er, einen Tag später um dieselbe Zeit eine weitere Pressekonferenz abzuhalten.

Es war genau vier Uhr. In einer Stunde sollte die Ermittlungsgruppe wieder zusammenkommen. Irene rief zu Hause an, um mit ihren Töchtern zu sprechen, die Ferien hatten. Jenny erzählte begeistert, ihre Cousinen aus Säffle hätten angerufen. Jenny und Katarina wollten am nächsten Morgen zu ihnen fahren. Von dort sollten die Mädchen dann zum Sommerhaus bei Sunne gebracht werden. Sie wollten in Finnfallet Snowboard fahren, auf dem Sundsberget langlaufen und … Irene erlaubte ihnen, zu fahren, obwohl sie fand, dass diese Reise etwas überstürzt kam.

Dann setzte sie sich hin und schrieb einen Bericht darüber, was der Tag ergeben hatte. Das war in der Tat einiges. Sie war gerade fertig, da war es schon Zeit, sich ins Konferenzzimmer zu begeben. Sie nahm das Tonband und einen neuen Spiralblock mit. Vorne auf den Spiralblock schrieb sie mit schwarzem Filzstift »Löwander-Klinik«. Sie schlug die erste Seite auf und gab ihr die ordentliche Überschrift »Pizza«.

Alle hatten die gewünschte Pizza auf die Liste geschrieben, und der Pizzaservice war verständigt.

»Alle da? Ach so. Jonny fehlt. Er kommt sicher gleich. Wir fangen schon einmal an«, begann Andersson.

Mit dem nächsten Atemzug erzählte er von dem Telefongespräch mit den Eltern von Marianne Svärd, das er am Morgen geführt hatte. Beide waren erschüttert und schockiert. Der Kommissar war der Meinung, dass sie noch ein paar Tage warten mussten, bis sie sie vernehmen konnten. Beide hatten gesagt, dass Marianne weder bedroht noch irgendwie verfolgt worden sei. Sie habe sich in letzter Zeit auch nicht anders als sonst benommen. Sie hatten sie zuletzt am vergangenen Wochenende gesehen, also weniger als zwei Tage, bevor sie ermordet worden war.

Anschließend referierte er das Gespräch mit Yvonne Stridner von der Pathologie. Als er damit fast fertig war, tauchte Jonny Blom in der Tür auf. Neben dem einen Auge saß eine große Kompresse, die die ganze Schläfe bedeckte. Die rechte Hand war von einem leuchtend weißen Verband bedeckt.

»Hallo. Hast du Belker gefüttert?«, zwitscherte Irene mit ihrer mildesten Stimme.

»Der braucht kein Fressen! Das Biest muss eine Spritze bekommen!«

Jonnys hochrotes Gesicht hob sich effektvoll gegen die blendend weiße Kompresse ab. Er ließ sich auf einen leeren Stuhl am Konferenztisch sinken und sagte:

»Das Katzenvieh hat mich von der Hutablage aus angesprungen. Es hat mir das Gesicht zerkratzt und mir in die Hand gebissen! Ich war in Mölndal im Krankenhaus und habe mich verbinden lassen. Plus Tetanusspritze! Während ich mich noch geprügelt habe, kam so ein alter Drachen in die Wohnung. Wisst ihr, was sie gesagt hat?«

Er räusperte sich und sagte dann im Falsett:

»Belker, mein Kleiner. Waren sie nicht nett zu dir?«

Die Kollegen am Tisch lachten und sahen abwechselnd auf Irenes und Jonnys Kompressen.

»Sie hat den Tiger einfach hochgehoben, und das Biest hat sich in ihren Armen zusammengerollt und zu schnurren begonnen! Dann hat sie mich gebeten, die Futterschalen dieses Miststücks in ihre Wohnung zu tragen. Sie würde sich jetzt um die arme Mieze kümmern!«

Irene war froh, als sie das hörte. Einerseits bekamen Rut Berg und Belker dadurch beide Gesellschaft, andererseits hatte die Polizei mehr Ruhe in Mariannes Wohnung.

»Hast du noch etwas über Linda Svensson in Erfahrung gebracht?«, fragte Andersson.

»Ich war in Kungsbacka und habe mit ihren Eltern gesprochen. Sie ist Einzelkind. Sie sind vollkommen außer sich vor Unruhe. Ich habe sie gefragt, ob sie dieser Ex-Freund jemals geschlagen hätte, aber das glaubten sie nicht. Er sei nicht der gewalttätige Typ. Sonst ergab die Untersuchung ihrer Wohnung nichts Neues. Ich habe auf den umliegenden Straßen nach dem Fahrrad gesucht, aber nichts gefunden. Der Hausmeister hat mir seinen Generalschlüssel geliehen. Ich habe im Keller, in der Waschküche und im Müllraum nachgesehen. Das Haus hat zwei Treppenaufgänge mit je neun Wohnungen. Keiner der anderen Mieter hat zum Zeitpunkt von Lindas Verschwinden etwas gehört oder gesehen. Außer dem alten Klappergestell, das sich um den Menschenfresser kümmert. Sie sagt, dass sie gehört hat, wie Linda am Abend des zehnten Februar um 23.30 Uhr ihre Wohnung verlassen hat. Danach verlieren sich alle Spuren. Sowohl Linda als auch ihr Fahrrad sind fort.«

Andersson sah bekümmert aus. Er dachte lange nach. Schließlich sagte er:

»Jonny. Du setzt die Suche nach Linda fort. Fredrik soll auch daran arbeiten. Ich habe das Gefühl, dass uns die Zeit davonläuft. Birgitta, hast du ihren Ex-Freund aufgetrieben?«

»Ja. Aber nur telefonisch. Er ist auf Fortbildung in Borås und kommt erst am späten Abend wieder nach Hause. Offenbar arbeitet er bei irgendeiner Computerfirma.«

»Dann kannst du dich morgen mit diesem jungen Mann unterhalten. Nimm Jonny mit. Ihr könnt ihn etwas unter Druck setzen. Mal sehen, was er weiß.«

»Okay«, sagte Birgitta.

Irene fiel auf, dass Birgitta Jonny nicht ansah, als sie nickte. Nach außen hin legte sie keine Feindseligkeit an den Tag, sondern wirkte, als würde sie den Auftrag zum Verhör von Pontus Olofsson akzeptieren. Aber Irene fragte sich, wieso das

Verhältnis der beiden so angespannt zu sein schien. Jonny ging einem mit seinen Zweideutigkeiten zwar auf die Nerven, aber Birgitta kam ihr manchmal fast überempfindlich vor, was ihn betraf. Irene war nicht umsonst schon seit siebzehn Jahren Polizistin. Ihr Instinkt sagte ihr, dass sich hinter dieser Spannung mehr verbarg.

»Ich frage mich, ob wir nicht die Gespräche von Lindas Telefon zurückverfolgen lassen sollten«, fuhr Birgitta fort.

»Zurückverfolgen?«, wiederholte der Kommissar fragend.

»Linda hatte einen Display an ihrem Telefon, der die Nummern der Anrufer anzeigt. Leider hat die Katze Kleinholz aus ihm gemacht. Aber diese Sachen werden doch gespeichert. Wir sollten Telia bitten, herauszufinden, wer bei ihr am Abend des zehnten Februar angerufen hat.«

»Geht das?«, fragte Andersson erstaunt.

»Ja. Aber es ist sauteuer. Wir müssen dafür außerdem einen Gerichtsbeschluss erwirken.«

»Das heißt Inez Collin«, stellte Andersson düster fest.

»Genau.«

Andersson seufzte.

»Okay. Ich werde mit der Gnädigsten sprechen und das veranlassen. Das klingt, als könnte es dauern.«

Irene bat darum, das Wort ergreifen zu dürfen.

»Ich muss nach sieben Uhr weg. Es waren nämlich noch mehr auf Fortbildung. In Kopenhagen.«

Sie referierte schnell die Vernehmung von Niklas Alexandersson, die Erkenntnis, dass dieser mit Andreas Svärd zusammenlebte, und ihren Plan, die beiden in ihrer häuslichen Umgebung um halb acht zu verhören.

»So etwas verstehe ich überhaupt nicht. Zwei Kerle, die zusammen wohnen! Und der eine war außerdem noch mit einem hübschen Mädchen verheiratet«, sagte Andersson und schüttelte den Kopf.

»Ein hübsches Mädchen, das jetzt ermordet worden ist«, ergänzte Jonny.

»Genau.«

Der Kommissar dachte einen Augenblick nach. Dann fragte er:

»Tommy. Kannst du Irene begleiten? Es ist wohl kein Fehler, zu zweit zu sein.«

»Kein Problem.«

»Gut. Dann kümmert ihr euch um diese Schwuchteln. Haha. Hm.«

Der Kommissar mäßigte sich, als ihm klar wurde, dass nur Jonny über seinen Scherz lachte. Rasch drehte er sich wieder zu Irene um.

»War das alles?«

»Nein. Ich war im GT-Haus und habe mit Kurt Höök gesprochen.«

Sie gab das Gespräch wieder, das sie mit dem Journalisten geführt hatte. Alle im Raum hatten den Artikel gelesen. Es hatte zu ziemlich viel Unruhe und Kopfzerbrechen geführt. Jetzt erhielten sie die Erklärung. Zum Schluss spielte ihnen Irene das Band vor. Als sie es abstellte, sagte Jonny:

»Auch wenn du verheerend vorliest, so zeigt das Band doch deutlich, dass die Alte vollkommen meschugge ist! Darum brauchen wir uns wohl nicht zu kümmern!«

Irene nickte und beachtete seine Kritik, was ihr schauspielerisches Talent anging, nicht weiter.

»Ganz klar ist sie geisteskrank. Aber hört mal genau hin, was sie da zwischen dem ganzen Gebrabbel eigentlich sagt. Sie weiß von Schwester Tekla und kennt die Geschichte des Krankenhausgespenstes. Gewiss, sie irrt sich, was den Zeitpunkt von Teklas Tod angeht, aber sie weiß, dass es Selbstmord war! Und dann spricht sie davon, dass es im ganzen Haus dunkel wurde. Sie muss in der Nähe des Krankenhauses gewesen sein, als der Strom abgestellt und der Mord begangen wurde!«

Aufgeregt rutschte Andersson auf die Stuhlkante und beugte sich über den Tisch. Eine leichte Röte hatte sich bis zu den Ohren auf seinen runden Wangen ausgebreitet.

»Ich glaube, dass du Recht hast! Wir müssen diese ... Mama Vogel finden. Du und Tommy müsst morgen alles daransetzen!«

»Jawohl!«

Irene salutierte im Scherz vor ihrem Chef, was dieser jedoch nicht einmal bemerkte. Er hatte sich bereits an Tommy gewandt.

»Was hast du heute gemacht?«

»Ich sollte doch Birgitta dabei helfen, Pontus zu verhören. Da er in Borås war, habe ich mich zu Hans und Fredrik gesellt. Wir haben die Mietshäuser und Einfamilienhäuser rund um die Löwander-Klinik abgegrast. Niemand hat an diesem unglückseligen Abend beziehungsweise in dieser Nacht etwas gesehen. Der Einzige ist ein Hundebesitzer, der sich daran erinnert, dass sich sein Köter etwas sonderbar aufführte, als sie hinter dem Park der Löwander-Klinik vorbeikamen. Das war etwa um halb zwölf Uhr nachts. Der Hund ist ein großer Schäferhund. Der Park, der zum Krankenhaus gehört, fällt nach Süden zu einem breiten Bach hin ab und wird nach Westen von einem kleinen Wäldchen begrenzt. Der Hundebesitzer hat seinen Hund am Rand des Wäldchens ausgeführt. Plötzlich begann der Hund zu knurren und schnupperte in Richtung Wäldchen. In der Dunkelheit war jedoch nichts zu sehen. Dem Hundebesitzer war das Ganze unheimlich, und er ging weg.«

Wenn der Mörder in dem Wäldchen gestanden und Mama Vogel sich in der Nähe befunden hatte ... Sie mussten sie ausfindig machen! Aber wo sollten sie suchen? Sie hatte auf dem Band gesagt, dass sie im Park wohnte ...

Irene wurde bei ihren Überlegungen gestört. Die Gegensprechanlage summte.

»Holt endlich eure Pizzen!«, ließ sich einer der Männer aus der Zentrale vernehmen.

Irene und Tommy standen auf, um sie zu holen. Im Aufzug sagte Irene:

»Heute Abend reden wir mit Andreas Svärd und Niklas

Alexandersson. Morgen früh versuchen wir dann als Erstes, Mama Vogel zu finden. Wir müssen zur Löwander-Klinik fahren und nachsehen, ob es in dem Wäldchen irgendwelche Spuren gibt. Auf dem Band behauptet sie auch, dass sie im Park wohnt. Höök sprach davon, dass sie schlecht roch… Ob sie wohl eine Pennerin ist?«

Tommy nickte zustimmend.

»Gut möglich.«

»Ich habe das Gefühl, dass wir bei dieser Sache in Zeitnot sind. Ich denke an das Verschwinden von Linda Svensson«, sagte Irene.

»Das hängt mit dem Tod von Marianne Svärd zusammen. Irgendwie. Marianne hatte schließlich Lindas Taschenkalender in der Tasche. Merkwürdig.« Tommy lachte laut.

Und beunruhigend, dachte Irene. Sehr beunruhigend. Und warum hatte die Nachtschwester Marianne einen Kalender statt einer Taschenlampe in der Kitteltasche?

Sie hatten ihre Pizzen gegessen und die Aufgaben für den nächsten Tag verteilt. Irene und Tommy standen auf, um zum Verhör von Marianne Svärds Exmann zu fahren.

Nach einigem Suchen fanden sie die Adresse. Eines dieser neuen Häuser, die auf alt gemacht waren. In den Achtzigerjahren mussten viele der alten Mietshäuser in der Gegend der Linnégatan abgerissen werden, da der Grundwasserspiegel gesunken war und das Pfahlwerk unter den Fundamenten anfing zu verrotten. Die Architekten hatten versucht, die Gründerzeitatmosphäre des Stadtteils zu neuem Leben zu erwecken, aber das Resultat war nicht immer sonderlich geglückt. Die Vielfalt gemütlicher Lokale und kleiner Läden sowie die Nähe zum Slottsskogen, einem großen Park, trugen sicher dazu bei, dass das Viertel sehr beliebt war. Mieten und Wohnungspreise waren Schwindel erregend.

A. Svärd und N. Alexandersson waren beide auf der Mieterliste im Eingang verzeichnet. Irene klingelte, und Niklas' säuerliche Stimme ließ sich in der Gegensprechanlage vernehmen.

»Es ist auf«, sagte er.

Der Türöffner summte und die Polizisten traten in das großzügige Treppenhaus. Der hellgraue Marmorfußboden sowie die blassgelben Wände, die oben mit einer schönen blauen Blumenborte abgesetzt waren, waren sehr ansprechend. Die Türen des Aufzugs waren ebenfalls blassgelb lackiert und fügten sich harmonisch in das Gesamtbild ein.

Leise sauste der Fahrstuhl zum obersten Stockwerk. Als Irene gerade klingeln wollte, wurde die Tür von Niklas Alexandersson geöffnet. Der griesgrämige Zug um den Mund verdarb den Gesamteindruck seines schönen Gesichts. Heftig sagte er:

»Ist das wirklich nötig?«

Irene erwiderte milde:

»Ihnen ebenfalls einen guten Abend. Es ist bedeutend einfacher, abends mit Ihnen beiden zu sprechen. Sie sind schließlich beide viel beschäftigt. Unser Anliegen ist wichtig. Marianne wurde ermordet.«

Bei dem letzten Satz zuckte Niklas zusammen, sagte aber nichts weiter. Er öffnete die Tür ganz und trat beiseite. Irene hörte nichts, was nach einem »Treten Sie doch ein« geklungen hätte. Seine Laune hatte sich nicht gebessert. Er ging über den dicken Dielenteppich vor ihnen her und bedeutete ihnen mit der Hand, in das Zimmer vor ihnen einzutreten.

Es handelte sich um ein großes Wohnzimmer, das gemütlich und mit Sorgfalt eingerichtet war. Die Möbel und die Bilder an den Wänden verliehen dem Raum eine exklusive Atmosphäre. Auf dem silbergrauen Ledersofa saß ein Mann. Er stand auf und ging mit ausgestreckter Hand auf die Polizisten zu.

»Guten Abend. Andreas Svärd.«

»Guten Abend. Irene Huss, Kriminalinspektorin.«

»Tommy Persson. Ebenfalls Kriminalinspektor.«

»Es freut mich, dass Sie kommen konnten. Setzen Sie sich doch bitte.«

Andreas Svärd gab ihnen zur Begrüßung die Hand. Niklas Alexandersson hatte sich keine Mühe gegeben, seine Abneigung gegen die Polizei zu verbergen. Bei Andreas Svärd war das vollkommen anders. Bei ihm kamen sich die Polizisten regelrecht willkommen vor. Irene setzte sich in einen der Sessel. Als sie schließlich ganz in das Lederpolster gesunken war, sah sie sich den Rechtsanwalt genauer an.

Er war etwa ein Meter achtzig groß und schlank und hatte volles blondes Haar und ein ziemlich alltägliches Gesicht. Irene wusste, dass er dreiunddreißig Jahre alt war, aber er sah jünger aus. Ein hellgraues Seidenhemd, etwas dunklere Hosen und ein weinroter, ärmelloser Pullover aus Lammwolle machten den Eindruck, bequem und überdies sehr teuer zu sein. Irene war erstaunt, dass er geweint hatte. Seine Augen waren rot gerändert, aber er wirkte gefasst.

»Mir ist klar, warum Sie hier sind. Das ist ein fürchterlicher Schock für mich … das, was Marianne passiert ist. Wir … trotz allem, was war … waren wir uns in der Tat immer noch sehr nahe.«

Andreas Svärd wandte das Gesicht ab. Irene schaute auf Niklas Alexandersson. Seine Miene hatte sich noch mehr verdüstert. Andreas schien betrübt, aber Niklas wirkte wütend, was Irene einigermaßen verwunderte. Sie räusperte sich und begann:

»Wann haben Sie Marianne zuletzt gesehen?«

Andreas warf Niklas einen hastigen Blick von der Seite zu und antwortete dann:

»Wir haben vor zwei Wochen zusammen Mittag gegessen.«

Falls das überhaupt möglich war, sah Niklas jetzt noch verbitterter aus. Kurz fragte sie ihn:

»Und Sie?«

»Ich habe sie seit Weihnachten nicht mehr gesehen«, antwortete er mürrisch.

»Bei was für einem Anlass war das?«

»Sie war hier zum Abendessen.«

Mit aller wünschenswerten Deutlichkeit machte er klar,

dass nicht er sie eingeladen hatte. Erneut wandte sich Irene an Andreas.

»Haben Sie sich oft gesehen?«

»Nein. Nicht so oft.«

»Wie oft?«

Andreas sah nervös in Richtung von Niklas, schien aber fest entschlossen zu sein, die Wahrheit zu sagen.

»Ungefähr einmal im Monat.«

»Warum haben Sie sich getroffen?«

Der Anwalt war über diese Frage aufrichtig erstaunt.

»Wir haben uns unser ganzes Leben lang gekannt. Wir sind zusammen in derselben Straße aufgewachsen. Im letzten Jahr haben wir manchmal zusammen Mittag gegessen.«

»In welchem Restaurant waren Sie zuletzt?«

»Im Fiskekrogen.«

Niklas konnte sich nicht länger beherrschen. Mit einem halblauten Fluch drehte er sich auf dem Absatz um und verließ das Zimmer. Andreas sah ihm nachdenklich hinterher, sagte aber nichts. Irene dachte ebenfalls nach. Es hatte tatsächlich den Anschein, als wollte der Anwalt die Wahrheit sagen, obwohl er sich damit Niklas' Zorn zuzog. Trotzdem würde es wahrscheinlich einfacher sein, sich mit ihm unter vier Augen zu unterhalten.

»Haben Sie eine Möglichkeit, morgen Nachmittag aufs Präsidium zu kommen?«, fragte Irene.

»Natürlich. Aber nicht vor vier.«

»Das passt mir ausgezeichnet.«

Die Polizisten standen auf und gaben Andreas Svärd die Hand. Irene bemerkte, dass er ungewöhnlich kleine und schöne Hände hatte.

In der Diele war von Niklas keine Spur zu entdecken. Irene sprach ins Leere hinein:

»Niklas. Ich muss mit Ihnen sprechen.«

Langsam wurde eine Tür geöffnet und Niklas erschien.

»Was wollen Sie?«, fragte er mürrisch.

»Wir müssen noch einmal miteinander reden. Ich würde gerne mit Ihnen auf dem Polizeipräsidium sprechen. Wann passt es Ihnen morgen Nachmittag?«

»Ich arbeite bis halb fünf. Nicht vor fünf also. Eher um halb sechs.«

Tommy betrachtete die Bilder an den Wänden. Plötzlich deutete er auf ein großes gerahmtes Plakat und fragte:

»Sind Sie das?«

Irene drehte sich um und betrachtete das Plakat.

»Dragshow Fever« war darauf in zierlicher Frakturschrift zu lesen. Eine Frau mit schlanken Beinen in schwarzen Netzstrümpfen ging in Schuhen mit irrsinnig hohen Absätzen eine Treppe hinauf. Ein schwarzer Tangaslip schnitt zwischen den wohlgeformten Hinterbacken ein. Der Rücken des Oberteils, das ganz aus Pailletten bestand, war tief ausgeschnitten, und ihr langes Haar fiel in Locken über die Schultern. Der Kopf war etwas zur Seite gewandt. Obwohl die falschen Wimpern und das Make-up die Gesichtszüge etwas verbargen, erkannte Irene Niklas Alexanderssons Bernsteinblick wieder. Verwundert wandte sie sich an Niklas und rief:

»Das sind Sie!«

Er lächelte amüsiert und bösartig.

»Schon wieder schockiert?«

»Auch diesmal nicht. Was hat dieses Plakat zu bedeuten?«

»Es bedeutet, dass ich früher bei Dragshows aufgetreten bin. Als armer Krankenpflegeschüler muss man schließlich seine Einkünfte aufbessern.«

»Tanzen Sie immer noch?«

»Nein.«

Niklas hielt ihnen die Wohnungstür auf.

KAPITEL 8

Sie begannen ihren Arbeitstag um halb acht im Wäldchen im hinteren Teil des Parks bei der Löwander-Klinik. Irene Huss hatte Kommissar Andersson von ihrem Autotelefon aus angerufen. Die Suche nach Linda Svensson hatte nichts Neues ergeben. Der Kommissar teilte ihr mit, dass er zur Löwander-Klinik fahren wolle, um ein weiteres Mal mit dem Personal zu sprechen.

Es war immer noch nicht ganz hell, deswegen beschlossen sie, mit dem Wäldchen noch eine halbe Stunde zu warten. Schon allein für den Park würden sie eine Weile brauchen. Er war groß und ungepflegt. Dass Bäume und Büsche kein Laub trugen, erleichterte ihnen die Suche. In der Nacht war es wärmer geworden, und die Temperatur betrug nur noch ziemlich genau null Grad. Der Himmel war grau bedeckt, was sowohl auf Schnee als auch auf überfrierenden Regen hindeuten konnte.

Sie begannen am Rand des kleinen Tannenwäldchens. In der gefrorenen Erde gab es eine Menge Fußspuren, aber auch die Spuren von Pfoten in verschiedener Größe. Offensichtlich führte man hier seine Hunde aus. Wo das Tannenwäldchen aufhörte, begannen Laubbäume. Die meisten waren wahrscheinlich schon vor über hundert Jahren gepflanzt worden, als der Park angelegt worden war. Direkt hinter dem Krankenhaus wuchsen Goldregen und Flieder. Als sie sich das Gebüsch genauer ansahen, stellten sie fest, dass es sich dabei einmal um eine Fliederlaube gehandelt haben musste. Nach jahrzehntelanger Vernachlässigung erinnerte das Ganze allerdings mehr an einen Urwald. Zwischen den Ästen war ein Schuppen auszumachen.

Und dann entdeckten Irene und Tommy den ehemaligen Eingang der Laube. Stand man in der fast gänzlich zugewachsenen Öffnung, konnte man deutlich den rückwärtigen Personaleingang der Löwander-Klinik erkennen.

In der Mitte des Gebüschs befand sich ein Rondell. Die Fliederbüsche darum herum waren mehrere Meter hoch und versteckten fast ganz den kleinen grün gestrichenen Schuppen. Er sah relativ neu aus. Zur Tür führte eine Rampe. Tommy ging auf die breite Tür zu und rüttelte an der Türklinke. Mit einem verärgerten Quietschen schwang die Tür auf. Tommy trat ein, trat aber schnell wieder den Rückzug an.

»Pfui Teufel! Da haben wir ihre Behausung!«

Irene schaute ins Innere. Gestank schlug ihr entgegen. Er erhielt schnell seine Erklärung. Neben der Tür stand ein Plastikeimer, der zur Hälfte mit Urin und Exkrementen gefüllt war. Offenbar war der Schuppen für Gartengeräte bestimmt. Spaten, Harken und anderes hingen ordentlich an der Wand. In der Mitte des Schuppens stand ein Rasentraktor, der fast den gesamten Platz einnahm. Hier hatte Mama Vogel sich ihr Zuhause eingerichtet.

Ganz hinten lagen ein Haufen Zeitungen und zusammengefaltete Pappkartons und auf diesen ein angeschimmelter Schlafsack. Als Kopfkissen verwendete sie eine Plastiktüte, die mit Zeitungen und Lumpen gefüllt war. Irene bekam einen Kloß im Hals, als sie sah, dass Mama Vogel tatsächlich so etwas wie eine Tagesdecke auf ihr Bett gelegt hatte. Über den unteren Teil des Schlafsacks hatte sie eine ölige Kinderdecke gebreitet. Vor langer Zeit waren die herumtollenden Lämmer vermutlich einmal rosa gewesen. Am Kopfende des Lagers stand eine große Plastiktüte. Irene schaute hinein.

»Hier sind Reste von dem Brot, das sie von dem Pizzabäcker bekommen hat«, stellte sie fest.

Die Behausung von Mama Vogel war schnell durchsucht, und sie traten in die bedeutend angenehmere Morgenluft vor dem Schuppen.

»Sieht nicht so aus, als hätte sie heute Nacht hier geschlafen. Das Brot hat sie vorgestern bekommen. Es ist noch nicht alles aufgebraucht, also hat sie wohl vor, wieder herzukommen«, meinte Irene.

»Glaubst du, dass sie noch einen anderen Unterschlupf hat?«

»Möglich. Ich frage mich, ob das Klinikpersonal weiß, dass Mama Vogel sich hier häuslich eingerichtet hat.«

»Keine Ahnung. Wir fragen nachher. Aber erst suchen wir noch das Wäldchen ab.«

Obwohl es jetzt bedeutend heller war, mussten sie im Dunkel der Tannen ihre Taschenlampen zu Hilfe nehmen. Die Bäume standen sehr dicht, und es war mühsam, sich zwischen ihnen einen Weg zu bahnen. Sie fanden reichlich Hundedreck, Kondome und leere Verpackungen, Bierdosen, Zigarettenschachteln, Schokoladenpapier und Chipstüten. Das Zutrauen der Stadtmenschen in die Natur, mit Abfall fertig zu werden, war offenbar unermesslich.

Nach einer halben Stunde hatten sie die Gruppe von Tannen durchkämmt. Irene war verschwitzt und enttäuscht. Tommy zog ihr ein paar Tannennadeln aus dem Haar.

Er deutete auf seine Stirn:

»Sieh mal. Ich bin in einen Ast gelaufen, weil ich die Augen immer auf den Boden gerichtet hatte.«

Irene sah ihn nachdenklich an.

»Wenn wir schon Mühe haben, wohin wir unsere Füße setzen sollen, wie war es dann für jemanden, der hier im Stockfinstern gestanden hat!«

»Wer hier im Dunkeln gestanden hat, brauchte aber auch nicht besonders weit zwischen die Bäume zu gehen, um sich zu verstecken.«

»Wir hätten uns bei der Suche etwas schlauer anstellen können. Wir hätten uns auf die Krankenhausseite konzentrieren sollen und gar nicht so weit in das Wäldchen zu gehen brauchen. Wir sollten uns mal die Äste genauer anschauen. Wenn der Mörder hier gestanden hat, dann hat sich vielleicht ein Haar oder eine Kleiderfaser darin verfangen.«

Sie drehten erneut eine Runde durch das Wäldchen. Nach ein paar Minuten rief Tommy:

»Irene. Hierher!«

Sie bahnte sich einen Weg zu ihm. Er deutete stumm auf einen kräftigen Ast etwa einen halben Meter über der Erde. An seinem äußeren Ende hingen ein paar dunkle Fäden und Fussel.

Tommy zog eine Plastiktüte aus der Tasche und stülpte sie sich über die Hand. Dann brach er den Ast ab und steckte ihn zusammen mit dem Textilfragment in die Tüte, die er zuknotete und vorsichtig in seiner Jackentasche verstaute. Sie untersuchten den Boden, konnten aber nur feststellen, dass hier mehrere Personen und Hunde auf und ab gegangen waren. Die anderen Äste um den Fundplatz herum ergaben nichts von Interesse. Vielleicht würden die Männer von der Spurensicherung ein paar Abdrücke zu Stande bringen, aber wahrscheinlich kamen sie zu spät. Ein eiskalter Regen hatte eingesetzt, als sie den Boden untersucht hatten.

»Das war's dann. Lass uns nach drinnen gehen und das Personal befragen, ob jemand weiß, dass Mama Vogel hier nistet«, sagte Tommy.

Irene sah ebenfalls ein, dass es hoffnungslos war, im Wäldchen nach weiteren Spuren zu suchen. Der Regen hatte zugenommen, und der Gedanke, ins Warme zu kommen, war richtig herzerwärmend. Sie stapften durch die Pfützen um das Krankenhaus herum und bogen gerade rechtzeitig um die Ecke des Gebäudes, um Kommissar Andersson durch das protzige Portal verschwinden zu sehen.

Die Dame am Empfang hob den Blick von der Tastatur ihres Computers. Irene stieß Tommy in die Seite, was bedeutete, dass er das Reden übernehmen sollte. Normalerweise fraßen ihm Damen mittleren Alters aus der Hand.

»Guten Morgen. Dürfen wir einen Augenblick stören?«, fragte er freundlich.

Mit seinen treuen braunen Hundeaugen sah er sie innig an. Die schon etwas verbrauchte Blondine rückte ihre Brille zurecht und deutete mit ihren stark bemalten Lippen ein Lächeln an.

»Doch, doch. Aber ich habe sehr viel zu tun.«

»Ich frage mich, ob Sie in letzter Zeit in der Nähe der Löwander-Klinik eine ältere Frau gesehen haben. Vermutlich eine Stadtstreicherin.«

»Eine Stadtstreicherin! Hier bei der Löwander-Klinik! Nein. Was sollte die hier? Die sind doch eher im Brunnsparken.«

»Sie haben also nichts von einer Stadtstreicherin gehört?«

»Nein.«

»Könnte sonst jemand etwas darüber wissen?«

»Folke Bengtsson, unser Hausmeister, weiß eigentlich immer am besten, was hier so alles passiert.«

»Wo finden wir ihn?«

»Ein Stockwerk tiefer. Er hat sein Zimmer ganz links, wenn Sie die Treppe hinunterkommen.«

Das Telefon am Empfang klingelte. Sie nahm den Hörer ab und sagte mit geschäftsmäßiger Wärme:

»Löwander-Klinik. Womit kann ich Ihnen dienen?«

Sie begaben sich eine Treppe tiefer in das Reich von Folke Bengtsson. Der Hausmeister war nicht in seinem Zimmer, aber die Tür war nicht verschlossen. Sie traten ein. Das Zimmer war ziemlich groß und hatte ein Kellerfenster weit oben an der Wand. Wenn Irene sich auf die Zehenspitzen stellte, konnte sie die Spitzen der Fliederbüsche sehen, die die alte Laube umgaben. In stillem Einvernehmen begannen sie, sich etwas näher in dem Kellerraum umzusehen.

An den Wänden hingen mehrere Plakate von der Leichtathletikweltmeisterschaft. Tommy deutete auf eine große Werkzeugtasche, die auf einem Bord direkt hinter der Tür stand. Bei schneller Durchsicht konnten sie keinen Seitenschneider entdecken. Auf den großen Kellerregalen hatte dicht gedrängt alles Mögliche Platz gefunden. Kartons mit Glühbirnen, ein Stahldraht zum Reinigen von Abflüssen, Drahtrollen und ein Karton mit der Aufschrift »Flaggen«. Auf dem Schreibtisch standen eine alte braune Bürolampe und eine Kaffeemaschine. Irene zog die Schreibtischschubladen heraus, fand aber nur eine Dose Schnupftabak, einige Rechnungen und Bestellungen, Stifte und zwei alte zerlesene Sportzeitschriften. Die oberste Schublade war verschlossen und ließ sich mit keinem einfachen Trick öffnen. Irene wollte gerade einen neuen Versuch wagen, da gab Tommy ihr ein Zeichen. Schwere Schritte waren auf der Kellertreppe zu hören. Irene machte einen Schritt vom Schreibtisch weg, wandte ihm den Rücken zu und tat so, als würde sie durch das Kellerfenster schauen. Laut sagte sie:

»Man sieht gerade noch die Baumwipfel im Park.«

»Man wird nicht gerade von der Aussicht verwöhnt«, ließ sich eine Bassstimme von der Tür her vernehmen.

Irene drehte sich halb um und tat überrascht.

»Guten Tag. Nach Ihnen suchen wir.«

Sie lächelte und streckte die Hand aus.

»Irene Huss, Kriminalinspektorin. Wir haben uns Dienstag früh bereits gesehen, aber noch nicht miteinander gesprochen.«

»Folke Bengtsson. Dafür haben eine ganze Menge andere Polizisten mit mir geredet.«

Sie schüttelten sich die Hand. Tommy Persson und Folke Bengtsson stellten sich ebenfalls vor. Ohne zu fragen, ob sie auch wollten, nahm Bengtsson die Glaskanne der Kaffeemaschine und verschwand auf dem Korridor. Sie hörten, wie auf der anderen Seite der Wand Wasser lief. Der Hausmeister war einen Augenblick später zurück und füllte mit einem Kaffeemaß duftendes Kaffeepulver in einen Papierfilter. Ohne sich dessen bewusst zu sein, gewann Folke Bengtsson dadurch Pluspunkte. Jemand, der ungefragt Kaffee aufsetzte, musste einfach okay sein. Dieser Meinung war zumindest Irene. Ihr Kaffeedurst war bereits wieder beträchtlich.

Folke Bengtsson war fast sechzig, kahlköpfig und untersetzt. Er erinnerte an einen kräftigen Baumstumpf. Irene, die selbst viel trainierte, war sich sicher, dass er immer noch Sport trieb. Deswegen meinte sie einleitend:

»Die Plakate von der Leichtathletik-WM sind wirklich sehr schön. Dummerweise habe ich selbst keine aufgehoben.«

»Ich habe damals Urlaub genommen und mir die meisten der Wettkämpfe angesehen«, erwiderte Bengtsson zufrieden.

»Treiben Sie selber noch Sport?«

»Nicht mehr. Aber ich bin viele Jahre Ringer gewesen und habe die Jungs teilweise auch selbst trainiert. Jetzt begnüge ich mich mit Gewichtheben.«

Nach den Bizepsen unter dem blau karierten Flanellhemd zu urteilen schien er das ziemlich oft zu tun. Er gab Irene und Tommy weiße Plastikbecher. Er selbst hatte eine große Porzellantasse mit der Aufschrift »I'm the boss«. Mit einem Schlüssel von dem großen Schlüsselbund, den er am Gürtel hängen hatte, öffnete er die oberste Schreibtischschublade. Irene beugte sich etwas vor und sah hinein. Hier lagen eine Rolle Kekse und eine Menge Schlüssel. Bengtsson nahm die Kekse heraus und schloss die Schublade wieder.

»Entschuldigen Sie, Herr Bengtsson. Die Sache mit den Schlüsseln brennt uns natürlich auf den Nägeln«, sagte Irene.

Sie nahm dankend einen Keks und atmete genüsslich das herrliche Kaffeearoma ein. Dann fuhr sie fort:

»Wie Sie wissen, hat es den Anschein, als hätte Marianne Svärds Mörder Schlüssel zum Krankenhaus besessen. Nirgendwo wurden die Schlösser beschädigt. Ich frage mich, ob es für das Krankenhaus einen Generalschlüssel gibt?«

»Ja. Zwei Stück. Ich habe einen und Dr. Löwander den anderen.«

»Was hat das übrige Personal für Schlüssel?«

»Einen für die Außentüren. Derselbe Schlüssel passt für das Hauptportal, den Personaleingang sowie für den Umkleideraum im Keller. Dann haben sie noch einen Schlüssel für die Station, auf der sie arbeiten.«

»Das Personal auf der Pflegestation hat also einen Schlüssel für diese, die OP-Schwestern haben einen für die Operationssäle und so weiter?«

»Genau.«

»Aber in der Schublade gibt es Reserveschlüssel für sämtliche Stationen?«

»Ja. Aber nur ich habe einen Schlüssel für diesen Keller. Und ich schließe immer ab, bevor ich nach Hause gehe. Diese Schreibtischschublade ist immer verschlossen, und nur ich habe den Schlüssel.«

Bengtsson schien über seine uneingeschränkte Macht an der Schlüsselfront sehr zufrieden zu sein.

»Aber als wir jetzt gekommen sind, war nicht abgeschlossen.«

»Nein. Tagsüber, wenn ich hier bin, schließe ich nie ab.«

»Aber die obere Schreibtischschublade ist immer verschlossen?«

»Ja.«

»Wo haben Sie den Generalschlüssel?«

»Hier. Und da ist auch der Schlüssel für die Schreibtischschublade.«

Der Hausmeister zog erneut den Schlüsselbund aus der Hosentasche.

Hier kam sie nicht weiter. Irene beschloss, stattdessen über Mama Vogel zu sprechen.

»Wissen Sie, dass jemand im Geräteschuppen wohnt?«

Bengtsson erstarrte. Er schaute in seine dampfende Kaffeetasse und murmelte:

»Ach so? Ist das so?«

Er war wirklich ein lausiger Lügner.

»Haben Sie gestern die GT in der Hand gehabt? Haben Sie das mit der Frau gelesen, die angeblich gesehen hat, wie die gute alte Tekla in der Mordnacht herumgespukt hat?«

»Doch … ja … das habe ich …«

»Der Journalist, der das geschrieben hat, hatte mit Mama Vogel gesprochen.«

Bengtsson sah überrascht von seiner Tasse auf.

»Die lässt sich doch nicht interviewen!«

»Sie kennen sie also?«

Der Hausmeister seufzte schicksalsergeben.

»Jaja. Ich kenne sie. Oder ich weiß von ihr. Ich habe sie vor Weihnachten gefunden.«

»Gefunden?«

»Ja. Sie hatte sich in einen Müllsack aus Plastik eingewickelt und sich vor die Kellerventilation gelegt. Vor die Abluft, die bei der Elektrozentrale durch die Wand kommt. Erst hab ich gedacht, da hat jemand einen Sack mit Müll hingeschmissen, und bin wütend geworden. Ich gehe hin, um ihn in den Müllraum zu schleppen, und da sehe ich, dass da ein Mensch liegt!«

»Haben Sie sie mit ins Haus genommen?«

»Nein. Sie stank, dass es einem übel wurde! Und sie war vollkommen wirr im Kopf. Es war unmöglich, etwas Vernünftiges aus ihr herauszubringen.«

»Sie haben also den Schuppen mit den Gartengeräten für sie geöffnet?«

Bengtsson nickte resigniert.

»Ja. Was hätte ich sonst tun sollen? Das Krankenhaus war schließlich über Weihnachten geschlossen. Sie hatte ganz offenbar kein Zuhause. Ich habe ihr den Schuppen aufgemacht. Es hatte den Anschein, als sei sie froh darüber. Ab und zu habe ich ihr dann eine Plastiktüte mit Butterbroten an die Klinke gehängt, die am Tag darauf immer verschwunden war. Obwohl ich an einem Morgen gesehen habe, wie sie die Brote zerkrümelt und damit die Vögel gefüttert hat!«

»Wo haben Sie das gesehen?«

»Hier im Park.«

»Weiß sonst noch jemand etwas von Mama Vogels Existenz?«

Folke Bengtsson zuckte mit seinen riesigen Schultern.

»Weiß nicht. Möglich.«

»Sie wissen auch nicht ihren richtigen Namen?«

»Keine Ahnung. Sie plapperte etwas davon, dass sie Mama Vogel heißt. Aber seit diesem ersten Morgen habe ich kaum mehr mit ihr gesprochen. Nur ab und zu eine Tüte mit Butterbroten an die Türklinke gehängt.«

»Hält sie sich auch tagsüber in dem Schuppen auf?«

»Nein. Morgens ist sie immer fort. Ich komme um halb sieben. Nach diesem Zeitpunkt ist sie nie auf der Bildfläche erschienen.«

»Haben Sie bemerkt, wie es im Schuppen aussieht?«

Der Hausmeister schluckte und nickte.

»Doch. Das ist wirklich übel ... aber sie soll meinetwegen den Winter über dort bleiben. Dann schmeiße ich sie raus und schließe die Tür ab. Der ganze Schuppen wird dann saniert. Ich werde ihn innen anstreichen. Niemand braucht zu erfahren, dass sie dort ist.«

Das Letzte sagte er in einem deutlich flehenden Tonfall. Die obdachlose Frau tat ihm Leid.

»Haben Sie eine Vorstellung, wo wir diese Mama Vogel tagsüber finden können?«

»Keine Ahnung. Obwohl ...«

Er unterbrach sich und dachte nach. Zögernd fuhr er fort:

»Vor einigen Wochen habe ich sie an einem Samstagmorgen auf dem Drottningtorget gesehen. Sie kam mit zwei großen Plastiktüten aus dem Einkaufszentrum Nordstan. Sie sang beim Gehen vor sich hin.«

»Haben Sie gehört, was sie gesungen hat?«

Bengtsson sah erstaunt aus.

»Nein. Ich hielt mich auf Abstand.«

»Hat sie Sie gesehen?«

»Nein. Sie ging in Richtung vom Hotel Eggers, stellte sich genau davor und begann, ihre Tüten auszupacken. Dann hat sie Brote zerrupft und um sich herum Haferflocken verstreut! Zum Schluss war sie ganz von Tauben bedeckt. Pfui Teufel!«

Der eigentümliche Geruch der sonderbaren Dame fand damit seine Erklärung.

»Wann haben Sie sie zum letzten Mal gesehen?«, fragte sie.

»Tja ... man begegnet ihr nicht so oft. Das war wohl dieses eine Mal auf dem Drottningtorget. Sie kommt spätabends zum Schuppen und verschwindet frühmorgens wieder. Montagabend habe ich eine Tüte an die Tür gehängt, und die war Dienstagmorgen verschwunden.«

Was darauf hindeutete, dass sich Mama Vogel in der Mordnacht wirklich in dem Schuppen aufgehalten hatte. Irene hatte das Gefühl, dass es immer wichtiger wurde, sie ausfindig zu machen.

»Wie ist Mama Vogel gekleidet und wie sieht sie aus?«

Bengtsson dachte lange nach, ehe er antwortete:

»Tja ... es ist schwer, etwas über ihr Alter zu sagen. Vielleicht ist sie einige Jahre jünger als ich. Klein und mager. Obwohl es schwer auszumachen ist, wie sie eigentlich aussieht. Sie trägt einen zu großen Herrenmantel. Auf dem Kopf hat sie eine gestrickte Mütze ... Ich glaube, die ist rosa. Sie zieht sie über die Ohren und in die Augen. Vom Gesicht ist nicht viel zu sehen.«

»Welche Farbe hat der Mantel?«

»Weiß nicht. Dunkel. Braun oder grau. Sie hat ihn mit einer Schnur zusammengebunden. An den Füßen hat sie riesige Turnschuhe, in die sie eine Menge Zeitungspapier gestopft hat.«

»Sonst nichts?«

»Nein ... doch ... sie hat fast keine Zähne mehr.«

Tommy und Irene dankten für den Kaffee und erhoben sich. Als sie auf den Kellerkorridor traten, blieb Irene vor der Tür stehen, auf der »Elektrozentrale« stand.

»Haben die Männer von der Spurensicherung den ganzen Keller durchsucht?«, fragte sie.

»Ja. Aber man hat nichts weiter gefunden. Den Aufzug haben sie ebenfalls unter die Lupe genommen. Malm glaubt, dass sie auf der Intensivstation getötet worden ist, auch wenn keine entsprechenden Spuren gefunden wurden. Sie muss dem Mörder die Tür geöffnet haben, da nur innen eine Klinke ist. Das bedeutet, dass sie den Mörder gekannt hat.«

»Wenn der Mörder nicht einen Schlüssel hatte.«

»Das ist eine Möglichkeit. Als der Strom ausfiel, haben Dr. Löwander und die alte Nachtschwester offenbar für so viel Unordnung gesorgt, dass keine verwertbaren Spuren mehr vorhanden sind. Sie haben sogar Sachen umgeworfen und so. Die junge Intensivschwester hat das schlimmste Durcheinander am nächsten Morgen wieder aufgeräumt.«

»Anna-Karin. Die Schwester, die Marianne kannte und mit Linda befreundet ist.«

Wieder hatte Irene das Gefühl, dass Anna-Karin mehr wusste, als sie gesagt hatte. Aber das war nur so ein Gefühl und nichts, womit sich die junge Krankenschwester unter Druck setzen lassen würde. Außerdem war Irene mit der älteren verabredet. Sie wandte sich an Tommy und sagte:

»Ich gehe rauf auf die Station. Schwester Ellen hat versprochen, sich meine Kratzwunden anzuschauen.«

»Okay. Ich sehe mich im Gelände um und erkundige mich nach Mama Vogel.«

Irene ging die Treppen hinauf zur Station. Im Schwesternzimmer traf sie ihren Chef in gemütlicher Runde mit Ellen Karlsson an. Sie lachten beide über einen Witz. Schon lange hatte sie den Kommissar nicht mehr so herzhaft lachen hören. Als er seine Inspektorin in der Tür stehen sah, verstummte er abrupt. Er verfärbte sich etwas und wirkte ertappt. Wie ein kleiner Junge, der etwas Unerlaubtes getan hat, dachte Irene. Aber so war es ja auch, oder nicht?

Schwester Ellen folgte Anderssons Blick. Sie drehte sich auf dem Schreibtischstuhl um.

»Hallo! Wie geht es mit den Kratzwunden?«

»Danke, gut. Solange ich nicht lachen muss.«

»Ich schaue sie mir an. Kommen Sie mit ins Untersuchungszimmer.«

Sie ging durch die Tür voraus. Irene folgte ihr. Ehe sie verschwand, warf sie ihrem Chef noch einen Blick zu, den dieser erstaunlicherweise äußerst schlecht gelaunt erwiderte. Also doch erwischt.

Die Schwester suchte alles hervor, was sie brauchte, um Irenes Blessuren neu zu verbinden. Sie legte sterile Kochsalzlösung, Kompressen, hautschonendes Pflaster und eine Pinzette auf einen Wagen, während sie Belanglosigkeiten erzählte.

»Heute ist es ziemlich ruhig. Dr. Bünzler ist mit seinen Kindern und Enkeln auf seine Hütte in Sälen gefahren. Und der Anästhesist Dr. Henriksson ist ebenfalls in die Skiferien abgedampft. Nur Dr. Löwander operiert. Aber einzig kleine ambulante Sachen mit Lokalanästhesie. Dann ist hier auch nicht so ein Durcheinander.«

Sie verstummte und sagte dann mit besorgter Stimme:

»Sie haben nichts Neues über Linda herausgefunden?«

»Nein. Sie ist immer noch spurlos verschwunden.«

»Das ist unfassbar! Erst wird Marianne ermordet und dann verschwindet Linda!«

»Ja, das ist merkwürdig. Haben Sie gestern den Artikel in der Zeitung gelesen über die Frau, die Schwester Tekla gesehen hat?«

»Ja. Wer war das?«

»Es scheint sich um eine Obdachlose zu handeln, die hier in der Gegend unterwegs ist. Sie wissen nichts über eine Stadtstreicherin?«

Vorsichtig begann Schwester Ellen die Pflaster von Irenes Gesicht zu ziehen. Obwohl sie geschickt war, tat es weh. Als sie alle alten Kompressen entfernt hatte, nahm sie sich etwas Zeit, um darüber nachzudenken, was Irene gesagt hatte.

»Eine Stadtstreicherin? Davon kann es doch nicht so viele geben. Nein. Davon weiß ich nichts… Wie sieht sie aus?«

»Klein und dünn. Sie trägt eine gestrickte rosa Mütze und einen großen Herrenmantel.«

»Möglicherweise habe ich sie beim Brända Tomten gesehen.«

»Brända Tomten?«

»So nennen wir diesen Platz im Scherz. Vor elf Jahren gab es hier beim Krankenhaus eine große Chefarztvilla. Irgendwann brannte sie ab, und jetzt haben wir an dieser Stelle den Personalparkplatz.«

»Ach so. Warum wurde die Villa nicht wieder aufgebaut?«

Schwester Ellen unterbrach ihre Beschäftigung. Sie biss sich auf die Unterlippe, und zum ersten Mal während ihres Gesprächs hatte Irene das Gefühl, dass sie zögerte, die Wahrheit zu sagen. Schließlich meinte die Krankenschwester:

»Frau Löwander geriet vollkommen außer sich und behauptete, dass Carina das Feuer gelegt habe.«

»Ist nicht Carina Löwander identisch mit Frau Löwander?«

»Sie ist Frau Löwander Nummer zwei. Dr. Löwander war vorher mit Barbro verheiratet. Mir ihr zog er ein Jahr nach dem Tod des alten Dr. Löwander in die Chefarztvilla. Gerade als sie eingezogen waren, reichte Dr. Löwander die Scheidung ein! Sie war am Boden zerstört.«

»Haben sie Kinder?«

»Ja. John und Julia. John wohnt in den USA, und Julia ist im Augenblick ebenfalls dort. Sie ist Austauschschülerin.«

»Barbro Löwander wohnte also allein in der Chefarztvilla.«

»Nein. Sie zog aus. Sverker blieb dort wohnen.«

»Warum sollte Carina das Haus anstecken, in dem sie zusammen mit Sverker wohnen konnte?«

»Weil sie in dem unmodernen Haus nicht wohnen wollte. Laut Barbro.«

»Und deswegen wäre sie also hingegangen und hätte es niedergebrannt? Klingt weit hergeholt.«

»Ja. Das fanden wir auch alle. Barbro war wie gesagt in dieser Zeit sehr aus dem Gleichgewicht. Keiner kümmerte sich groß um das, was sie sagte.«

»Brannte das Haus vollkommen ab?«

»Ja. Es wurden nur ein paar alte Sachen durch eine Kellertür gerettet. Ich kann mich noch erinnern, dass Carina sich weigerte, diese alten Sachen in ihrem neuen Haus unterzubringen. Dr. Löwander stellte sie hier auf den Speicher.«

»Stehen die Sachen immer noch dort?«

»Wahrscheinlich. Voriges Jahr habe ich sie noch gesehen, als ich wegen der Adventsdekoration auf dem Speicher war. Dieser Teil des alten Speichers ist nie umgebaut worden und wird nur als Lager genutzt.«

»Hat sich Schwester Tekla dort erhängt?«

Ellen Karlsson erstarrte und antwortete dann kurz:

»Ja.«

Irene beschloss das Thema zu wechseln und kam wieder auf Mama Vogel zu sprechen:

»Sie haben gesagt, dass Sie diese Frau eventuell beim Brända Tomten gesehen haben?«

Ellen Karlsson entspannte sich wieder.

»Ja. Vor etwa zwei Wochen. Es war kurz vor sechs Uhr am Morgen. Ich war besonders früh dran, weil mir am Abend vorher einiges liegen geblieben war. Ich habe sie nur einen kurzen Augenblick unter einer Laterne gesehen. Dann verschwand sie im Park.«

»Sie haben sie dann nicht noch einmal gesehen?«

»Nein.«

Die Schwester legte den Kopf auf die Seite und begutachtete Irenes frischen Schorf.

»Das verheilt gut. Sie brauchen jetzt nur noch eine Kompresse. Für den Rest reichen Pflaster. Sie nehmen doch noch immer das Penicillin?«

Irene nickte gehorsam.

»Kennen Sie Barbro, die erste Frau von Sverker Löwander?«

»Ja. Sie war hier bei uns Sprechstundenhilfe. Aber nach der Scheidung bekam sie eine Stelle am Sahlgrenska. Sie wollte nicht hier bleiben, weil Carina damals noch hier gearbeitet hat.«

»Als was?«

»Krankengymnastin. Sverker Löwander und Carina haben sich hier im Krankenhaus kennen gelernt.«

»Aber sie arbeitet ebenfalls nicht mehr hier?«

»Nein. Vor einigen Jahren hat sie auf vorbeugende Medizin umgesattelt. Sie leitet das Bewegungsprojekt des Betriebsärzteverbundes. Das passt ihr sicher ausgezeichnet. Da kann sie mit den Leuten machen, was sie will.«

Ihr Ton hatte ganz deutlich an Schärfe zugenommen, aber bevor Irene noch darauf eingehen konnte, klopfte es an der Tür. Gleichzeitig wurde die Tür aufgerissen und die Intensivschwester Anna-Karin streckte ihren Kopf herein.

»Hallo. Sie haben gerade angerufen und gesagt, dass die Nachtschwester Grippe hat. Siv Persson ist immer noch krankgeschrieben. Was machen wir?«

Schwester Ellens rundes, freundliches Gesicht sah auf einmal ganz müde aus. Die Erschöpfung war auch aus ihrer Stimme herauszuhören.

»Verdammt! Ich weiß nicht. Ich weiß nur, dass ich bald nicht mehr kann. Ich habe diese Woche bereits die zwei Schichten von Linda übernommen.«

Anna-Karin dachte schnell nach.

»Ich kann beim Källbergska anrufen und fragen, ob die jemanden im Pool haben, der einspringen kann.«

Vor Irenes innerem Auge tauchte plötzlich ein Schwimmbassin mit Krankenschwestern auf. Am Beckenrand standen die verzweifelten Angestellten der Personalabteilungen und abgearbeitete Pflegekräfte und fischten verzweifelt nach Leuten. Schwester Ellens gestresste Stimme holte sie jedoch schnell in die Wirklichkeit zurück.

»Entschuldigen Sie, Frau Huss. Ich muss los. Die letzten Pflaster können Sie sich selbst am Sonntag entfernen. Tschüss!«

Im nächsten Augenblick war Irene allein in dem kleinen Zimmer. Sie stand von der Pritsche auf, auf der sie gesessen hatte, und trat zum Fenster. Es ging auf den Park. Direkt unter ihr lag das Gebüsch mit dem Schuppen. Obwohl der Flieder vollkommen entlaubt war, konnte man nur das schwarze Dach aus Teerpappe erkennen. Das Nest von Mama Vogel war gut versteckt. Wahrscheinlich ging sie immer durch den Park dorthin. Irene schaute auf das Tannenwäldchen, das sie so gründlich durchsucht hatten. Dahinter lag ein Mietshaus, das drei Stockwerke hoch war. Sie konnte einige Autos sehen, die auf der Straße unterhalb davon vorbeifuhren. Sie führte über eine kleine Brücke über den Bach. Auf der anderen Seite der Brücke lag die Haltestelle der Straßenbahn. Wahrscheinlich nahm Mama Vogel allabendlich diesen Weg. Sie fuhr mit der Straßenbahn und stieg an dieser Haltestelle aus. Dann ging sie über die Brücke und quer durch den Park. Genau auf ihr Nest zu.

Sollten sie beim Schuppen Wache halten und sie abfangen? Wenn sie sie tagsüber nicht zu fassen bekamen, dann konnten sie vielleicht so mit ihr Kontakt aufnehmen. Aber das würde Zeit und Geld kosten, und die Dame hatte offenbar noch andere Stellen zum Unterkriechen. Und wenn sie jetzt mehrere Nächte hintereinander nicht auftauchen würde? Das mussten sie mit dem Kommissar besprechen, falls sie sie nicht anderswo fanden.

Tommy Persson war es geglückt, das Zimmer einer Sekretärin hinter dem Empfang in Beschlag zu nehmen. Hier fand ihn Irene. Er telefonierte und hatte vor sich einen voll gekritzelten Block liegen.

»Verlosen? Wie soll das gehen?«

Er lauschte der Stimme am anderen Ende der Leitung und sah gleichzeitig Irene an und verdrehte die Augen.

»Ach so? Und wie geht das, wenn sie keine Adresse haben? Ach nee. Mehr können Sie also nicht tun. Vielen Dank.«

Er knallte den Hörer auf die Gabel und seufzte resigniert.

»Das kann nicht wahr sein! Es gibt tatsächlich Menschen in unserer Gesellschaft, die es nicht gibt, weil sie ins Nichts wegverwaltet worden sind!«

»Wie das?«

»Ich habe bei verschiedenen Sozialämtern hier in der Stadt angerufen und gefragt, ob sie eine Mama Vogel kennen. Alle waren sehr hilfsbereit, bis es um ihren richtigen Namen, ihre Personenkennziffer oder Adresse ging. Da ich keine Einzige von diesen Fragen beantworten konnte, können sie mir auch nicht helfen. Wenn ich sage, dass sie wahrscheinlich obdachlos ist, wird der Ton sofort kühler. Obdachlos? Das ist schwieriger. Tut uns Leid. Und dann murmeln sie noch ein paar Floskeln und legen auf. Den Letzten, mit dem ich geredet habe, habe ich dann etwas genauer ausgehorcht, was sie mit Personen ohne festen Wohnsitz machen. Weißt du, was das Sozialamt mit ihnen tut?«

»Nein.«

»Sie werden unter den verschiedenen Stadtteilen verlost!«

»Verlost?«

»Genau. Mama Vogel kann beispielsweise an das Sozialamt in Torslanda verlost werden. Dann müssen sich die um ihr Wohlergehen kümmern. Aber wie soll sie das erfahren? Man kann ihr diese Mitteilung schließlich schlecht an irgendeine Adresse schicken. Ihre Adresse ist ein Schuppen im Park der Löwander-Klinik. Eigentlich genial. Man verlost die Verantwortung an eine Person, die den betreffenden Wohnsitzlosen nie getroffen hat. Diese Person ist nun auf dem Papier der Sachbearbeiter des Obdachlosen. Die Gesellschaft hat sich ihrer Verantwortung gestellt und dem Obdachlosen sogar einen eigenen Sachbearbeiter zugeteilt! Nur treffen sich die beiden nie.«

Tommy schaute bitter und anklagend auf das Telefon, als würde es das Sozialamt repräsentieren.

»Das Sozialamt können wir also vergessen«, stellte Irene fest.

Er nickte achselzuckend.

»Scheint so. Wir werden natürlich bei allen Verwaltungsbezirken nachfragen. Aber darauf gebe ich nicht viel.«

»Was machen wir dann?«

»Heilsarmee oder Stadtmission.«

»Sollten wir nicht erst etwas essen gehen?«

»Yes.«

Es war fast drei Uhr, als sie ihren Wagen vor dem Polizeipräsidium abstellten. Tommy wollte weiter wegen Mama Vogel herumtelefonieren. Er lieh sich Birgittas und Fredriks Zimmer, da Irene Besuch bekommen würde. Irene wollte versuchen, noch einen Bericht zusammenzustellen, ehe Andreas Svärd auftauchte.

Punkt vier klopfte es an der Tür. Er war wie am Vorabend elegant gekleidet. Sein dunkelblauer Mantel, seine schwarze Hose und seine schwarzen Schuhe unterstrichen noch, wie bleich er war. Als er den Mantel auszog, sah Irene, dass er ein schwarzes Jackett, einen dunkelblauen Schlips und ein weißes Hemd darunter anhatte. Offenbar trug Andreas Svärd Trauer. Diese spiegelte sich auch in seinen Gesichtszügen wider. Seine Augen waren immer noch rot unterlaufen. Irene fragte sich, ob er wegen seiner heimlichen Mittagessen mit seiner Exfrau Streit mit Niklas bekommen hatte.

»Haben Sie etwas über den Mörder herausgefunden?«, begann Andreas Svärd ohne Umschweife.

»Nein. Wir haben aber einen Tipp bekommen. Es gibt eine Zeugin.«

»Die, von der gestern in der Zeitung stand?«

»Ja. Unter anderem.«

Irene war bewusst vage. Andreas Svärd schien der Mord zwar offenbar ziemlich mitgenommen zu haben, aber das konnte auch die Angst sein, dass die Polizei etwas herausfinden würde. Sie beschloss dem Anwalt gegenüber vorsichtig zu sein.

»Wie wurde aus Niklas und Ihnen ein Paar?«

»Hat das irgendeine Bedeutung für die Ermittlungen?«

»Absolut. Es war offenbar der Grund, warum Marianne im Östra aufhörte und in der Löwander-Klinik anfing.«

Er seufzte resigniert.

»Es war auf einer House-Warming-Party bei Marianne und mir. Wir hatten ein Haus in Hovas gekauft, und sie war … so froh.«

Seine Stimme brach und wurde undeutlich.

»Wir hatten keinen großen Bekanntschaftskreis und veranstalteten nie große Feste. Aber da wir jetzt Platz hatten, fand Marianne, dass wir ausnahmsweise einmal eine Riesenparty veranstalten sollten. Wir luden alle Freunde und Arbeitskollegen ein. Natürlich lud Marianne auch Niklas ein. So … lernten wir uns kennen.«

»Hatten Sie schon vorher einmal ein homosexuelles Verhältnis?«, fragte Irene vorsichtig.

Andreas Svärd zuckte zusammen.

»Nein.«

»Wann hat Marianne davon erfahren?«

»Nach einem halben Jahr. Es war wie immer. Alle wussten davon. Außer ihr. Ich versuchte mehrere Male, mit Niklas zu brechen, aber ich schaffte es nicht. Und Marianne …«

Er verstummte und schluckte.

»Wie nahm sie es auf?«

»Fürchterlich hart.«

Sie saßen eine Weile schweigend da, ehe er fortfuhr.

»Sie hielt es nicht aus, Niklas jeden Tag bei der Arbeit zu sehen. Deswegen hat sie in der Löwander-Klinik angefangen.«

»Wann haben Sie dann angefangen, sich wieder zu verabreden?«

»Wir haben uns die ganze Zeit regelmäßig getroffen. Außer dem ersten halben Jahr nach der Scheidung. Als mein Vater sechzig wurde, waren auch Marianne und ihre Eltern eingeladen. Unsere Eltern sind seit vielen Jahren befreundet. Sie sind Nachbarn. Wir haben angefangen, uns zu unterhalten, und sie war so … gut. Machte mir überhaupt keine Vorwürfe.«

»War Niklas ebenfalls auf diesem sechzigsten Geburtstag?«

»Nein.«

»Wie hat Niklas es aufgenommen, dass er nicht eingeladen war?«

Andreas seufzte tief.

»Er ist sehr impulsiv. Jedes Mal ist es gleich mühsam.«

»Ihre Familie hat ihn noch nicht kennen gelernt?«

»Nein.«

»Wie haben sich Marianne und Niklas verstanden?«

Andreas lächelte müde.

»Natürlich überhaupt nicht. Marianne versuchte vermutlich, sich neutral zu verhalten ... aber Niklas ... er wird immer gleich so wütend.«

»Warum haben Sie angefangen, sich mit Marianne zum Mittagessen zu treffen?«

Er schloss die Augen und schwieg lange.

»Wir hatten beide das Gefühl, dass wir uns sehen müssten. Es gab viel zwischen uns, was sich nicht einfach ausradieren ließ.«

»Trafen Sie sich zum Mittagessen immer im Restaurant? Waren Sie nie zu Hause bei Marianne?«

Er verstand sofort, worauf sie hinauswollte.

»Natürlich unterhielten wir uns nur und aßen zusammen«, erwiderte er scharf.

Irene versuchte, ihre Frage deutlicher zu formulieren.

»Es war Marianne nie anzumerken, dass sie sich eventuell auch wieder ein sexuelles Verhältnis mit Ihnen vorstellen könnte?«

»Nein.«

Die Antwort kam kurz und schroff, aber er sah Irene nicht in die Augen. Er bewegte seine Finger nervös über den dunklen Stoff seiner Hose hin und her, als suche er dort nach Flusen oder Haaren, die nicht zu finden waren.

Irene beschloss weiterzubohren.

»Sie hat nie davon gesprochen, dass sie einen neuen Mann getroffen hat?«

Er sah sie überrascht an. Offenbar kam ihm dieser Gedanke vollkommen absurd vor.

»Nein. Nie.«

»Können Sie sich an das genaue Datum erinnern, wann Sie sie das letzte Mal gesehen haben?«

Er beugte sich hastig vor und öffnete seine winzige Aktentasche aus weichem, braunem Leder.

»Ich habe heute Morgen in meinem Kalender nachgesehen. Das war am Dienstag, dem 28. Januar.«

»Und da haben Sie im Fiskekrogen gegessen?«

»Ja.«

»Niklas wusste offenbar nicht, dass Sie sich so häufig trafen?«

»Nein. Ich sagte nur, dass wir uns ab und zu sehen würden.«

»Aber nicht, wie oft.«

»Nein.«

Hier war etwas, was sie nicht so recht formulieren konnte. Irene wusste nicht recht, wie sie diesen Gedanken weiterverfolgen sollte. Eine ordentliche Dreiecksgeschichte mit einer Exfrau, einem neuen Liebhaber und einem Mann, den beide haben wollten. War Andreas Svärd selbst nicht so ganz eindeutig gewesen? Dem sollte sie nachgehen. Mit neutraler Stimme fragte sie:

»Wie hätten Sie sich verhalten, wenn Marianne wirklich einen neuen Mann kennen gelernt hätte? Wenn Sie nicht mehr bereit gewesen wäre, sich so oft mit Ihnen zum Mittagessen zu treffen?«

»Ich habe es mir eigentlich für sie gewünscht. Aber gleichzeitig… brauchte ich sie.«

»Warum?«

»Zusammen empfanden wir ein tiefes Gefühl der Zusammengehörigkeit… von Frieden.«

»Das haben Sie zusammen mit Niklas nicht?«

»Das ist etwas ganz anderes. Leidenschaft.«

»Ohne die Sie ebenfalls nicht leben können.«

Das war keine Frage, sondern eine Feststellung. Andreas Svärd schüttelte zur Antwort nur andeutungsweise den Kopf.

»Haben Sie eine Vorstellung, was in der Nacht passiert ist, in der Marianne ermordet wurde?«, fragte Irene.

Er schüttelte den Kopf.

»Sie waren in Kopenhagen. Ihr Alibi haben wir überprüft. Wissen Sie, wo Niklas war?«

»Niklas? Natürlich war er zu Hause und schlief. Er fängt jeden morgen früh auf der Intensivstation an.«

Irene beschloss, es für dieses Mal dabei bewenden zu lassen. Andreas Svärd wirkte so, als würde er jeden Augenblick zusammenbrechen.

Sie verabschiedeten sich, und Irene versicherte ihm, von sich hören zu lassen, falls es etwas Neues gäbe. Andreas Svärd zog seinen eleganten Mantel wieder an und ging auf den Korridor.

Lautlos schloss er die Tür.

Irene saß lange da und betrachtete das ramponierte Furnier der geschlossenen Tür. In ihrem müden Kopf ging es drunter und drüber, ohne dass ein brauchbarer Gedanke aufgetaucht wäre. Sie sehnte sich plötzlich nach zu Hause, obwohl kein gutes Abendessen auf dem Tisch auf sie warten würde. Donnerstags arbeitete Krister immer bis Mitternacht. Die Zwillinge waren in den Ferien in Värmland. Heute Abend war sie mit Sammie allein.

Sammie! Niemand hatte ihn bei seinem Ersatzfrauchen abgeholt! Sie setzte sich kerzengerade auf und warf sich über den Schreibtisch zum Telefon.

Die Stimme der Frau, die den Hund tagsüber betreute, war sehr unterkühlt. Nachdem Irene ihr den doppelten Stundenlohn versprochen hatte, ließ sie sich gnädig dazu herab, den Hund bis um sieben bei sich zu behalten. Aber keine Minute länger, denn dann wollte sie mit einer Nachbarin zum Bingospielen. Irene versprach, pünktlich zu sein.

Gerade als sie den Hörer aufgelegt hatte, klopfte es laut. Ehe Irene noch etwas sagen konnte, wurde bereits geöffnet und das sonnengebräunte Gesicht von Niklas Alexandersson tauchte im Türspalt auf.

»Hallo. Ich bin etwas früher dran, als gestern angekündigt.«

Er lächelte ein blendendes Lächeln und sah sie mit seinen Bernsteinaugen an.

»Hallo. Kommen Sie rein und setzen Sie sich«, sagte Irene und zeigte einladend auf ihren Besucherstuhl.

Niklas Alexandersson ließ sich auf den Stuhl fallen. Er trug ein honiggelbes Hemd aus kräftigem Baumwollstoff und ein paar nougatbraune Hosen. Weiter würde er wohl nicht gehen, was Trauerkleidung für Marianne betraf. Seine ganze Erscheinung wirkte wie vergoldet. Er sah Irene ruhig an und wartete ihre erste Frage ab.

»Mir fiel gestern auf, als wir uns im Östra unterhalten haben, dass Sie etwas verärgert über Marianne waren.«

Als Antwort zog er theatralisch die Brauen hoch und schaute zur Decke. Irene sagte scharf:

»Oder habe ich das falsch verstanden?«

Niklas brach die Pantomime ab und sagte kurz:

»Ja.«

»Ach so?«

»Sie haben Unrecht. Ich war nicht etwas verärgert über Marianne, ich war *sehr* verärgert!«

»Warum das?«

»Sie war einfach eine sehr ärgerliche Person! Sie lief Andreas und seiner Familie in Kungälv hinterher. Die kleine geduldige und verständnisvolle Marianne!«

»Was meinen Sie damit, dass sie ihnen hinterherlief?«

»Sie konnte sich nie damit abfinden, dass ihre Ehe vorbei war. Und sie benutzte ihre eigenen Eltern und die von Andreas. Die haben sich ebenfalls nie mit unserem Verhältnis abgefunden. Sie wollte ihn zurück.«

»Was wollte er selbst?«

Niklas zögerte mit seiner Antwort.

»Er wollte mit mir zusammenleben. Auch wenn ich sehr verärgert über Marianne war, wusste ich doch immer, dass das Verhältnis von Andreas und mir etwas ganz Besonderes ist«, sagte er schließlich.

Genauso hatte Andreas vor knapp einer Stunde sein Verhältnis zu Marianne beschrieben. Es war vermutlich klug, Niklas gegenüber diesen Umstand nicht zu erwähnen.

»Sie wussten nicht, dass sich Andreas und Marianne so oft sahen?«

Seine Miene verdüsterte sich.

»Nein.«

»Wie haben Sie sich verhalten, als Sie davon erfuhren?«

»Ich habe doch erst gestern davon gehört. Und jetzt spielt es eh keine Rolle mehr.«

Er lächelte ein unschönes Lächeln, das Irene eine Sekunde lang an Belker erinnerte. Wie Belker ausgesehen haben musste, als er seine Krallen freudig in ihre Haut gestoßen hatte. Das Lächeln verschwand schnell wieder. Er beugte sich über den Schreibtisch und fing ihren Blick auf.

»Ich weiß, was Sie glauben. Sie glauben, ich habe Marianne ermordet, weil ich Angst hatte, dass Andreas zu ihr zurückgeht. Aber ich kann Ihnen versichern, dass ich sie nicht ermordet habe. Meine Trauer hält sich allerdings in Grenzen. Aber dass sie sterben soll … Nein. Dafür gab es keinen Grund.«

»Was meinen Sie damit?«

»Andreas verlässt mich nie.«

»Wo waren Sie um Mitternacht zwischen dem zehnten und elften Januar?«

Niklas antwortete amüsiert:

»Ich habe ein Alibi. Wirklich. Ich war den ganzen Abend über mit drei Kumpels in einem Pub. Sie können ihre Namen und Adressen bekommen.«

Er zog ein ordentlich gefaltetes, kariertes Blatt Papier aus der Tasche, das er offenbar aus einem Spiralheft gerissen hatte, und legte es vor Irene hin. Sie sah es nicht an, sondern fixierte stattdessen ihn.

»Dann will ich mir Ihr Alibi mal anhören.«

Niklas lehnte sich auf dem Stuhl zurück und betrachtete sie mit halb geschlossenen Augen. Schließlich sagte er:

»Ich hoffe, dass Andreas das nicht zu erfahren braucht. Er weiß nämlich nichts davon.«

»Wovon weiß er nichts?«

»Dass ich diese Kumpels getroffen habe. Das sind meine alten Kumpane, niemand, den er kennt.«

»Um was für einen Zeitraum geht es und welcher Pub war es? Denken Sie daran, dass wir bei der Bedienung nachfragen.«

»Natürlich. Ich trainiere jeden Montag um eine bestimmte Zeit in einem Studio. Und zwar direkt nach der Arbeit. Die Adresse habe ich unten auf das Papier geschrieben, das ich Ihnen gegeben habe. Anschließend war ich in der Sauna und im Solarium. Etwa um halb acht war ich mit allem fertig. Dann bin ich auf direktem Weg nach Hause zu Johan, dessen Adresse ebenfalls auf dem Zettel steht. Da warteten die beiden anderen bereits auf mich. Wir aßen etwas Gutes zu Abend und dann gingen wir aus.«

»Wann haben Sie die Wohnung verlassen?«

»Etwa um elf. Wir wollten in den Gomorra Club, und dort waren wir den Rest des Abends.«

»Wann waren Sie zu Hause?«

»Um halb drei. Allein. Ich musste schließlich aufstehen und arbeiten. Am Morgen war es etwas mühsam, aber es ging. So etwas passiert jetzt nicht mehr so oft. Man wird schließlich älter und gesetzter.«

Er lächelte ironisch.

»Und die ganze Zeit waren Sie mit Ihren Kumpels zusammen?«

»Ja. Die ganze Zeit.«

Seine Selbstsicherheit umgab ihn wie eine Aura. Natürlich

mussten sie es nachprüfen, aber Irene hatte das Gefühl, dass er die Wahrheit sagte.

»Und Sie wollen nicht, dass Andreas davon erfährt«, stellte sie sachlich fest.

»Am liebsten nicht.«

Er ließ außer einer gewissen Unruhe in der Stimme keine Nervosität erkennen.

KAPITEL 9

Morgen. Bevor wir anfangen, möchte ich einen alten Bekannten willkommen heißen. Hannu Rauhala vom Kommissariat für Allgemeine Fahndung hat schon früher mit uns zusammengearbeitet«, begann Kommissar Andersson die morgendliche Besprechung.

Inspektor Hannu Rauhala nickte und hob die Hand zum Gruß. Alle, die zur Ermittlungsgruppe gehörten, kannten ihn, seit er vor ein paar Jahren an der Lösung eines schwierigen Falles beteiligt gewesen war. Der Kommissar fuhr fort:

»Wie ihr seht, ist Jonny nicht hier. Hannu ist seine Vertretung. Jonnys ganze Familie hat es am Magen, er hat mich gestern am späten Abend noch angerufen. Am frühen Morgen bin ich ins Kommissariat für Allgemeine Fahndung rübergegangen, habe mit dem zuständigen Chef gesprochen und Hannu loseisen können. Da Jonny nicht hier ist, kannst vielleicht du, Birgitta, die Vernehmung von Lindas Exfreund Pontus referieren.«

Es war Zufall, dass Irene in die Richtung von Hans Borg blickte. Vielleicht lag es auch daran, dass dieser plötzlich tief Luft geholt hatte. Richtig stutzig wurde sie erst, als sie seinen Gesichtsausdruck bemerkte. Er hatte die Augen weit aufgesperrt und sah verängstigt aus. Merkwürdigerweise starrte er Birgitta Moberg an. Dieser fiel seine Reaktion ebenfalls auf, und sie starrte zurück. Eilig schaute er auf seinen leeren Block. Aber Irene fiel auf, dass er hochrot geworden war.

Birgitta nickte, warf aber Hans Borg einen verwunderten Blick zu, ehe sie begann:

»Ich bin mit Jonny zum Axel Dahlström Torg gefahren und habe dort Pontus Olofsson getroffen. Er hat von einem Freund eine Wohnung im zehnten Stock eines Hochhauses gemietet. Dort ist er offenbar letzte Woche eingezogen. Die letzten Sachen hat er letzten Samstag aus Lindas Wohnung geholt.«

»Das war Samstag, der achte«, warf der Kommissar ein.

»Genau. Pontus machte kein Hehl daraus, dass ihn die Trennung sehr mitgenommen hat. Offenbar waren sie vor fast genau einem Jahr zusammengezogen. Laut Pontus war bis Anfang Januar alles Spitze gewesen. Dann hatte Linda ihm plötzlich gesagt, dass sie sich von ihm trennen wollte. Es kam für Pontus wie ein Blitz aus heiterem Himmel. Er begriff überhaupt nichts. Aber sie hat nicht klein beigegeben. Etwa um diese Zeit wollte ein Kumpel von ihnen für ein Jahr in die USA. Pontus konnte seine Wohnung mieten.«

»Pontus war also nicht begeistert über die Trennung«, stellte Andersson fest.

»Nein. Überhaupt nicht. Er sagte, er hätte keine Ahnung, warum Linda nicht mehr mit ihm zusammen sein wollte. Er hat sie mehrere Male gefragt, ob sie einen anderen hätte, aber das hat sie abgestritten. Sie sagte nur, dass sie ihn nicht mehr liebe. Er packte also seine Siebensachen und zog nach Högsbo.«

»Wie sieht sein Alibi aus?«

Fredrik Stridh räusperte sich, bevor er fortfuhr.

»Das habe ich überprüft. Wasserdicht. Er nahm an einer Mitarbeiterschulung von Databasics in Borås teil. Von Montagmorgen bis Mittwochnachmittag. Er teilte das Zimmer mit einem Arbeitskollegen. In der Nacht von Montag auf Dienstag saß Pontus mit diesem Kumpan in der Bar des Hotels und trank ein Bier nach dem anderen. Erst um zwei waren sie im Bett.«

»Okay. Scheint unbedenklich zu sein. Hatte er eine Theorie, was Linda zugestoßen sein könnte?«

»Nein, aber er ist sehr besorgt«, antwortete Birgitta.

»Nirgendwo das geringste Lebenszeichen von ihr?«

»Nein. Aber ich habe Pontus nach Lindas Taschenkalender gefragt. Er sagt, dass sie ihn immer und überall dabeihat. Wenn sie Fahrrad fährt, hat sie einen Minirucksack aus hellbraunem Leder dabei. Es werden also das Fahrrad, der Rucksack und Linda vermisst.«

»Aber den Taschenkalender haben wir, und den bekomme ich heute im Laufe des Tages von der Spurensicherung zurück. Ich werde ihn selbst durchgehen. Hannu hilft mir bei der Suche nach Linda. Hans, hast du bei deinen Erkundigungen rund um die Löwander-Klinik etwas in Erfahrung gebracht?«, wollte Andersson wissen.

Hans Borg war wieder so träge wie immer, aber Irene bemerkte, dass er nervös mit seinem Kugelschreiber spielte.

»Nichts Neues. Keiner von den Mietern oder Hausbesitzern in der Gegend des Krankenhauses hat etwas gesehen. Gestern habe ich auch gezielt nach Linda gefragt, aber niemand hat sie Montagnacht bei der Löwander-Klinik gesehen.«

»Es hat den Anschein, als habe sie sich in Luft aufgelöst!«, stellte Andersson düster fest.

Die anderen im Zimmer konnten ihm da nur zustimmen. Der Kommissar seufzte tief und wandte sich an Irene.

»Was hast du über Andreas Svärd und seinen Freund herausgefunden?«

Irene erstattete Bericht über die Verhöre von Mariannes Exmann und seinem Partner. Sie einigte sich mit Hannu Rauhala, dass dieser das Alibi von Niklas Alexandersson überprüfen würde.

Anschließend kam Irene auf Mama Vogel zu sprechen. Sie erzählte vom Gespräch mit Folke Bengtsson und von der Durchsuchung von Mama Vogels Nachtasyl im Gartengeräteschuppen.

Andersson sah erstaunt aus und sagte:

»Aber das Sozialamt kümmert sich doch wohl um solche Leute?«

Tommy raschelte mit seinem Block und blätterte, ehe er antwortete:

»Ich habe gestern Nachmittag viel Zeit am Telefon verbracht und kann nur feststellen, dass es in unserer Gesellschaft Menschen gibt, die wir und unsere Behörden zur Unsichtbarkeit verdammt haben. Die Behörden schieben sie so lange hin und her, bis es sie zum Schluss nicht mehr gibt.«

»Aber Obdachlose haben wir doch schon alle einmal gesehen«, protestierte der Kommissar.

»Bei den Obdachlosen handelt es sich nicht um eine homogene Gruppe. Die meisten sind Männer mit Alkohol- oder Drogenproblemen, solche Probleme haben natürlich auch Frauen. Aber ich spreche von den psychisch Kranken. Absonderliche Menschen, die keine Chance haben, allein fertig zu werden. Weder innerhalb noch außerhalb der Gesellschaft.«

Tommy machte eine Pause und trank noch den letzten Schluck aus seinem Kaffeebecher. Dann fuhr er fort:

»Wohnungslose Menschen lassen sich nicht über das Sozialamt aufspüren, wenn man nicht ihren Namen, ihre Personenkennziffer oder ihre Adresse hat. Von Mama Vogel kennen wir nur den Spitznamen. Dann wissen wir noch, dass sie auf dem Drottningtorget anzutreffen ist, dort Tauben füttert, und dass sie über Weihnachten im Geräteschuppen der Löwander-Klinik untergekrochen ist. Dann haben wir noch Irenes Rekonstruktion von der Tonbandaufnahme, die Kurt Höök gemacht hat. Diese zeigt ganz deutlich, dass sie psychisch krank ist. Ich habe mich mit den Leuten von der Stadtmission und der Heilsarmee unterhalten. Die sagen, dass die Situation für psychisch Kranke anders ist als für Fixer und Alkoholiker. Für die gibt es in der Tat zwei Einrichtungen. Für Obdachlose und psychisch schwer kranke Menschen gibt es überhaupt nichts.«

»Das kann ich kaum glauben!«, widersprach Birgitta.

»Die Reform zur Schließung der psychiatrischen Anstalten, durch die die psychisch Kranken wieder in die Gesellschaft integriert werden sollten, hat für die gut funktioniert, die Hilfe von Angehörigen und vom Sozialamt bekommen. Aber eine Gruppe wurde vergessen. Diejenigen, die nicht einmal auf der Station eines Krankenhauses zurechtkommen, sollen plötzlich mit ihrer persönlichen Hygiene, ihrer Wohnung, ihren Mahlzeiten und ihren Finanzen fertig werden. Viele von ihnen haben keine Kontakte zu Angehörigen oder Freunden. Eine große Zahl von ihnen hat Selbstmord begangen.«

»Wie viele?«, fragte Birgitta aufgebracht.

»Das weiß niemand. Es gibt keine Statistik. Wer will das schon wissen?«

»Wo, zum Teufel, sind diese Menschen?«, fragte Andersson.

»Sie tauchen oft bei Kaffeekränzchen auf, die von Kirchengemeinden, der Stadtmission und der Heilsarmee veranstaltet werden. Die Stadtmission fährt abends und nachts mit einem Kleinbus herum, und dann kriechen sie aus ihren Löchern und werden mit Butterbroten und Kaffee versorgt.«

»Sie müssen also sehen, wie sie zurechtkommen?«, sagte Birgitta aufgebracht.

»Ja. Die Stadtmission und die Heilsarmee kümmern sich nur um Leute, die bei ihnen Hilfe suchen. Als ich darüber gestern mit meiner Frau sprach, meinte sie: ›Als alte Krankenschwester kann ich nur feststellen, dass unsere Regierenden erfolgreich den Dorftrottel und die Klippe wieder eingeführt haben, von der sich nutzlose Alte stürzen sollen.‹ Das sind zwar harte Worte, aber irgendwo hat sie Recht.«

»Aber viele haben es doch, wie du selbst gesagt hast, jetzt besser«, wandte Irene ein.

»Gewiss. Aber die hätten vielleicht ohnehin nicht permanent in psychiatrische Anstalten eingewiesen werden sollen. Für die ist die Reform natürlich eine Befreiung. Aber die Gruppe, von der ich spreche, ist einfach durch jede Masche des sozialen Netzes gerutscht. Und niemand kümmert sich darum.«

»Warum nicht?«, fragte Irene.

»Diese Gruppe ist sehr aufwendig in der Pflege. Es würde

den Staat viel Geld kosten, sich um sie zu kümmern. So kostet es überhaupt nichts. Hervorragend in diesen Zeiten der allgemeinen Sparmaßnahmen. Man könnte so etwas auch Endlösung nennen.«

Er machte eine kurze Pause, aber niemand sagte etwas.

»Heute will ich mit den Kollegen in der Nordstan Kontakt aufnehmen. Vielleicht wissen die, wo wir Mama Vogel finden können. Wenn wir sie heute tagsüber nicht finden, dann müssen wir heute Nacht ihren Schuppen bewachen und hoffen, dass sie dorthin zum Schlafen kommt«, sagte er.

»Das leuchtet ein. Tommy und Irene sollen sich um die Suche nach dieser Vogeltante kümmern«, meinte Andersson.

Irene bemerkte, dass Hans Borg auf seinem Stuhl hin und her rutschte. Offenbar hatte er es eilig, wegzukommen, und das sah ihm gar nicht ähnlich. Der Kommissar sah ebenfalls in seine Richtung und sagte:

»Hans soll sich intensiv um die Suche nach dem Fahrrad kümmern. Es ist vielleicht gestohlen worden und auf einem der Reviere in den Vororten wieder aufgetaucht. Wir haben schließlich die Marke und die Rahmennummer. Finden wir das Fahrrad, dann ist Linda möglicherweise auch nicht weit.«

Irene fand, dass das unheilvoll klang, obwohl es sicher nicht so gemeint war. Sie sah, wie Hans Borg nickte und sich gleichzeitig von seinem Stuhl erhob. Er schien es eilig zu haben, aus dem Zimmer zu kommen. Irene wunderte sich, dass sich Birgitta ebenfalls erhob und vorsichtig hinter Hans auf den Korridor ging. Halb instinktiv stand Irene ebenfalls auf und folgte den beiden.

Sie sah, wie Birgitta einige Meter vor ihr um eine Ecke bog. Lautlos folgte sie ihr. Gerade als sie um die Ecke schaute, hörte sie Birgittas wütende Stimme:

»Lass los! Das gehört mir!«

Irene sah, wie sie versuchte, Hans Borg einen braunen Hauspostumschlag aus der Hand zu reißen, den dieser offenbar aus dem Fach neben der Tür zu ihrem Zimmer genommen hatte.

Borg antwortete nicht, aber seiner Miene nach zu urteilen, dachte er nicht daran, loszulassen. Da trat ihm Birgitta fest vors Schienbein. Er schrie auf und Birgitta riss den Umschlag an sich. Hans senkte den Kopf und gab leicht in den Knien nach. Irene wusste, was er vorhatte. Im selben Augenblick, in dem er sich auf Birgitta warf, war sie bei den beiden. Sie fing Borgs erhobene Hand mit dem Unterarm ab, drückte ihn mit dem linken Arm zur Seite und warf ihn mit einem o-soto-otoshi rückwärts zu Boden. Das war einfach, weil er nicht mehr Kraft und Schnelligkeit besaß als ein Schlafwandler. Mit Hilfe eines gnadenlosen Polizeigriffs drückte sie ihn zu Boden. Dass er jammerte, sie tue ihm weh, war ihr egal. Hätte er sich vorher überlegen müssen, eine Kollegin in Anwesenheit einer Jiu-Jitsu-Meisterin mit schwarzem Gürtel und drittem Dan-Grad anzugreifen.

Andersson und Fredrik Stridh kamen um die Ecke des Korridors gelaufen. Irene ließ nicht locker, Hans Borg stöhnte, und Birgitta stand mit dem Hauspostumschlag an die Brust gedrückt da. Birgitta sah Andersson an und sagte mit einem leichten Zittern in der Stimme:

»Sven. Wir beide müssen uns wohl mal mit Hans unterhalten.«

Andersson sah auf den braunen Umschlag und wurde bleich.

»Verdammt noch mal! Musste das wirklich sein …«

Seine Blässe verschwand und machte einer aufgeregten Röte Platz, die am Hals begann und sich auf die Wangen ausbreitete. Seine Kollegen wussten aus Erfahrung, dass das sehr Unheil verkündend war.

»Irene. Nimm Hans mit in mein Büro.«

Fredrik Stridh sah aus wie ein lebendiges Fragezeichen. Da er nicht ins Büro des Kommissars mitkommen sollte, verzog er sich in sein eigenes. Auch Irene war erstaunt und hatte nicht den blassesten Schimmer, was das alles zu bedeuten hatte. Aber offenbar wussten es Birgitta und Andersson. Und Hans.

Ohne seinen Arm loszulassen, half sie ihm vom Boden auf. Als er vor ihr stand, trat sie hinter ihn und flüsterte ihm ins Ohr:

»Ich bin direkt hinter dir.«

Er antwortete nicht.

Andersson bedeutete Borg mit einer Handbewegung, sich ihm gegenüberzusetzen. Willenlos ließ dieser sich auf den Stuhl sinken. Andersson sah ihn grimmig an und schüttelte leicht den Kopf.

»Warum, Hans? Warum?«

Borg antwortete nicht.

»Antworte. Sonst geht das direkt weiter an die interne Ermittlung! Ich habe die Bilder gesehen, und sie sind wirklich übel!«

Irene nahm Birgitta den Umschlag aus der Hand. Sie öffnete ihn und nahm die Bilder heraus. Ein Blick genügte. Es handelte sich nicht nur um softe Pornografie.

»Sie… sie ist hier herumgelaufen und hat geglaubt, dass sie so verdammt gut ist und… clever. Kennt sich mit Computern aus und weiß immer das Neueste. Einfach nur den Busen schwenken, und schon kommt die nächste Beförderung, schon warten neue Vergünstigungen. Quotenfrauen! Flirten und allen schöne Augen machen! Aber ich habe sie durchschaut.«

Er sah zu Birgitta hoch, als die Anklagen aus ihm heraussprudelten. Obwohl diese durch nichts gerechtfertigt waren, sah Irene, wie Birgitta die Tränen in die Augen traten. Irene wusste, dass das alles nur Lügen waren. Birgitta war wirklich clever und geschickt im Umgang mit Computern, aber sie hatte nie mit Kollegen geflirtet. Die Ausnahme war Fredrik, aber in ihn war sie immerhin verliebt gewesen.

Andersson wurde hochrot, sagte aber nichts, sondern strich sich nur wiederholte Male mit der rechten Hand über die Glatze und das spärliche Haar im Nacken. Schließlich beugte er sich über den Schreibtisch und sah Hans durchdringend in die Augen. Mit nur mühsam unterdrückter Wut in der Stimme sagte er:

»Du erzählst Scheiße! Birgitta ist gut. Aber du hast offenbar ein Problem. Jetzt gehst du nach Hause und lässt dich ein paar Tage krankschreiben. Ich muss das hier mit einer höheren Instanz abklären. Das ist dir doch klar.«

Hans saß unbeweglich da und antwortete nicht. Birgitta wollte erst etwas sagen, presste dann aber die Lippen zusammen.

»Du kannst jetzt gehen. Ich lasse heute am Spätnachmittag telefonisch von mir hören«, fuhr Andersson fort.

Mit einem letzten hasserfüllten Blick auf Birgitta stand Hans auf und trottete aus dem Zimmer. Der Kommissar seufzte schwer und sah Irene müde an.

»Das hier ist eine alte Geschichte. Vor fast anderthalb Jahren erzählte mir Birgitta, dass ihr jemand mit der Hauspost Bilder aus pornografischen Zeitschriften schickt. Es war darüber hinaus noch etwas vorgefallen… und sie beschuldigte Jonny. Jonny bestritt, dass er hinter der Sache steckte.«

Birgitta konnte sich nicht mehr zurückhalten:

»Das war wohl nicht so verwunderlich! So wie der mich immer begrabscht hat, seit ich hier im Dezernat angefangen habe! Und diese ganzen Witze über Sex, die er dauernd erzählt, und diese ständigen Zweideutigkeiten!«

Sie unterbrach sich und versuchte sich zu beruhigen, ehe sie fortfuhr:

»Das Ganze fing vor fast vier Jahren an. Im Abstand von einigen Wochen tauchte ein Hauspostumschlag mit pornografischen Bildern nach dem anderen auf. Es wurde etwas besser, als ich letztes Frühjahr mit Fredrik zusammen war. Jetzt hat es wieder angefangen, seit ich im Oktober aus Australien zurückgekommen bin. Aber jetzt habe ich die Umschläge immer Sven gegeben.«

Der Kommissar nickte.

»Ich habe fünf Stück bei mir im Schrank weggeschlossen. Wir haben die Bilder auf Fingerabdrücke überprüft, aber keine gefunden. Auf den beiden letzten Umschlägen stand mit grünem Filzstift Birgittas Name. Heute Morgen sah Birgitta, dass ein Umschlag, der mit demselben grünen Stift beschriftet war, in ihrem Fach lag. Genau da kam ich dazu. Ich hatte mich gerade vorher darum gekümmert, dass Hannu Rauhala zu uns stößt. Es konnte also nicht Jonny sein, weil dieser gestern Abend krank geworden war. Nur ich wusste, dass er heute nicht kommen würde, da er mich ziemlich spät noch angerufen hatte. Birgitta und ich beschlossen, den Umschlag liegen zu lassen und zu sehen, ob etwas passieren würde. Und so war es dann auch.«

Er versank eine Weile in Schweigen. Geistesabwesend strich er sich über den kahlen Kopf. Er sah plötzlich alt und verbraucht aus. Zu Birgitta und Irene gewandt, sagte er:

»Geht zurück an eure Aufgaben, dann kümmere ich mich um diese Sache mit Borg.«

Schweigend traten Irene und Birgitta auf den Gang. Vor Birgittas Zimmer blieben sie stehen.

»Ich weiß nicht, was ich sagen soll. Das hier ist … unglaublich!«, rief Irene.

Birgitta nickte düster.

»Aber leider wahr. Anfänglich habe ich versucht, die Bilder zu ignorieren. Ich habe vermutlich geglaubt, dass es schon vorbeigehen würde. Aber … das tat es nicht.«

Irene legte ihr rasch eine Hand auf den Arm und sagte:

»Wir gehen Kaffee trinken. Ich brauche nach dieser Sache erst einmal einen Eimer Kaffee.«

Birgitta lächelte.

»Du und deine Universalmedizin Kaffee.«

Tommy war bereits dabei, telefonisch Termine auszumachen.

»Erst fahren wir zur Nordstan und sehen nach, ob Mama Vogel dort ist. Die Streifenwagen sind alarmiert und halten nach ihr Ausschau. Eine Streife wird auch in regelmäßigen Abständen den Schuppen bei der Löwander-Klinik kontrollieren, falls sie dorthin kommen sollte. Ich denke, dass wir auch heute Nacht so verfahren können. Dann müssen wir niemanden im Park postieren. Das Wetter ist verdammt beschissen, und laut

Wetterbericht soll es auch am Wochenende nicht besser werden.«

Irene schaute aus dem Fenster. Bei diesem Wetter verließ man wirklich nur ungern das Haus. Aber sie konnte, wenn sie wollte, in der warmen Stube sitzen bleiben. Das konnten die Leute, die Tommy und sie im Laufe des Tages treffen wollten, nicht.

»Dann habe ich mich mit einem Sozialarbeiter der Stadtmission für halb vier verabredet, falls wir Mama Vogel nicht schon vorher gefunden haben sollten. Er will bei seinen Kollegen nachfragen, ob jemand weiß, wer Mama Vogel ist und wo wir sie finden können. Ich habe ihm die Nummer von meinem Handy gegeben.«

»Aber erst unterhalten wir uns mit den Kollegen in der Nordstan?«

»Genau.«

Polizeiinspektor Stefansson war gerade zum Gruppenleiter der relativ neu gebauten Wache bei der Nordstan befördert worden. Sowohl Irene als auch Tommy kannten ihn von früher. Er saß hinter einem funkelnagelneuen Schreibtisch, dessen leere Platte ihn zu blenden schien. Schreibarbeiten waren nicht seine Stärke, gingen mit der Beförderung jedoch Hand in Hand. Er sah nachdenklich auf die beiden Kriminaler, ehe er sagte:

»Ich glaube, ich weiß, wer sie ist. Eine kleine verhutzelte Frau, die Vögel füttert … das muss sie sein.«

Irene wunderte sich, dass er anfing zu kichern. Stefansson bemerkte die hochgezogenen Brauen seiner Kollegen und rief sich wieder zur Ordnung.

»Mit ihr haben wir immer wieder zu tun. Mehrmals die Woche ruft jemand aus einem der Lebensmittelgeschäfte in der Nordstan an und schreit in den Hörer: ›Jetzt ist sie schon wieder hier!‹«

»Was macht sie?«, fragte Tommy.

»Sie stiehlt. Aber nur Brot und Sachen, mit denen man Vögel füttern kann. Sie nimmt sich ganz einfach einen Einkaufswagen und lädt ein, was sie haben will. Dann schiebt sie ihn ganz ruhig an den Kassen vorbei. Ohne zu zahlen. Dann gibt es meist Ärger.«

»Streiten sie mit ihr, weil sie nicht bezahlen will?«

»Sie streitet mit ihnen, weil sie bezahlt haben wollen! Es ist schon vorgekommen, dass sie Leuten die Brote an den Kopf geworfen und sie angespuckt hat.«

»Wissen Sie, wie sie richtig heißt?«

»Nein.«

Stefansson schüttelte bedauernd den Kopf.

»Wo findet man sie am wahrscheinlichsten?«

»Da es in Strömen regnet, glaube ich, dass sie sich im Einkaufszentrum herumtreibt, vielleicht in einem der Läden, vielleicht im Parkhaus. Ich kann bei den Streifenpolizisten nachfragen, ob sie heute schon jemand gesehen hat.«

Er fragte bei den beiden Fußstreifen, die im Einkaufszentrum unterwegs waren, über Funk nach, aber beide hatten die Vogeldame schon seit geraumer Zeit nicht mehr gesehen. Mit einem bedauernden Achselzucken sagte er zu den Kriminalbeamten:

»Da müssen Sie sich wohl selber auf die Suche machen. Jedenfalls sitzt sie nicht in einer unserer Ausnüchterungszellen.«

Nachdem sie fast drei Stunden in Treppenaufgängen und Parkhäusern gesucht hatten, gingen sie zu McDonald's, um sich einen Big Mac zu genehmigen.

»Wo kann sie bloß sein? Sie ist nicht hier und im Schuppen ist sie auch nicht«, seufzte Irene.

»Wir müssen Kent Olsson von der Stadtmission anrufen.«

Tommy zog sein Handy aus der Tasche und fand schließlich in der Tasche seiner Jeans einen verknickten Zettel mit der Telefonnummer des Sozialarbeiters. Es handelte sich ebenfalls um eine Handynummer.

»Hallo. Tommy Persson von der Kripo. Wir haben von dieser Dame hier in der Nordstan keine Spur gefunden. Hatten Sie mehr Glück?«

Er schwieg und Irene sah, wie sein Gesicht aufleuchtete.

»Wirklich? Das klingt viel versprechend. Wir kommen, so schnell wir können.«

Er unterbrach die Verbindung.

»Kent hat eine Frau aufgetrieben, die Mama Vogel offenbar kennt. Er hat ihr versprochen, dass wir sie zu einem Halv Special, einer Bockwurst im Brot mit Kartoffelbrei einladen, wenn sie wartet, bis wir kommen.«

»Endlich einmal ein Lichtblick im Hinblick auf diese Vogeltante!«

Sie hatten das Glück, einen freien Parkplatz am Almänna Vägen zu finden. Obwohl es dort nicht weit bis zum Café der Stadtmission war, waren sie tropfnass, als sie durch die Tür traten. Kent Olsson erwartete sie bereits. Er war relativ klein und noch jünger. Rötliches Haar und ein imposanter Schifferbart umrahmten ein paar freundliche graublaue Augen. Nachdem sie sich vorgestellt hatten, sagte er mit leiser Stimme:

»Mimmi, die Sie gleich treffen werden, hat in einem der Nachbarhäuser eine kleine Wohnung. Sie kommt jeden Tag hier ins Café, um jemanden zu haben, mit dem sie sich unterhalten kann. Vor fünf Jahren ist ihre Schwester gestorben, und sie hat ihre Wohnung geerbt. Das bedeutete für sie die Wiedereingliederung in die Gesellschaft.«

»Wie alt ist sie?«, wollte Irene wissen.

»Um die sechzig. Aber sie kommt gut zurecht. Mit etwas Hilfe von der mobilen Altenpflege. Darauf ist sie sehr stolz. Leider ist sie sehr einsam. Ihre Schwester und sie waren die Letzten ihrer Familie. Seit die Schwester starb, ist sie ganz allein. Aber schließlich hat sie uns.«

»Sehen Sie hier viele psychisch Kranke?«, fragte Tommy.

Kent Olsson nickte betrübt.

»Ja. Leider. Viele von ihnen tauchen hier auf. Aber die meisten treffen wir, wenn wir mit dem Kleinbus der Diakonie unterwegs sind.«

Sie waren zu einer Glastür gekommen, auf der Café stand. Kent Olsson hielt sie auf. Der Geruch von ungewaschenen Menschen schlug ihnen entgegen. Es saßen aber nicht viele Leute an den Tischen, was in Anbetracht des Wetters verwunderlich war.

»Das sind nicht viele«, stellte Irene fest.

»Nein. Die meisten sind schon weg, um einen Schlafplatz aufzutreiben«, erwiderte Kent Olsson.

Hinten am Fenster hockte eine kleine, etwas rundliche Frau mit rotem Stirnband und einem löchrigen Helly-Hansen-Pullover, der zu Anbeginn der Zeiten wohl einmal orange gewesen war. Sie lächelte sie zahnlos an, erhob sich mit Mühe vom Stuhl und streckte ihnen ihre dicken Finger entgegen. Irene nahm sie vorsichtig und versuchte den scharfen Uringeruch zu ignorieren.

»Guten Abend. Irene Huss, Inspektorin von der Kriminalpolizei.«

»Guten Abend. Ich heiße Mimmi.«

Die Stimme war gellend und rau. Sie räusperte sich mehrmals und fuhr sich mit der Zunge über die Lippen. Das hatte nicht viel Sinn, da die belegte Zunge ebenso trocken zu sein schien wie diese.

»Guten Abend, Mimmi. Ich heiße Tommy Persson.«

Irene sah aus den Augenwinkeln, dass an den Nachbartischen gelauscht wurde. Einer nach dem anderen verschwand durch die Tür.

Irene kam sofort zum Thema.

»Kent hier sagt, dass Sie möglicherweise den Namen der Frau wissen, nach der wir suchen. Sie nennt sich Mama Vo…«

»Vogel. Gunnela hat einen Vogel!«, kicherte Mimmi.

»Gunnela. Heißt sie Gunnela?«

Mimmi nickte eifrig.

»Kennen Sie auch Ihren Nachnamen?«

»Hägg.«

Irene sah, dass Tommy mitschrieb, und fuhr deshalb fort:

»Wo haben Sie Gunnela kennen gelernt?«

»Wir waren auf derselben Station.«

»In Lillhagen?«

Mimmi nickte erneut und leckte sich über ihre gesprungenen Lippen.

»Wie lange kennen Sie sich?«

»Schon immer.«

»Was meinen Sie damit? Alle die Jahre, die Sie in Lillhagen waren?«

»Nein. Alle Jahre, die sie dort war.«

»Wie viele Jahre war sie dort?«

»Weiß nicht.«

Mimmi sah desinteressiert aus und versuchte ihre zitternde linke Hand ruhig zu halten, indem sie ihre Rechte darauf legte. Das Ergebnis war, dass jetzt beide Hände zitterten.

»Wie viele Jahre waren Sie in Lillhagen?«

Ohne von ihren vibrierenden Händen aufzuschauen, antwortete Mimmi:

»Zweiunddreißig Jahre, fünf Monate und sechzehn Tage.«

»Wie alt sind Sie?«

»Sechsundfünfzig.«

Irene rechnete schnell nach, dass Mimmi etwa vierundzwanzig gewesen sein musste, als sie in die psychiatrische Anstalt eingewiesen worden war. Mimmi schaute wieder zu Irene hoch.

»Ich durfte versuchen, außerhalb von Lillis zu wohnen. Aber das ging nicht. Jetzt geht es gut. Ich bekomme nur eine Spritze im Monat.«

Sie lächelte und sah zufrieden aus.

»Mehr Medikamente brauchen Sie nicht?«

Wieder nur ein Nicken zur Antwort. Wenn die Wirkung einen ganzen Monat anhielt, mussten das wirklich ganz schöne Hämmer sein. Kein Wunder, dass sie so zitterte.

»Wie alt ist Gunnela?«, fuhr Irene fort.

Mimmi zuckte mit den Schultern.

»Ist sie älter als Sie?«

»Sie ist jünger. Viel jünger.«

Irene war überrascht. Das hatte sie nicht erwartet. Möglicherweise gleichaltrig, aber nicht jünger.

»Wissen Sie ungefähr, wie viel?«

Zur Antwort zuckte Mimmi erneut mit den Schultern.

»Hat sie auch schon Vögel gefüttert, als Sie mit ihr auf der Station waren?«

»Immer, wenn wir Ausgang hatten, hat sie sie gefüttert. Sie konnte mit den Vögeln sprechen. Sagte sie.«

»Hatten Sie viel mit Gunnela zu tun?«

»Nein. Sie war jünger.«

»Wissen Sie, wo Gunnela wohnt?«

Die kleine Frau schaute sie verwundert an.

»Im Lillis natürlich!«

»Wissen Sie, wo sie hingezogen ist, als sie dort ausgezogen ist?«

»Sie blieb im Lillis wohnen«, sagte Mimmi überzeugt.

Daraus konnte man den nahe liegenden Schluss ziehen, dass Gunnela Hägg noch eine Weile auf der Station geblieben war, nachdem Mimmi entlassen worden war. Aber jetzt kannten sie den Namen der Vogelfrau und konnten sie über Lillhagens psychiatrische Anstalt ausfindig machen.

»Mimmi, wissen Sie etwas über Gunnelas Angehörige?«

Mimmi konzentrierte sich und schüttelte schließlich den Kopf.

»Nein. Sie bekam nie Besuch. Aber ich.«

Irene erinnerte sich an das Versprechen, sie zu einem Halv Special einzuladen. Das Beste war, Mimmi zur nächsten Wurstbude mitzunehmen und es hinter sich zu bringen.

Tommy rief im Dezernat an und erwischte Hannu Rauhala. Er bat ihn, in Lillhagen anzurufen und so viel wie möglich über

Gunnela Hägg in Erfahrung zu bringen. Sowohl Irene als auch Tommy wussten von früher, was für ein phänomenales Talent Hannu hatte, solche Dinge herauszufinden. Ehe sie das Gespräch beendeten, sagte ihm Hannu, dass Niklas Alexanderssons drei Kumpane sowie mehrere Angestellte des Gomorra Clubs sein Alibi bestätigt hätten. Er wusste auch, dass sich in Bezug auf Linda Svensson nichts Neues ergeben hatte. Nach ihr wurde jetzt landesweit gefahndet.

Tommy unterbrach die Verbindung und starrte düster aus dem Fenster. Vom Himmel goss es in Strömen, und die Welt löste sich in Sturzbächen aus Lichtreflexen auf. Resolut ließ Irene den Motor an.

»Jetzt ist es fast fünf. Ich muss Sammie abholen. Das Ersatzfrauchen kriegt einen Anfall, wenn ich heute schon wieder zu spät komme!«

Tommy nickte.

»Hm. Gibt es hier in der Nähe ein Blumengeschäft?«

»Blumengeschäft? Was hast du dir jetzt wieder einfallen lassen?«

Tommy lachte.

»Nichts. Ich muss mich nur um meine Beziehung kümmern. Heute ist Valentinstag.«

Daran hatte Irene überhaupt nicht gedacht. Schnell sagte sie:

»Genau. Ich wollte für Krister auch einen Blumenstrauß kaufen. Er hört heute früh auf. Wir wollen zum Valentinstag etwas besonders Gutes essen.«

Plötzlich sehnte sie sich wahnsinnig danach, nach Hause zu kommen.

Irene drehte mit Sammie im Platzregen eine Runde. Anschließend stellte sie den Tulpenstrauß in eine Vase auf den Küchentisch und deckte das gute Porzellan auf. Sie hatte keine Ahnung, was Krister kochen wollte, aber wahrscheinlich würde er auf dem Heimweg einkaufen, denn der Kühlschrank war leer. Sie musste einen Einkaufszettel schreiben und am nächsten Tag zu

Billhälls gehen, denn Krister würde das ganze Wochenende arbeiten. Er fing jedoch erst am Spätnachmittag an. Jetzt wollten sie es sich gemütlich machen. Eine erwartungsvolle Wärme breitete sich in ihrem Unterleib und zwischen ihren Schenkeln aus, und sie fand, dass man am Abend eines kinderfreien Valentinstags viele schöne Dinge tun konnte.

Als es auf neun zuging, rief sie im Glady's Corner an.

Der Oberkellner kam ans Telefon und sagte, Krister sei noch in der Küche. Sie bat darum, mit ihm sprechen zu dürfen. Nachdem sie eine Ewigkeit gewartet hatte, kam er an den Apparat.

»Hallo, Liebes. Ich hatte keine Zeit, dich anzurufen. Hier geht es drunter und drüber, und Svante ist krank geworden.«

»Wann kommst du?«

»Frühestens um halb elf.«

»Oh.«

Irene konnte ihre Enttäuschung nicht unterdrücken. Gleichzeitig spürte sie, dass sie einen Mordshunger hatte. Vorsichtig fragte sie:

»Was machen wir mit unserem … Valentinstagsessen?«

»Valentinstag … ist das heute? Dann müssen wir morgen eben einen Valentinsvormittag feiern. Ich arbeite doch erst wieder am Nachmittag. Heute Abend bin ich vermutlich tot. Ich habe heute früh schon um neun angefangen.«

Sie gaben sich einen Kuss durch den Telefonhörer. Als sie aufgelegt hatte, kam sich Irene vollkommen allein gelassen vor. Und etwas zu essen gab es auch nicht im Haus!

Sie machte sich ein Spiegelei und legte es auf ein Stück Knäckebrot, das schon ein paar Tage im Brotkorb verbracht hatte. Nach beharrlichem Suchen fand sie eine Dose Tomatensuppe und wärmte sie auf. Nicht einmal alkoholarmes Bier gab es. Der Mahlzeit gelang es nicht, sie in sonderliche Feststimmung zu versetzen.

Sie ließ sich eine Weile vor dem Fernseher nieder und sah sich einen amerikanischen Kriminalfilm an. Die Kollegen im Film töteten im Verlauf einer halben Stunde sechs Menschen, ohne dass das irgendwelche Konsequenzen gehabt hätte. Diese Verherrlichung ihres Berufes und des Tötens verursachte ihr Übelkeit. Vielleicht lag es auch daran, dass sie müde war. Allmählich war es Zeit, zu Bett zu gehen.

Sie lag da und dachte eine Weile nach, bevor sie einschlief. Zu Hause funktionierte nichts mehr so gut wie früher. Als Krister nur dreißig Stunden in der Woche gearbeitete hatte, war alles viel besser gewesen. Damals war der Kühlschrank nie leer gewesen, und er hatte immer gekocht. Er hatte ebenfalls meistens eingekauft und geputzt. Jetzt hatte er wieder angefangen vierzig Stunden zu arbeiten und sogar mehr als das und hatte deswegen keine Zeit mehr, wie früher zu planen. Jenny und Katarina waren vermutlich etwas verwöhnt. Keine der beiden kaufte ein, kochte oder machte sauber. Sie hatten natürlich die Schule und ihre Hobbys.

Irene fragte sich, was eine Putzfrau in der Stunde kostete, obwohl das eigentlich verpönt war. Sie würden sich das nicht leisten können. Herrlich wäre es aber schon, in ein aufgeräumtes Haus zu kommen. Da hätte sie dann vielleicht auch noch genug Kraft zum Einkaufen, Kochen und dazu, sich ihrer Familie zu widmen. Und für den Hund, erinnerte sich Irene, als Sammie sich im Schlaf umdrehte und auf ihre Füße rollte.

Auch der Sex litt. Von wegen leiden! Zeitweilig war er einfach nicht vorhanden. Es war jetzt fast zwei Wochen her, dass sie miteinander geschlafen hatten. Krister war meist zu müde. Und um ehrlich zu sein, hatte auch sie in der Arbeit viel um die Ohren gehabt. Aber so war das schließlich immer gewesen. Ohne dass sie es wollte, tauchten ein Paar mutwillig funkelnde blaue Augen unter einer goldblonden Mähne vor ihrem inneren Auge auf. Er war wirklich unerträglich charmant, dieser Reporter. In der Tat war er Krister ziemlich ähnlich, nur zehn Jahre jünger. Mit der Energie, die Höök ausstrahlte, wäre er sicher nicht zu müde …

Als sie das letzte Mal auf den Wecker schaute, war es 23.10 Uhr. Krister war noch immer nicht nach Hause gekommen.

KAPITEL 10

Das Schnarchen hallte zwischen den Wänden des Schlafzimmers wider. Auf dem Wecker war es 6.34 Uhr, und Irene wurde sich bewusst, dass sie nicht mehr würde einschlafen können. Krister lag auf dem Rücken, den rechten Arm über dem Kopf. Sammie hatte sich, alle Viere von sich gestreckt, am Fußende des Bettes zusammengerollt und schnarchte ebenfalls, aber bedeutend diskreter als sein Herrchen. Als Irene aufstand und ihren Jogginganzug überzog, aalte er sich in die warme Kuhle, die sie zurückgelassen hatte. Sie würde es doch nicht übers Herz bringen, schlafende Hunde zu wecken? Aber dann sah sie, wie seine Augen unter halb geschlossenen Lidern auf ihr ruhten.

Draußen regnete es noch immer, obwohl es nicht mehr ganz so schüttete wie am Vortag. Sie zog einen dünnen Regenanzug aus Nylon über ihre Joggingkleider. Joggen war bei diesem Wetter vielleicht nicht der ideale Sport, aber direkt am Morgen ging es am schnellsten und einfachsten. An einem regnerischen Samstag vor sieben in der Früh war sie auf dem Fahrradweg zur Fiskebäck Marina auch garantiert allein.

Anfangs störte sie noch ihre alte Knieverletzung am rechten Bein, aber während sie lief, wurden die Muskeln warm, und der Schmerz verlor sich. Sie war hellwach, jede Müdigkeit war verschwunden. Ihre Muskeln arbeiteten mit voller Kraft, und ihr Herz pumpte rhythmisch das sauerstoffreiche Blut in ihre Glieder. Unten am Meer machte sie kehrt und lief die schmalen Straßen zwischen den Sommerhäusern entlang. Anschließend setzte sie ihren Weg zwischen den eleganten Einfamilienhäusern fort und kam auf den Stora Fiskebäcksvägen. Sie lief an Vierteln mit Reihenhäusern vorbei, in denen die meisten noch schliefen. Hinter der einen oder anderen Wohnzimmergardine flimmerte ein Fernsehapparat. Davor saßen die kleinen Kinder und schauten sich Videos an, damit ihre Eltern ausschlafen konnten. Nachdem sie Björnekulla passiert hatte, joggte sie nach Berga weiter, machte dort aber kehrt. Eine Morgenrunde von zehn Kilometern musste reichen.

Sie zwang den widerstrebenden Sammie zum Pinkeln auf eine kurze Runde ins Freie, ehe sie sich unter die Dusche stellte. Die warmen Wasserstrahlen waren die Belohnung für die morgendliche Anstrengung draußen im Regen. Ein Handtuch um den Kopf gewickelt ging sie nackt und warm ins Schlafzimmer. Krister war wach und schaute sie mit zusammengekniffenen Augen an. Das Licht fiel durch das Dachfenster draußen in der offenen Diele. Wie die meisten Nachbarn nutzten sie die große Diele als Fernsehzimmer. Irene hob die Arme und trocknete langsam ihr nasses Haar mit dem Handtuch. Die Bewegung wirkte Wunder, was die Konturen ihrer Brüste betraf. Man könnte sie auch als eine Low-Budget-Korrektur der Büste bezeichnen. Nichts, was der plastische Chirurg der Löwander-Klinik empfehlen würde. In diesem Augenblick hatte es jedoch den gewünschten Effekt auf ihren Mann. Als sie sich neben ihn legte, konnte sie an seiner Körpersprache erkennen, dass er sie für die attraktivste Frau der Welt hielt.

Sie machten den Großeinkauf zusammen. Als sie wieder nach Hause kamen, kochte Krister ein wunderbares Mittagessen. Das Krabbengericht, das nach Knoblauch duftete und zu dem er Wildreis und Tomatensalat servierte, konnte als vollwertiger Ersatz für das ausgefallene Souper am Vorabend gelten. Ein kleines Stück Schokolade und starker Kaffee rundeten die Mahlzeit ab. Satt und zufrieden saß Irene mit angezogenen

Knien in der Sofaecke und sah den Mann an, mit dem sie jetzt schon seit fünfzehn Jahren verheiratet war.

Er hatte sich ihr gegenüber in den Sessel sinken lassen. Sein Kopf lag gegen die Lehne, und er hatte die Augen geschlossen. Sein rotblondes Haar war vorne gelichtet und die Stirn wurde immer höher. Um die Augen hatte er Falten, die von der Müdigkeit kamen. Die hatte er früher nicht gehabt. Er hatte immer gerne gelacht. Vielleicht handelte es sich ja auch um Lachfalten. In drei Jahren wurde er fünfzig, einer der großen Meilensteine des Lebens.

Seinem wunderbaren Lächeln hatte sie damals nicht widerstehen können. Er hatte es immer noch, es war gleichzeitig herzenswarm und spöttisch. Er war zehn Zentimeter größer als sie. Er fand sich selbst ziemlich durchtrainiert, da er jahrelang mit schweren Restaurantutensilien jongliert hatte, aber er hätte lieber auch noch etwas in einem Fitnessstudio trainieren sollen. Sein Bauchumfang hatte in den letzten Jahren beachtlich zugenommen. Er hatte sicher um mindestens zwanzig Kilo zugenommen. Plötzlich überkam sie ein Gefühl großer Liebe zu ihm. Sie stand auf und trat auf ihn zu. Dann küsste sie ihn zärtlich auf die Stirn und setzte sich auf seinen Schoß. Glücklicherweise hatte sie ihr Gewicht weitgehend gehalten, seit sie die Zwillinge bekommen hatte. Mit den Lippen an seiner Wange sagte sie leise:

»Was denkst du?«

Er seufzte und schlug die Augen auf.

»Ich denke über den Sinn des Lebens nach. Darf das wirklich sein, dass man so verdammt müde ist, wenn man von der Arbeit nach Hause kommt? Heutzutage gibt es unendlich viele Arbeitslose, die sich nichts sehnlicher wünschen, als arbeiten zu dürfen. Und die, die Arbeit haben, bringt der Stress um!«

»Das finde ich auch. Die armen Krankenschwestern in der Löwander-Klinik wissen kaum noch, wo ihnen der Kopf steht. Und trotzdem bauen sie in den Krankenhäusern immer noch Personal ab. Die, die bleiben, werden immer älter und müder.

Die Jungen wünschen sich einen Beruf in den Medien, was Freies oder was mit Musik. Der Traumjob ist Moderator beim ZTV. Oder möglicherweise Schauspieler in einer Vorabendserie!«

Krister lachte:

»Es hat den Anschein, als hätten die Politiker einen groben Fehler gemacht.«

»Was glaubst du, was die Zwillinge einmal werden wollen?«

Krister dachte eine Weile nach.

»Katarina wird wohl Sportlehrerin. Oder Trainerin in Jiu-Jitsu, wenn man davon leben kann. Vielleicht macht sie auch was mit Sprachen. Jenny wird sich wohl auf die Musik verlegen. Oder sie wird Tierärztin, aber dafür reicht ihr Schnitt vermutlich nicht. Da muss man sehr gute Noten haben. Sie kann schließlich auch Gemüse anbauen, dann hat sie in Zukunft was zu essen.«

Beim letzten Satz verdüsterte sich seine Miene.

»Du findest das anstrengend, dass sie Vegetarierin ist?«

»Verdammte Moden! Wir haben hier in der Familie immer gut und abwechslungsreich gegessen. Ich bin schließlich Profi, was das angeht!«

Irene merkte, dass die Sache Kristers Selbstbewusstsein in Mitleidenschaft gezogen hatte. Tröstend sagte sie:

»Das geht vorbei.«

»Wollen wir's hoffen«, meinte Krister verdrossen.

Später an diesem Nachmittag fuhr Krister ins Restaurant. Sammie gab zu verstehen, dass er nach draußen musste. Es blieb ihr also nichts anderes übrig, als sich in den Regen zu begeben. Als sie wieder ins Haus kamen, war der Hund tropfnass, und Irene fand es am sinnvollsten, ihn sofort zu baden. Das letzte Mal war jetzt schon eine Weile her, und er fing langsam an, zu sehr nach Hund zu riechen. Nach dem üblichen Kampf stand das Badezimmer unter Wasser. Da konnte sie auch gleich putzen, wenn sie schon einmal angefangen hatte. Der Küchenfußboden musste einmal aufgewischt werden, aber vorher war es vielleicht am besten, im ganzen Haus Staub zu saugen. Es kam nicht sehr oft vor, dass sie Lust zum Putzen hatte, aber diese Lust erwachte jetzt, als sie durch die Küche ging und Krümel und Sand unter ihren Fußsohlen knirschten. Die Wäscheberge waren in den letzten Wochen ebenfalls nicht kleiner geworden. Im Gegenteil. Sie hatte keine Schwierigkeiten, sich vorzustellen, wie sie morgen aussehen würden, wenn die Zwillinge nach den Skiferien ihr Gepäck ausgepackt hatten.

Der Berg Bügelwäsche hatte gigantische Ausmaße angenommen. Aber irgendwo war die Grenze erreicht. Irene fand, dass sie hier verlief. Wer was Gebügeltes brauchte, konnte es sich aus dem Berg hervorsuchen und selbst Hand anlegen.

Jenny und Katarina machten ihre Zimmer selber sauber. Das war Teil ihrer Taschengeldvereinbarung. Irene beschloss, die größten Staubflocken trotzdem wegzusaugen. In Katarinas Zimmer fuhr sie mit dem Staubsauger nicht unter das Bett, denn dort lag Sammie und zitterte. In ihrem Sommerhaus in Värmland prügelte er sich mit Lust und Liebe mit Katzen und Maulwürfen, aber vor einem Staubsauger hatte er eine Heidenangst. Solange er an war, versteckte er sich unter einem Bett und weigerte sich hervorzukommen.

In Jennys Zimmer saugte sie jedoch unter dem Bett. Sie spürte, wie sie gegen etwas stieß, und eine große graue Papprolle kam zum Vorschein. Neugierig schielte Irene in die Rolle. Es ließen sich einige mit Filzstift geschriebene Buchstaben erkennen: »Schlachten = Folter« stand da in Rot. Sie schüttelte den Inhalt der Rolle auf den Fußboden. Es handelte sich um vier handgeschriebene Plakate mit verschiedenen Parolen: »Boykottiere an Tieren getestete Medikamente und Kosmetik«, »Lackiere alle Pelzmäntel«, »Fleisch essen = Leichenteile essen« und »Schlachten = Folter«.

Irene ließ sich auf Jennys Bett sinken und breitete die Plakate vor sich auf dem Fußboden aus. Beim näheren Hinsehen entdeckte sie einen Aufkleber mit der Abkürzung ALF. Wie die meisten anderen bei der Polizei war sie darüber unterrichtet worden, was diese Abkürzung bedeutete: Animal Liberation Front – Befreiungsfront für Tiere. Jenny war nicht nur Vegetarierin und weigerte sich nicht nur, Lebensmittel, die tierischen Ursprungs waren, zu essen, sie war ebenfalls Tierschutzaktivistin. Irene dachte an das Pelzgeschäft im Zentrum von Göteborg, wo sie Scheiben eingeschlagen und die Pelze mit Sprayfarben zerstört hatten. War Jenny an dieser Aktion beteiligt gewesen?

»Gib mir Kraft und Stärke! Was soll ich tun?«, sagte sie laut.

Als sie noch einmal in die Papprolle hineinschaute, sah sie, dass darin noch ein kleineres Papier lag. Sie zog es hervor und strich es glatt.

Offenbar handelte es sich um eine Kartenskizze. Oben drüber stand: »Befreiung Zoo FT.« Irene saß lange da und studierte die Karte. Allmählich begriff sie, was die Striche darstellen sollten, und plötzlich wusste sie, worum es ging, um die Tierhandlung im Einkaufszentrum Frölunda Torg. Entschlossen stand sie auf und ging zum Telefon in der Diele.

Sie rief bei verschiedenen Kollegen im westlichen Polizeidistrikt an und hatte schließlich ein klares Bild vor Augen.

Am Morgen des 27. Januars 1997 war wegen Diebstahls in der Tierhandlung im Einkaufszentrum Frölunda Torg Anzeige erstattet worden. Der Inhaber hatte gerade geöffnet gehabt und war ins Lager gegangen, um Futter für die Tiere zu holen. Als er wieder in den Laden kam, sah er, wie ein junger Mann in schwarzer Kapuzenjacke, durch die Ladentür rannte. Er lief ihm hinterher, hatte aber keine Chance, ihn einzuholen. Der junge Mann verschwand durch die automatischen Glastüren des Einkaufszentrums. Ein schrottreifer VW-Bus erwartete ihn. Die Nummernschilder waren verschmutzt und der Motor lief. Mit quietschenden Reifen verschwand das Fahrzeug in Richtung Tynnered. Die Polizei fand weder Täter, VW-Bus noch Putte. Putte war ein Zwergkaninchen und das Einzige, was gestohlen worden war.

Das war in der letzten Januarwoche gewesen. Jenny konnte also kaum an dieser »Befreiung« beteiligt gewesen sein. Erst zwei Wochen später hatte sie erklärt, sie sei Vegetarierin. So weit Irene sich erinnern konnte, hatte Jenny zum Zeitpunkt von Puttes Befreiung noch zufrieden Wurst und Huhn gegessen. Aber wie kam es, dass Jenny diese Plakate und diese Karte unterm Bett liegen hatte? Morgen würde sie sich ernsthaft mit ihrer Tochter unterhalten müssen, so viel war klar.

Anschließend putzte Irene nur noch sehr halbherzig. Sie hatte ihre Gedanken woanders.

Irene saß vor dem Fernseher und sah Nachrichten, als das Telefon klingelte. Sie stellte den Teller mit den Resten des Krabbengerichts weg, die sie sich in der Mikrowelle aufgewärmt hatte. Sie ahnte, wer es war, und hatte leichte Gewissensbisse. Ihre Ahnungen bewahrheiteten sich.

»Hallo, Irene. Ich bin es, Mama. Es ist eine Weile her, dass ich von dir gehört habe.«

Irene kam mit den üblichen Ausreden, »Job«, »viel um die Ohren« und »wollte dich gerade selber anrufen«. Ihre Mutter war bald siebzig, aber gut beieinander. Einen neuen Mann hatte sie nicht aufgetan, seit ihr Ehemann vor zehn Jahren gestorben war. Sie einigten sich darauf, dass Irene bei ihr am Sonntag zu Mittag essen würde. Das passte gut, denn dann konnte sie von ihr aus direkt zum Hauptbahnhof fahren und die Zwillinge kurz nach half fünf vom Zug abholen.

Irene kehrte zu ihren inzwischen schon ziemlich kalten Resten zurück und war fast fertig, als das Telefon erneut klingelte.

»Hallo, Huss! Hier ist Lund.«

Noch nie hatte sie ihr alter Freund und Kollege Lund, der inzwischen Kommissar bei der Einsatzzentrale war, zu Hause angerufen. Es gelang ihr, ihre Verwunderung zu verbergen und zu sagen:

»Hallo! Welche Freude, deine Stimme zu hören.«

»Die Freude ist ganz meinerseits. Aber ich rufe nicht deswegen an. Es ist gerade ein Alarm eingegangen. Es brennt bei der Löwander-Klinik. Offenbar ein Gartengeräteschuppen. Ich habe euren Dienst habenden… mal sehen, Hans Borg… nicht erreicht. Da ihr euch um den Mord an der Krankenschwester da draußen kümmert, dachte ich, dass du das vielleicht wissen willst.«

Andersson hatte offenbar vergessen, dass Borg am Wochenende eigentlich Dienst hatte. Jetzt, wo Jonny ebenfalls ausgefallen war, hatte der Kommissar wohl den Überblick verloren. Irene überlegte.

»Danke für deinen Anruf, Håkan. Ich fahre raus«, sagte sie.

»Okay. Ich hoffe, es lohnt sich.«

Der Brand war gelöscht, als Irene eintraf. Der Feuerwehrwagen stand vor der Löwander-Klinik, und der Schlauch lief um den Giebel herum. Die Feuerwehrleute waren gerade dabei, ihn aufzurollen. Irene erwischte noch in letzter Sekunde den Brandmeister, bevor dieser wegfahren wollte. Durch den Nieselregen lief sie auf seinen roten Volvo zu und klopfte ans Seitenfenster. Der Wagen hielt, und das Fenster glitt nach unten.

»Was gibt's?«

Die Stimme war tief und warm und hatte eine angenehme Dialektfärbung aus Schonen.

»Hallo. Ich bin Kriminalinspektorin Irene Huss. Ich ermittle in einem Mord an einer Nachtschwester. Der ist hier im Krankenhaus Anfangs der Woche verübt worden.

»Richtig. Davon habe ich gelesen.«

»Was ist passiert? Ist jemand verletzt worden?«

»Nein. Niemand. Im Schuppen war niemand, als das Feuer ausbrach. Wir waren schnell dort, es ist aber den Burschen im Streifenwagen zu verdanken, dass er nicht vollständig niedergebrannt ist.«

»Haben die Sie alarmiert?«

»Ja. Offenbar sollten sie nach jemandem Ausschau halten. Als sie auf den Schuppen zukamen, sahen sie das Feuer. Einer der beiden lief zum Wagen zurück und alarmierte uns. Er nahm den kleinen Handfeuerlöscher aus dem Streifenwagen mit. Der ist zwar nicht viel wert, aber besser als nichts.«

»Und Sie sind sich sicher, dass niemand im Schuppen war?«

»Ja. Es lag nur ein Haufen Lumpen herum, der brannte.«

»War es Brandstiftung?«

»Schwer zu sagen, aber sehr wahrscheinlich. Darauf wird uns die brandtechnische Ermittlung Antwort geben. Die Männer von der Spurensicherung kommen am frühen Morgen. Jetzt kann man da noch nicht reingehen. Zu dunkel und zu heiß.«

Irene dankte. Mit ohrenbetäubendem Lärm wurde der Motor des Feuerwehrwagens angelassen, und beide Fahrzeuge verschwanden durch das Tor. Es wurde sehr still, als sie davongefahren waren. Irene nahm ihre Taschenlampe und ging in den Park hinter der Klinik. Das große, dunkle Gebäude machte einen unheimlichen Eindruck. Ein Krankenhaus hatte von Leben erfüllt zu sein und sollte nicht schwarz und still dastehen. Obwohl Schwester Tekla vermutlich ihre nächtliche Visite macht, dachte Irene und verzog im Dunkeln das Gesicht.

Als sie um die Ecke bog, wurde der Rauchgeruch durchdringend, und sie hatte Mühe beim Atmen. Sie machte die Taschenlampe an und ging auf das Gebäude zu. In der Öffnung zwischen dem verwilderten Flieder drehte sie sich um.

Wenn Mama Vogel genau hier gestanden hatte, dann hatte sie deutlich gesehen, wie die Person in Schwesterntracht zum Krankenhaus kam. Aber wie hatte sie gesehen, dass diese auch wieder ging? Da war es doch stockfinster gewesen, der Strom war ja abgestellt worden. Plötzlich fiel es Irene wie Schuppen von den Augen: Der Mond. In jener Nacht hatte der Mond sehr hell geschienen. Im Mondschein hatte die Nachtschwester Siv Persson eine Person gesehen, von der sie schwor, dass es Schwester Tekla gewesen sei. Irene lief es kalt den Rücken herunter. Dieses Gerede von Gespenstern ging ihr langsam auf die Nerven. Sie drehte sich um und richtete den Strahl der Taschenlampe auf die Mitte der Laube.

Der Schuppen stand noch, wirkte jedoch vollkommen ausgebrannt. Irene versuchte hineinzuschauen, aber vergeblich. Alles war schwarz verrußt. Die Männer von der Spurensicherung sollten sich die Reste am Morgen ansehen. Jetzt konnte sie nichts tun. Sie verließ die Laube wieder. Ihre Gummistiefel sogen sich am Rasen fest, als sie mit Mühe zu ihrem Wagen zurückstapfte.

Sie zog die lehmigen Stiefel aus und ihre Joggingschuhe an, die sie im Kofferraum liegen hatte. Wenn dieses Wetter anhielt, dann würde eine Zeit kommen, in der es fast unmöglich sein würde, zu joggen. Dann musste sie wieder mehr in den vier Wänden trainieren. Morgen wollte sie mit der Frauengruppe üben. Das machte ihr Spaß. Seit einem Jahr brachte sie acht Polizistinnen Jiu-Jitsu bei. Der Vorschlag, eine Frauengruppe zu bilden, war vor einem Jahr aufgebracht worden, und es war nahe liegend gewesen, dass Irene sie trainieren sollte. In Schweden war sie die einzige Frau, die einen schwarzen Gürtel, dritter Dan, besaß. Das sollte man ausnützen, meinten alle. Ohne nachzudenken, willigte Irene ein. Manchmal hatte sie Katarina zur Unterstützung dabei. Ihre Schülerinnen waren mittlerweile schon richtig gut und konnten es mit jedem Mann aufnehmen.

Sie griff zum Autotelefon und wählte die Nummer von Kommissar Andersson. Es klingelte zehnmal, ohne dass dieser abhob. Dann rief sie bei der Einsatzzentrale an. Håkan Lund war am Apparat. Ihr blieb nichts anderes übrig, als selbst den Bereitschaftsdienst zu übernehmen. Am Sonntag stand Birgitta Moberg auf der Liste. Dann war alles wieder unter Kontrolle.

Das Telefon klingelte um 2.25 Uhr. Irene war sofort hellwach und schlüpfte in ihre Kleider. Krister schlief tief und fest. Er war erst vor einer Stunde nach Hause gekommen und befand sich im Tiefschlaf.

Der Fall war unangenehm, aber nicht ungewöhnlich. Ein

Mann hatte seine Lebensgefährtin in der gemeinsamen Wohnung in Guldheden zu Tode gequält.

Als Irene zum Tatort kam, hatte man den Mann bereits ins Untersuchungsgefängnis gebracht. Die Frau lag in einer großen Blutlache im Badezimmer. Das Gesicht war von der Misshandlung vollkommen entstellt. Der Mann von der Spurensicherung war bereits bei der Arbeit. Irene kannte ihn nicht und beschloss deswegen, mit ihren Fragen zu warten, bis er fertig war.

Sie machte einen schnellen Rundgang durch die Wohnung. Sie bestand aus fünf Zimmern und einer Küche. Alles war ordentlich. Im größten Schlafzimmer stand ein großes, ungemachtes Doppelbett mit rosa Seidenlaken. Auch hier war ziemlich viel Blut. Offenbar hatte die Sache hier begonnen und im Badezimmer ihren Höhepunkt erreicht. Auf einer Kommode stand ein Bild der Frau. Sie lächelte den Fotografen an und war offenbar jung und schön gewesen.

Der junge Polizeitechniker ließ erkennen, dass er fertig war. Er stand auf und streifte mit einer müden Bewegung die Handschuhe ab. Irene ging auf ihn zu und nickte freundlich.

»Hallo. Ich heiße Irene Huss. Ich bin Inspektorin beim Dezernat für Gewaltverbrechen.«

Der junge Mann starrte sie düster durch eine dunkle Sonnenbrille an. Vielleicht war es sein dünnes, dunkles Haar mit dem ordentlichen Scheitel, das sie an einen Vampir denken ließ. Außerdem war er ungewöhnlich groß und mager und hatte eine gelblichbleiche Haut.

»Hallo. Ich heiße Erik Larsson. Ich bin die Vertretung für Åhlén.«

»Haben Sie eine Vorstellung, wie das Ganze abgelaufen sein könnte?«

»Ja. Kräftige Misshandlung der Haupthalsregion. Hinterkopf eingeschlagen. Möglicherweise gegen die Waschbeckenkante. Das Opfer stinkt nach Alkohol. Das tut der Täter im Übrigen auch.«

»Wo sind die Burschen aus dem Streifenwagen?«

»Sie wurden zu einem Einsatz gerufen. Ich habe gesagt, dass sie gehen können. Die Dame und ich mussten in der Zwischenzeit allein miteinander zurechtkommen.«

Er hatte das vielleicht scherzhaft gemeint, aber Irene lief es kalt den Rücken herunter. Wo hatte Svante Malm nur diese Kreatur aufgetrieben? In irgendeiner Krypta, hatte es den Anschein.

Die Männer vom Bestattungsdienst trafen ein. Sie packten die Leiche ein und fuhren sie in die Pathologie.

Irene ließ den Mann von der Spurensicherung in der Wohnung zurück. Als sie durch die Wohnungstür trat, steckte eine rothaarige Frau den Kopf aus der Tür der Nachbarwohnung. Ohne auch nur zu versuchen, ihre Neugierde zu kaschieren, sagte sie:

»Hat er sie dieses Mal totgeschlagen?«

Sie trug eine Trainingshose und einen ausgeleierten Baumwollpullover, obwohl es fast halb fünf Uhr morgens war. Ihr Haar war fettig, und sie hatte es zu einem dünnen Pferdeschwanz zusammengebunden. Obwohl sie nicht ganz so groß war wie Irene, machte sie einen riesigen Eindruck. Sie wog sicher um die hundert Kilo. Irene war eine erfahrene Ermittlerin und wusste, wann sie eine Zeugin vor sich hatte, die sich ihr um jeden Preis anvertrauen wollte. Irene zog ihren Ausweis aus der Tasche und wedelte damit in bester Hollywoodmanier.

»Guten Morgen. Ich bin Kriminalinspektorin Irene Huss. Darf ich einen Augenblick reinkommen und mich mit Ihnen unterhalten? Sie sind ohnehin schon wach.«

»Natürlich!«

Die Frau konnte ihr Entzücken nicht verbergen und trat bereitwillig einen Schritt zurück, um Irene in die Wohnung zu lassen. Automatisch sah sich Irene überall um.

Eines war klar, offensichtlich brauchte hier noch jemand eine Putzhilfe. Die Garderobe in der Diele quoll über, und darunter stapelten sich die Schuhe. Als sie durch die Diele schritt, knirschten Schmutz und Sand unter ihren Sohlen. Geradeaus vor ihr lag eine winzige Küche. Das dreckige Geschirr stapelte sich in der Spüle. Darauf war vermutlich auch der seltsame Geruch in der Wohnung zurückzuführen. Als Irene ins Wohnzimmer kam, stieß sie dort jedoch auf die Erklärung. Hier war sicher seit gut einem Jahr nicht mehr sauber gemacht worden, und überall im Raum räkelten sich Katzen. Irene zählte neun Stück. Unbewusst griff sie sich an das Pflaster unter ihrem Kinn.

»Bitte, setzten Sie sich doch«, sagte die Frau und deutete auf einen durchgesessenen Sessel in einem unbestimmbaren Grauton.

Irene sah, dass das Sitzpolster vollkommen verfleckt war, und warf der Katzengang einen misstrauischen Blick zu.

»Nein, danke. Ich bleibe nicht lange. Entschuldigen Sie, aber ich habe Ihren Namen nicht richtig verstanden?«

»Den habe ich vermutlich nicht gesagt. Johanna Storm.«

»Wie alt sind Sie?«

»Fünfundzwanzig.«

»Beruf?«

»Ich studiere Psychologie. Mir fehlt noch ein Jahr bis zum Examen.«

Pro forma schrieb Irene die Angaben auf ihren Block.

»Was meinten Sie, als Sie gefragt haben, ob er sie dieses Mal totgeschlagen hat?«

»Was ich gesagt habe.«

»Er hat sie also geschlagen?«

»Ja.«

»Wie oft?«

»Seit Weihnachten so gut wie jedes Wochenende. Maria … also sie … kommt aus Polen und kann kein Schwedisch.«

»Wie ist sie nach Schweden gekommen?«

Johanna Storm antwortete, ohne zu zögern.

»Weiß nicht. Ich hatte das Gefühl, dass die direkt aus Polen kam. Letzten Sommer ist sie mit Schölenhielm zusammengezogen, obwohl sie kaum halb so alt war wie er. Er ist ein richtiger Schmierlapp!«

»Haben Sie die Polizei gerufen?«

»Ja. Ich hörte, dass es schlimmer war als sonst. Die Polizei ist bereits früher einige Male hier gewesen. Vermutlich fünf- oder sechsmal. Sie stieß einen schrecklichen … lang gezogenen … Schrei aus, und dann war alles still. Meine Katzen wurden fürchterlich unruhig, und da verstand ich, dass etwas Schreckliches passiert war.«

»Und da war es kurz vor zwei?«

»Ja.«

Johanna Storm wusste von dem Paar in der Nachbarwohnung sonst nur, dass Maria tagsüber zu Hause war und dass Schölenhielm mit Gebrauchtwagen handelte.

»Wollen Sie eine Tasse Tee?«, wollte Johanna Storm wissen.

Irene lehnte höflich ab. Obwohl sie gerade erst gegen Wundstarrkrampf geimpft worden war, zweifelte sie daran, ob sie mit Tee aus einer von Johanna Storms Tassen fertig werden würde.

Es ging auf acht zu, als Birgitta Moberg ihren Kopf durch die Tür von Irenes Büro steckte.

»Hallo! Was machst du hier?«

Irene erklärte das Durcheinander mit der Bereitschaftsliste. Als der Name von Hans Borg fiel, verfinsterte sich Birgittas Miene.

»Andersson will ihn davonkommen lassen! Er rief mich gestern an und sagte, er hätte sich mit Bergström darauf geeinigt, dass Hannu Rauhala und Borg den Dienst tauschen sollten. Auf dem Papier bleibt alles beim Alten, Hans Borg hier bei uns und Rauhala beim Dezernat für Allgemeine Fahndung. Aber im Prinzip ist der Tausch schon beschlossene Sache.«

»Dann gibt es keine interne Ermittlung?«

»Nein. Die Chefs sagen, dass dann nur wieder jede Menge in den Zeitungen geschrieben wird. Das wäre nach dieser Geschichte mit der Hundeführerin in Stockholm nicht gut.«

»Aber wir wissen doch beide, dass es schon ähnliche Fälle gegeben hat, ohne dass die Presse Wind davon bekommen hätte.«

»Genau das habe ich Andersson auch gesagt. Ich fürchte, dass ich mich wahnsinnig aufgeregt habe. Ich habe wohl das eine oder andere gesagt, was nicht sonderlich durchdacht war. Aber ich war so wütend und enttäuscht. Darauf hat er gemeint, dass ich aufpassen solle. Würde es Ärger geben, dann würde man mich möglicherweise ebenfalls versetzen.«

Irene sah ihre Kollegin nachdenklich an, ehe sie fragte:

»Du willst dich also an Hans Borg rächen?«

»Ja. Er hat mir mehrere Jahre lang mein Leben verpestet!«

»Willst du dich in ein anderes Dezernat versetzen lassen?«

Birgitta erstarrte.

»Nein.«

»Hör genau zu. Schlag dir das mit der Rache aus dem Kopf. Was Borg getan ist, ist abscheulich. Aber wenn Chefs sich in die Ecke gedrängt fühlen, dann lassen sie das an dir aus. Wenn du auf einer Verfolgung dieser Angelegenheit bestehst, dann versetzen sie dich. Mangelnde Teamfähigkeit steht dann in deinen Papieren. Sie lassen dich auf irgendeinem bedeutungslosen Posten im Ermittlungsapparat versauern, und du hast keine Chance mehr, Karriere zu machen oder jemals wieder hierher zurückzukehren.«

Birgitta antwortete nicht.

Ruhig fuhr Irene fort:

»Du hast dir die ganze Zeit nichts anmerken lassen. Warte ab. Zeig ihnen nicht, wie gekränkt du bist.«

»Sonst machen sie mich endgültig fertig! Meinst du das?«

»Etwas in dieser Richtung.«

Die Stimmung war gespannt. Schließlich brach Birgitta das Schweigen.

»Du kannst mir berichten, was in Guldheden los war, dann übernehme ich«, sagte sie tonlos.

»Ich habe das Verhör mit der Nachbarin Johanna Storm ins Reine geschrieben. Hier ist auch mein Bericht vom Tatort.«

Irene nahm die Diskette aus ihrem Computer und gab sie Birgitta. Die nahm sie, wich aber Irenes Blick aus.

»Danke«, sagte sie nur kurz und verschwand auf dem Korridor.

Das Haus war leer und still. Krister war mit Sammie draußen. Wie graue Schleier hing der Regen zwischen den Bäumen. Um zehn Uhr morgens noch einmal unter die Decke zu kriechen, kam ihr da ganz natürlich vor. Ehe sie einschlief, stellte Irene den Wecker auf zwei Stunden später.

Als Irene aufwachte, hatte Krister sich bereits ins Glady's aufgemacht. Sammie lag, die Pfoten in die Luft gestreckt, neben ihr und war nach dem nassen Spaziergang jetzt fast trocken. Dafür musste sie Kristers Laken jetzt aufhängen, damit es bis zum Abend überhaupt noch trocken wurde. Irene fühlte sich irgendwie verkatert. So war das immer, wenn sie tagsüber schlief. Sie duschte lange abwechselnd warm und kalt und fühlte sich anschließend etwas wacher. Da das Mittagessen bei ihrer Mutter immer sehr reichhaltig auszufallen pflegte, begnügte sie sich mit einer Tasse Tee und einem Knäckebrot, ehe sie zum Training mit der Frauengruppe ging. Sammie kam mit und wartete in der Zwischenzeit im Auto. Er war überglücklich, mitfahren zu dürfen, und hatte kaum Zeit, gegen die Büsche vor der Garage zu pinkeln. Das Auto gehörte nämlich ihm. Herrchen und Frauchen durften es nur fahren. In diesem Glauben lebte er froh und glücklich, seit er ein Welpe gewesen war, und nichts hatte diesen Glauben erschüttern können.

Irenes Mutter wohnte immer noch in der Wohnung, die sich ihre Eltern gekauft hatten, als Irene zur Welt gekommen war. Zwischen den dreistöckigen Ziegelhäusern, die die stark abschüssige Doktor Bex Gata säumten, hatte Irene ihre Kindheit verbracht. Damals waren Freunde und Verwandte der Ansicht gewesen, die kleine Familie sei in die Vororte gezogen. Inzwischen lag der Stadtteil Guldheden jedoch stark zentral.

Hier oben war es windig und der Regen hatte zugenommen. Nicht einmal Sammie schien Lust auf einen Spaziergang zu haben, sondern hatte es eilig, ins Treppenhaus zu kommen.

»Hallo. Meine Güte, wie spät du wieder dran bist. Ich habe schon bei dir angerufen, aber als niemand abhob, dachte ich, dass du schon auf dem Weg bist. Aber als du dann immer noch nicht aufgetaucht bist, dachte ich schon, dass vielleicht etwas passiert ist und …«

»Hallo, Mama. Hast du ein Handtuch für Sammie? Ich habe vergessen eins mitzunehmen.«

Irene sagte das mehr, um den Redefluss ihrer Mutter zu unterbrechen. So war es immer. Vielleicht war sie zu viel allein? Nein, beruhigte Irene ihr Gewissen, ihre Mutter hatte eine Begabung dafür, sich aufzuregen.

Das Mittagessen bestand aus einem guten Schollengratin mit Unmengen frischer Krabben, und beim Essen kamen sie richtig gut miteinander aus. Sie waren beim obligatorischen Kaffee danach angelangt, als ihre Mutter plötzlich sagte:

»In zwei Wochen fahre ich auf die Kanarischen Inseln.«

Irene war vollkommen überrumpelt, es gelang ihr jedoch zu stammeln:

»Wie … wie nett.«

So weit sie wusste, war ihre Mutter nie weiter als bis nach Dänemark gekommen. Mama Gerd holte tief Luft und sah ihrer einzigen Tochter in die Augen.

»Wir fahren zusammen. Sture und ich.«

»Sture? Wer ist das?«

»Ein Mann, den ich beim Tanztee kennen gelernt habe. Ich gehe da doch jeden Donnerstag hin.«

»Wie … wie lange seid ihr schon …?«

»Wie lange wir uns schon kennen? Ein halbes Jahr. Im Herbst ist er zum ersten Mal beim Tanztee aufgetaucht. Seine

Frau ist vor zwei Jahren gestorben. Das erste Jahr ging es ihm nicht gut, aber dann hatte er das Gefühl, dass es allmählich an der Zeit wäre, neue Menschen kennen zu lernen. Dann sind wir uns begegnet und… nun, dann sind wir uns begegnet.«

»Aber warum hast du nichts gesagt? Weihnachten hätte er doch…«

»Weihnachten war er bei seiner Tochter in Örebro, und ich war bei dir. Neujahr war er dann bei seinem Sohn hier in Göteborg. Aber den Dreikönigstag haben wir zusammen gefeiert.«

Bei diesem letzten Satz errötete ihre Mutter leicht. Es war ein seltsames Gefühl, ihrer frisch verliebten, bald siebzigjährigen Mutter gegenüberzusitzen.

»Wie alt ist er?«, fragte Irene vorsichtig.

»Zweiundsiebzig. Gut dabei. Bisschen Asthma.«

»Wie heißt er mit Nachnamen?«

»Hagman. Sture Hagman. Pensionierter Postamtsleiter. Er wohnt in der Syster Emmas Gata. Er hat sein Haus verkauft, als er Witwer wurde.«

Es war langsam an der Zeit, zum Bahnhof zu fahren und die Zwillinge zu holen. Irene umarmte ihre Mutter und wünschte ihr viel Glück mit Sture.

Sie hatte Mühe, einen Parkplatz zu finden. Eine Weile fuhr sie im Kreis, bis sie endlich Glück hatte. In der protzigen Halle des Hauptbahnhofes geriet Sammie wegen der vielen Menschen ganz außer sich. Das war mehr, als sein kleines Terrierhirn verkraften konnte. Als sie auf den Bahnsteig kamen, wurde es auch nicht besser. Irene schimpfte mit ihm und versuchte ihn zu beruhigen.

Da glitt der Zug aus Karlstadt in den Bahnhof. Als Erste stiegen Katarina und Jenny aus. Sammie geriet außer sich vor Freude, und alle Ermahnungen seines Frauchens, nicht verrückt zu spielen, gingen ins Leere.

Die Mädchen sahen munter und erholt aus. Nachdem sie sich umarmt und geküsst hatten, begannen sie wie immer gleichzeitig von den Ferien zu erzählen. Irene hörte nur mit halbem Ohr zu. Ihr waren die Schlagzeilen vor dem Pressecenter ins Auge gefallen.

»Warum wurde Schwester Marianne ermordet?«, fragte Aftonbladet. »Wo ist Schwester Linda?«, konterte GT, und in kleineren Buchstaben: »Ihre Zeit läuft ab.«

Irene stellte sich einige weitere Schlagzeilen vor: »Wo ist Mama Vogel, alias Gunnela Hägg?« Und: »Warum brannte der Schuppen im Krankenhauspark?« Eine dritte Möglichkeit schoss ihr durch den Kopf: »Warum hatte Schwester Marianne den Taschenkalender von Schwester Linda in der Kitteltasche?« Einen Augenblick lang hatte Irene das Gefühl, dass sie die Antworten lieber nicht wissen wollte. Aber natürlich wollte sie das doch. Sie war schließlich Polizistin.

KAPITEL 11

Der Regen hatte im Verlauf der Nacht aufgehört. Auf den Straßen war es spiegelglatt. Die Temperatur war knapp unter null, und in Göteborg herrschte das übliche Winterchaos.

Zur Morgenbesprechung kam Irene verspätet, alle anderen aber auch. Svante Malm trat als Letzter durch die Tür. Der Kommissar sah zufrieden aus, als er den Mann von der Spurensicherung sah. Einige der labortechnischen Untersuchungen mussten inzwischen abgeschlossen sein, sodass sie Antworten auf einige ihrer Fragen erhalten würden.

»Morgen zusammen!«

Andersson begann gut gelaunt. Irene verstand das als einen Versuch, einige seiner Untergebenen fröhlich zu stimmen. Aber sowohl Birgitta als auch Jonny brauchten vermutlich etwas mehr als eine gut gelaunte Begrüßung. Jonny war immer noch so bleich wegen seiner üblen Magenverstimmung. Dass Birgitta so eine schlechte Farbe hatte und so verbissen wirkte, konnte an der Müdigkeit nach dem Bereitschaftsdienst am Wochenende liegen. Irene hatte jedoch den Verdacht, dass es mehr mit ihrer Wut zu tun hatte.

Immer noch gut gelaunt fuhr der Kommissar fort:

»Hans Borg hat darum gebeten, eine Weile entlastet zu werden. Er wechselt zum Dezernat für Allgemeine Fahndung. Hannu übernimmt seine Stelle.«

Irene, Birgitta und Hannu waren darüber als Einzige nicht erstaunt. Andersson tat so, als würde er das Gemurmel und die

Kommentare rund um ihn herum, nicht bemerken, und fuhr fort:

»Irgendwas Neues in der Sache Linda Svensson?«

Fredrik und Birgitta schüttelten gleichzeitig den Kopf.

»Anscheinend hat sie niemand gesehen, seit sie vor einer Woche ihren Arbeitsplatz verließ. Wir haben nur die Aussage der alten Nachbarin, dass sie nachts um halb zwölf ihre Wohnung verlassen hat. Seltsame Zeit, um an einem Montagabend auszugehen. Da ist doch nirgendwo was los«, meinte Fredrik.

»Sie war auch nicht zum Ausgehen gekleidet. Laut Pontus fehlen ihre rote Daunenjacke und ein Paar Stretchjeans. Außerdem ein hellblauer Rollkragenpullover aus Angorawolle. Ihr Lieblingspullover. Den trug sie aber nie zum Ausgehen. Sie hatte Angst, er könnte nach Rauch stinken«, warf Birgitta ein.

»Angorapullover und Belker ... sie ist wirklich ein Katzenmensch«, stellte Irene ohne Zusammenhang fest.

»Das ist wichtig. Sie liebt Belker und würde ihn nie ohne Futter allein lassen. In der Wohnung haben wir ihren Pass gefunden. Sie ist also nicht im Ausland. Wenn sie sich freiwillig versteckt hält, dann hätte sie jemanden aufgetrieben, der sich um Belker kümmert. Das hat Pontus Olofsson mehrfach betont. Und ich glaube, dass er damit Recht hat«, meinte Birgitta abschließend.

Andersson sah sie eine Weile lang an, ehe er tief Luft holte und sagte:

»Du glaubst also nicht, dass sie freiwillig verschwunden ist?«

»Nein.«

Schweigen senkte sich über die Gruppe. Alle waren erstaunt, dass Hannu Rauhala dieses Schweigen brach.

»Ich habe mich am Wochenende umgehört. Niemand hat sie gesehen.«

Irene hätte fast gefragt, ob Hannu es mit dem geheimen finnischen Kontaktnetz versucht hätte, beherrschte sich aber gerade noch rechtzeitig. Hannu hatte phantastische Quellen und war Gold wert. Irene erinnerte sich an ihre letzte Zusammenarbeit. Hannu hatte Sachen herausgefunden, an die niemand anders herangekommen wäre. Ob es dabei immer mit rechten Dingen zugegangen war, wusste sie nicht. Sie hätte ihn das schrecklich gerne gefragt, sah aber ein, dass es manchmal besser war, nicht zu viel zu wissen.

»Ich habe Niklas Alexandersson überprüft. Was er sagt, stimmt. Drei Kumpel und die Kellnerin im Gomorra Club geben ihm bis zwei Uhr nachts ein Alibi«, fuhr Hannu fort.

»So was Dummes. Er wäre perfekt gewesen. In Schwesterntracht im Krankenhaus herumschleichen und die Rivalin ermorden«, murmelte der Kommissar.

Irene musste ihrem Chef Recht geben. Gleichzeitig wusste sie, dass Faune Menschen verführen und zerstören, aber sie morden nicht. Höchstens indirekt.

»Hat Lindas Taschenkalender was ergeben?«, fragte Birgitta.

Andersson schüttelte den Kopf.

»Nein. Ich habe nichts gefunden. Aber ich will dich bitten, ihn noch einmal durchzugehen. Eine Frau sieht vielleicht was, woran ein Mann nicht denkt.«

Der Taschenkalender lag vor ihm auf dem Tisch, und er reichte ihn Birgitta. Sie nahm ihn, ohne ihn anzusehen.

»Ich habe eine Frage. Wo ist Mariannes Taschenlampe?«, meldete sich Irene zu Wort.

Die anderen sahen sie verwundert an.

»Darüber habe ich ziemlich viel nachgedacht. Marianne war schließlich Nachtschwester. Alle Nachtschwestern haben eine Taschenlampe bei sich. Marianne aber nicht. Sie hatte nur Lindas Filofax in der Kitteltasche.«

»Lag die Taschenlampe nicht auf der Intensivstation?«, fragte Birgitta.

»Nein. Ich habe gefragt, als ich mir das letzte Mal meine Kratzwunden habe neu verbinden lassen. Niemand hat Mariannes Taschenlampe gesehen.«

»Merkwürdig. Ganz zu schweigen von Lindas Taschenkalender. Linda ließ ihn vielleicht liegen und Marianne fand ihn«, überlegte Birgitta.

»Linda ist möglicherweise zum Krankenhaus geradelt, um ihren Taschenkalender zu holen«, schlug Fredrik vor.

»Unwahrscheinlich. Nicht mitten in der Nacht. Sie hätte anrufen und Marianne darum bitten können, ihn irgendwo zu deponieren. Linda hatte schließlich am nächsten Tag wieder Spätschicht«, wandte Irene ein.

»Vielleicht stand im Taschenkalender etwas ganz Wichtiges, und sie brauchte ihn sofort.«

Es war Birgitta anzuhören, dass sie selbst nicht ganz an ihren Vorschlag glaubte. Er war aber nicht schlechter als jeder andere.

Der Kommissar mischte sich ein.

»Wenn sie nun nicht versteckt wird und sich nicht freiwillig versteckt, dann müssen wir davon ausgehen, dass sie tot ist. Wo ist sie in diesem Fall?«

»Da sie von niemandem gesehen worden ist, muss sie in der Nähe ihrer Wohnung sein. Sie ist sicher nicht weit gekommen«, sagte Jonny.

»Das glaube ich auch. Je weiter sie geradelt wäre, desto größer die Wahrscheinlichkeit, dass sie jemand gesehen hätte«, meinte Fredrik.

»Aber es war doch spät. Fast Mitternacht. Und außerdem waren es fünfzehn Grad unter null. Da waren sicher nicht viele Leute unterwegs«, wandte Irene ein.

»Okay. Im Fall Linda kommen wir nicht vom Fleck. Hannu, Birgitta, Fredrik und Jonny, ihr arbeitet weiter daran, sie ausfindig zu machen.«

Andersson knallte die Handfläche auf den Schreibtisch, sein Kaffeebecher machte einen Satz und der Kaffee schwappte auf die Schreibunterlage. Was nicht weiter schlimm war. Sie war bereits von vorher marmoriert.

»Irene und Tommy, wie steht's mit der Vogeldame?«

Tommy referierte, was sie über Mama Vogel herausgefunden hatten. Anschließend meldete sich Hannu erneut zu Wort.

»Ich habe Lillhagen kontaktiert. Gunnela Hägg wurde dort seit '68 betreut. Damals starb ihre trunksüchtige Mutter. Der Tod der Mutter löste eine Psychose aus. Schizophrenie.«

»Wie alt war Gunnela da?«, warf Irene ein.

»Achtzehn.«

Das würde bedeuten, dass Gunnela heute siebenundvierzig ist, dachte Irene erstaunt. Die meisten Zeugen, mit denen sie gesprochen hatte, hatten ihr Alter auf fast sechzig geschätzt. Das Leben war mit der kleinen Mama Vogel eher unsanft umgegangen.

»Ende der Siebzigerjahre und in den gesamten Achtzigern wurden mehrere Versuche gemacht, sie wieder in die Gesellschaft zu integrieren. Aber das gelang nicht. Sie war zu krank.«

»Null Unterstützung von der Familie?«, fragte Irene.

»Nein. Der Vater und ein Bruder sind tot. Der jüngere Bruder ist Geschäftsführer eines Ladens in Trollhättan. Er will nichts von seiner Schwester wissen. Ich habe ihn angerufen, was ihn nur wütend machte. Seine Familie weiß nichts von Gunnela.« Hannus ruhiges Gesicht mit den hohen Wangenknochen, eisblauen Augen und dem weißblonden Haar verriet keinerlei Gefühl. Zuletzt war sein Ton jedoch etwas schärfer geworden, was darauf schließen ließ, dass er mit der armen, verleugneten Mama Vogel vielleicht doch ein gewisses Mitgefühl hatte.

»Wann wurde sie endgültig aus Lillhagen entlassen?«, fragte Tommy.

»Sie bekam im Herbst '95 eine Wohnung in der Siriusgatan. Nach einer Weile hatten sich dort Junkies breit gemacht, und sie wurde auf die Straße gesetzt.«

»Wo hat sie dann gewohnt?«, wollte Irene wissen.

Als Antwort zuckte Hannu nur mit den Schultern.

»Aha. Aber wir wissen, dass sie seit Weihnachten im Gartengeräteschuppen der Löwander-Klinik untergekommen ist.

Dort war sie seit vergangenen Dienstag nicht mehr, also seit knapp einer Woche. Wo ist sie? War sie es, die Samstagabend im Schuppen Feuer gelegt hat?«

Irene wandte sich auffordernd an Svante Malm. Auf seinem sommersprossigen Pferdegesicht breitete sich ein Lächeln aus.

»Ich weiß auch nicht, wo sie ist. Darum müsst schon ihr euch kümmern. Die Ermittler der Feuerwehr haben den Schuppen gestern untersucht. Glücklicherweise kam der Streifenwagen, ehe sich das Feuer richtig ausbreiten konnte. Sonst wäre der Schuppen wohl ganz abgebrannt. Das Feuer wurde mit Sicherheit gelegt. Es nahm in einem Kleiderstapel in der einen Ecke seinen Anfang. Die Spurensicherung fand einen stark verkohlten Kerzenhalter aus Holz. Offenbar hat der, der das Feuer gelegt hat, in dem Kerzenhalter eine Kerze angezündet und ihn auf etwas Brennbares gestellt, beispielsweise Papier. Er hat damit gerechnet, dass die Kleider schon von sich aus Feuer fangen würden.«

»Keine Spuren von Benzin?«

»Nein. Zuunterst lag ein alter Schlafsack. Darüber haben wir eine Schicht gefunden, bei der es sich offenbar um die Reste einer Baumwolldecke handeln muss. Zuoberst lag eine stark verkohlte Schicht aus dünner Wolle. Und das hier.«

Aus der Tasche seines Jacketts zog er eine dicke Plastiktüte. Darin befand sich etwas, was aus der Entfernung einer schwarzen Blume mit vier angedeuteten Blütenblättern glich. Er drehte die Tüte um. Auf der anderen Seite war der Ruß entfernt. Das Silber hob sich deutlich gegen den Ruß ab.

»Das ist eine Schwesternbrosche.«

Andersson holte hörbar Luft. Beunruhigend schnell wurde er hochrot. Ohne es zu bemerken, fuhr Malm fort:

»Ich habe bei der Schwesternschule nachgefragt. Das ist eine Brosche vom Sophiahemmet in Stockholm.«

Malms stolzes Lächeln verschwand von seinen Lippen, als er den seltsamen Gesichtsausdruck der anderen bemerkte. Andersson wirkte, als habe ihn der Schlag getroffen. Er holte ein paar Mal tief Luft, der vergebliche Versuch, Puls und Blutdruck zu senken. Malm saß schweigend da und wartete darauf, dass sein seltsamer Anfall vorübergehen würde. Andersson starrte auf die Schreibtischplatte und sagte mit beherrschter Stimme:

»Entschuldige, Svante. Diese verdammte Krankenschwester spukt hier schon die ganze Zeit herum.«

Malm war schon zu lange im Geschäft, um irgendwelche Fragen zu stellen. Er nickte nur und fuhr fort:

»Dieser Wollstoff, der zuoberst auf dem Kleiderstapel lag, ist interessant. Ich habe ihm gestern den gesamten Nachmittag gewidmet. Die Fasern auf Marianne Svärds Kittelbluse sowie die Fäden, die du, Tommy, an einem Ast gefunden hast, scheinen mit größter Wahrscheinlichkeit von demselben Wollstoff zu stammen. Wahrscheinlich hat es sich um ein Kleid gehandelt. Wir haben auch Knöpfe und etwas, was mutmaßlich ein Gürtel aus demselben Stoff war, gefunden.«

Falls Malm sich eingebildet hatte, dass seine Entdeckung die Polizisten erleichtern würde, hatte er sich getäuscht. Diejenigen, die um den Tisch herum saßen, legten unterschiedliche Grade der Resignation an den Tag. Irene sah den Mann von der Spurensicherung eine Weile lang an.

»Das ist merkwürdig. Plötzlich sind wir wieder da, wo wir angefangen haben. Bei der Löwander-Klinik und bei dieser Schwester Tekla, die spukt.«

»Als Verantwortlicher für die Spurensicherung will ich nur darauf hinweisen, dass meine Ergebnisse auf einen höchst lebendigen Mörder hindeuten. Das Talkumpuder an den Unterarmen des Opfers deutet daraufhin, dass der Mörder Gummihandschuhe benutzt hat. Fäden und Stoffreste beweisen das Vorhandensein eines höchst wirklichen Wollkleides, das der Mörder getragen hat. Die Brosche ist ebenfalls wirklich. Ganz zu schweigen vom Mord an Marianne«, sagte Malm.

»Danke für diese Worte«, sagte der Kommissar scharf.

Er warf Irene einen viel sagenden Blick zu. Das Gerede von Gespenstern hatte hiermit ein Ende zu haben. Irene hatte allerdings nie gemeint, dass es sich wirklich um ein Gespenst handeln könnte, ließ aber die Sache auf sich beruhen. Stattdessen sagte sie:

»Ich habe das Gefühl, dass es bei der ganzen Angelegenheit irgendwie um die Löwander-Klinik geht. Der Mord an Marianne. Gunnela Häggs und Linda Svenssons Verschwinden. Der Brand… alles hat, glaube ich, irgendwie mit diesem Krankenhaus zu tun.«

»Dann finde ich, dass du heute zur Löwander-Klinik fahren und dich dort umsehen solltest. Tommy kann weiter nach dieser Vogelfrau suchen. Der Himmel weiß, ob sie wirklich so wichtig ist«, sagte der Kommissar säuerlich.

Irene glaubte, dass Gunnela Hägg sehr wichtig war, ohne richtig erklären zu können, warum.

Irene saß eine Weile am Schreibtisch und starrte dumpf auf den Bildschirm ihres Computers. Geistesabwesend trank sie in kleinen Schlucken den vierten Becher Kaffee des Morgens. Das Koffein hatte den gewünschten Effekt. Ihre Gedanken klärten sich allmählich, und plötzlich erkannte sie, welches offene Ende sie noch nicht entwirrt hatten. Nicht nur Marianne Svärd war vor knapp einer Woche gestorben, sondern auch Nils Peterzén. Dieser war sehr wohlhabend gewesen. Es bestand die Möglichkeit, dass der alte Bankier das vorgesehene Opfer gewesen war. Marianne Svärd war dem Mörder nur in die Quere geraten.

Irene ließ sich diese Idee durch den Kopf gehen. Sie betrachtete sie von allen Seiten und hielt sie schließlich für stichhaltig. An ihrem Computer fragte sie Doris Peterzéns Adresse und Telefonnummer ab. Resolut streckte sie die Hand nach dem Telefonhörer aus und wählte. Bereits nach dem zweiten Klingeln wurde am anderen Ende abgehoben.

»Doris Peterzén.«

»Guten Morgen, Frau Peterzén. Hier ist Kriminalinspektorin Irene Huss. Wir sind uns nach dem tragischen Vorfall mit Ihrem Mann im Krankenhaus begegnet.«

»Guten Morgen. Natürlich erinnere ich mich an Sie. Es tut mir Leid, dass ich damals die Fassung verloren habe ... aber es war einfach zu viel. Alles.«

»Das verstehe ich. Ich frage mich, ob Sie heute Zeit für ein kurzes Gespräch hätten?«

»Doch ... Göran und ich sind heute um eins zum Mittagessen eingeladen. Aber vorher ist es kein Problem.«

»Kommt Göran nach Hause zu Ihnen?«

»Er kommt zu mir und dann fahren wir zusammen weg. Vor der Beerdigung ist noch viel zu tun. Vielleicht ist das ja ein Segen. So kommt man nicht zum Nachdenken. Aber es holt einen irgendwann ja doch ein.«

Irene sah auf die Uhr.

»Ich kann in einer halben Stunde bei Ihnen sein. Passt Ihnen elf Uhr?«

»Das geht.«

Sie verabschiedeten sich und legten auf. Irene stellte sich erneut das Szenario vor: Der Mörder schleicht sich als Krankenhausgespenst verkleidet in die Löwander-Klinik. Er will gerade Nils Peterzén töten, als ihn Marianne Svärd zufällig zu Gesicht bekommt. Der Mörder sieht sich daraufhin gezwungen, die Nachtschwester ebenfalls umzubringen, weil sie ihn wieder erkennen und bei einer Gegenüberstellung identifizieren könnte.

Vielleicht hatte sie ihn auch sofort erkannt! Im Fall des Bankiers ging es immerhin um sehr viel Geld. In vielen Mordfällen war das das einzige Motiv.

Das Haus war eines der größten und ältesten der Gegend. Es war weiß und nüchtern gestrichen und hatte ein Dach aus schwarzen Ziegeln. Es lag ganz oben auf einer Anhöhe und bot eine wunderbare Aussicht übers Meer. Eine bleiche Sonne versuchte ihr Bestes, Göteborg von seiner Eiskruste zu befreien. Auf jeden Fall war es ihr geglückt, die Temperaturen in den Plusbereich zu bringen.

Irene meldete sich durchdringend mit dem Türklopfer aus

Bronze, der wie ein Löwenkopf aussah, und Doris Peterzén öffnete das schwere Eichenportal.

Sie sah phantastisch aus. Das volle silberblonde Haar war nach innen gekämmt. Eine dünne, diamantenbesetzte Halskette schimmerte im perfekt geschnittenen Dekolletee. Das taubengraue Kleid aus Rohseide hatte dieselbe Farbe wie ihre Augen.

Plötzlich wusste Irene, wo sie Doris Peterzén schon einmal gesehen hatte.

»Guten Tag. Zu freundlich, dass Sie sich die Zeit nehmen, mit mir zu sprechen.«

»Guten Tag. Das ist alles andere als freundlich. Ich bin wütend! Ich will wissen, ob dieses Gespenst aus der Zeitung wirklich den Strom abgestellt hat, sodass Nils' Beatmungsgerät ausgefallen ist!«

Sie trat beiseite, und Irene ging ins Haus. Ohne eine Miene zu verziehen, hängte Doris Peterzén Irenes abgenutzte Lederjacke neben einen beigen Nerzmantel. Verstohlen streifte Irene ihre braunen Curling-Stiefel ab. Sie hatten noch nie so abgetreten und schäbig ausgesehen wie neben Doris Peterzéns eleganten Stiefeletten.

Ihre Gastgeberin ging vor ihr durch das luftige Entree in ein riesiges repräsentatives Wohnzimmer. Die gesamte westliche Wand Richtung Meer war verglast. In einer Ecke stand ein langer Esstisch mit unzähligen Stühlen. Die Aussicht war phantastisch. Irene verschlug es fast den Atem, so schön schillerte die bleiche Februarsonne auf den blaugrauen Wellen des Meeres.

Doris Peterzén schien diese Aussicht gewöhnt zu sein. Ohne einen Blick aufs Meer zu werfen, forderte sie Irene auf, Platz zu nehmen. Sie ließen sich auf einer ochsenblutfarbenen Sitzgruppe in englischem Design nieder, die mehr etwas fürs Auge war.

»Wollen Sie rauchen?«, begann Doris Peterzén.

»Nein, danke.«

»Wissen Sie inzwischen, wer für den Stromausfall verantwortlich ist?«

»Nein. Wir haben eine Zeugin, von der wir wissen, dass sie etwas gesehen hat. Es ist uns aber bisher nicht geglückt, diese Zeugin ausfindig zu machen.«

»Um wen handelt es sich?«

»Das darf ich aus ermittlungstechnischen Gründen nicht sagen.«

Doris Peterzén nahm eine lange Zigarette aus einer goldenen Schachtel. Sie musste beide Hände benutzen, um das schwere Tischfeuerzeug aus Bleikristall überhaupt anheben zu können. Sie inhalierte genüsslich und atmete den Rauch langsam wieder aus.

»Bei unserer ersten Begegnung wusste ich bereits, dass ich Sie schon einmal irgendwo gesehen habe. Heute fiel mir ein, wo. In der Zeitung. Sie waren Fotomodell. Ich kenne Sie aus den Illustrierten meiner Mutter«, sagte Irene.

Doris Peterzén lächelte schwach.

»Das ist einige Jahre her. In den Sechzigerjahren war ich ein gefragtes Modell und Mannequin. In den Siebzigern wurde es schwieriger. In dieser Branche altert man schnell.«

»Wie lange waren Sie verheiratet?«

»Neunzehn Jahre. Wir haben uns auf einem Seglerball kennen gelernt.«

»War er geschieden?«

»Nein. Witwer. Seine Frau war ein Jahr zuvor an Krebs gestorben.«

»Zwischen Ihnen bestand ein recht großer Altersunterschied…«

Doris Peterzén drückte ihre halb gerauchte Zigarette in einem Aschenbecher aus, der offenbar aus derselben Kollektion stammte wie das Tischfeuerzeug.

»Darüber wurde viel geredet. Sechsundzwanzig Jahre. Sie heiratet ihn doch nur des Geldes wegen. Die üblichen Kommentare. Aber ich habe Nils wirklich geliebt. Er gab mir… Gelassenheit und Ruhe. Liebe. Ich habe Nils hier im Leben für alles zu danken.«

»Wieso haben Sie für die Operation Ihres Mannes die Löwander-Klinik gewählt?«

Das hübsche Gesicht zeigte echtes Erstaunen, was Irenes unvermittelten Themenwechsel anging. Nach einem Augenblick antwortete Doris Peterzén:

»Die Familie Peterzén hat für chirurgische Eingriffe immer die Löwander-Klinik in Anspruch genommen. Kurt Bünzler, der plastische Chirurg der Löwander-Klinik, ist sowohl unser Nachbar als auch unser guter Freund. Er hat auch mir einige Male geholfen.«

Unbewusst fasste sie sich mit den Fingerspitzen hinter die Ohren. Irene hatte bereits begriffen, dass die glatte Haut und die festen Gesichtszüge das Werk eines fähigen Chirurgen waren. Jetzt wusste sie, wessen. Verstohlen schielte sie auf die perfekte Büste der Witwe und stellte fest, dass sich Bünzler wahrscheinlich auch dort zu schaffen gemacht hatte.

»Aber Kurt Bünzler hat Ihren Mann nicht operiert.«

»Nein. Es war eine Bruchoperation. Dr. Löwander macht die normalen Operationen an der Löwander-Klinik. Aber die Operation dauerte länger als vorgesehen. Nils … blutete ziemlich stark. Er hatte offenbar Verwachsungen, mit denen niemand gerechnet hatte. Seine Lunge wurde mit der langen Narkose nicht fertig. Emphysem … Sie waren gezwungen, ihn künstlich zu beatmen.«

Doris schluchzte. Ihre Trauer wirkte tief und echt, aber Irene hatte in all den Jahren bei der Polizei viele gut gespielte Vorstellungen erlebt. Sie wechselte das Thema.

»Und Göran ist wieder zu Hause. Wann ist er zurückgekommen?«

Doris Peterzén putzte sich diskret mit einem Papiertaschentuch die Nase, das sie aus dem Nichts hervorgezaubert hatte. Sie riss sich zusammen, sowohl ihre Gesichtszüge als auch ihre Stimme wurden straffer.

»Letzten Donnerstag. Ich habe ihm am Dienstag ein Fax direkt in sein Hotel geschickt.«

Ein metallisches Pochen an der Tür unterbrach sie. Doris stand auf und entfernte sich würdevoll. Die Verkörperlichung des Attributs königlich, dachte Irene.

Irene nutzte die Gelegenheit, aufzustehen und sich die Beine zu vertreten. Das Meer schimmerte in einem flaschengrünen Farbton, und die Wellenkämme reflektierten silberweiß das Licht.

Irene wurde von der angenehmen Stimme Doris Peterzéns aus ihrer Versunkenheit gerissen:

»Inspektorin Irene Huss. Göran.«

Irene drehte sich um und schaute in ein Paar freundliche blaue Augen.

»Göran Peterzén«, sagte er und streckte die Hand aus.

Er war groß und kräftig. Einen Augenblick lang gab es in Irenes Kopf einen Kurzschluss. Der Sohn war älter als die Mutter. Es dauerte einige Sekunden, bis Irene verstand, dass Göran Nils Peterzéns Sohn aus erster Ehe sein musste. Ihr Blick fiel auf das große Porträt in Öl, das an der Wand hinter Göran hing. Die Ähnlichkeit mit dem Vater war frappierend. Aber Nils Peterzén hatte einen entschlosseneren Zug um den Mund. Der Blick war geschärft und hart. Das Gesicht des Sohnes war jovial und wirkte fröhlich und sorglos. Sein eleganter dunkelgrauer Anzug spannte am Rücken und Gesäß, verriet aber einen teuren englischen Schneider.

Irene schüttelte die Hand, die er ihr hinhielt. Der Händedruck war trocken und warm. Göran Peterzén schlug die Hände zusammen und sah mit gespieltem Entsetzen auf seine Stiefmutter.

»Aber Doris, meine Liebe! Wir lassen die Inspektorin ja verdursten! Einen kleinen Aperitif sollten wir uns schon genehmigen, ehe wir losfahren.«

Das Letzte sagte er leichthin, in scherzhaftem, fast neckischem Ton. Aber Doris ließ sich weder bezaubern noch beeinflussen.

»Nein. Du musst fahren. Ich nehme immer noch Schlaftabletten, und die wirken bis zum Nachmittag. Vermutlich ist es an der Zeit, damit aufzuhören.«

Irene hatte nicht bemerkt, dass Doris unter dem Einfluss von irgendwelchen Tabletten stand. Aber sie selbst wusste es wohl am besten.

Auf Görans breitem Gesicht machte sich der Ausdruck von Enttäuschung breit. Aber er nahm sich zusammen und deutete auf die zweite Sitzgruppe des Zimmers. Sie war aus weißem Leder und sah bedeutend einladender aus als die ochsenblutfarbene.

»Bitte setzten Sie sich doch«, sagte er.

Irene ließ sich auf einem der Sessel nieder. Er war genauso bequem, wie er aussah. Doris holte ihre Zigarettenschachtel. Als sie zurückkam, drapierte sie sich in der einen Sofaecke und zündete sich eine ihrer langen Zigaretten an. Göran wählte den zweiten Sessel. Er schlug seine kräftigen Schenkel übereinander, sodass es in den Nähten krachte.

Ohne Irene aus den Augen zu lassen und ohne Doris anzusehen, streckte er die Hand aus und nahm ihre brennende Zigarette. Schnell zündete sie sich eine neue an. Gierig inhalierte er den Rauch und ließ ihn langsam durch die Nasenlöcher entweichen. Als er zu sprechen begann, kamen die ganze Zeit kleine Rauchwölkchen aus Nase und Mund.

»Warum wollten Sie mit Doris und mir sprechen?«

»Wie Sie sicher gehört und in den Zeitungen gelesen haben, wurde in der Nacht, in der Ihr Vater starb, ein Mord in der Löwander-Klinik begangen. Der Mörder sabotierte die Stromversorgung, und das Beatmungsgerät Ihres Vaters fiel aus. Wir verfolgen eine Menge unterschiedlicher Hinweise. Was wir näher untersuchen müssen, ist, ob der Sabotageakt möglicherweise Ihrem Vater galt.«

Sämtliche Rauchentwicklung im Raum hörte auf. Sowohl Doris als auch Göran schienen die Luft anzuhalten. Ehe sich einer der beiden noch besinnen konnte, fuhr Irene fort:

»Es ist nicht so, dass das unser erster Verdacht wäre, aber

alle Eventualitäten müssen wie gesagt ausgeschlossen werden. Gab es jemanden, der gegen Nils Peterzén einen ausreichenden Groll hegte, um ihn zu ermorden?«

Göran pustete eine gewaltige Rauchwolke in die Luft und schüttelte gleichzeitig kräftig den Kopf.

»Ich höre, was Sie sagen, aber ich traue meinen Ohren nicht! Ob jemand Papa ermorden wollte? Niemals! Er war zu alt, um noch Feinde zu haben. Die meisten seiner Feinde sind bereits tot oder zu gebrechlich. Doris und er haben sich die letzten Jahre angenehm gestaltet. Sie sind gereist und haben Golf gespielt… nicht wahr, Doris?«

Doris richtete sich kerzengerade auf und sah Irene fest in die Augen.

»Doch. Wir hatten es wunderbar. Göran hat die Geschäfte vor einigen Jahren übernommen. Obwohl Nils sich immer noch im Hintergrund engagiert hat. Er hatte Mühe, sich ganz aufs Altenteil zurückzuziehen.«

»Weiß Gott! Geschäfte waren sein Leben. Es wird nicht einfach sein, ohne ihn zurechtzukommen. Er war wirklich ein alter Fuchs. Konnte sehr viel und hatte unersetzliche Kontakte.«

Das war ganz offensichtlich ein Problem, das Göran beunruhigte. Hart drückte er seine Zigarette im Aschenbecher aus und sah Doris anschließend an.

»Nun, Doris. Jetzt müssen wir wirklich fahren, sonst kommen wir noch zu spät.«

Alle drei standen auf und gingen zur Tür. Vollendeter Kavalier, der er war, nahm Göran die abgetragene Lederjacke von ihrem Bügel und hielt sie Irene hin, sodass sie hineinschlüpfen konnte. Irene zog die Reißverschlüsse ihrer alten Stiefel hoch und merkte, wie ihr Glamourfaktor auf den absoluten Nullpunkt sank.

KAPITEL 12

In der Mikrowelle aufgewärmte Reste eines Krabbengerichts waren nicht das Schlechteste, was sie sich zum Mittagessen vorstellen konnte. Es kam nur selten vor, dass Irene daheim zu Mittag essen konnte, wenn sie arbeitete. Heute hatte sie es nach Hause geschafft, da es von Hovås nach Fiskebäck nicht weit war. Ein Keramikbecher mit Kaffeewasser wurde eilig in die Mikrowelle geschoben, danach ging sie die Post holen. Reklame für ein wunderwirkendes Diätmittel und Rabatte auf Fitnessstudios kündigten die sommerliche Bikinisaison an.

Geistesabwesend schaufelte Irene drei gehäufte Löffel Pulverkaffee in das heiße Wasser. Während der Kaffee abkühlte, ging sie zum Spiegel in der Diele und betrachtete kritisch ihr Spiegelbild.

Ihr Haar war in Ordnung. Rotbraun und halblang, voll und mit vereinzelten grauen Strähnen. Es war viel zu lang, aber morgen wollte sie ja zum Friseur. Sie hatte ein ovales Gesicht und einen breiten Mund mit hübschen Zähnen. Aber unter den Augenbrauen war die Haut etwas schlaff. Versuchsweise zog sie mit den Fingerspitzen die Stirn glatt. Die Brauen wanderten nach oben, und die schlaffe Haut verschwand und wurde von einem Ausdruck echten Erstaunens abgelöst. Kein gutes Aussehen für eine Kriminalinspektorin. Sie konnte schließlich an Tatorten und bei Verhören nicht mit einem Gesichtsausdruck herumlaufen, der besagte: »Ach was? Ist das wahr?« Dieser Gedanke war angenehmer als der, dass ihr die zwanzigtausend Kronen fehlten, um sich liften zu lassen. Mit einem Seufzer ließ sie ihre Stirn los und sah auf die Uhr. Es war höchste Zeit, zur Löwander-Klinik zu fahren.

In der Nähe der Klinikeinfahrt sah Irene ein paar Jungen auf der Brücke stehen. Sie fuhr langsamer und sah, dass aus dem Bach nach den Wolkenbrüchen des Wochenendes ein breiter Fluss geworden war. Spontan hielt sie an und parkte am Straßenrand. Ohne Eile schlenderte sie auf die Jungen zu, die alle Schüler der Mittelstufe zu sein schienen. Ein kräftiger Junge in lehmverschmutzter Snowboardjacke hing halsbrecherisch an der Außenseite des Brückengeländers, während er mit dem anderen Arm in den Hohlraum unter der Brücke stieß. In der Hand hielt er den Stamm eines Weihnachtsbaums ohne Äste.

Einer der kleineren Jungen entdeckte Irene und sagte entschuldigend:

»Er versucht nur das wegzukriegen, was den Durchlass verstopft.«

Jetzt sah Irene, dass der Bach nur auf der Zuflussseite angeschwollen war. Auf der anderen Seite der Brücke sah er aus wie vorher: ein breiter Bach, der in den Mölndalsån münden würde.

Der Junge mit der Tanne stöhnte vor Anstrengung.

»Da ist… was. Das spüre ich… Verdammt! Das sitzt fest! Nein, jetzt löst…!«

Fast verlor er den Halt am Brückengeländer, als sich der Stamm mit einem Ruck löste. Es dauerte einige Sekunden, bis Irenes Hirn fasste, was ihre Augen da sahen. Vorne am Stamm baumelte eine durchnässte rosa Mütze mit Bommel.

Die Taucher der Feuerwehr halfen bei der Bergung. Irene hatte auch Kommissar Andersson und Tommy Persson kommen lassen. Die drei Kriminalbeamten starrten düster auf die mitgenommene Leiche von Gunnela Hägg. Das Leben war gewiss nicht gerade schonend mit Mama Vogel umgegangen, aber auch ihr Tod war nicht besonders barmherzig gewesen. Kleine

Tiere hatten an ihrer Nase und ihren Lippen genagt. Während sie auf den Gerichtsmediziner warteten, zogen sie eine graue Plane über die Leiche. Der Körper war dünn und ausgemergelt. Unter dem kräftigen Plastik waren kaum Konturen zu erkennen. Bedrückt gingen sie zum anderen Fund der Feuerwehrleute hinüber.

Linda Svenssons Fahrrad lag am Rande des Baches. Es hatte sich im Durchlass unter der Brücke verkeilt und die Leiche von Gunnela Hägg im reißenden Strom des Schmelzwassers festgehalten. Kommissar Andersson sah grimmig auf das Fahrrad, ehe er so leise, dass nur seine Inspektoren ihn hören konnten, murmelte:

»So sieht also ein Citybike aus.«

Dann riss er sich zusammen und wandte sich an den Brandmeister.

»Ich hätte gerne, dass Ihre Leute das Gebiet um die Brücke und ein Stück stromabwärts absuchen. Vielleicht hat uns der Mörder dort noch mehr Sachen hinterlassen.«

Ein weißer Ford Escort fuhr rasant auf die Brücke, und Yvonne Stridners rote Mähne wurde hinter den Scheiben sichtbar. Irene war unerhört erleichtert, im Gegensatz zu ihrem Chef. Sie fand es gut, jemanden mit Stridners Fähigkeiten am Tatort zu haben.

»Das Fahrrad ist hier. Aber wo ist Linda?«, wollte der Kommissar wissen.

»Linda? Heißt das Opfer so?«, war Stridners Stimme zu vernehmen.

Sie hatte die Gruppe der Polizisten erreicht und schaute prüfend auf die graue Plane.

»Nein. Linda ist die verschwundene Krankenschwester. Ihr Fahrrad liegt da drüben. Das Opfer heißt Gunnela Hägg und ist Stadtstreicherin«, sagte Andersson.

»Ach so. Heute Nacht hat sie jedenfalls ein Dach über dem Kopf. Heute Nachmittag komme ich nicht mehr dazu, sie zu obduzieren, aber morgen früh mache ich es gleich als Erstes.«

Manche müssen für ein Dach über dem Kopf erst einmal sterben, dachte Irene. Bei Stridners barschem Kommando zuckte sie zusammen:

»Umdrehen!«

Die Aufforderung war an zwei Feuerwehrleute gerichtet, die ihrem Wunsch sofort nachkamen. Einer lief danach sofort ans Bachufer und kotzte ins Wasser. Die Stridner kommentierte das nicht, aber der Blick, den sie dem Feuerwehrmann zuwarf, sagte alles. Sie zog Gummihandschuhe über und einen Kittel und begann die Leiche zu untersuchen.

Schweigend sahen ihr die Polizisten zu. Die Schäbigkeit des Todes schien die drei plötzlich zu beklemmen.

Eine eiskalte Gewissheit machte sich in Irenes Bewusstsein breit. Fast wollten ihr die Lippen nicht gehorchen, die folgenden Worte auszusprechen:

»Sie ist hier.«

Andersson wurde aus seinen Gedanken gerissen.

»Wer? Gunnela Hägg?«

»Nein. Linda.«

Tommy und der Kommissar sahen sie an. Beide nickten gleichzeitig.

»Sie ist um Mitternacht losgeradelt. Das Fahrrad ist hier. Also muss Linda ebenfalls hier sein«, sagte Tommy.

Sie begannen sich umzusehen. Längs des Einschnitts, durch den der Bach floss, wuchsen Büsche und ausladende Tannen, deren Äste herabhingen. Linda konnte unter den dichten Ästen liegen. Das Wäldchen hinter dem Klinikpark hatten sie bereits durchkämmt, und dort war sie nicht.

»Wir müssen einen Hund kommen lassen«, sagte der Kommissar.

Das schien ein vernünftiger Vorschlag zu sein. Irene zog ihr Handy aus der Jackentasche und forderte einen Hundeführer an.

Die Sonne war bereits hinter den Häusern untergegangen, und die Schatten unter den Bäumen wurden tiefer. Keiner der

Polizisten hatte Lust, sich zu unterhalten. Sie standen tief in Gedanken versunken da und warteten auf das Ergebnis der ersten Untersuchung der Pathologin.

Schließlich erhob sich Yvonne Stridner. Sie vollführte eine majestätische Geste mit der Hand und gab den Männern vom Bestattungsdienst damit zu verstehen, dass sie die Leiche in die Pathologie schaffen konnten. Dann riss sie sich die Schutzkleidung herunter und stopfte sie in eine Plastiktüte. Erst als sie auf die Kriminalbeamten zuging, fiel Irene auf, dass sie Gummistiefel trug. Das war für die Pathologieprofessorin ungewöhnlich. Sonst war sie nicht so zurückhaltend.

»Große, tiefe Wunde am Hinterkopf von einem oder mehreren Schlägen an der Schädelbasis. Wir haben es wiederum mit einem starken Mörder zu tun. Vermutlich ist sie bereits seit mehreren Tagen tot. Dazu kann ich Ihnen morgen mehr sagen. Bis Donnerstagabend war es schließlich sehr kalt. Das beeinflusst den Verwesungsprozess.«

»Obwohl sie auf dem Eis gelegen haben muss. Der Bach war bis Donnerstag noch gefroren«, meinte Tommy.

Professorin Stridner nickte.

»Das muss ich bei der Obduktion im Hinterkopf behalten. Im Wasser hat sie nicht so furchtbar lange gelegen. Morgen Nachmittag lasse ich von mir hören.«

Der Lehm quietschte, als sich die Professorin auf den Absätzen ihrer Gummistiefel umdrehte und Kurs auf ihren Wagen nahm.

Andersson starrte ihr wütend nach.

»Warum hat sie es so eilig, wieder zu ihrer Arbeit zu kommen? Es ist nicht zu befürchten, dass ihr die Patienten weglaufen«, sagte er bissig.

Gunnela Häggs Leiche wurde in dem diskreten grauen Kombi fortgeschafft. Die Männer von der Spurensicherung trafen ein und entschieden, das Fahrrad direkt ins Labor zu bringen. Sie wollten es gerade in dieselbe Plane wickeln, unter der eben noch Gunnela Hägg gelegen hatte, da stieß einer der

Taucher einen Ruf aus. Triumphierend winkte er mit einem lehmigen Werkzeug. Irene trat näher und stellte fest, dass es sich um eine kräftige Zange handelte. Sie zweifelte keinen Augenblick daran, dass es ein Seitenschneider war. Einer der Männer von der Spurensicherung stülpte eine große Plastiktüte darüber.

Andersson sah plötzlich ungeheuer müde aus.

»Ich weiß nicht, wie es euch geht, aber ich brauche einen Kaffee«, sagte Irene, »am liebsten intravenös.«

Der Kommissar sah sie dankbar an und nickte. In der Bachsenke wurde es allmählich dunkel. Der Hundeführer traf ein. Zwei eifrige Schäferhunde sprangen aus der offenen Heckklappe eines Volvo Kombis. Zur Erleichterung des Kommissars waren sie angeleint. Er hatte nichts für Hunde übrig. Eigentlich für überhaupt keine Tiere. Er nickte erneut und murmelte:

»Irene will Kaffee haben, also fahren wir ins Präsidium und besorgen ihr einen.«

Die gesamte Gruppe hatte sich im Konferenzzimmer versammelt. Der Kommissar erzählte denen, die nicht dabei gewesen waren, was am Nachmittag vorgefallen war.

»Auch wenn Gunnela Hägg verrückt und vollkommen harmlos war, stellte sie für den Mörder eine Bedrohung dar. Als er Kurt Hööks Reportage in der Zeitung las, muss er das eingesehen haben«, sagte Tommy.

Irene nickte und sagte:

»Das muss bedeuten, dass er von der Existenz von Mama Vogel wusste. Dass er wusste, wer sie war und wo sie lebte.«

Sie dachte nach und fuhr fort:

»Als ich das Personal im Krankenhaus befragte, hatte ich das Gefühl, dass nur ganz wenige wussten, dass sie in dem Schuppen untergekrochen war. Gunnela kam immer spätabends und ging frühmorgens.«

»Der Mörder muss sie abgepasst haben. Sie ging sicher am

Tannenwäldchen vorbei und über den Bach. Auf der anderen Seite der Brücke liegt übrigens eine Straßenbahnhaltestelle. Von der Nordstan zur Löwander-Klinik ist es weit«, sagte Tommy.

»Schwester Ellen hat sie einmal morgens um kurz nach sechs gesehen. Nur ganz flüchtig beim Personalparkplatz. Der wird übrigens Brända Tomten genannt«, sagte Irene.

»Warum das?«, wollte Birgitta wissen.

»Dort stand früher die Chefarztvilla. Offenbar ist die vor elf oder zwölf Jahren abgebrannt. Laut Schwester Ellen hat Sverker Löwanders Exfrau Barbro Carina Löwander beschuldigt, das Feuer gelegt zu haben.«

»Warum hätte sie den Kasten in Brand stecken sollen?«

»Weil sie in dem Haus nicht wohnen wollte.«

»Wirkt weit hergeholt, finde…«

»Zum Teufel mit diesem Geschwätz! Wir sollten uns lieber darum kümmern, was in der letzten Woche bei der Löwander-Klinik passiert ist!«, unterbrach sie Andersson.

Der Kommissar holte tief Luft und versuchte anschließend, die Diskussion wieder in die richtige Richtung zu lenken.

»Und Lindas Fahrrad. Wie lässt sich das erklären? Die Hundeführer haben gerade angerufen. Sie haben die Suche für heute abgebrochen. Sie haben nichts gefunden, gehen aber morgen bei Tageslicht noch einmal eine Runde.«

Hannu ließ erkennen, dass er etwas sagen wollte.

»Das Fahrrad lag ganz vorne.«

Die anderen sahen erstaunt aus. Nach einer Weile begriff Irene, was er meinte.

»Es lag vor Gunnela Hägg und hielt ihre Leiche im Durchlass fest. Also muss das Fahrrad zuerst dort gelegen haben. Das kann stimmen«, sagte sie.

»Hätte man das Fahrrad nicht aus der anderen Richtung in den Durchlass schieben können?«, wandte Fredrik ein.

»Natürlich. Aber am logischsten ist, dass das Fahrrad zuerst in den Durchlass gelegt wurde, und zwar als in diesem noch Eis war. Außerdem war es leichter, Gunnelas Leiche in den

Durchlass zu schieben, solange der Bach noch gefroren war. Dort hätte sie eine ganze Weile unentdeckt liegen können, wenn das Wetter nicht umgeschlagen wäre. Pech für den Mörder. Glück für uns«, meinte Irene.

»Pech für Gunnela Hägg, dass sie Kurt Höök begegnet ist«, sagte Tommy düster.

Jonny wandte sich an Irene.

»Dieses Tonband, das du dir anhören durftest… sagte nicht Gunnela Hägg, dass die Schwester von der Klinik weggeradelt sei?«

»Doch. Soll ich das Band holen? Auch wenn ihr darauf nur meine Stimme hört?«

»Ja. Tu das«, sagte der Kommissar nickend.

Während Irene das Band holte, gab Birgitta die Pizzabestellung des Abends auf. Sie sollte zur Einsatzzentrale geliefert werden.

Konzentriert hörten alle das Band an, auf dem Kurt Höök Mama Vogel fragte, wie sich die Krankenschwester nach ausgeführter Rache von der Löwander-Klinik entfernt habe. Irene hörte ihre eigene Stimme, die sehr deutlich antwortete: »Sie nahm das Fahrrad. Gott bestraft Diebstahl!«

»Meine Güte! Das ist die einzige Stelle auf dem Band, an der Gunnela eine Frage ganz klar beantwortet! Aber meinte sie wirklich, dass die verkleidete Person in einer alten Schwesterntracht davonradelte?«, sagte Irene, Zweifel in der Stimme.

»Sie kam jedenfalls nicht so furchtbar weit. Das Fahrrad lag unter der Brücke. Unser Mörder kann sich dort auch der Schwesterntracht entledigt haben«, antwortete Tommy.

»Aber warum hat er dann Samstagabend in dem Gartengeräteschuppen die Kleider angezündet?«, fragte Irene weiter.

»Vielleicht wollte der Mörder einfach Beweismaterial beseitigen. Kein Gartengeräteschuppen – kein Beweis dafür, dass Gunnela jemals dort gewohnt hatte. Keine Schwesterntracht – kein Beweis, dass in der Löwander-Klinik sich jemand als Gespenst verkleidet hatte«, sagte Tommy.

Jonny schaute nachdenklich auf das Tonbandgerät und sagte: »Gunnela sagt, dass die Krankenschwester das Fahrrad genommen hat. Also Lindas Fahrrad. Könnte es Linda gewesen sein, die sich verkleidet hat und im Krankenhaus umgegangen ist? Sie hat ihre Wohnung rechtzeitig verlassen, um pünktlich zu einer Gespenstershow in der Löwander-Klinik kommen zu können. Hat in diesem Fall sie Marianne Svärd ermordet?«

Irene nickte.

»Gar nicht so dumm. Aber da stimmt zu viel nicht. Zum einen war die Nachtschwester, die sie in der Nacht gesehen hat, sicher, dass es Schwester Tekla war. Ich habe mir eine Fotografie von Tekla angesehen. Sie war groß und kräftig. Fast so groß wie ich, aber mit einem großen Busen und blond. Linda Svensson ist klein und zierlich. Sie hat sehr langes und dickes Haar, das sich keinesfalls unter einer Schwesternhaube verbergen lässt. Linda könnte nie Schwester Tekla spielen. Aber ich habe eine Dame getroffen, die das durchaus könnte.«

»Wen?«, fragten die Kollegen gleichzeitig.

»Doris Peterzén.«

»Doris Pet… warum, zum Teufel, sollte sie Marianne Svärd ermorden?«, brummte der Kommissar argwöhnisch.

»Geld. Millionen. Das häufigste Mordmotiv überhaupt. Sie erbt ein Vermögen! Ihr hättet euch diese Bude in Hovås mal ansehen sollen.«

»Aber sie gewinnt doch nichts dadurch, dass sie Marianne Svärd ermordet!«, explodierte Andersson.

»Doch. Wenn geplant war, dass das Beatmungsgerät stehen bleiben und Nils Peterzén auf Grund von unglücklichen Umständen eines natürlichen Todes sterben soll. Der Haken war die Nachtschwester auf der Intensivstation. Sie hätte Peterzén künstlich beatmen können, bis der Strom wiedergekommen wäre. Marianne musste außer Gefecht gesetzt werden.«

»Aber Mord? War das nötig?«, wandte Tommy ein.

»Vielleicht ging die Sache schief. Vielleicht war sie stärker, als sie aussah«, meinte Irene versuchsweise.

Birgitta schüttelte den Kopf.

»Nein. Wenn das Ziel gewesen wäre, sie bewusstlos zu schlagen, hätte man Spuren eines Schlags auf den Hinterkopf gefunden. Da war jedoch nichts. Sie wurde mit einer Schlinge erdrosselt. Sie sollte von Anfang an ermordet werden.«

»Du hast Recht. Aufrichtig gesagt scheint das nicht Doris Peterzéns Stil zu sein. Dass sie das Beatmungsgerät abgestellt und einen unblutigen Mord verübt hätte, liegt noch im Bereich des Möglichen. Aber eine unschuldige Krankenschwester zu erdrosseln … nein. Das, finde ich, passt nur sehr schlecht zu Doris Peterzéns Persönlichkeit«, gab Irene zu.

Sie verfiel einen Augenblick in Gedanken, ehe ihr Gesicht aufs Neue aufleuchtete:

»Aber wir haben doch Göran!«

Diese Behauptung stieß auf ein fragendes und höfliches Schweigen der Kollegen. Sie waren es gewohnt, dass Irene eine Argumentation von zehn Sätzen einfach hinter sich ließ und nur den elften Satz vortrug.

»Welcher Göran?«, sagte Andersson seufzend.

»Göran Peterzén. Nils Peterzéns Sohn aus erster Ehe. Er ist vermutlich fast sechzig. Scheint sein ganzes Leben lang unter dem Pantoffel seines Vaters gestanden zu haben. Er sagte, es sei schwer, die Geschäfte ohne den Vater weiterzuführen. Wirkt merkwürdig, finde ich. Ein Mann, der bald im Rentenalter ist und die Bankgeschäfte nicht ohne Papa abwickeln kann! Und er erbt natürlich ebenfalls eine ganze Menge!«

Vor Aufregung war Irene etwas rosig auf den Wangen geworden, so gut gefiel ihr ihr Einfall. Jonnys ironische Stimme brachte sie schnell wieder auf den Boden der Tatsachen zurück.

»Und dieser Göran passt perfekt zu einer großbusigen Walküre in antiker Schwesterntracht?«

Irene sah Peterzén jun. vor ihrem inneren Auge und musste zugeben, dass das wenig wahrscheinlich war.

»Nein. Er ist fast ein Meter neunzig groß und wiegt nicht weniger als einhundertzwanzig Kilo«, sagte sie kleinlaut.

»Und Doris Peterzén soll in Krankenschwestermontur zur Löwander-Klinik gefahren sein, um den Strom des Beatmungsgeräts abzustellen. Gleichzeitig hat sie Marianne Svärd erdrosselt. Danach soll sie dann in Schwesterntracht auf Linda Svenssons Fahrrad vom Krankenhaus weggefahren sein und dieses Rad in den Durchlass geschoben haben. Schockiert liest sie am nächsten Tag von der Zeugin und versteht auf irgendeine mystische Art und Weise, dass es sich bei dieser um Gunnela Hägg handelt. Vielleicht hat sie ja die Gabe eines Mediums? Dann erschlägt sie Gunnela. Samstagabend kehrt sie zurück und zündet die Schwesterntracht und den Geräteschuppen an. Und wie passt Linda in diese Story? Nein, Irene. Das hier war bislang wirklich eine deiner schlechtesten Theorien!«, meinte Jonny spöttisch.

Irene war sauer und fragte sich, wie schnell sich manche Leute von ihren Magenverstimmungen erholten. Das Schlimmste war, dass sie ihm Recht geben musste. Lindas Verschwinden passte überhaupt nicht zu ihrer Theorie. Und Linda war ganz klar in die Sache verwickelt. Ihr Taschenkalender hatte in Mariannes Kitteltasche gesteckt und ihr Fahrrad im Durchlass unter der Brücke. Sie selbst war seit dem Mord an Marianne wie vom Erdboden verschluckt.

Die Gegensprechanlage summte, und eine Stimme verkündete, dass die Pizzen eingetroffen seien. Irene und Tommy meldeten sich freiwillig, sie holen zu gehen. Im Aufzug sagte Tommy ernst:

»Wir müssen Linda finden. Lebend oder tot. Vorher werden wir wohl kaum darauf kommen, wie die Morde an Marianne und Gunnela Hägg zusammenhängen.«

»Du glaubst auch, dass es sich um denselben Mörder handelt?«

»Yes.«

Der Kommissar sieht müde und alt aus, dachte Irene. Diese Geschichte hatte ihn mitgenommen. Keiner war sich deutlicher bewusst als Andersson, dass sie auf der Stelle traten. Was den Mord an Marianne Svärd anging, waren sie nicht weiter als vor einer Woche. Die Zeitungen wussten noch nichts vom Mord an Gunnela Hägg. Wenn sie Lunte rochen, war klar, über wen sie herfallen würden, da gab er sich keinen Illusionen hin. Andersson stöhnte unbewusst auf. Taktvoll taten die anderen so, als hätten sie es nicht mitbekommen. In seinem Alter hatte man ein Recht auf seine Eigenheiten. Und außerdem war er immer noch der Chef.

»Ich will mir das Band noch einmal anhören«, sagte Tommy plötzlich.

In Ermangelung einer besseren Idee ließ Irene das Band wieder von vorne laufen. Tommy beugte sich vor und hörte sich gespannt den Schluss an. »Sie nahm das Fahrrad. Gott bestraft Diebstahl!«, war Irenes Stimme zu vernehmen, die versuchte, Gunnelas heisere Stimme nachzuahmen.

»Yes! Das ist genau, was sie sagt!«

Er strahlte seine Kollegen triumphierend an. Alle taten ihr Bestes, so zu tun, als könnten sie ihm folgen. Aber keinem von ihnen gelang es.

»Hört ihr denn nicht, was sie sagt? Sie *nahm* das Fahrrad. Gott *bestraft* Diebstahl!«

Er sah sich in der Runde um, aber begegnete nur höflich interessierten Blicken.

»Wenn jemand ein Fahrrad *nimmt* und für *Diebstahl* bestraft werden soll, muss das doch bedeuten, dass der Betreffende ein Fahrrad *gestohlen* hat! Das Fahrrad gehörte also nicht ›Schwester Tekla‹, aber sie war es, die es nahm und damit losradelte!«

Tommy machte in der Luft Anführungszeichen, als er den Namen des Krankenhausgespenstes nannte.

»Du meinst also, dass Gunnela Hägg sah, wie Linda eintraf und das Fahrrad vor dem Krankenhaus abstellte. Aber es war nicht Linda, die wegradelte, sondern die verkleidete Schwester Tekla«, sagte Irene.

»Yes.«

»Wenn es sich bei beiden nicht doch um Linda gehandelt hat«, warf Jonny ein.

»Warum sollte Linda ihr Rad unter der Brücke verstecken und sich dann vollständig in Luft auflösen?«, konterte Irene.

Er blickte sie säuerlich an, sah aber ein, dass er ihr Recht geben musste.

Sie hörten sich das Band ein weiteres Mal an, ergebnislos. Langsam sagte Irene:

»Wenn Tommy Recht hat, sah Gunnela Hägg, wie Linda ihr Fahrrad im Klinikpark abstellte. Man kann sich fragen, warum Linda mitten in der Nacht den Hintereingang benutzt hat. Ich finde, dass das ziemlich unheimlich gewesen sein muss. Der Personalschlüssel passt schließlich auch für das Hauptportal. Dort ist es heller.«

Sie verstummte einen Augenblick, ehe sie ihren Gedankengang fortsetzte.

»Sah Gunnela sie in die Klinik gehen? Das wissen wir nicht. Nehmen wir es mal an.«

»Okay. Wir nehmen das an. Und?«, murrte Jonny.

Irene beachtete ihn nicht weiter.

»Gunnela sah nur Schwester Tekla wieder ins Freie treten. Diese nahm Lindas Rad und fuhr davon.«

Sie machte eine Pause, um zu sehen, ob ihre Kollegen ihr folgen konnten. Es hatte den Anschein, selbst Jonny sagte nichts.

»Gunnela sagt nichts davon, dass Linda wieder aus der Klinik gekommen wäre.«

Sie verstummte und sah den Kommissar direkt an.

»Das bedeutet, dass Linda noch in der Klinik sein muss.«

Andersson starrte sie misstrauisch an.

»In der Klinik? Unmöglich!«

Er verstummte und dachte nach, ehe er fortfuhr:

»Andererseits deutet nichts darauf hin, dass sie sie jemals verlassen hätte.«

KAPITEL 13

Sie fingen um Punkt sieben an. Alle von der Ermittlungsgruppe waren vor Ort. Einer der Hundeführer war ebenfalls erschienen, um das Gebäude von oben bis unten zu durchkämmen. Die andere Hundestreife sollte die Suche in der Bachsenke fortsetzten.

Der Kommissar hatte die gesamte Gruppe im Keller vor der Aufzugstür zusammengerufen.

»Ich habe gestern Abend noch mit den Leuten von der Spurensicherung gesprochen. Sie haben den ganzen Keller durchsucht, den Aufzug, das Treppenhaus zur Intensivstation sowie die Intensivstation. Wir überprüfen diese Räume ein weiteres Mal und außerdem jeden Winkel im übrigen Gebäude, in dem sich eine Leiche verstauen lässt!«

Andersson verstummte und betrachtete seine Untergebenen. Obwohl sie an den Tod gewohnt waren, rief er doch immer noch Trauer und eine gedrückte Stimmung hervor. Er holte Luft und fuhr fort:

»Wir haben einen Generalschlüssel vom Hausmeister. Der Einfachheit halber hat er die anderen Schlüssel nach Stockwerken sortiert. Fredrik und Jonny nehmen die für das Kellergeschoss. Der Hund beginnt ebenfalls hier unten und arbeitet sich nach oben vor. Birgitta und Hannu suchen das Stockwerk mit der Ambulanz und mit dem Entree ab. Ich kümmere mich um die Station und die Intensivstation. Es ist am unwahrscheinlichsten, dass sie sich in diesem Stockwerk befindet.

Wenn sie überhaupt hier ist. Irene und Tommy können sich um die Operationssäle und die anderen Räume im Obergeschoss kümmern.«

Die Teams nahmen die entsprechenden Schlüssel entgegen und verteilten sich im Klinikgebäude.

Irene und Tommy ließen Andersson im Stockwerk mit der Station aus dem Aufzug und fuhren eine Etage höher.

Vor den Operationssälen war eine junge Schwester damit beschäftigt, einen Wagen mit einer Trage durch die Tür zu bugsieren. Tommy machte einen schnellen Schritt vor und hielt sie ihr höflich auf.

»Vielen Dank. Die Automatik ist kaputt. Diese alten Stromleitungen und Sicherungen geben in regelmäßigen Abständen ihren Geist auf«, sagte sie und lächelte Tommy ausgesprochen munter an.

Als sie den Wagen durch die Tür geschoben hatte, drehte sie sich noch einmal um und fragte:

»Was machen Sie denn hier schon so früh?«

Tommy verbeugte sich leicht und sagte:

»Wir durchsuchen die Klinik. Haben Sie heute Morgen die Zeitung gelesen?«

Verwundert schüttelte die Schwester den Kopf.

»Da steht, dass wir gestern noch eine Frau ermordet aufgefunden haben. Sie lag unter der Brücke hinter dem Klinikpark.«

»Wie grässlich! Ist es … war es … Linda?«

»Nein. Eine Stadtstreicherin. Wir wissen, dass sie manchmal in dem Geräteschuppen im Park schlief. Haben Sie davon gewusst?«

»Nein. Ich hatte nicht einmal eine Ahnung davon, dass es im Park einen Geräteschuppen gibt, jedenfalls nicht vor dem Brand.«

»Wer hat Ihnen von dem Brand erzählt?«

»Folke Bengtsson. Er weiß alles, was hier in der Klinik vorgeht.«

»Und von der Frau hatten Sie noch nie gehört?«

»Der Stadtstreicherin? Nein.«

Ihr Tonfall war etwas zerstreut. Routiniert schob sie die Trage auf Rollen gegen die Wand vor dem Operationssaal. Mit Mühe kam man jetzt noch mit einer anderen Trage vorbei, aber es wurde eng. Der Korridor war sehr schmal. Auf der linken Seite lagen die beiden Operationssäle und gegenüber ein Büro und ein Lagerraum. Der Gesamteindruck war der einer großen Enge. Die Räumlichkeiten wurden kaum ihrem Zweck gerecht.

»Wenn Sie sich die Operationssäle ansehen wollen, müssen Sie sich umziehen. Wenn Sie nur in den Korridor gehen, reicht ein Plastikschutz über den Schuhen«, sagte die Schwester. »Jetzt passt es am besten, denn in einer Stunde ist die erste OP.«

Die Kriminalbeamten schauten durch die offenen Türen in einen der Operationssäle und konnten feststellen, dass es dort keine Möglichkeit gab, eine Leiche zu verstecken. Hier gab es kahle Wände, einen OP-Tisch, eine Operationslampe an der Decke, einen Narkoseapparat mit vielen Schläuchen und einige rostfreie Tischchen auf Rädern und diverse rostfreie Hocker. Die einzige Chance, hier eine Leiche loszuwerden, war, sie zu zerstückeln und mit dem übrigen Operationsabfall verschwinden zu lassen.

Es war ebenfalls unmöglich, eine Leiche oder Teile einer Leiche in den übrigen Bereichen des OP-Trakts zu verbergen. Alles war eng und zugestellt.

Sie gingen auf geradem Weg durch den OP-Trakt und in die Diele davor. Rasch rissen sie sich den blauen Plastikschutz von den Schuhen und legten ihn ordentlich in einen dafür vorgesehen Mülleimer.

Vor ihnen lag der Korridor der Verwaltung. Irene schaute in den Aufzug, der sich zufällig auf ihrer Etage befand. Ein Personenaufzug für maximal vier Personen. Für eine Trage oder ein Bett war nicht genug Platz. Alle Bettentransporte mussten also über den Fahrstuhl im Anbau an der Rückseite der Klinik erfolgen.

Tommy öffnete die erste Tür mit dem Schild »Sekretariat«. In dem kleinen Zimmer gab es zwei Schreibtische, die gegeneinander geschoben waren. Auf jedem stand ein Computer umgeben von Papierbergen. Die eine Wand war ganz mit Aktenordnern bedeckt, die Rücken in unterschiedlichen Farben.

An der Tür zum nächsten Zimmer hing ein protziges Schild mit der Aufschrift »Ärztezimmer«. Der Raum war jedoch nicht größer als der von Irene und Tommy im Präsidium, wahrscheinlich sogar kleiner. Auch hier standen zwei Schreibtische und zwei Computer sowie ein Regal mit Ordnern und Büchern. In der einen Ecke gab es einen niedrigen Sessel, und daneben kauerte eine kleine Stehlampe.

Die Toilette daneben war winzig. Entweder musste man sie rückwärts betreten oder sich dazu entschlossen haben, im Stehen zu pinkeln, ehe man sie betrat. Die Besenkammer war nicht abgeschlossen, und eine Sekunde lang beschleunigte sich Irenes Puls. Dort hätte man eine Leiche verbergen können. Aber das enge Kabuff war voll gestopft mit Sachen zum Putzen.

»Bleibt nur noch die Bereitschaftswohnung«, sagte Tommy ohne größere Hoffnung.

Sie schlossen auf und traten ein. Irene wollte gerade das Licht anmachen, als sie zögerte. Lautes Schnarchen vibrierte in der Luft. Schnell lokalisierte sie die Geräuschquelle. Die Laute kamen aus dem Schlaf- und Arbeitszimmer. Sie gab Tommy ein Zeichen, ihr zu folgen, und begann zur offenen Tür zu schleichen. Vorsichtig griff sie nach innen und machte die Deckenlampe an.

Abrupt hörte das Schnarchen auf. Mit einem unartikulierten Geräusch setzte sich jemand im Bett auf. Verschlafen blinzelte Sverker Löwander die beiden Polizisten an.

»Wer… wer sind Sie? Ach so, Polizei… Herrgott! Wie spät ist es denn?«

Der Mann im Bett sah genauso verwirrt aus, wie er sich anhörte. Das Haar stand ungewaschen in alle Richtungen.

»Viertel vor acht«, sagte Irene.

»In einer Viertelstunde muss ich im OP sein!«

Hastig stand er auf. Verwundert registrierte Irene, dass er in Jeans und Strümpfen geschlafen hatte. Der Oberkörper war nackt und die Brust muskulös und weder zu viel noch zu wenig behaart. Für sein Alter war er gut trainiert, er hatte kein Gramm Fett zu viel und war ausgesprochen gut aussehend. Obwohl er geschlafen hatte, als sie eingetreten waren, sah er alles andere als ausgeruht aus. Tatsächlich wirkte er, als hätte er seit mehreren Tagen überhaupt nicht mehr geschlafen. Irene hoffte, dass keine größeren Operation vorgesehen waren. Im Interesse der Patienten.

Tommy räusperte sich.

»Wie kommt es, dass Sie hier geschlafen haben? Hatten Sie heute Nacht wieder Bereitschaft?«

Sverker Löwander war bereits halb in ein weißes T-Shirt geschlüpft. Jetzt ließ er die Arme sinken und sah Tommy an.

»Nein. Ich hatte keine Bereitschaft. Es wirkt vielleicht etwas sonderbar … Aber ich saß gestern Abend hier und habe verschiedene Kostenvoranschläge durchgerechnet, und plötzlich war es vier Uhr morgens, und da wurde ich so müde, dass ich das Gefühl hatte, gleich wegzukippen. Ich erinnere mich nicht einmal mehr, wie ich es ins Bett geschafft habe. Aber irgendwie muss ich es hingekriegt haben.«

Jetzt sahen die Polizisten, dass Papiere und Spiralblöcke den Schreibtisch übersäten. Mitten auf der Tischplatte stand eine altmodische Rechenmaschine. Lange Papierstreifen mit Zahlenkolonnen schlängelten sich über den Tisch und auf den Fußboden.

»Die Rechnung geht nicht auf«, stellte Tommy trocken fest.

»Nein. Wie ich die Sache auch drehe und wende, es wird zu teuer. Aber ich habe es eilig. Können wir uns nicht nach dem Mittagessen unterhalten? Da habe ich keine Operation mehr.«

»Das passt uns ausgezeichnet. Wie wäre es mit ein Uhr?«

»Ja«, war Löwanders Stimme aus dem Korridor zu vernehmen. Er rannte bereits in Richtung der Operationssäle.

Sowohl Irene als auch Tommy gingen auf den Schreibtisch zu und hoben vorsichtig die Papiere hoch. Das meiste waren Kostenvoranschläge von verschiedenen Handwerkern. Es ging um ein neues Dach, eine Drainage und neue Rohre.

Tommy deutete auf das Durcheinander.

»Offenbar ist es an der Zeit, dass wieder einmal in die alte Löwander-Klinik investiert wird. Ich frage mich, ob Sverker Löwander wirklich das Zeug dazu hat. Vielleicht hat das Ganze aber auch ein System, das wir nicht durchschauen.«

Kritisch betrachtete Irene das Chaos.

»Wenig wahrscheinlich.«

Sie ließen den unordentlichen Schreibtisch hinter sich und traten aus der Wohnung. In der Tür drehte sich Irene noch einmal um und sagte leise:

»Glaubst du, dass Löwander überhaupt noch zu Hause schläft?«

»Sieht nicht danach aus. Wir treffen ihn hier schließlich meist schlafend an.«

»Wir sollten Andersson suchen und fragen, ob die anderen auf was gestoßen sind«, sagte Tommy.

Sie standen vor der Tür des kleinen Personalaufzugs, der gerade auf dem Weg nach oben war. Plötzlich wurde die Tür zum OP-Trakt aufgerissen, und die junge Schwester, der sie bereits begegnet waren, trat auf sie zu.

»Der mit dem Hund will, dass Sie kommen«, sagte sie.

Sie folgten der Schwester durch den OP-Trakt. Jetzt eilten mehrere Schwestern zwischen den Betten im Korridor hin und her. Schuldbewusst fiel Irene ein, dass weder sie noch Tommy daran gedacht hatten, einen Plastikschutz über die Schuhe zu ziehen. Die Schwestern sahen sie missbilligend an. Irene beschleunigte ihre Schritte.

Vor der Tür am anderen Ende des Korridors stand der Hundeführer mit seinem Schäferhund. Der Hund schaute nicht zur Seite, als Irene und Tommy ins Treppenhaus traten. Er hielt den Blick fest auf eine unscheinbare Tür direkt neben dem Aufzug gerichtet. Ein Knurren war tief aus seiner Kehle zu vernehmen.

Irene wandte sich an die Schwester.

»Wohin führt diese Tür?«

»Sie führt auf einen alten Speicher«, antwortete die Schwester mit unsicherer Stimme.

Sie schluckte, ehe sie weitersprach:

»Er dient als Abstellraum. Sachen, von denen man nicht so recht weiß, was man mit ihnen machen soll. Christbaumschmuck und so.«

Sie sah vom Hund auf die Tür.

»Herrgott! So was … das ist Schwester Teklas Speicher. Ich meine … der Speicher, auf dem sie sich das Leben genommen hat.«

Es hatte den Anschein, als würde sie knien. Ihre Leiche hing etwas vornübergebeugt in der Schlinge, ihre Knie und Schienbeine schleiften auf dem Fußboden.

Unter dem Fenster stand ein Küchenstuhl, der umgestoßen war, und daneben lag die rote Daunenjacke. Das Licht der nackten Glühlampe unter den Dachbalken wurde von ihrem langen Haar reflektiert, das ins Gesicht gefallen war und dieses fast ganz verdeckte.

Starke Scheinwerfer beleuchteten die Leiche von Linda Svensson. Sie hing immer noch am Dachbalken. Der deutliche Leichengeruch auf dem Speicher legte nahe, dass es mit dem Herunterschneiden keine Eile hatte. Die Männer von der Spurensicherung fotografierten die Tote von allen Seiten.

Polizisten standen vor dem Speicher und betrachteten das Bild durch die offene Tür. Die Stimmung war gedrückt, und niemand sagte ein Wort.

Der Bettenaufzug surrte. Er blieb stehen, und die Türen wurden mit Schwung geöffnet.

»Bald kann ich hier in der Löwander-Klinik eine Filiale der Gerichtsmedizin eröffnen!«, verkündete Yvonne Stridner.

Es war möglich, dass sie tatsächlich zu scherzen versuchte, aber keiner der Polizisten fand es witzig. Ungerührt trat sie in den Speicherraum und betrachtete eingehend die hängende Leiche. Sie stand nachdenklich da und sah den Männern von der Spurensicherung zu, die gerade ihre Arbeit beendeten. Dann ging sie zu der Gruppe der Polizisten zurück. Ihre Miene war sehr ernst.

»Unser starker Mörder hat wieder zugeschlagen. Es ist schwer, eine Leiche hochzuziehen, auch wenn die Tote in diesem Fall nicht ganz ausgestreckt hängt. Was mich erschreckt, wenn ich an diese drei Opfer denke, ist die ungewöhnliche Kälte, die diese Morde prägt. Roh und ohne zu zögern hat der Mörder seine Taten verübt.«

»Meinen Sie auch den Mord an der Stadtstreicherin?«, wollte Andersson erstaunt wissen.

»Ja. Schon der erste Schlag war perfekt. Er tötete augenblicklich. Das Opfer konnte keinen Laut mehr von sich geben. Anschließend wurde die Leiche in den Durchlass unter der Brücke geschleift und dort versteckt. Das nenne ich kaltblütig! Stellen Sie sich vor, es wäre jemand gekommen!«

»Und der Mord an Marianne?«

»Dasselbe. Kräftig erdrosselt mit schneller Todesfolge. Die Leiche wird an einer Stelle versteckt, die der Mörder ohnehin aufsuchen wollte, um den Strom lahm zu legen. Eiskalt!«

Ausnahmsweise schien der Kommissar mit der Stridner einer Meinung zu sein. Er nickte düster in Richtung des hängenden Leichnams. »Wie lange ist sie schon tot?«

»Der Dachboden ist nicht geheizt, aber die Temperatur hier war sicher nicht unter null. Ich schätze etwa eine Woche.«

»Sie starb also zum selben Zeitpunkt wie Marianne«, stellte Andersson fest.

»Möglich. Ich obduziere sie heute Nachmittag.«

Mit einem Nicken in Richtung der versammelten Polizisten verschwand die Pathologin die Treppe hinunter und ließ einen Duft von Joy de Patou zurück.

Andersson holte tief Luft und bekam einen Hustenanfall. Das Parfüm kitzelte ihn in den Bronchien. Nachdem er sich erholt hatte, nahm er erneut Anlauf und sagte:

»Wir sperren die ganze Klinik ab und lassen sie gründlich durchsuchen. Jeden Quadratmillimeter! Alle Operationen müssen abgebrochen und das gesamte Personal muss verhört werden! Auch die, die heute frei haben. Alle! Die Leute von der Spurensicherung sollen sich heute auf den Speicher konzentrieren. Den Rest der Klinik übernehmen wir.«

»Tommy und ich haben uns mit Sverker Löwander unterhalten, unmittelbar bevor Linda entdeckt wurde. Vielleicht wäre es eine gute Idee, wenn wir mit ihm weitermachten?«, sagte Irene.

»Ja, tut das. Birgitta, Fredrik und Hannu, ihr könnt mit den OP-Schwestern sprechen. Ich gehe mit Jonny auf die Station. Danach ist das Erdgeschoss dran. Im Keller sitzt wohl nur der Hausmeister.«

»Den übernehme ich mit Tommy auch noch. Wir haben bereits einmal mit ihm gesprochen«, sagte Irene.

»Gut. Dann ist das entschieden«, meinte Andersson abschließend.

Sie trafen Sverker Löwander wiederum in der Bereitschaftswohnung an. Er saß zusammengesunken im Sessel und hatte die Hände vors Gesicht gelegt. Die Seufzer, die er ausstieß, erinnerten verdächtig an tiefe Schluchzer. Als Irene und Tommy ins Zimmer traten, wussten sie erst einmal nicht, was sie sagen sollten. Der Arzt brach schließlich das Schweigen.

»Was ist das für ein Verrückter, der hier in der Klinik sein Unwesen treibt und Menschen ermordet? Was geht in meiner Klinik vor?«

Der letzte Satz klang wie ein Notruf, und darum handelte es sich wohl auch. Irene sah, dass Sverker Löwanders Hände zitterten, als er sich verzweifelt durch sein strubbeliges Haar fuhr. Er war so außer sich, dass er den beiden Polizisten richtig Leid tat.

Irene nahm den Schreibtischstuhl und drehte ihn in Richtung Sessel. Leise setzte sie sich, während es sich Tommy auf dem ungemachten Bett bequem machte. Er räusperte sich, ehe er sagte:

»Ehrlich gesagt, wissen wir das nicht. Aber wir sind sehr bekümmert über das, was hier in letzter Zeit vorgefallen ist. Deswegen müssen wir jetzt auch dafür sorgen, dass der gesamte Betrieb eingestellt wird. Wir müssen jetzt alle unsere Mittel einsetzen, um diese … Ereignisse aufzuklären. Wir wären dankbar, wenn Sie einige unserer Fragen bereits jetzt beantworten könnten. Oder wollen Sie bis später warten?«

Sverker Löwander schüttelte den Kopf.

»Nein! Ich will, dass die Morde schnell aufgeklärt werden! Außerdem können wir uns mehrere Tage Stillstand nicht leisten, wir brauchen die Einkünfte.«

Tommy sah ihn nachdenklich an, ehe er leise sagte:

»Vielleicht sollten wir damit anfangen. Wenn ich die Sache recht verstehe, dann hat die Löwander-Klinik finanzielle Schwierigkeiten. Wie ernst sind die?«

Sverker Löwander seufzte schwer.

»Sehr ernst. Die Klinik ist bald hundertzwanzig Jahre alt, und große Investitionen sind nötig. Beispielsweise müssen wir einen Brunnen bohren lassen. Das kostet mehrere hunderttausend Kronen. Dem Gesetz nach müssen alle Krankenpflegeeinrichtungen über eine eigene Wasserversorgung verfügen, falls die kommunale Wasserversorgung zusammenbricht. Außerdem müssen wir neue Entwässerungsrohre um das Gebäude herumlegen und alle alten Wasserleitungen austauschen lassen. Die Versicherung hat die alten nicht mehr abgenommen. Das Dach ist undicht und muss erneuert werden, und

Kupferdächer kosten ein Vermögen! Die Behörde hat uns sechs Monate Aufschub gewährt, was das Auswechseln der Ventilation im OP-Trakt angeht. Die jetzige erfüllt nicht mal die Mindestanforderungen. Während der Renovierung muss ein Teil des Betriebs eingestellt werden. Das führt zu einem großen Einkommensausfall, und trotzdem müssen die Löhne weitergezahlt werden. Zusammen kostet das mindestens fünf Millionen! Dieses Geld ist nicht vorhanden.«

Tommy sah den bekümmerten Arzt erstaunt an.

»Aber warum kommt das alles auf einmal?«, wollte er wissen.

Sverker Löwander stand auf, entschuldigte sich und verschwand in der Toilette. Die beiden Polizisten hörten, wie er sich die Nase putzte und Wasser laufen ließ. Als er wieder ins Zimmer kam, sah Irene, dass er sich das Gesicht mit kaltem Wasser gewaschen und das Haar nass gekämmt hatte. Das Resultat war nicht besonders geglückt. Aber seine Augen… Einen Augenblick lang begegnete sich ihr Blick, und Irene stürzte in das Meergrün seiner Augen. Der Mann war lebensgefährlich!

Im nächsten Augenblick war es vorbei, und der zusammengesunkene Mann, der vor dem Schreibtisch Platz genommen hatte, sah nicht mehr im Geringsten aus wie ein Herzensbrecher. Irene schämte sich fast ihrer Gedanken und ermahnte sich. Das waren Groschenromanphantasien, nichts anderes. Es war langsam Zeit, dass sie sich zu einer professionelleren Einstellung zu diesem Mann durchrang. Ehe sie sich noch sammeln und eine einigermaßen intelligente Frage stellen konnte, kam ihr Löwander zuvor.

»Um alle Investitionen und Renovierungen hat sich Papa gekümmert. Seine größte Maßnahme war der Bau des Treppenhauses. Das war nötig, weil wir einen richtigen Bettenaufzug benötigten. Der OP-Trakt wurde damals ins Obergeschoss verlegt und die kleine Intensivstation neu gebaut«, sagte er.

»Wann war das?«, fragte Irene aus bloßer Neugierde.

»Ende der Fünfzigerjahre. Papa hat sich bis zu seinem Tod vor bald vierzehn Jahren um die Finanzen der Klinik gekümmert.«

Irenes Neugier war geweckt.

»Warum kommt die Källberg-Klinik besser zurecht als die Löwander-Klinik?«

»Die haben ganz andere Mittel. Dort gibt es Spezialisten auf allen Gebieten. Die haben die großen Investitionen vor der Krise im Gesundheitswesen abgewickelt. Heute ist die Källberg-Klinik eines der modernsten Krankenhäuser in Göteborg.«

»Und die Löwander-Klinik …?«

»Die Löwander-Klinik ist am Ende!«

Es entstand ein langes Schweigen. Irene sagte als Erste wieder etwas.

»Was haben Sie für Pläne für die Klinik?«

»Ich weiß nicht. Niemand will das Gebäude als Pflegeeinrichtung kaufen.«

Er verstummte und lachte kurz und trocken.

»Carina will hier ein Fitnesscenter eröffnen.«

»Was halten Sie davon?«, fragte Irene.

»Im Augenblick ist es mir egal, was mit dem Gebäude passiert!«

Irene sah entsetzt, dass er die Hände vors Gesicht schlug. Sie wechselte über den gebeugten Rücken Löwanders hinweg mit Tommy einen Blick. Mit dem beruhigendsten Tonfall, dessen sie fähig war, sagte Irene:

»Uns ist klar, dass Sie sich seit längerer Zeit ziemlich unter Druck befinden. Erst die Sorge um die Zukunft der Löwander-Klinik und nun die Morde … Wenn Sie wollen, machen wir heute Nachmittag weiter.«

Dr. Löwander nickte. Mit gesenktem Kopf verschwand er erneut in der Toilette.

Als er wieder ins Zimmer trat, sah er aus, als sei er vollkommen am Ende.

»Wollen Sie, dass wir Sie nach Hause fahren?«, fragte Irene.

Langsam schüttelte er den Kopf.

»Nein … danke. Ich bleibe hier. Ich will versuchen, wieder einen klaren Kopf zu bekommen.«

»Ist es in Ordnung, wenn wir gegen drei wieder hier sind?«

»Ja … danke.«

Auf dem Treppenabsatz vor der Station blieb Irene stehen und sah Tommy an. Nachdenklich meinte sie:

»Löwander steht kurz vor einem Zusammenbruch.«

»Sieht so aus.«

»Glaubst du, dass Privatkliniken besser sind?«

»Nein. Aber wenn die städtischen Krankenhäuser die Versorgung nicht gewährleisten können, auf die wir ein Recht haben, dann muss es die Möglichkeit geben, anderweitig Hilfe zu suchen. Auch in einer Privatklinik. Zu sterben, weil man auf eine Operation warten muss, und das aus ideologischen Gründen, fände ich wahnsinnig.«

Schweigend gingen sie die Treppe hinunter in das Reich von Folke Bengtsson.

Die Tür stand weit offen, doch das Hausmeisterzimmer war leer. Alles war wie beim ersten Mal, außer dass jetzt ein großer Karton mit der Aufschrift »Flaggen« mitten auf dem Schreibtisch stand. Irene trat darauf zu und wollte ihn gerade öffnen und hineinschauen, da hörten sie Bengtssons schwere Schritte auf der Treppe. Er hatte es offenbar eilig. Irene machte einen großen Schritt zurück und drehte sich Richtung Tür. Im nächsten Augenblick tauchte Bengtsson auf. Er war außer Atem und wirkte erregt.

»Gut! Endlich ein paar Bu … Polizisten, die zuhören wollen!«, rief er.

Er steuerte auf den Schreibtisch zu und öffnete den Karton. Triumphierend zog er eine Rolle weiße Leine hervor.

»Schauen Sie! Was habe ich gesagt!«

»Entschuldigen Sie, Folke, aber was hatten Sie gesagt?«

Unsicher schaute Bengtsson abwechselnd auf Irene und Tommy.

»Aber… ich habe geglaubt, man hätte Sie hierher geschickt, um nachzusehen!«

Geduldig sagte Irene:

»Was nachzusehen?«

»Die Leine! Die Flaggenleine!«, explodierte Bengtsson.

»Was ist mit der Flaggenleine?«

»Jemand hat ein ordentliches Stück von der Leine abgeschnitten! Ich wollte deswegen auf den Speicher und nachsehen. Die Bu… Polizisten wollten mich aber… nicht zu ihr lassen. Ich habe gesagt, dass ich da rein muss. Aber sie ließen mich nicht.«

»Aber wieso wollten Sie Linda sehen?«

»Nicht Linda! Die Leine! Die Leine, an der sie hängt! Ich glaube, dass sie an einem Stück von dieser hier hängt.«

Er hielt Irene die Rolle hin und diese nahm sie erstaunt entgegen. Die Leine war stabil, aber gleichzeitig weich und elastisch. Perfekt, um jemanden zu erdrosseln.

»Sie könnten Recht haben. Wir gehen hoch und kontrollieren das«, sagte sie.

»Ich kann nach oben gehen und die Leine überprüfen, dann könnt ihr euch unterhalten«, sagte Tommy.

Er nahm die Rolle und verschwand durch die Tür.

Bengtsson trocknete sich mit einem gebrauchten Taschentuch die Stirn, das er aus einer der unzähligen Taschen seines Blaumanns fischte. Er nutzte die Gelegenheit, sich die Nase zu putzen, wo er es jetzt schon einmal hervorgezogen hatte, und lächelte Irene dann an.

»Tasse Kaffee?«

»Danke, gerne.«

Gott segne diesen Mann! Es war wirklich höchste Zeit für einen Kaffee.

»Setzen Sie sich.«

Er deutete auf den wackligen Küchenstuhl und verschwand, um Wasser in die Kaffeekanne zu füllen.

Während das Wasser langsam durch den Filter lief und sich ein wunderbarer Kaffeeduft in dem Kellerraum verbreitete, suchte Bengtsson Becher und Kekse hervor. Er strahlte eine Rastlosigkeit aus, die sie bisher noch nicht an ihm bemerkt hatte. Irene sah, dass er seinen weißen Becher mit der Aufschrift »I'm the boss« auf den Tisch gestellt hatte. Schließlich ließ er sich erneut auf den Schreibtischstuhl sinken, zog das Taschentuch hervor und trocknete sich wieder einmal die Stirn.

»Sie müssen verstehen … heute Morgen kam ein Polizist mit dem Seitenschneider, den sie im Bach gefunden hatten. Neben der toten … Mama Vogel. Wer, zum Teufel, kann nur auf die Idee kommen, die Ärmste umzubringen?«

Er trocknete sich mit dem Taschentuch die Stirn.

»Der Seitenschneider gehört der Klinik. Ich bin mir ganz sicher. Und ich habe noch hier unten nach einer Zange gesucht, die der Mörder benutzt haben könnte, um das Notstromaggregat lahm zu legen. Aber da konnte ich den Seitenschneider nicht finden. Er fehlte im Werkzeugkasten.«

Entrüstet deutete Bengtsson auf den Werkzeugkasten, der in einem Regal stand.

»Der war also seit dem Mord an Marianne verschwunden«, stellte Irene fest.

»Ja.«

Bengtsson stand auf, um den Kaffee einzugießen.

»Heute Nacht konnte ich nicht schlafen. Es ging mir so viel durch den Kopf. Wissen Sie, erst der Mord an Marianne, dann der an dieser armen Vogelfrau. Ich fand es gemein, dass der Mörder hier in mein Zimmer gekommen ist, um sich seine Mordwaffe zu holen.«

Er unterbrach sich, als vor der Tür Schritte zu hören waren. Tommy kam zurück.

»Sie hatten Recht. Es ist dieselbe Leine«, sagte er ernst.

Bengtsson nickte schwer, als hätte er das die ganze Zeit gewusst. Er goss Tommy ebenfalls Kaffee in einen Becher und setzte seinen Bericht fort.

»Heute Morgen hatte ich ausnahmsweise verschlafen. Als ich ins Haus kam, sprang mich als Erstes ein großer Schäferhund im Korridor an! Er war zwar angeleint, aber trotzdem! Ich habe gefragt, was los ist, und da sagte der Polizist mit dem Köter, dass sie nach Linda suchen würden. Ich habe wohl einen Schock bekommen. Dass sie hier im Haus sein sollte … Ich bin nach unten gegangen und … habe wohl nichts Vernünftiges getan. Nach einer Weile ging ich hoch und habe gehört, dass im OP-Trakt irgendwas los ist. Da hatten Sie sie gefunden … Linda.«

»Haben Sie Linda gut gekannt?«

»Ich kenne alle hier. Wir haben ab und zu ein paar Worte gewechselt. Sie war immer so munter und gut gelaunt. Ich verstehe nicht, wie ihr jemand so etwas antun kann … oder den beiden anderen. Unfassbar!«

Er schüttelte den Kopf und sah traurig aus.

»Wieso haben Sie an die Flaggenleine gedacht?«

»Als ich oben im OP-Trakt war, hörte ich, dass sie … dort in dem Speicherraum hängt. Eine der OP-Schwestern erzählte es. Da fiel mir etwas ein.«

Er verstummte und sagte dann jedes Wort betonend:

»Ich dachte, wenn dieses Schwein schon mal seine Mordwaffe hier aus meinem Zimmer gestohlen hat, dann hat er es vielleicht wieder getan. Ich habe mich an die Rolle Flaggenleine erinnert, die ich letzten Herbst gekauft habe.«

Er schwieg erneut.

»Ich ging wieder nach unten und nahm die Leine hervor. Ich habe damals zwanzig Meter gekauft. Jetzt ist sie nur noch knapp vierzehn Meter lang. Ich habe sie mit dem Zollstock nachgemessen«, fuhr er fort.

»Es fehlen also sechs Meter«, sagte Tommy

»Ja.«

Sie tranken ihren Kaffee, ohne noch etwas zu sagen.

»Allmählich wird es Zeit zum Mittagessen. Anschließend habe ich eine Idee, was wir machen können, bis wir uns um drei mit Löwander treffen«, sagte Irene.

»Ich habe die Erfahrung gemacht, dass deine kleinen Ideen auszuufern pflegen«, sagte Tommy seufzend.

»Gar nicht. Die hier nicht. Ich dachte, dass wir zu dieser alten Nachtschwester gehen könnten, die in der Nacht gearbeitet hat, in der Marianne ermordet wurde.«

»Die Alte, die das Gespenst gesehen hat? Siv irgendwas?«

»Siv Persson. Die Brosche, die im Schuppen gefunden wurde, war laut Malm eine Sophiabrosche. In dem Moment habe ich nicht daran gedacht, aber jetzt ist es mir wieder eingefallen. Siv Persson trug eine solche Brosche, als ich sie am Morgen nach dem Mord an Marianne gesehen habe.«

Siv Persson wohnte in einem dreistöckigen Mietshaus aus rotem Backstein. Es lag ein paar Straßen von der Löwander-Klinik entfernt und ließ sich bequem zu Fuß erreichen. Irene hatte vom Chinarestaurant aus angerufen, um sich zu versichern, dass die Nachtschwester auch zu Hause sein würde. Hier hatten sie das Tagesgericht, Beefsteak mit Bambussprossen, gegessen.

Siv Persson schien nichts gegen einen Besuch von der Polizei einzuwenden zu haben. Offenbar hatte sie vom Mord an Gunnela Hägg gehört. Sie bekundete ihre Sorge darüber, dass Linda immer noch verschwunden war. Irene erzählte ihr nicht, dass sie Linda inzwischen gefunden hatten. Es war besser, sich das für später aufzuheben.

Siv Persson wohnte im zweiten Stockwerk. Fahrstuhl gab es keinen. Irene drückte auf den Klingelknopf neben der Teakholztür. Es dauerte eine Weile, bis von innen Schritte und Geräusche zu hören waren. Irene versuchte freundlich auszusehen, da sie keinen Augenblick daran zweifelte, dass sie gerade durch den Spion in der Tür kritisch gemustert wurden. Als die Tür schließlich einen Spalt weit geöffnet wurde, musste Irene an eine kleine Maus denken, die ihre Nase aus ihrem Bau steckt. Die Schwester trug die selbe unscheinbare graue Wolljacke wie bei ihrer ersten Begegnung. Ihr Haar schien aus der Restwolle zu bestehen. Unter der Jacke trug sie ein beigebraunes Kleid, von dem man beim besten Willen nicht behaupten konnte, dass es ihren Teint besser zur Geltung brachte. Der einzige Farbtupfer war das hellblaue Brillengestell, aber auch dieses wirkte verblasst.

»Guten Tag, Schwester Siv. Wir haben gerade miteinander telefoniert. Inspektorin Irene Huss, und das hier ist mein Kollege Inspektor Tommy Persson.«

»Guten Tag.«

Sie öffnete die Tür und bat sie einzutreten.

Die Diele war so winzig, dass man sich in ihr kaum umdrehen konnte. Siv Persson musste einen Schritt rückwärts in die Küche gehen, damit Irene und Tommy sich ihre Jacken ausziehen konnten. Von der kleinen Küche aus sagte Siv Persson:

»An Sie, Frau Huss, kann ich mich noch von diesem entsetzlichen Morgen nach dem … Mord erinnern. Aber Herrn Persson bin ich damals, glaube ich, nicht begegnet. Es war ja ein ziemliches Durcheinander. Wollen Sie einen Kaffee?«

»Danke, gern. Aber nur, wenn Sie sich ohnehin gerade einen machen«, sagte Irene schnell.

Siv Persson lächelte und stellte die Kaffeemaschine an. Offenbar hatte sie schon alles für ein Kaffeekränzchen vorbereitet. Im Wohnzimmer war der polierte Couchtisch ordentlich mit Kaffeetassen und einer Schale Schokoladenkekse gedeckt.

»Ich habe leider kein anderes Gebäck, und um noch etwas einzukaufen, war nicht mehr genug Zeit.«

»Das ist ganz wunderbar. Wir sind nicht verwöhnt«, sagte Tommy und lächelte. Siv Persson wirkte beglückt und trippelte in die Küche, aus der sie Sahnekännchen und Zucker holte.

Das moosgrüne Sofa und die hellen graubeigen Sessel mit ihren geraden Linien und lackierten Armlehnen aus Eiche erinnerten Irene an das Wohnzimmer ihrer Kindheit. Der niedrige ellipsenförmige Couchtisch war aus demselben Holz wie die Armlehnen der Sitzmöbel. Der geknüpfte Teppich war rot und grün gemustert. Das Bücherregal aus hellem Teakholz hatte Unterschränke mit Schubladen. Das gesamte kleine Wohnzimmer war im Stil der Fünfzigerjahre eingerichtet. Es wäre nicht im Mindesten erstaunlich gewesen, wenn plötzlich Bill Haleys »Rock Around the Clock« aus den Lautsprechern der Stereoanlage ertönt wäre.

Von der einheitlichen Einrichtung stachen der Fernseher und die Kunst an den Wänden ab.

Die Gemälde waren quadratmetergroß. Alle stammten offenbar von demselben Künstler. Die Farben leuchteten. Es handelte sich um schöne Landschaften mit blauen Bergen oder fruchtbaren Tälern.

Der Fernseher stand gegenüber der Sitzgruppe und war riesengroß. So einen großen Bildschirm hatte Irene noch nie gesehen. Auf beiden Seiten waren große Lautsprecher angebracht. Wenn Fernsehen geschaut wurde, war ganz eindeutig Hi-Fi angesagt.

»Mein Bruder hat die Bilder gemalt«, sagte Siv Persson.

Sie nickte in Richtung von einem der Gemälde und sah sehr stolz aus.

»Sie sind wunderbar. Hat er sie im Ausland gemalt?«

»Ja. Er hat die letzten zwanzig Jahre seines Lebens in der Provence verbracht. Vor zehn Jahren ist er gestorben.«

Verbarg sich hinter dem grauen Äußeren von Siv Persson vielleicht eine schillernde Persönlichkeit? Als sich die dünne Gestalt in den graubeigen Sessel sinken ließ, hatte es einen Augenblick lang den Anschein, als würde sie mit ihm verschmelzen und verschwinden. Das Einzige, was in der Luft hängen blieb, war ihre hellblaue Brille. Irene wehrte sich gegen diese optische Täuschung und beschloss, es sei an der Zeit, konkreter zu werden.

»Wie Sie sicher verstehen, sind wir hier, weil wir etwas genauere Angaben darüber benötigen, was Sie in der Mordnacht gesehen haben«, begann sie.

»Das habe ich bereits mehrere Male erzählt«, sagte Siv Persson. Aus ihrer Stimme war eine deutliche Unruhe herauszuhören.

»Das ist richtig. Aber jetzt ist eine Woche vergangen. Gewisse Dinge sind jetzt möglicherweise klarer, und neue Details könnten aus der Erinnerung aufgetaucht sein?«

Die Schwester presste die Lippen zusammen und schüttelte fast unmerklich den Kopf. Irene ließ sich davon nicht entmutigen.

»Haben Sie von der Brandstiftung im Geräteschuppen gehört?«

»Ja. Das stand in der Zeitung... Aber das kann doch wohl nichts mit dem Mord an Marianne zu tun haben? Oder mit dem Verschwinden von Linda? Ich wusste nicht mal, dass da ein Geräteschuppen steht.«

»Ich nehme an, dass Sie vom Mord an der Stadtstreicherin gehört haben?«

»Ja. Darüber stand ebenfalls etwas in der Zeitung. Was ist eigentlich los in der Löwander-Klinik?«

»Dem versuchen wir gerade auf den Grund zu gehen. Und dazu brauchen wir Ihre Hilfe.«

Irene ließ der älteren Frau Zeit, das zu verarbeiten. Mit Nachdruck sagte sie:

»Die ermordete Stadtstreicherin wohnte in diesem Geräteschuppen.«

Siv Persson runzelte die Stirn, und ihre Miene spiegelte ein ganzes Register von Mienen, angefangen von Ungläubigkeit bis hin zu Erstaunen, wider.

»Das kann doch nicht wahr sein? Mitten im Winter in einem Schuppen für Gartengeräte zu wohnen!«

»Sie war vermutlich dankbar, dass sie überhaupt ein Dach über dem Kopf hatte. Sie haben sie nie in der Nähe der Klinik gesehen?«

»Wie sah sie aus?«

»Klein und mager. Sie trug einen großen Herrenmantel, der von einer Schnur zusammengehalten wurde. Rosa Strickmütze.«

»Nein. Ich habe nie jemanden gesehen, der so aussah«, sagte Siv Persson mit Bestimmtheit.

»Nun zum Brand vom Samstagabend. Der wurde gelegt. Die Pennerin hatte sich aus verschiedenen Decken und einem Schlafsack ein Lager bereitet. Der Brandstifter zündete diesen Haufen an. Obendrauf legte er eine schwarze Schwesterntracht aus Wollstoff. In der Asche fanden wir auch die Brosche einer Sophiaschwester. Ich erinnere mich, dass Sie ebenfalls eine solche Brosche tragen.«

Wortlos stand Siv Persson auf und verschwand durch eine Tür, die bis dahin geschlossen gewesen war. Irene vermutete, dass sie ins Schlafzimmer führte. Tommy und Irene warfen sich einen fragenden Blick zu, sagten aber nichts. Sie hörten, wie die Schwester im Nebenzimmer herumwirtschaftete. Nach ein paar Minuten wurde die Tür erneut geöffnet, und Siv Persson trat wieder ins Wohnzimmer. Völlig verändert. Sie hatte ihre Unscheinbarkeit verloren und war plötzlich Mittelpunkt des Zimmers geworden. Sie strahlte Autorität aus. Ihre Gestalt besaß eine Erhabenheit, die vorher nicht zu ahnen gewesen war. Bis in die Fingerspitzen hinein war sie jetzt wirklich Krankenschwester.

Auf dem Kopf trug sie eine weiße Haube mit einem breiten schwarzen Band, dessen Kante gefältelt war. Der blendend weiße Kragen des Kleides wurde am Hals von der silbrig glänzenden Brosche zusammengehalten. Das Kleid hatte Puffärmel, deren engen Unterarme bis hin zu den Ellbogen mit Knöpfen versehen waren. Das Bruststück war abgesetzt und die enge, geknöpfte Taille nach unten bis zur Gürtellinie, die ebenfalls abgesetzt war, leicht gefältelt. Der Gürtel bestand aus demselben Stoff wie das Kleid. Die Rockpartie des Kleides hatte Falten und endete auf halber Wadenhöhe. Dazu trug Siv

Persson schwarze Strümpfe und Schuhe. Über einen Arm hatte sie eine ordentlich gefaltete Schürze gelegt.

»So war sie gekleidet«, stellte die Krankenschwester fest.

Sie drehte sich langsam um sich selbst, damit die Polizisten die Uniform von allen Seiten bewundern konnten.

»Sie war aushäusig«, fuhr sie ebenso sachlich fort.

»Aushäusig?«, sagten die Polizisten wie aus einem Mund.

»Ja. Aushäusig: Sie trug keine Schürze. Die sieht so aus.«

Siv Persson faltete die knisternde, gestärkte Schürze auf, damit sie sie betrachten konnten. Sie war vergilbt, was darauf schließen ließ, dass sie seit langem nicht mehr getragen worden war.

»Daheim trägt man immer Schürze«, fuhr sie ebenso sachlich fort.

»Daheim?«

»Wenn man auf der Station arbeitet, auf die man gehört. Da hat man die Schürze und keinen Gürtel.«

»Und ohne Schürze mit Gürtel ist man aushäusig? Da arbeitet man nicht auf Station. Habe ich das richtig verstanden?«, fragte Irene.

»Ja.«

Tommy und Irene standen beide auf, um die Schwesterntracht genauer zu betrachten.

»Das ist kein Schwarz. Das ist ganz dunkles Dunkelblau«, stellte Tommy fest.

»Ja. Dunkelblauer Cheviot«, erklärte Siv Persson.

»Aber war es nicht unpraktisch, in einem Wollkleid zu arbeiten? Schwer zu waschen und außerdem warm…«

Schwester Siv unterbrach Irenes Überlegungen durch ein lautes Lachen.

»Wir haben nicht in diesem Kleid gearbeitet! Das ist das Festkleid. Die normale Uniform ist aus heller, graublauer Baumwolle. Die hat weder Puffärmel noch unzählige Knöpfe.«

»Und genauso, wie Sie jetzt gekleidet sind, war diese Person in der Mordnacht gekleidet?«

»Ja. Schwester Tekla war ebenfalls Sophiaschwester. Seit Beginn des Jahrhunderts hatte es Tradition, dass die Schwestern der Löwander-Klinik im Sophiahemmet ausgebildet wurden.«

»Aber liegt das nicht in Stockholm?«

»Doch. Aber man hielt es für etwas feiner, Sophiaschwester zu sein. Viele Mädchen aus Göteborg und Umgebung ließen sich im Sophiahemmet ausbilden. Wie ich. Ein Teil von ihnen wollte dann zurück nach Göteborg. Die Löwander-Klinik hat sie gerne angestellt. Damals war es noch was, in der Löwander-Klinik zu arbeiten. Die Mutter von Dr. Löwander war übrigens auch Sophiaschwester.«

»Die Mutter von Dr. Sverker Löwander?«

»Ja.«

»Sind alle Schwestern der Löwander-Klinik immer noch Sophiaschwestern?«

»Nein. Jetzt sind nur noch Ellen und ich übrig. Die meisten anderen sind hier in Göteborg auf die Schwesternschule gegangen. Margot war in Karlstad.«

Irene holte tief Luft und versuchte so unbekümmert wie möglich zu klingen, als sie fragte:

»Sie sind sich absolut sicher, dass Sie… Schwester Tekla in dieser Nacht gesehen haben?«

Die Krankenschwester seufzte und ließ den Kopf hängen.

»Ich weiß, dass das unglaublich klingt. Aber der Mond stand hell am Himmel. Es war fast taghell, als die Wolkendecke aufriss. Genau als ich ins Schwesternzimmer gehen wollte. Ich warf einen Blick durch die Glastüren. Deutlicher hätte ich sie nicht sehen können!«

»Wie schaute sie aus? Haben Sie ihr Gesicht gesehen?«

»Nein. Ich sah sie schräg von hinten. Aber sie war groß und… imposant. Sie hatte das Haar genau nach Vorschrift hoch gesteckt. Der Kragen soll vollständig zu sehen sein.«

»Haben Sie die Haarfarbe gesehen?«

»Blond. Der Mondschein spiegelte sich in den blonden Haaren. Sie sah genauso aus wie auf dem Bild, das ich Kommissar Andersson gezeigt habe.«

»Aber sie war ›aushäusig‹. Keine Schürze.«

»Genau.«

Tommy hatte bisher geschwiegen, aber jetzt warf er eine Frage ein:

»Wie war Schwester Tekla gekleidet, als sie erhängt auf dem Speicher gefunden wurde?«

Siv Persson sah ihn missbilligend an.

»Sie trug die Alltagsuniform.«

»Mit Haube und Schürze?«

»Ja.«

»Woher wissen Sie das?«

»Das hat mir Gertrud erzählt. Sie half, Tekla herunterzuschneiden. Gertrud übernahm Teklas Dienst, nachdem diese aufgehört hatte. Sie sind sich sozusagen nie im Leben begegnet.«

Tommy nickte nachdenklich. Schließlich sagte er:

»Warum geht sie in ihrem Festkleid um, wenn sie sich in ihrer Alltagsuniform erhängt hat?«

Siv Persson presste die Lippen zusammen.

»Ich muss mich wieder umziehen«, sagte sie.

Es ist an der Zeit, an den Mord an Gunnela Hägg anzuknüpfen, dachte Irene. Eine Aussage auf dem Band hatte sie die ganze Zeit irritiert. Sie hatte den Verdacht, dass Siv Persson die rechte Person war, Licht in dieses Geheimnis zu bringen.

Deswegen befleißigte sich Irene freundlich auszusehen, als die Krankenschwester wieder das Zimmer betrat. Sie war wiederum in ihre staubfarbene Tarnkleidung gehüllt. Irene lächelte und sagte:

»Ich glaube, dass Sie uns möglicherweise bei einer Sache behilflich sein können, die den anderen Mord betrifft, den an der Stadtstreicherin. Sie hieß übrigens Gunnela Hägg. Sagt Ihnen dieser Name etwas?«

Siv Persson legte einen Augenblick die Stirn in Falten und schüttelte dann bedauernd den Kopf.

»Erst dachte ich … aber … nein. Ich kenne den Namen nicht.«

»Es gibt ein Verhör dieser Gunnela, das unmittelbar nach dem Mord an Marianne auf Tonband aufgezeichnet wurde. Da sagt sie deutlich, dass sie die Geschichte von Schwester Teklas Selbstmord kennt. Sie nennt sogar ihren Namen.«

Siv Persson sah ungeheuer erstaunt aus.

»Merkwürdig. Kann sie bei uns gearbeitet haben?«

»Kaum. Sie war über fünfundzwanzig Jahre im Lillhagen-Krankenhaus und …«

»Deswegen!«

Eifrig stand Siv Persson aus ihrem Sessel auf. Eine leichte, aufgeregte Röte überzog ihre bleichen Wangen.

»War sie … lassen Sie mich nachdenken … vor dreizehn Jahren in Lillhagen?«

»Ja.«

»Dann kann sie zu einer Gruppe von zehn Patienten gehört haben, die wir von Lillhagen übernahmen, als dort den Sommer über geschlossen war. Auf diese Art und Weise wollte die Löwander-Klinik die Finanzen aufbessern. Wir schlossen einen Vertrag mit der Krankenpflegeverwaltung ab und übernahmen Patienten von unterschiedlichen inneren Stationen. Gleichzeitig bekamen wir zehn Patienten aus der Psychiatrie.«

Sie verstummte und schien nachzudenken.

»Die folgenden Sommer bekamen wir glücklicherweise keine Patienten mehr aus der Psychiatrie! Die Löwander-Klinik eignet sich nur schlecht für Pflegefälle. Patienten aus der Psychiatrie sind hier jedoch vollkommen fehl am Platz. Das war der schlimmste Sommer meines Lebens! Jedenfalls was die Arbeit betrifft.«

»Das müsste sich schnell überprüfen lassen. Wir bitten Hannu, sich darum zu kümmern.«

Die letzte Bemerkung war an Tommy gerichtet, der sofort in die Diele ging und sein Handy aus der Jackentasche fischte. Er hatte Glück und erwischte Hannu bereits beim ersten Versuch.

Irene stand ebenfalls auf, gab Siv Persson die Hand und

dankte für den Kaffee und für die unschätzbare Hilfe, die sie ihnen geleistet hatte. Während sie sich die Jacke anzog, fragte Irene, mehr um das Schweigen zu überbrücken:

»Wann fangen Sie wieder an zu arbeiten?«

Siv Persson verschränkte die Arme, als sei es in ihrer Wohnung auf einmal kalt geworden.

»Erst nach der Operation und die ist in zwei Wochen.«

»Müssen Sie sich operieren lassen? Hoffentlich nichts Ernstes?«

»Nein. Eine Staroperation. Das eine Auge.«

Irene zögerte. Vor zwei Jahren war ihre Mutter am grauen Star operiert worden. Sie erinnerte sich daran, wie sie darüber geklagt hatte, dass alles verschwamm und dass es ihr schwer fiel, bei schlechtem und sehr hellem Licht etwas zu erkennen. Ohne ihre Aufregung zu zeigen, fragte sie:

»Handelt es sich um den grünen oder grauen Star?«

»Glücklicherweise um den grauen.«

»Bereitet Ihnen das viele Unannehmlichkeiten?«

Tommy hob fragend eine Augenbraue. Irene verstand seine Skepsis, was ihr plötzliches Interesse an Krankheiten und Operationen anging. Aber die Sache war vielleicht wichtig.

»O ja! Am schlimmsten ist es beim Lesen. Die Buchstaben verschwimmen, wenn …«

Die Krankenschwester verstummte und sah Irene scharf an.

»Ich weiß, worauf Sie hinauswollen. Aber ich habe sie deutlich gesehen! Die Wolken teilten sich, und das Licht des Mondes fiel durchs Fenster. Ich habe sie gesehen!«

Sorgsam wählte Irene ihre Worte und sagte mit großem Ernst:

»Ich zweifle nicht daran, dass Sie sie gesehen haben. Aber das war kein Gespenst. Sie haben einen verkleideten Mörder gesehen. Denken Sie einmal nicht an ein Gespenst, sondern überlegen Sie sich, wer es gewesen sein könnte!«

Siv Persson antwortete nicht. Sie verschränkte die Arme noch fester und presste die Lippen aufeinander. Tommy ging auf sie zu und legte ihr leicht eine Hand auf die Schulter. Sie zuckte zusammen, schüttelte die Hand aber nicht ab.

»Wir wollen Sie nicht erschrecken, aber wir glauben, dass die Stadtstreicherin Gunnela Hägg ermordet wurde, weil sie den Mörder gesehen hat. Ihre Zeugenaussage lässt darauf schließen.«

Tommy machte eine Pause, damit Siv Persson das Gesagte verdauen konnte, dann fuhr er fort:

»Sie sind die einzige noch lebende Zeugin. Der Mörder ist lebensgefährlich, und zwar buchstäblich. Öffnen Sie nicht die Tür, wenn es klingelt und Sie nicht wissen, wer es ist. Und auch wenn Sie wissen, wer vor der Tür steht, sollten Sie es sich genau überlegen, damit es nicht zufällig eine Person ist, die sich als Schwester Tekla verkleidet hat.«

»Pfui! Sie versuchen wirklich, mir Angst einzujagen!«

»Dafür habe ich gute Gründe. Wir haben heute Vormittag Linda gefunden. Tot.«

Siv Persson schwankte, als hätte ihr jemand einen kräftigen Schlag versetzt. Irene nahm die Krankenschwester beim Arm und führte sie zum Sessel im Wohnzimmer. Sie sank in sich zusammen und starrte vor sich hin. Kaum hörbar flüsterte sie:

»Wie?«

»Wie sie gestorben ist?«, fragte Irene zurück.

Siv Persson nickte wortlos.

»Sie wurde erhängt an derselben Stelle gefunden, an der sich Schwester Tekla das Leben genommen hat. Sie hing von einem der Dachbalken auf dem Speicher. Die Pathologin glaubt, dass sie seit ungefähr einer Woche tot ist.«

»Dann ist sie in derselben Nacht wie Marianne gestorben«, sagte Siv Persson tonlos.

»Das ist wahrscheinlich. Aber wir wissen es nicht sicher.«

»War es … Selbstmord?

»Das wissen wir nicht. Wir müssen die Obduktion abwarten. Aber in Hinsicht darauf, was Marianne und Gunnela Hägg zugestoßen ist, muss ich meinem Kollegen zustimmen. Seien

Sie vorsichtig. Sie sollten den Gedanken aufgeben, dass es sich um ein Gespenst gehandelt haben könnte! Gespenster ermorden niemanden. Das tun nur Menschen.«

Das Gesicht der Krankenschwester sah aus wie eine Totenmaske. Es war vollkommen leblos. Sie nickte jedoch, um zu verstehen zu geben, dass sie gehört hatte, was Irene gesagt hatte.

»Kommen Sie zurecht? Wollen Sie, dass ich jemanden anrufe?«

Mit Mühe schüttelte die Krankenschwester den Kopf.

»Ich bin es gewohnt, allein zurechtzukommen. Aber ... wie kann jemand nur so grausam sein! Einfach junge Mädchen zu ermorden! Und diese arme Stadtstreicherin ... Furchtbar!«

Beide Polizisten nickten zustimmend. Unbegreifliche Grausamkeiten spielten sich in der alten Klinik ab.

»Schwester Siv hat Recht. Das Ganze ist unbegreiflich, weil wir kein Motiv haben. Hätten wir ein Motiv, dann wäre es viel einfacher, dem Mörder auf die Spur zu kommen«, seufzte Irene.

Tommy nickte. Sie saßen im Auto und fuhren die kurze Strecke zur Löwander-Klinik. Es war gegen drei, und sie wollten das Gespräch mit Sverker Löwander fortsetzen.

Da klingelte das Autotelefon. Tommy nahm ab. Er sagte nicht viel und hörte fast nur zu. Daraus schloss Irene, dass der Kommissar am anderen Ende war. Sie beendeten das Gespräch. Ernst und verbissen sagte Tommy:

»Das war Andersson. Die Stridner hat ihn gerade von der Pathologie aus angerufen. Linda wurde ermordet. Erst wurde sie mit einem Stück Flaggenleine erdrosselt und dann mit der restlichen Flaggenleine aufgehängt. Für die Schlinge hatte der Mörder die Leine doppelt genommen. Deswegen fehlte auch ein so langes Stück.«

»Die Schlinge, mit der sie erdrosselt wurde, und die Schlinge, an der sie hing, sind also zusammen sechs Meter lang?«

»Yes.«

Schweigend fuhren sie den Rest der Strecke.

Sverker Löwander war leichenblass. Er sah aus, als sei er vollkommen am Ende. Irene fragte sich, ob er an einer lebensbedrohlichen Krankheit litt. Seine Haare hatte er immer noch nicht gewaschen, und nach seinem Schweißgeruch zu urteilen, hätte ihm eine Dusche auch nicht geschadet. Er wirkte wie ein Mann, um den herum die Welt in Trümmer geht. Und so ist es auch, dachte Irene.

»Setzen Sie sich.«

Der Arzt sparte sich alle Höflichkeitsfloskeln.

Vornübergebeugt saß er wie schon am Morgen auf dem Sessel der Bereitschaftswohnung. Tommy setzte sich auf das ungemachte Bett, und Irene zog sich den Schreibtischstuhl heran. Es fiel ihr auf, dass sie jetzt genauso saßen wie schon bei ihrer ersten Unterredung. Während der vergangenen Stunden hat sich nichts verändert, dachte sie, berichtigte sich aber sofort. Eine wichtige Veränderung war eingetreten. Jetzt wussten sie, dass auch Linda Svensson ermordet worden war.

»Ich würde Ihnen gerne ein paar Fragen über Linda stellen«, begann Irene.

Löwanders Hautfarbe veränderte sich ins Grüngrau, er sah aus, als müsse er sich gleich übergeben. Nachdem er ein paar Mal tief Luft geholt hatte, sagte er:

»Entschuldigen Sie. Aber das alles … nimmt mich ziemlich mit.«

»Das verstehe ich. Erst die finanziellen Sorgen und dann noch die Morde. Wohl kaum die Reklame, die sich eine Privatklinik wünschen kann«, sagte Irene.

»Wohl kaum die Reklame, die sich irgendein Krankenhaus der Welt wünschen kann«, sagte Löwander seufzend.

»Um auf Linda zurückzukommen. Wann haben Sie sie zuletzt gesehen?«

»Am Montag, am zehnten. Sie hatte Frühschicht. Wir haben uns kurz nach der Morgenbesprechung gesehen. Ich war kurz im Schwesternzimmer, um nach einigen Papieren zu suchen, die auf Abwege geraten waren. Sie hätten eigentlich oben im OP liegen sollen.«

»Was waren das für Papiere?«

»Spielt das eine Rolle…? Nils Peterzéns internistische Daten. Sein Herz und seine Lunge waren ziemlich schwach. Es blieb kaum genug Zeit, noch alles vor der Operation durchzugehen…«

»Wie wirkte Linda bei Ihrer Begegnung?«

»Wie sie wirkte? Wie immer an einem Montagmorgen, wenn viel operiert wurde. Gestresst. Aber auch nicht mehr als gewöhnlich. Sie war ganz einfach so wie immer.«

»Was hat sie gesagt?«

Löwander legte seine vor Müdigkeit in Falten liegende Stirn in noch tiefere Falten. Einen Moment lang sah er aus wie fünfzig.

»Wir sagten hallo und irgendwas über die Kälte… und ich fragte, wo die Papiere seien, und sie half mir beim Suchen. Dann fiel ihr ein, dass sie wahrscheinlich unten bei der Sekretärin liegen.«

»Sie haben sie dann im Verlauf des Tages nicht mehr gesehen?«

Löwander schüttelte den Kopf.

»Ich verbrachte den Nachmittag und Abend auf der Intensivstation, weil es Peterzén sehr schlecht ging. Vielleicht habe ich sie gegen fünf auf dem Korridor gesehen, als sie sich auf den Heimweg machte. Aber ich bin mir da nicht sicher, ob das an diesem Montag war oder eine Woche zuvor… Ich bin unglaublich müde, vollkommen fertig!«

Er verstummte und legte den Kopf in die Hände.

»Was hatten Sie für eine Meinung von Linda?«, fragte Tommy.

»Fröhlich, angenehm. Tüchtige Krankenschwester.«

»Sie haben nie bemerkt, dass sie irgendein Problem gehabt haben könnte?«

»Was für ein Problem?«

»Ich denke da am ehesten noch an irgendein Drogenproblem.«

Der Arzt schüttelte nachdrücklich den Kopf.

»Nein. Absolut nicht! Genauso wenig wie Marianne Svärd. Marianne kannte ich nicht so gut, weil sie nachts gearbeitet hat. Aber ich bin mir sicher, dass keine der beiden Drogenprobleme hatte.«

»Wir haben heute Nachmittag Bescheid von der Pathologie bekommen. Linda Svensson hat keinen Selbstmord begangen. Sie wurde ebenfalls ermordet.«

Da übergab sich Sverker Löwander. Es ging so schnell, dass er sich nur noch nach vorne werfen und auf den Teppich kotzen konnte. Er erbrach keine größere Menge, da er offenbar nichts im Magen hatte. Ein saurer Geruch verbreitete sich im Zimmer.

»Entschuldigen Sie«, murmelte er.

Auf unsicheren Beinen stand er auf und ging auf die Dusche zu. Sie hörten, dass Wasser lief, und anschließend kam er mit Toilettenpapier in der Hand zurück. Eilig wischte er das Erbrochene auf und verschwand erneut in der Toilette.

Als er zurückkam, öffnete er als Erstes das Fenster. Dafür war Irene dankbar. Der durchdringende Geruch war in dem kleinen Zimmer allmählich unangenehm geworden. Er setzte sich wieder auf den Sessel, fiel aber dieses Mal nicht wieder so hoffnungslos in sich zusammen. Er hielt den Rücken gerade und strahlte plötzlich eine Wachsamkeit aus, die er vorher nicht an den Tag gelegt hatte.

Sehr förmlich sagte Sverker Löwander:

»Entschuldigen Sie mein Auftreten.«

Tommy lächelte freundlich:

»Wir haben größtes Verständnis dafür, dass es Ihnen nicht gut geht.«

»Unser Spezialist für die plastische Chirurgie hat mir vorige Woche, ehe er in die Skiferien fuhr, mitgeteilt, dass er sich im Juni pensionieren lassen will. Und heute hat der Anästhesist

Konrad Henriksson gekündigt. Er hat bereits eine neue Stelle an der Källberg-Klinik.«

»Die werben offenbar ab, wen sie nur können.«

»Ja.«

»Ist es schwer, für diese beiden Ärzte Ersatz zu finden?«

»Es ist unmöglich! Wer interessiert sich schon für ein sinkendes Schiff?«

»Ist es ebenso schwer, Krankenschwestern zu rekrutieren?«

»Ja. Das ist schon seit etwa zwei Jahren ein Problem. Wir hatten trotzdem Glück, weil wir immer gute Schwestern bekommen haben. Auch wenn sie jung waren, als sie hier angefangen haben.«

»Sie meinen Linda, Marianne und Anna-Karin?«

»Ja.«

Von diesen dreien war nur noch eine am Leben. Irene beschloss, so schnell wie möglich mit Anna-Karin zu sprechen.

»Was machen Sie, wenn Sie keinen Ersatz finden?«

Löwander seufzte.

»Ich habe heute Nachmittag einen Entschluss gefasst. Ich werde die Löwander-Klinik nach Mittsommer schließen.«

»Sie geben auf?«

Er nickte müde.

Irene räusperte sich.

»Ich habe eine praktische Frage. Wie viele Generalschlüssel gibt es für die Klinik? Die Tür zu dem Speicherraum, in dem Linda gefunden wurde, war verschlossen, und niemand hatte das Schloss oder die Tür beschädigt. Genau wie beim Mord an Marianne.«

»Der Hausmeister hat einen Generalschlüssel und ich habe einen.«

»Sonst hat niemand einen Generalschlüssel?«

»Nein.«

»Haben Sie Ihren da?«

»Ja.«

Der Arzt steckte die Hand in die Hosentasche und zog ein

Schlüsseletui hervor. Er knöpfte es auf, betrachtete die Schlüssel und nahm einen.

»Hier. Das ist der Generalschlüssel.«

Er reichte Irene das Etui mit den Schlüsseln.

»Haben Sie die Schlüssel immer bei sich?«

»Ja, immer.«

Das war wirklich problematisch. Bengtsson lief ebenfalls immer mit seinem Schlüsselbund in der Tasche herum. Wenn weder Bengtsson noch Sverker Löwander hinter den Morden steckten, wer dann? Nur Gespenster konnten durch verschlossene Türen gehen.

Irene gab die Schlüssel zurück. Aus einer Eingebung heraus fragte sie:

»Was wollen Sie machen, nachdem Sie die Klinik geschlossen haben?«

»Ich habe weiter mein Auskommen. Ich nehme meine Patienten mit und miete mich in einer Privatklinik ein. Wenn alles gut geht in der Källberg-Klinik. Aber das weiß ich noch nicht. Das regelt sich.«

»Aber das übrige Personal wird entlassen«, stellte Irene fest.

»Ja. Leider.«

»Was wird aus dem Klinikgebäude?«

»Keine Ahnung. Ich verkaufe es vermutlich so, wie es ist.«

Es war ihm anzumerken, dass ihm das vollkommen gleichgültig war. Irene und Tommy warfen sich einen Blick zu. Sie waren sich einig, dass sie von ihm nichts Wesentliches mehr erfahren würden. Gerade als sie aufstehen und gehen wollten, klingelte Irenes Handy. Sie nahm es aus der Tasche und sagte:

»Irene Huss.«

»Hallo, Mama. Deine Friseuse hat gerade angerufen und war stinksauer. Du hast den Termin verpasst. Sie hat gesagt, dass du trotzdem zahlen musst«, ließ sich Jennys Stimme vernehmen.

»Verdammt!«

Kommissar Andersson sah verdrossen aus. Die Anhörung des gesamten Personals hatte für die Ermittlungen nichts Neues ergeben. Niemand hatte in letzter Zeit im Verhalten von Marianne oder Linda eine Veränderung bemerkt. Beide waren wie immer gewesen. Schwester Ellen war krank, mit ihr hatten sie nicht sprechen können. Andersson seufzte und strich sich mit der Hand über die Glatze.

Sein Ermittlungsteam traf allmählich ein. Als Erste betraten Birgitta und Hannu das Zimmer. Sie begrüßten ihren Chef, und Birgitta sagte:

»Ich habe dieses Schwein Schölenhielm dreimal verhört. Er ist nicht ganz bei Trost!«

Andersson runzelte die Stirn und versuchte nachzudenken. Wer von den Angestellten der Löwander-Klinik hieß wieder Schölenhielm? Vielleicht der Hausmeister? Nein, der hieß Bengtsson… Er gab auf und seufzte:

»Wer ist Schölenhielm?«

»Der Mann, der letzten Samstag seine polnische Lebensgefährtin erschlagen hat. Maria Jacobinski.«

»Warte. Warum verhörst du diesen Gebrauchtwagenhändler? Du sollst dich um die Morde in der Löwander-Klinik kümmern!«

»Wer soll es sonst machen? Irene hat schließlich Samstagnacht die Bereitschaft für Hans Borg übernommen. Darum hattest du dich nicht gekümmert.«

Die letzte Bemerkung kam möglicherweise etwas schärfer heraus als beabsichtigt, denn als sie sah, dass der Kommissar rot wurde, beeilte sie sich, fortzufahren:

»Ich habe am Sonntag die Ermittlung übernommen. Ziemlich eindeutig, das Ganze. Die Gerichtsmedizin hat gestern einen vorläufigen Bericht gefaxt. Sie hatte sämtliche Knochen gebrochen, und zahlreiche Spuren weisen auf frühere Misshandlungen hin. Zwei Finger waren gebrochen und offenbar ohne Behandlung wieder zusammengewachsen. Der Schädelknochen war im Nacken zertrümmert. Diese Verletzung war tödlich. Bei meinem ersten Verhör mit dem Gebrauchtwagenhändler hat er behauptet, an totalem Gedächtnisverlust zu leiden. Ich hätte das wohl eher einen ordentlichen Kater genannt. Gestern hielt er immer noch an seinem Gedächtnisverlust fest, aber heute kam er mit einer vollkommen anderen Version.«

Gegen seinen Willen fand Andersson die Sache interessant, und obwohl die meisten der Ermittlungsgruppe mittlerweile gekommen waren, sagte er kurz:

»Und die wäre?«

»Also. Die polnische Mafia sei im Laufe des Abends in die Wohnung eingedrungen. Mit vorgehaltener Pistole zwangen die Schurken Schölenhielm eine ganze Flasche Grant's zu trinken und erschlugen anschließend seine Lebensgefährtin. Er konnte nichts tun, da er sturzbetrunken war. Hilflos saß er da und sah, wie sie ermordet wurde.«

Jonny meinte höhnisch:

»Diese Variante ist neu. Was hat er außerdem für einen absurden Namen?«

»Sten Schölenhielm? Vor dreiundzwanzig Jahren angenommen. Er wurde als Sten Svensson geboren. Ein Name, der fast adlig klingt, ist bei Gebrauchtwagengeschäften sicher nicht fehl am Platz.«

»Jetzt wollen wir uns nicht weiter um den Gebrauchtwagenhändler und sein polnisches Flittchen kümmern. Birgitta, du sorgst dafür, dass jemand anderes diese Ermittlung übernimmt. Vielleicht Thomas Molander … Was ist denn?«

Birgitta war vollkommen erstarrt und sah Andersson durchdringend an. Eiskalt sagte sie mit leiser Stimme:

»Wie willst du das wissen?«

»Wie? Was?«

»Wie willst du wissen, dass sie ein Flittchen war?«

Andersson sah Birgitta verwundert an.

»Das wissen doch alle, wie sich diese Mädchen aufführen!«, zischte er.

»Wie denn?«, fuhr Birgitta mit Unheil verkündender Stimme fort.

»Hängen in Bars rum und reißen Touristen auf. Dann erwischen sie einen reichen Ausländer und sehen ihre Chance, von der Straße und ihrem grauen Leben wegzukommen.«

»Und alle sind so?«

»Vielleicht nicht alle, aber die meisten.«

»Und du weißt, dass Maria Jacobinski ein Flittchen war?«

»Jaa… Nein. Aber das weiß man doch…«

Birgitta und Andersson starrten sich an wie zwei Kampfhähne. Jeden Augenblick konnte einer der beiden explodieren. Irene wusste, was hinter dieser Auseinandersetzung steckte. Eigentlich hatte der Streit nichts mit Anderssons gedankenloser Äußerung über Maria Jacobinski zu tun. Birgitta fühlte sich immer noch gekränkt und fand, dass Andersson Hans Borg nicht ausreichend bestraft hatte. Sie wollte Borgs Kopf auf einem Teller serviert sehen. Aber Andersson verstand Birgittas unter der Oberfläche brodelnde Rachegelüste nicht. Er war der Ansicht, die Sache elegant gelöst zu haben, indem er Borg durch Hannu Rauhala ersetzt hatte. Kein Gerede und keine Artikel in den Zeitungen über Mobbing bei der Polizei.

Irene begriff, dass Birgitta nichts erreichen würde. Sie konnte nicht gewinnen. Vielleicht sah Birgitta das auch selbst ein, denn sie beendete, wenn auch noch tiefernst, das Ganze mit folgenden Worten:

»Die meisten kommen her, weil man ihnen die Ehe versprochen hat, nur um sich als Sexsklavinnen in einem fremden Land wieder zu finden. Die Schmach der Rückkehr ist zu groß. Und wenn sie zurückkehren, dann bleibt ihnen meist nur die Prostitution. Auch wenn Maria Jacobinski in Polen Prostituierte gewesen ist, finde ich, dass sie einen Anspruch auf Gerechtigkeit hat.«

»Von etwas anderem war auch nie die Rede!«, explodierte Andersson.

Er warf ihr einen ziemlich ungnädigen Blick zu, um ihr zu verstehen zu geben, dass sie zu weit gegangen war.

»Zum Teufel mit Thomas Molander. Du setzt die Ermittlungen selbst fort«, sagte er schroff.

Birgitta sah ihn verständnislos an.

»Du kannst gehen und in der Sache des Gebrauchtwagenhändlers und der Polin weiterermitteln«, verdeutlichte Andersson und nickte in Richtung Tür.

Schweigend und verbittert stand Birgitta auf und raffte ihre Papiere zusammen. Ohne einen Blick zurück, ging sie kerzengerade aus dem Zimmer.

Betretenes Schweigen breitete sich im Raum aus.

Schließlich wurde es von Jonny gebrochen:

»Die hat wirklich Haare auf den Zähnen!«

Er tauschte mit Andersson einen Blick männlicher Eintracht. Irene musste sich in die Wange beißen, um nicht herauszuplatzen. Wie gesagt, dieser Kampf war nicht zu gewinnen.

»Jetzt machen wir mit der Löwander-Klinik weiter. Wir haben noch kein Obduktionsergebnis. Weder von der Vogeldame noch von Linda. Ich habe mit der Stridner geredet, und sie hat mir versprochen, dass ich beide Berichte morgen sehr früh auf dem Schreibtisch liegen habe. Wir sprechen darüber dann als Erstes bei der Morgenbesprechung.«

Alle nickten zustimmend und der Kommissar fuhr fort:

»So viel konnte die Stridner sagen, dass auch Linda ermordet worden ist. Erst erdrosselt und dann mit einer doppelten Flaggenleine an einem Dachbalken aufgeknüpft.«

»Warum ist sie aufgehängt worden?«, wollte Hannu wissen.

»Vielleicht damit es wie ein Selbstmord aussieht?«, schlug Jonny vor.

»Nein. Sie hatte noch die Schlinge, mit der sie erdrosselt worden war, um den Hals«, wandte Hannu ein.

Die Gruppe dachte über Hannus Äußerung nach. Schließlich meinte Irene:

»Ich glaube, das ist ein wichtiger Punkt, auf den Hannu da hinweist. Die Absicht war nicht, es wie einen Selbstmord aussehen zu lassen. Der Mörder versucht etwas anderes zu sagen. Wenn er Linda nur hätte ermorden wollen, dann hätte es gereicht, sie zu erdrosseln und sie in den verschlossenen Speicherraum zu werfen.«

»Wie er das mit Marianne gemacht hat. Er hat sie einfach in den Kellerraum geworfen«, meinte Fredrik Stridh.

»Das ist ein seltsames Detail, wenn es nicht mehr ist. Warum ist er mit Mariannes Leiche im Aufzug in den Keller gefahren und hat sie in die Elektrozentrale geschleppt, wenn es viel einfacher gewesen wäre, sie in den Speicherraum zu werfen? Das hat ihn vermutlich sehr viel Zeit gekostet«, überlegte Irene.

»Zeit«, sagte Hannu.

Alle anderen erinnerten sich von ihrer letzten Zusammenarbeit an Rauhalas kurz angebundene Art und wussten, dass es keinen Sinn hatte, ihn zu drängen. Was er sagen wollte, sagte er. Alle hatten sich nach seinem Tempo zu richten. Für die sich immer in Eile befindenden Ermittler war das, um es milde zu sagen, aufreibend. Was er sagte, war jedoch immer wesentlich. Andersson hatte vor dem Scharfsinn des Finnen großen Respekt, war aber nach seinem Disput mit Birgitta immer noch aus dem Gleichgewicht. Deswegen sagte er, schärfer als beabsichtigt:

»Was für Zeit?«

Unbeirrt fuhr Hannu fort:

»Der Mörder braucht Zeit. Deswegen legt er die Stromversorgung lahm. Das Beatmungsgerät fällt aus. Der Arzt und die Krankenschwester müssen sich um den Patienten kümmern. Der Mörder kann so in den Speicherraum zurückkehren und dort damit weitermachen, Linda aufzuhängen.«

Im Konferenzzimmer wurde es vollkommen still.

»Sprich weiter«, sagte Andersson schließlich.

»Der Mörder musste auf jeden Fall in den Keller, um den

Strom lahm zu legen. Er nimmt die Leiche von Marianne mit. Er weiß, dass sie gefunden werden wird, sobald jemand dort nach dem Fehler sucht. Das will er. Er will die Entdeckung von Linda hinauszögern.«

»Und das ist traurigerweise genau das, was passiert ist! Eine ganze Woche!«

Der Kommissar schaute seine Zuarbeiter düster und vorwurfsvoll an. Niemand fühlte sich getroffen, denn wenn die Sache so zugegangen war, wie Hannu sie skizziert hatte, dann war sie eiskalt geplant gewesen. Und sie waren dem Mörder alle auf den Leim gegangen.

»Dass die Morde an den Krankenschwestern irgendwie zusammenhängen, ist inzwischen wohl ziemlich klar. Aber der Mord an dieser verrückten Vogeldame ist vielleicht von einer ganz anderen Person verübt worden«, meinte Jonny versuchsweise.

Tommy schüttelte den Kopf.

»Nein. Die Stridner glaubt, dass es sich um denselben Mörder handelt. Brutal und mit kräftigen Armen, sagt sie. Und das wahrscheinliche Mordwerkzeug ist der Seitenschneider, der benutzt wurde, um in der Nacht, in der Marianne und Linda ermordet wurden, das Notstromaggregat außer Gefecht zu setzen. Und der hat sich am Ufer des Bachs ganz in der Nähe von Gunnela Häggs Leiche gefunden.«

»Und alle sagen, dass sowohl Marianne als auch Linda in der Zeit vor den Morden so wie immer waren«, stellte Andersson fest.

»Eine Sache an Lindas Verhalten war nicht so wie immer. Sie bat ihren Lebensgefährten, auszuziehen, weil sie ihn nicht mehr lieben würde. Liebte sie einen anderen, obwohl sie das leugnete? Man sollte sich vielleicht mehr um diese Trennung kümmern. Aber die betrifft natürlich nur Linda und ihren Lebensgefährten und erklärt nicht, wie der Mord an Marianne ins Bild kommt. Ganz zu schweigen vom Mord an Gunnela Hägg«, sagte Irene.

»Es geht um die Klinik«, war Hannus ruhige Stimme zu vernehmen.

Irene zuckte zusammen. Sie hatte ebenfalls mehrere Male genau dieses Gefühl gehabt.

»Ich bin da deiner Meinung. Die ganze Zeit verweisen die Spuren auf die Löwander-Klinik zurück. Auf das, was vor vielen Jahren passiert ist…«

»Komm uns jetzt nicht schon wieder mit deinem verdammten Gespenst!«, sagte der Kommissar.

»Nein. Kein Gespenst. Wir jagen keine Hirngespinste, sondern einen Mörder. Aber diese Geschichte mit Schwester Tekla, die hat mit der Sache zu tun. Denkt nur daran, dass der Mörder Linda an derselben Stelle aufgehängt hat, an der sich die Krankenschwester vor fünfzig Jahren das Leben genommen hat. Das muss etwas bedeuten.«

»Und was?«

»Keine Ahnung. Wir müssen die Geschichte der Löwander-Klinik näher untersuchen. Vielleicht führen uns die Toten zum Mörder.«

»Du bist wohl total plemplem! Wir sollten nicht im Dreck von gestern wühlen, wenn wir bis zu den Knien in dem von heute stecken!«, brauste Jonny auf.

Andersson saß schweigend da und schaute sie nacheinander an. Es gab offenbar zwei Lager, die einen hielten zu Irene, die anderen zu Jonny. Der Kommissar war eher auf einer Linie mit Jonny, aber irgendwas war da an Irenes Sicht der Dinge. Resolut ergriff er das Wort:

»Hannu, Irene und Tommy, ihr grabt in der Geschichte der Löwander-Klinik. Fredrik, Jonny und Bir… ich selbst machen mit den Lebenden weiter.«

»Wo fangen wir an?«, fragte Hannu.

Die drei »Ghostbusters«, wie Jonny sie sofort getauft hatte, saßen in Irenes und Tommys Zimmer.

»Ich versuche, mich mit Sverker Löwanders erster Frau Barbro zu treffen. Sie kannte Sverkers Eltern und kennt sicher einige der Geschichten über die Klinik. Dann sind da noch ihre gegen Carina gerichteten Vorwürfe, was den Brand der Chefarztvilla angeht. Es ist sicher interessant, auch darüber mehr zu erfahren«, sagte Irene.

Tommy nickte.

»Ich werde noch einmal etwas ausführlicher mit Siv Persson sprechen. Ich würde gerne eventuelle Verwandte von Schwester Tekla ausfindig machen. Falls von denen noch welche am Leben sind. Und dann will ich wissen, wo genau in dem Speicher sie sich aufgehängt hat. Hat Lindas Mörder sie wirklich an derselben Stelle aufgehängt? Daraus ergibt sich dann automatisch die Folgefrage, warum?«

»Und woher kannte er die genaue Stelle?«, fuhr Hannu fort.

Irene war sich sicher, dass es wichtig war, dieser Spur zurück in die Vergangenheit zu folgen. Der Mörder hatte sich ebenfalls wie selbstverständlich in diesem Kontext bewegt. Natürlich war es schlau, sich zu verkleiden, aber genau das konnte ihm auch zum Verhängnis werden. Der Ort, an dem Linda aufgehängt worden war, ließ eindeutig auf Vertrautheit mit der Geschichte der Löwander-Klinik schließen. Das begrenzte den Kreis der Verdächtigen.

»Ich versuche immer noch herauszufinden, welche Patienten im Sommer 1983 oder 1984 in der Löwander-Klinik waren«, sagte Hannu.

Irene nickte und unterdrückte ein Gähnen. Es war ein langer Tag gewesen, und der nächste Tag würde kaum kürzer werden.

Sie musste daran denken, sich von der Friseuse einen neuen Termin geben zu lassen.

KAPITEL 14

Barbro Löwander arbeitete als Sprechstundenhilfe im Sahlgrenska-Krankenhaus. Irene hatte sie früh am Morgen zu Hause angerufen. Erst wollte sie nicht mit der Polizei sprechen, da sie auf keinen Fall etwas mit der Löwander-Klinik zu tun haben wollte. Irene war jedoch unerbittlich, und nach der Drohung, sie ins Präsidium zu einem regelrechten Verhör zu bestellen, ließ sich Barbro Löwander auf ein Gespräch ein. Sie einigten sich darauf, sich um elf am Haupteingang des Sahlgrenska zu treffen.

Das passte Irene ausgezeichnet. Dann würde sie noch die Morgenbesprechung beim Kommissar mitbekommen und sich um einige Schreibarbeiten kümmern können, die liegen geblieben waren. Außerdem konnte sie einen neuen Termin beim Friseur vereinbaren.

»Wir fangen mit Gunnela Hägg an. War jemand bei der Obduktion dabei?«

Alle im Raum schüttelten die Köpfe.

Andersson raschelte mit zwei Faxen und setzte die Lesebrille auf. Er räusperte sich.

»Gunnela Hägg. Geboren 19. Januar 1950. Laut Polizeibericht tot im Durchlass unter einer Brücke aufgefunden. Bei der Leiche lag ein Seitenschneider, an dem Blut sowie einzelne Haare klebten. Am Hinterkopf hatte sie über der Schädelbasis eine Quetschung. Kräftige Fraktur des Schädelknochens.

Reichliche Blutung im Gehirn. Der Befund weist darauf hin, dass sie an den Kopfverletzungen gestorben ist. Das Gesamtbild spricht dafür, dass sie ermordet wurde. Eine vollständige toxikologische Untersuchung steht noch aus. Proben für die kriminaltechnische Untersuchung sind entnommen.«

Der Kommissar beendete den Vortrag und sah über den Rand seiner Brille. Es handelte sich um eines dieser billigen, rechteckigen Modelle, die man in Warenhäusern und an Tankstellen kaufen kann. Langsam klappte er die Bügel zusammen. Dann ergriff er wieder das Wort:

»Ich habe Frau Professor Stridner gerade eben ans Telefon bekommen. Sie sagt, dass der Mörder Rechtshänder und sehr stark ist. Das Vorderteil des Seitenschneiders passt zu den Wunden. Ihrer Theorie nach schlug der Mörder wiederholt mit dem Seitenschneider auf Gunnela Hägg ein. Er brauchte mehr Kraft, als nötig gewesen wäre, um die winzige Alte zu töten.«

Die »Alte« war dreizehn Jahre jünger gewesen als der Kommissar, aber Irene ließ es ihm durchgehen.

»Der Mörder fühlte sich bedroht«, meinte Jonny nickend.

»Er wusste von ihrer Existenz«, warf Hannu ein.

»Sicher wurde ihr der Zeitungsartikel zum Verhängnis«, meinte Tommy.

Irene fuhr fort:

»Er wusste, dass ihm etwas, was Gunnela in der Mordnacht gesehen hatte, gefährlich werden konnte. War es die Tatsache, dass er auf Lindas Fahrrad davongefahren war und es unter der Brücke versteckt hatte?«

»Yes. Davon bin ich überzeugt. Ich glaube auch, dass sich der Mörder hinter der Brücke die Schwesterntracht ausgezogen hat. Dann ging er hoch auf die Straße und verschwand. Vielleicht mit einem Auto«, sagte Tommy.

»Das klingt wahrscheinlich«, pflichtete ihm Irene bei.

»Kann man irgendwo an dieser Ausfallstraße parken?«, wollte der Kommissar wissen.

»Nein. Nicht direkt an der Straße. Aber ganz in der Nähe

des Mordplatzes gibt es einen ausgezeichneten Parkplatz. Knapp dreißig Meter entfernt.«

»Wo?«

»Am Klinikpark, hinter dem Tannenwäldchen. Hier befindet sich ein Besucherparkplatz für die Bewohner der Mietshäuser. Von der Brücke bis zum Parkplatz sind es nicht einmal dreißig Meter.«

Die anderen dachten über Irenes Schlussfolgerung nach und nickten nach einer Weile zustimmend. Ermuntert fuhr diese fort:

»Ein perfekter Platz für den Mörder, um seinen Wagen abzustellen. Als er sich zur Klinik schlich, stand Gunnela Hägg in der Laube und beobachtete ihn. Sie kannte die Geschichte von Schwester Tekla und glaubte natürlich, ein Gespenst vor sich zu haben!«

Irene sah sich in der Runde um. Die meisten schienen ihr folgen zu können.

»Entscheidend ist, dass Gunnela Hägg dort stehen blieb. Sie sah, wie Linda zur Klinik kam, und sie sah, wie die Person in der Schwesterntracht wieder ins Freie trat, das Fahrrad nahm und wegfuhr. Auf dem Tonband sagt Gunnela: ›Sie nahm das Fahrrad. Gott bestraft Diebstahl!‹«

»Wie wollen wir wissen, dass nicht Linda zurückkam und ihr Fahrrad nahm?«, warf Jonny ein.

»Weil Kurt Höök sie fragte: ›Welches Fahrrad?‹, und weil sie darauf antwortete: ›Das der anderen, die lebte.‹ In ihrer verdrehten Welt hatte sie schließlich ein Gespenst gesehen. Nämlich Schwester Tekla. Und Gespenster müssen erst sterben, ehe sie überhaupt Gespenster werden. ›Die andere, die lebte‹, bezieht sich wahrscheinlich auf Linda. Sie war kein Gespenst, sie lebte.«

Andersson schlug erregt mit der flachen Hand auf den Tisch. Sein Pappbecher fiel um, und Kaffee lief über die Faxe. Eilig und noch ehe sie vollkommen durchnässt waren, hob er sie hoch und trocknete sie leidlich mit seinem Pulloverärmel ab. Irene seufzte und ging auf den Korridor, um von der Toilette Papierhandtücher zu holen. Auf dem Rückweg sah sie Birgitta am anderen Ende des Ganges, aber diese schien sie nicht zu bemerken. Jedenfalls winkte sie nicht zurück.

Als sie wieder in den Raum trat, hörte sie Anderssons erregte Stimme:

»Jonny und Fredrik sollen noch einmal in den Mietshäusern die Runde machen und fragen, ob jemand in der Mordnacht ein fremdes Auto auf dem Besucherparkplatz gesehen hat. Gegen Mitternacht. Wenn wir nur eine Automarke hätten, dann könnten wir diesem Kerl endlich das Handwerk legen!«

Er atmete hörbar. Irene machte sich wieder einmal Sorgen um den Blutdruck ihres Chefs. Aber das war ein heikles Thema, und sie hütete sich, es zur Sprache zu bringen.

Der Kommissar nahm das andere Fax und wedelte mit ihm in der Luft, damit es trockener wurde. Dann sagte er:

»Wer war bei dieser Obduktion dabei?«

Fredrik Stridh hob die Hand und beugte sich vor, um das feuchte Fax entgegenzunehmen. Er überflog hastig den Text, ehe er anfing, vorzulesen:

»Linda Svensson. Geboren den 23. Januar 1973. Laut Polizeibericht in kniender Stellung in einem Dachstuhl erhängt aufgefunden. Der Oberkörper hing an einer doppelten Flaggenleine. Die Leiche weist an der linken und rechten Vorderseite des Kopfes Verfärbungen auf. An der rechten Seite des Halses sind Hautschäden. Auf der Haut des Halses ist der Abdruck einer Schlinge sichtbar. In diesem steckt noch eine dünne Leine. Darunter ist es zu reichlichen Blutungen ins Gewebe und die Muskulatur gekommen. Schildknorpel und Zungenbein sind gebrochen. Außerdem sind punktförmige Blutungen in den Augen zu erkennen und in der Schleimhaut des Mundes. Die Funde sprechen dafür, dass der Tod durch Erdrosseln eingetreten ist. Geht man davon aus, dass der Tod um Mitternacht zwischen dem zehnten und elften Februar eingetreten ist, dann stimmen die Veränderungen, die die Leiche aufweist, damit überein. Eine vollständige toxikologische Untersuchung ist angeordnet. Proben für die kriminaltechnische Untersuchung sind entnommen.«

Fredrik sah vom Fax hoch und warf es voller Abscheu auf den Tisch.

»Einfach krank! Das wäre schon der Mord an sich, aber sie dann auch noch so aufzuhängen. Sie war bereits tot. Das Aufhängen gleicht mehr einem Ritual. Und auch noch schlampig gemacht. Die Schlinge saß unterm Kinn, und der Knoten war in Scheitelhöhe.«

»Ja. Wirklich krank. Und mit seinem kranken Hirn will der Mörder uns damit etwas sagen«, meinte Irene.

»Sucht in der Vergangenheit, Ghostbusters!«, trompetete Jonny.

Irene konnte sich nicht aufraffen, ihm zu antworten. Er wusste vermutlich nicht einmal, wie Recht er hatte. Sie mussten wirklich in der Vergangenheit wühlen. In dem Durcheinander aus Gespenstergeschichten und Lügen würden sie hoffentlich der Wahrheit über die Löwander-Klinik-Morde auf die Spur kommen. Aber gerade jetzt war die Sache wirklich wie verhext, das musste auch sie sich eingestehen. Das hätte sie Jonny gegenüber jedoch nie zugegeben.

»Wir sehen uns heute Nachmittag gegen fünf wieder. Svante Malm kommt auch und hat dann wohl einen Teil der Laborergebnisse«, schloss Andersson.

Das Sahlgrenska-Krankenhaus erweckte den Eindruck, als hätte es ein schizophrener Architekt gebaut. Alle Baustile, angefangen mit dem späten 19. Jahrhundert, waren vertreten, ein Durcheinander von Ziegelbauten in Jugendstil, Hochhäusern und verglasten Verbindungsgängen aus den letzten Jahrzehnten, das Ganze weder schön noch funktional.

Irene ging zum Haupteingang des Zentralkomplexes. Noch ehe sie das Entree betrat, wusste sie, dass Barbro Löwander draußen auf sie wartete. Die Frau, die neben dem Haupt-eingang vor dem starken Wind Schutz suchte, musste Sverker Löwanders Exfrau sein. Sie war blond und fast ebenso groß wie Carina Löwander. Die beiden Frauen ähnelten sich, obwohl Barbro den Informationen nach, die Irene über sie hatte, elf Jahre älter war. Sie trug ihr Haar in einem langen Pagenschnitt, genau wie Carina, aber es war nicht so blond, sondern hatte einen matten Grauschimmer. Noch eine, die sich einen Termin zum Tönen geben lassen sollte, dachte Irene. Die Haut von Barbro Löwander war blass. Irene fielen nur selten solche Details auf, aber diese Frau sollte sich wirklich von der Kosmetikindustrie helfen lassen. Eine braun getönte Tagescreme, Wimperntusche und ein hübscher Lippenstift würden bei diesem farblosen Gesicht Wunder wirken. Um alles noch schlimmer zu machen stand Barbro zusammengesunken da und in einen beigen Daunenmantel gehüllt. Versuchte sie sich bewusst unscheinbar zu machen? Dieser Gedanke schoss Irene durch den Kopf, als sie sich lächelnd an die Frau wandte und fragte:

»Entschuldigen Sie. Sind Sie Barbro Löwander?«

»Ja.«

»Hallo. Ich bin Kriminalinspektorin Irene Huss. Können wir uns irgendwo unterhalten?«

Barbro Löwander nickte und ging auf die automatischen Glastüren des Entrees zu. Beide Türhälften glitten zur Seite, und sie konnten das Entree des Zentralkomplexes betreten.

Es war offenbar, dass das Sahlgrenska-Krankenhaus nie den Preis für das einladendste und schönste Entree gewinnen würde. Obwohl man eine rauschende Brunnenskulptur neben das Fenster gestellt hatte, um die Stimmung zu heben. Der Eindruck dieser Skulptur wurde jedoch durch schwimmende Kippen und anderen Müll verdorben.

Sie marschierten durch das breite Entree, das durch das gesamte Erdgeschoss führte. Sie wechselten kein Wort, als sie an der Cafeteria vorbeigingen und das Gebäude durch rückwärtige Glastüren verließen. Barbro Löwander senkte gegen den schneidenden Wind die Schultern und nahm Kurs auf ein älteres Gebäude aus dunklen Ziegeln. Über ihren Köpfen verband ein verglaster Gang den Zentralkomplex mit dem alten Hauptgebäude. In diesem Gang waren eilige, weiß gekleidete Personen zu sehen, geschützt von Wind und Wetter. Irene hatte das sichere Gefühl, dass sie es bei diesem Verhör nicht leicht haben würde.

Im Haus angekommen, sauste Barbro eine abgetretene Treppe hinauf, ohne auf die Kriminalinspektorin zu achten oder das Wort an sie zu richten. Irene rannte verbissen hinterher. Im zweiten Stock blieb Barbro stehen, und Irene hörte das Rasseln eines Schlüsselbundes. Barbro Löwander schloss auf und sagte tonlos:

»Treten Sie ein. Ich habe das Büro von jemand leihen dürfen, der in Urlaub ist.«

Das Zimmer war großzügig. Zwei hohe Fenster gingen auf den hinteren Teil des botanischen Gartens. Mitte Februar war das allerdings auch keine berauschende Aussicht, aber man konnte sich leicht vorstellen, wie es sein würde, wenn im Frühling alles zu knospen begann und grün wurde.

»Sind in diesem Gebäude nur Büros?«, fragte Irene.

»Weitgehend«, entgegnete Barbro.

Sie hängte ihren Mantel an einen Haken an der Wand, und Irene hängte ihre Lederjacke daneben.

»Waren hier früher Stationen?« fuhr Irene fort.

»Nein, die Krankenpflegeschule.«

Keine Kosmetikmarke der Welt hätte vermocht, aus Barbro Löwander eine Schönheit zu machen, dachte Irene plötzlich. Der griesgrämige und bittere Zug ließ sich auch von der dicksten Schminke nicht verdecken. Sie nahm einen Stoß Papier von einem Stuhl und setzte sich. Gleichzeitig versuchte sie, sich von Sverker Löwanders Exfrau ein Bild zu machen.

Barbro ließ sich auf einen Bürostuhl vor einem riesigen Computer sinken. Sie zog ein Paket starker Filterzigaretten aus der Tasche und schüttelte ungeduldig eine heraus. Offenbar herrschte im Krankenhaus Rauchverbot, denn sie zündete sie nicht an, sondern hielt sie nur nervös zwischen den Fingern.

»Ich verstehe nicht, warum ich mich in etwas hineinziehen lassen soll, was in der Löwander-Klinik passiert ist!«, rief sie.

Zu ihrer Verwunderung sah Irene, wie ihr Tränen in die Augen traten. Vorsichtig fragte sie:

»Kannten Sie die ermordeten Krankenschwestern?«

»Nein. Ich habe die Klinik seit elf Jahren nicht mehr betreten! Ganz zu schweigen davon, dass ich mit dem Personal Umgang gepflegt hätte. Ich habe mit allem gebrochen … damals.«

»Bei der Scheidung?«, ergänzte Irene.

Barbro nickte nur. Irene schaute in ihre graublauen Augen und sah in ihnen einen großen Schmerz. Das erstaunte sie in Anbetracht der Tatsache, dass die Scheidung schon so lange zurücklag. Vielleicht handelte es sich bei dieser Trennung immer noch um eine klaffende Wunde, die man besser nicht berührte. Irene beschloss, die Sache vollkommen anders anzugehen.

»Ich wollte mit Ihnen nicht über die Scheidung, sondern über die Morde reden. In dieser Sache brauchen wir Ihre Hilfe.«

Irene ließ ihrem Gegenüber Zeit, das Gesagte zu verdauen. Barbro saß jetzt nicht mehr so verspannt da, aber ihre Stimme klang immer noch misstrauisch, als sie fragte:

»Meine Hilfe?«

»Ja. Sie haben doch einige Jahre in der Löwander-Klinik gearbeitet und waren mit Sverker verheiratet … wie lange?«

»Wir waren dreizehn Jahre lang verheiratet. Und ich habe sechs Jahre in der Löwander-Klinik gearbeitet. Ich habe nach Julias Geburt angefangen, nur noch halbtags zu arbeiten …«

Sie verstummte und presste die Lippen zusammen. Offenbar fand sie, dass sie zu mitteilsam war. Diese Ansicht konnte Irene nicht teilen. Sie versuchte es mit einer neuen Frage.

»Wie waren Ihre Schwiegereltern?«

Barbro konnte ihre Verwunderung nicht unterdrücken. Schließlich zuckte sie mit den Achseln und sagte:

»Ich sehe nicht, was das mit den Morden in der Löwander-Klinik zu haben sollte. Genauso wenig wie ich verstehe, was mich das alles angeht.«

Sie verstummte und schien nachzudenken.

»Sverkers Mutter starb, als er neun Jahre alt war. Mein ehemaliger Schwiegervater Hilding starb in dem Jahr, bevor Sverker und ich geschieden wurden. Er wurde neunundachtzig Jahre alt. Er war bis in sein letztes Lebensjahr hinein ein echter Kraftmensch. Dann erlitt er einen Gehirnschlag und dann… ging es nur noch bergab. Es machte ihn verrückt!«

Um ihre Mundwinkel spielte ein schwaches Lächeln. Irene war verwundert, hatte aber gleichzeitig das Gefühl, dass Barbro ihren Schwiegervater wirklich gemocht hatte.

»Was machte ihn verrückt?«, fragte Irene.

»Er sah sich gezwungen, die Aufsicht über die Löwander-Klinik abzugeben. Die Klinik war sein Leben. Er hatte schon etliche Jahre zuvor aufgehört zu operieren, kümmerte sich aber immer noch um die gesamte Verwaltung und den laufenden Unterhalt.«

»Wie gefiel Sverker das?«

Barbro erstarrte und warf Irene einen eiskalten, verächtlichen Blick zu.

»Er fand das angenehm. So hatte er Zeit, Carina hinterherzulaufen!«

»Er interessierte sich also nicht sonderlich für die Leitung der Klinik.«

»Nein.«

»Hat Hilding ein zweites Mal geheiratet?«

»Nein.«

»Wissen Sie, ob Geschichten über ihn im Umlauf waren… über andere Frauen…«

Irene sprach den Satz absichtlich nicht zu Ende, um zu sehen, ob Barbro anbeißen würde. Sie schluckte den Köder mit einer bitteren Grimasse.

»Ich habe in der Abendzeitung den Artikel über Schwester Tekla gelesen. Natürlich kenne ich diese Geschichte. Wie die meisten, die in der Löwander-Klinik gearbeitet haben. Aber ich glaube kein Wort davon. Alter Klatsch. Dummes Gerede!«

»Es hat nicht den Anschein, als wüsste Sverker, dass Hilding und Schwester Tekla ein Verhältnis gehabt haben.«

»Nein. Das ist möglich. Ich weiß, dass sich eine Schwester auf dem Speicher erhängt hat und dass sie angeblich umgeht ... aber er hat nie etwas davon gesagt, dass sie ein Verhältnis mit Hilding gehabt haben soll. Wahrscheinlich hat nie jemand gewagt, Sverker diesen Klatsch zu hintertragen.«

»Es hat nie eine andere Frau in Hildings Leben gegeben, solange Sie ihn gekannt haben?«

»Nein. Aber er war schließlich schon zweiundsiebzig, als ich Sverker kennen lernte.«

»Offenbar waren die Eltern recht alt, als Sverker zur Welt kam.«

»Ja. Hilding war fünfzig und Lovisa muss ... fast fünfundvierzig gewesen sein! Oh! Daran habe ich tatsächlich nie gedacht, dass sie schon so alt war. Sie war schon lange tot, als wir heirateten, und Sverker sprach fast nie von ihr. Aber es gab eine Menge, worüber er in all den Jahren nie geredet hat!«

Jetzt war Barbro wieder bei der Scheidung angekommen. Wie eine Zungenspitze, die ständig um ein Loch in einem Zahn kreist. Man weiß, dass es einem bei jeder Berührung durch und durch geht, aber man kann es trotzdem nicht lassen.

»Hat er Ihnen nicht erzählt, dass er ein Verhältnis mit Carina hatte?«

»Natürlich nicht! Wie üblich habe ich es als Letzte erfahren! Ich wurde vor vollendete Tatsachen gestellt. Carina war schwanger und er wollte sich scheiden lassen. Wegen des Kindes. Daran dachte er nicht, dass er bereits zwei hatte! An die verschwendete er keinen Gedanken, als dieses Biest alles tat, um ihn zu bezirzen! Er ging bereitwillig in die Falle!«

Offenbar war Barbro der Meinung, Sverker sei ein willenloses Opfer von Carinas Verführungskünsten gewesen. But it takes two to tango, dachte Irene. Sie behielt diesen Gedanken jedoch für sich und fragte stattdessen vorsichtig weiter:

»Wie lange ging ihr Verhältnis schon?«

»Etwa ein halbes Jahr. Aber das Schlimmste war, dass er mich belog und alles hinter meinem Rücken ablief! Sie trafen sich heimlich, aber trotzdem praktisch vor meinen Augen! Noch nie in meinem Leben hat man mich so gedemütigt!«

Endlich bekamen Barbros Wangen etwas Farbe und ihre Augen wurden wacher. Das kleidete sie ebenfalls nicht sonderlich. Hass und Bitterkeit stachen zu deutlich hervor.

Irene hatte das Gefühl, es sei höchste Zeit, die wichtigste Frage von allen zu stellen.

»Ich hörte jemanden von der Klinik sagen, Sie hätten Carina im Verdacht gehabt, das Feuer in der Chefarztvilla gelegt zu haben…«

Eine Weile saß Barbro vollkommen regungslos da und starrte geradeaus. Schließlich bewegten sich ihre Lippen und sie sagte:

»Niemand wollte mir zuhören. Niemand glaubte mir! Aber ich habe sie gesehen.«

»Wo haben Sie sie gesehen?«

»Vor dem Haus. Sie drückte sich vor dem Haus herum. Ich sah, wie sie die Klinke der Kellertür drückte. Aber die war abgeschlossen. Dann machte sie ein paar Schritte zurück und schaute hoch zum Obergeschoss. So stand sie ziemlich lange da. Plötzlich hörte ich, wie sie leise lachte, und dann ballte sie die eine Hand zur Faust und schüttelte sie in Richtung Haus. So!«

Barbro legte den Kopf zurück und lachte zischend. Sie schüttelte ihre Faust in Richtung Decke.

»Wohnten Sie zu diesem Zeitpunkt noch dort?«

»Nein. Ich war mit den Kindern ausgezogen.«

»Was machten Sie dann bei der Chefarztvilla?«

Jetzt sah Barbro vollkommen verbittert aus, aber sie hatte sich offenbar entschlossen, alles zu erzählen.

»Es gab eine polizeiliche Ermittlung, da viel darauf hindeutete, dass das Feuer gelegt worden war. Da fragten die Polizisten auch, warum ich vor dem Haus gestanden hätte. Ich gebe Ihnen dieselbe Antwort, die ich damals gegeben habe. Ich wollte wissen, was Sverker und Carina taten.«

»Sie standen vor dem Haus und haben ihnen hinterherspioniert?«

»Ja.«

»Wohnte Carina bei Sverker in der Chefarztvilla?«

»Nein. Sie mochte das Haus nicht und wollte dort nicht einziehen. Deswegen hat sie das Feuer gelegt. Sverker und sie haben das im Verhör bestritten und gesagt, ich sei krankhaft eifersüchtig.«

Wieder war der tiefe Schmerz in ihren Augen zu sehen, und sie presste die Lippen aufeinander. Irene sah ein, dass sie nicht viel weiter kommen würde. Sie dankte Barbro Löwander, nahm ihre Lederjacke vom Haken und verließ das Büro.

Den Rest des Nachmittags bis zur Besprechung um fünf widmete Irene den Akten, die sich auf ihrem Schreibtisch angesammelt hatten. Den Bericht über das Verhör von Barbro Löwander las sie mehrere Male, ohne klüger zu werden. Es war unangenehm, auf so viel unverarbeiteten Hass und Schmerz zu stoßen. Sie hatte den Eindruck, dass Barbro die Kränkungen, die sie erlitten hatte, pflegte, sowohl die wirklichen als auch die eingebildeten. Auf die Dauer hatte sie wohl selbst am meisten darunter gelitten. Sie wirkte sehr labil. Hatten ihre Anklagen Carina gegenüber irgendeine Berechtigung? Es war wirklich höchste Zeit, sich mit Carina Löwander zu treffen.

Ihre Kollegen hatten sich bereits im Konferenzzimmer eingefunden. Irene wunderte sich darüber, dass Birgitta wieder an ihrem Platz saß. Sie nickte nur kurz, als sie Irene mit einem Hallo begrüßte. Der Kommissar kommentierte das Auftauchen von Birgitta nicht weiter, sondern erteilte sofort Svante Malm von der Spurensicherung das Wort.

»Ich kann damit beginnen, dass wir dieselben dunklen Textilfasern auf den Kleidern von Linda Svensson gefunden haben, die wir bereits auf der Leiche von Marianne Svärd angetroffen haben. Die Fasern sind identisch und stammen vom selben Kleidungsstück, nämlich von der Schwesterntracht, die Samstagabend im Geräteschuppen in Brand gesetzt wurde. Von dieser Tracht war genug übrig, um das mit absoluter Sicherheit feststellen zu können.«

»Auf der Leiche von Gunnela Hägg gab es keine solchen Fasern?«, warf Tommy ein.

»Nein. Dagegen hatte sie sehr viel Talkum auf den Kleidern, vor allem auf dem Oberteil ihres Mantels. Wir haben sogar einen verwischten Handabdruck gefunden. Der Mörder hat Handschuhgröße siebeneinhalb.«

»Groß für eine Frau und zierlich für einen Mann«, stellte Irene fest.

Sie hatte selbst acht und Schuhgröße einundvierzig. Sie war aber auch ein Meter achtzig groß.

»Handschuhtalkum haben wir auch auf den beiden Krankenschwestern gefunden. Der Mörder trug bei allen drei Morgen OP-Handschuhe. Bei den Morden an Linda und Marianne außerdem die Schwesterntracht. Wahrscheinlich trat er beim Mord an Gunnela Hägg nicht im Kleid in Erscheinung. Wir haben übrigens auf dem Seitenschneider Blut und Haare sichern können und konnten heute nachweisen, dass sie von Gunnela stammen. Wir glauben auch, dass wir die Mordwaffe gefunden haben, mit der Marianne Svärd getötet wurde.«

Er verstummte und blätterte ein Blatt seines Spiralblocks um. Im Zimmer war es vollkommen still.

»Wie ihr wisst, hatte Linda noch die Schlinge um den Hals, obwohl sie anschließend aufgehängt wurde. Sie saß tief in der

Muskulatur vergraben. Der Mörder hat sich nicht die Mühe gemacht, sie zu entfernen. Marianne wurde ebenfalls mit einer Schlinge erdrosselt. Aber diese lag nicht mehr um ihren Hals. Wir haben uns gefragt, warum und jetzt wissen wir es. Der Mörder brauchte die Schlinge.«

Er verstummte und beugte sich zu einer Stofftasche hinab, die neben seinem Stuhl auf dem Fußboden stand. Er zog eine große Plastiktüte mit einer dünnen weißen Leine darin hervor. Ehe er die Hand in die Tüte steckte, streifte er ein Paar dünne Plastikhandschuhe über.

»Das hier ist die Flaggenleine, die von der Rolle des Hausmeisters gestohlen wurde. Fast sechs Meter. Ein Meter war abgeschnitten und wurde verwendet, um Linda zu erdrosseln. Das ist dieses Stück.«

Malm hob ein meterlanges Stück der Leine hoch. In der Mitte war es stark verfärbt.

»Das Seltsame war, dass es bei der Leine, mit der Linda aufgehängt wurde, ebenfalls ein stark verfärbtes Stück gab. Wir sahen, dass es sich um Blut handeln könnte, und analysierten es natürlich. Es war Blut. Aber nicht von Linda, sondern von Marianne Svärd.«

Der Kommissar atmete schwer und fuchtelte mit den Händen.

»Nun mal langsam! Das klingt doch vollkommen absurd! Erst erdrosselt er Marianne mit der langen Leine, und dann macht er diese los, weil er sie braucht, um Linda damit aufzuhängen. Und sie hatte ihr Stück der Leine immer noch um den Hals! Das ergibt doch alles keinen Sinn …«

Alle staunten, dass Hannu den Chef unterbrach.

»Erst Linda. Dann Marianne.«

Andersson glotzte den Exoten des Dezernats an.

»Erklär«, sagte er kurz.

»Erst erdrosselte er Linda mit der Einmeterleine. Dann erdrosselte er Marianne mit der langen Leine. Diese nahm er wieder mit. Er brauchte sie, um Linda damit aufzuhängen.«

Das klang plausibel, war aber keine Erklärung dafür, warum Linda aufgehängt werden musste. Andersson wandte sich an Irene und wollte wissen, was das Verhör von Barbro Löwander ergeben hatte.

Nach Irenes Referat des Verhörs von Sverker Löwanders Exfrau, war Tommy an der Reihe.

»Ich habe heute erneut mit Siv Persson Kontakt aufgenommen. Sie war sich fast vollkommen sicher, dass die alte Schwester, die dabei gewesen war, als man Tekla damals abgeschnitten hat, behauptet hat, dass sich Schwester Tekla am Dachbalken vor dem Fenster erhängt hat.«

»Hat das irgendeine Bedeutung?«, wollte Jonny wissen.

»Nun ja. Offenbar war es wichtig, sie im selben Raum aufzuhängen, in dem sich Tekla erhängt hat. Aber genauer hat es der Mörder nicht genommen.«

»Worauf lässt das schließen?«, fragte Irene.

»Dass der Mörder nicht die ganze Geschichte kannte«, sagte Hannu.

Bei Irene machte es klick. Das hier war wichtig, aber sie wusste noch nicht, warum. Sie nickte Hannu zu und sagte:

»Der Mörder kannte nicht die ganze Geschichte von Schwester Tekla. Gunnela Hägg kannte sie ebenfalls nicht vollständig. Sie wusste eine Menge, kannte aber nicht sämtliche Details. Hast du übrigens rausgekriegt, ob sie in der Löwander-Klinik war?«

»Ja. Eine Gruppe Patienten aus Lillhagen hat im Sommer 1983 einen Monat in der Löwander-Klinik verbracht, darunter Gunnela.«

Endlich ließ sich das Puzzle zumindest teilweise zu einem Bild zusammensetzen. Irene sah Hannu konzentriert an, merkte dann aber plötzlich, dass Tommy neben ihr leise vor sich hin lachte. Verwundert drehte sie sich zu ihm um. Er meldete sich zu Wort:

»Hannu hat diese Angaben bereits heute Mittag bekommen, und da habe ich Siv Persson erneut angerufen. Ich habe sie gefragt, wie es sein könnte, dass die Patienten aus der Psychiatrie die Geschichte von Schwester Tekla kannten. Erst wurde sie wütend und behauptete, sie hätte nicht den blassesten Schimmer, aber zum Schluss rückte sie doch mit der Sprache raus. Sie hat ihnen die Geschichte selbst erzählt!«

»Warum, in aller Welt, hat sie den Patienten von Schwester Tekla erzählt?«, fragte Irene.

»Damit sie in ihren Zimmern bleiben und nicht nachts verschwinden würden. Sie machte ihnen mit dem Gespenst Angst«, erklärte Tommy.

»Das ist wirklich die Höhe!«

Hier hatten sie endlich die Erklärung dafür, warum Gunnela Hägg die Gespenstergeschichte der Löwander-Klinik gekannt hatte. Letztlich hatte es den Tod der Ärmsten verursacht.

Svante Malm ergriff wieder das Wort:

»In dem Speicherraum standen zwei große Reisetaschen und eine ältere, kleinere Ledertasche. Die werden wir uns genauer ansehen, da sie interessant zu sein scheinen. Sie sind vor kürzerer Zeit aufgebrochen und anschließend sorgsam mit einem Lappen abgewischt worden. Was mir auffiel, war, dass sie vollkommen staubfrei waren.

Wir haben alle drei Taschen in unser Labor gebracht. Morgen Nachmittag sind wir mit ihnen fertig. Sollen wir sie dann hierher bringen lassen?«

Ohne nachzudenken sagte Irene:

»Ja, danke.«

Svante Malm nickte und notierte sich etwas auf seinem Block.

»Frühestens morgen Nachmittag«, sagte er.

Im Übrigen hatten sie nichts über irgendwelche fremden Fahrzeuge auf dem Besucherparkplatz hinter dem Tannenwäldchen des Klinikparks in Erfahrung bringen können. Der Tag hatte überhaupt keine neuen Zeugenaussagen von Bedeutung ergeben. Die Einzigen, die weitergekommen waren, war die Ghost-irgendwas-Gruppe, und daher beschloss Andersson auch, ihnen weiterhin freie Hand zu lassen.

Der Kommissar wünschte seinen Leuten viel Glück bei den Ermittlungen des nächsten Tages, setzte für halb acht eine kurze Morgenbesprechung an und bat sie zum Schluss, ihre leeren Pizzaschachteln in die große Plastiktüte neben der Tür zu werfen.

KAPITEL 15

Die enthäuteten Kadaver hingen dicht an dicht, und sie hatte Mühe, sich zu bewegen. Vorsichtig tastete sie sich vorwärts und versuchte es zu vermeiden, mit ihnen zusammenzuprallen. Auf dem Fußboden war eine dicke Schmiere, die ihre Füße festhielt. In der Ferne hörte sie Jenny schwach um Hilfe rufen. Aber sie wusste, dass es unmöglich war, sich mit Gewalt einen Weg zu bahnen. Dann würden die schweren Kadaver nur von ihren Haken gleiten und auf sie herabfallen. Die zähe Masse um ihre Füße stieg immer höher, und sie begriff, dass sie bald zwischen den Kadavern gefangen sein würde. Jennys verzweifelte Stimme war aus immer größerer Ferne zu hören. Bald würde ihr nicht mehr zu helfen sein.

Schweißgebadet setzte sich Irene im Bett auf. Verdammt, sie hatte auch heute keine Zeit gefunden, Jenny nach den Plakaten unter ihrem Bett zu fragen. Am Sonntag war zu viel los gewesen. Die Mädchen hatten so viel vom Skifahren zu erzählen gehabt, und außerdem hatten die Taschen ausgepackt werden müssen. An den darauf folgenden Abenden war ebenfalls keine Zeit gewesen. Irene legte sich wieder hin und versuchte sich zu beruhigen. Vorsichtig drehte sie den Kopf zur Seite und betrachtete Krister. Er schlief mit dem rechten Arm über dem Kopf auf dem Rücken und schnarchte laut. Irene stieß ihn an. Ohne aufzuwachen, drehte er sich brummend zur Seite. Das Schnarchen ging in ein leises Schnaufen über.

Auch mit ihm hatte sie nicht darüber gesprochen. Sie war ganz einfach zu feige gewesen. Aber sie wusste wirklich nicht, wie er reagieren würde, wenn sie ihm erzählte, dass Jenny ein Protestplakat der Befreiungsfront für Tiere unter dem Bett liegen hatte! Es hatte ihn nicht erbaut, dass sie begonnen hatte, sich vegetarisch zu ernähren, und das war dagegen harmlos.

Es hatte keinen Sinn dazuliegen und ins Dunkel zu starren. Sie musste einen Beschluss fassen, wie sie mit dieser Sache umgehen wollte. Es gab nur eines, was sie sinnvollerweise tun konnte. Heute Abend musste sie mit Jenny reden.

Trotzdem dauerte es eine Weile, bis sie wieder einschlafen konnte. Und als der Wecker klingelte, hatte sie das Gefühl, gerade eben eingenickt zu sein.

Irene war erstaunt, dass Svante Malm wieder bei der Morgenbesprechung erschienen war.

»Morgen zusammen. Svante muss gleich weiter, aber er wollte noch etwas Wichtiges sagen. Bitte«, begann Andersson.

»Ja. Gestern vergaß ich zu sagen, dass wir im Staub auf dem Fußboden Spuren gesichert haben. Und zwar hinter der Tür auf dem Boden. Wir haben dort eine Menge Haare von Linda gefunden. Außerdem ist deutlich zu sehen, dass sie von dort zu dem Platz geschleift wurde, an dem sie aufgehängt wurde. An ihren Kleidern war auch eine Menge Staub vom Fußboden. Daraus ziehen wir den Schluss, dass die Leiche eine Weile hinter der Tür lag, ehe sie zum Dachstuhl geschleift wurde.«

»Dann stimmt also unsere Vermutung von gestern. Erst Linda, dann Marianne«, sagte Irene.

Sie nickte Hannu zu. Er nickte kaum merkbar zurück und ließ seinen ruhigen Blick auf dem Mann von der Spurensicherung ruhen.

»Im Staub war auch ein Fußabdruck. Es gab da einige, aber einer war richtig deutlich. Ein stabiler Damenschuh mit Absatz, Größe neununddreißigeinhalb oder vierzig.«

Svante Malm hob die Hand zum Abschied und zog eilig von

dannen. Danach war es eine Weile still. Der Kommissar starrte düster auf die Tür und sagte dann mit fester Stimme:

»Gespenster hinterlassen keine Fußabdrücke.«

Niemand war anderer Meinung.

Irene, Tommy und Hannu berieten, wie sie weiter vorgehen sollten.

»Ich will versuchen, mit Carina Löwander zu sprechen. Will einer von euch mitkommen?«, fragte Irene.

»Mach du das«, sagte Hannu und nickte Tommy zu.

Selbst sagte er nicht, was er vorhatte, und aus irgendeinem Grund wollten ihn seine Kollegen auch nicht danach fragen.

Sie einigten sich darauf, um drei Uhr wieder zusammenzukommen.

Manchmal hat man Glück, dachte Irene, als Carina Löwander zu Hause ans Telefon ging.

»Guten Morgen. Hier ist Irene Huss von der Kripo. Ich frage mich, ob Sie heute kurz Zeit für mich hätten?«

»Ja, das geht«, entgegnete Carina rasch.

»Könnten wir jetzt sofort kommen?«

»Natürlich.«

Sie klang munter und ausgeruht. Wahrscheinlich hatte sie schon das erste Training des Tages und ihr Frühstück bestehend aus biodynamischer Weizenkleie und sonnengereifter Grapefruit hinter sich. Danach hatte sie vermutlich eiskalt geduscht, ein unauffälliges Make-up aufgelegt und eine Armani-Jacke oder ein anderes bezauberndes Markenkleidungsstück übergezogen.

Irene fand diese Überlegungen selber überflüssig. Sie war ganz einfach eifersüchtig auf Carina Löwander. Hübsch, fit und ein BMW. Und außerdem war sie mit Sverker verheiratet.

Irene parkte den Dienstwagen, einen fast neuen Ford Fiesta, im Hellblau der schwedischen Flagge, auf der asphaltierten

Auffahrt vor dem Garagentor. Das große Haus in den klaren Linien der Dreißigerjahre war in einem warmen Apricot verputzt. Fensterrahmen und Türen waren passend in einem rotbraunen Ziegelton gestrichen.

Carina Löwander öffnete die Haustür fast im selben Augenblick, in dem die beiden Polizisten klingelten. Sie sah genauso unverschämt fit aus, wie Irene es sich vorgestellt hatte.

»Hallo. Kommen Sie doch rein. Ich habe Kaffee aufgesetzt. Nehmen Sie eine Tasse?«

»Ja, danke«, erwiderten sie wie aus einem Mund.

Carina ging durch die Diele voran und deutete ins Wohnzimmer, das Irene sofort ›Weißes Meer‹ taufte.

Das Zimmer war groß und luftig. Das Licht fiel durch zwei riesige Kippfenster herein, die von dünnen weißen Seidengardinen umrahmt wurden. Die Wände waren blendend weiß, ebenso die Sitzgruppe aus Leder und die weißen Felder des abstrakt gemusterten schwarzweißen Wollteppichs. Dieser Teppich ist sicher gut zehn Quadratmeter groß, dachte Irene. Zu schwer, um sich noch zum Klopfen nach draußen tragen zu lassen. Es sollte doch eine elfjährige Tochter im Haus geben? Irene erinnerte sich, wie es bei ihnen ausgesehen hatte, als die Zwillinge in diesem Alter gewesen waren, Krümel von Butterbroten und Chips überall auf den Teppichen. Aber diesen Teppich musste man vielleicht gar nicht ausklopfen, da sich nirgends erkennen ließ, dass sich jemals Erwachsene oder Kinder in diesem Zimmer aufhielten. Alles war klinisch weiß und rein. Kalt und perfekt.

An den Wänden hingen drei riesige Gemälde. Alle drei hatten eine unterschiedliche Farbgebung, jedoch dasselbe Motiv – große Wellen auf dem Meer. Auf einem der Gemälde brach sich das Sonnenlicht tief in einer Woge, in einem glühend-türkisgrünen Schimmer.

Carina tauchte mit einer Kaffeekanne in der einen Hand und drei weißen Steingutbechern in der anderen in der Türöffnung auf. Die Becher hielt sie alle drei in einem festen Griff um die Henkel.

»Milch und Zucker?«

Sowohl Irene als auch Tommy lehnte ab. Nachdem sie den Kaffee in die Becher gefüllt hatte, ließ sich Carina in einen der Sessel sinken. Sie trug schwarze Stretchhosen, ein schwarzes Seidentop und eine leuchtend blaue Jacke aus Wildleder in der Farbe ihrer Augen. Die Haut war sonnengebräunt und makellos. Ihr Gesicht hätte das eines Fotomodells sein können. Aus der Nähe sah man, dass sie an die Dreißig war, aber niemand wäre auf die Idee gekommen, dass sie bereits ihren sechsunddreißigsten Geburtstag hinter sich hatte. Irene fiel es zwar schwer, aber sie musste zugeben, dass Carina Löwander eine sehr schöne Frau war.

»Sie hatten Glück, dass Sie an einem Donnerstag angerufen haben. Mittwoch und Donnerstag fange ich erst um zwölf an. Aber dafür arbeite ich dann bis zehn Uhr abends. Am schlimmsten ist es dienstags: Da bin ich den ganzen Tag bei den Betriebsärzten und am Abend im Fitnessstudio«, sagte Carina.

»Klingt anstrengend. Wir haben einige Angaben, die wir überprüfen müssen. Reine Routine. Ich hoffe, Sie haben nichts dagegen?«, sagte Tommy.

»Natürlich nicht. Kein Problem.«

»Können Sie uns etwas genauer erzählen, was für einer Arbeit Sie nachgehen?«

»Ich habe zwei. Zum einen bin ich verantwortlich für eine Reha-Gruppe bei den Betriebsärzten. Die restliche Zeit kümmere ich mich um das Training und das Aerobicprogramm in einem Fitnessstudio. Das macht mir am meisten Spaß. Aber bei den Betriebsärzten kann ich meine Ausbildung besser einbringen.«

»Ich habe gehört, dass Sie Krankengymnastin sind.«

»Ja. Aber nach einigen Jahren hatte ich das Bedürfnis, mich auch mal mit gesunden Menschen zu befassen. So sollte man arbeiten. Vorbeugend. Wenn alle regelmäßig trainieren würden, dann würden viele nie in einer Reha-Gruppe landen.«

»Haben Sie als Krankengymnastin in der Löwander-Klinik gearbeitet?«, fragte Irene, obwohl sie das bereits wusste.

»Ja. Die Löwander-Klinik war meine erste Stelle.«

»Dann haben Sie Ihren Mann dort kennen gelernt?«

Irene versuchte unschuldig und ahnungslos auszusehen. Carina warf ihr trotzdem einen misstrauischen Blick zu.

»Ja. Ich bin davon ausgegangen, dass Sie das bereits wissen. In der Löwander-Klinik wird doch nur getratscht!«

»Haben Sie deswegen dort aufgehört?«

»Zum Teil. Viele dort kannten Barbro gut und fanden, dass Sverker und ich ihr... das Herz gebrochen hätten. Das war alles furchtbar. Barbro hatte zeitweilig bereits an Depressionen gelitten, bevor Sverker und ich zusammenkamen. Vermutlich kann man sagen, dass sie psychisch labil war. Sverker und ich hatten eine richtig leidenschaftliche Affäre. Als wir merkten, dass es etwas Ernstes ist, machten wir uns wegen Barbro Sorgen. Wir wollten ihr nicht wehtun. Aber als ich erfuhr, dass ich schwanger bin, spitzte sich die Sache zu. Wir wussten nicht so recht, was wir tun sollten. Da rief eines von diesen Klatschweibern an der Löwander-Klinik bei Barbro an und erzählte ihr alles! Das war... grausam. Sie erlitt einen totalen Zusammenbruch!«

»Wissen Sie, wer da geredet hat?«, warf Irene ein.

»Nein. Es gelang mir nie, herauszufinden, wer bei Barbro angerufen hatte.«

»Haben Sie jemanden im Verdacht?«

»Nun... ein paar der älteren Schwestern und Sprechstundenhilfen behandelten mich offen feindselig. Sie wollten nie akzeptieren, dass Sverker und Barbro sich hatten scheiden lassen und dass ich der Anlass gewesen war. Eine von ihnen war es sicher, aber ich weiß nicht, wer.«

»Was wurde aus Barbro direkt nach der Scheidung?«

»Wie schon gesagt erlitt sie einen Zusammenbruch, als sie von unserer Beziehung erfuhr. Sie wurde einige Male in die Psychiatrie eingewiesen, und manchmal glaube ich, dass sie immer noch eine Menge Tabletten nimmt. Ich bin mir nicht sicher, aber manchmal wirkt sie sehr… seltsam.«

»Sehen Sie sie oft?«

Carina warf Irene einen erstaunten Blick zu.

»Nein. Nie. Sie hat sich geweigert, mich zu treffen, seit die Scheidung ein Faktum war. Manchmal telefonieren wir. Aber jetzt sind John und Julia erwachsen. Deswegen haben Barbro und ich nur noch selten miteinander zu tun.«

»Finden Sie es anstrengend, sich mit ihr zu treffen?«

»Nein. Eigentlich nicht. Aber sie wird damit nicht fertig, mich zu sehen. Um der Kinder willen finde ich, dass wir Erwachsenen versuchen sollten, uns zusammenzureißen und unsere Animositäten zu verbergen. Aber sie weigert sich. Das Schlimmste ist, dass sie die Kinder gegen Sverker und mich aufgehetzt hat. Gott weiß, was sie ihnen eingeredet hat, aber das Verhältnis zwischen Sverker und seinen Kindern aus erster Ehe war nie gut.«

Langsam fand Irene, es sei jetzt an der Zeit, zum Wesentlichen zu kommen. Ruhig sagte sie:

»Wir sind hier, um Ihre Version zu hören, was den Brand der Chefarztvilla betrifft. Wir wissen, dass Barbro Sie beschuldigt hat, das Feuer gelegt zu haben. In dieser Sache wurde damals ermittelt.«

Unversehens sah Carina sehr zornig aus, wirkte aber einen Augenblick später schon wieder gelassen. Aus ihrer Stimme war nicht die geringste Verärgerung herauszuhören, nur ein tiefes Bedauern.

»Leider passierte das zu einer Zeit, in der es Barbro am schlechtesten ging. Natürlich konnte sie einem Leid tun. Die Eifersucht nahm bei ihr Züge von Verfolgungswahn an… das Ganze geriet aus der Bahn. Sie wollte mich für den Brand ins Gefängnis bringen und behauptete sogar, Sverker hätte mitgeholfen, um an das Geld von der Versicherung zu kommen!«

»Welche Gründe nannte sie dafür, dass Sie das Haus angezündet haben sollen?«

»Sie sagte, ich hätte die Chefarztvilla angezündet, weil ich nicht darin wohnen wollte. Sverker hätte das Geld von der Versicherung gebraucht, um dieses Haus für uns zu kaufen.«

»War das vollkommen aus der Luft gegriffen?«

»Ja! Sverker hatte gerade das Erbe von seinem Vater angetreten. Fast drei Millionen. Er brauchte kein Geld von irgendeiner Versicherung. Es wäre lohnender gewesen, die Villa zu verkaufen. Das hätte mehr gebracht als die Versicherung.«

»Und dass Sie nicht in der Chefarztvilla wohnen wollten?«

Carinas Wangen waren vor Entrüstung gerötet. Das verstärkte noch das intensive Blau ihrer Augen.

»Ich war damals erst vierundzwanzig und fand die Villa riesig und abstoßend. Barbro und Sverker hatten angefangen, sie zu renovieren, aber das war kostspielig und aufwendig. Das Haus war vollkommen heruntergekommen. Es war kaum etwas daran gemacht worden, seit es Ende des 19. Jahrhunderts gebaut worden war. Aber hauptsächlich war es wohl, weil Barbro dort gewohnt und dem Ganzen ihren Stempel aufgedrückt hatte. Das machte es mir schwer. Sie hat keinen Geschmack. Aber ich hatte mich damit abgefunden, dort zu wohnen, wenn ich nur mit Sverker zusammen sein konnte.«

»Die Anklage von Barbro entbehrte also jeder Grundlage«, stellte Irene nüchtern fest.

»Ja. Wenn ich dort nicht hätte einziehen wollen, dann hätte ich mich ganz einfach weigern können.«

»Aber Sie waren doch schwanger«, sagte Tommy.

»Das ändert nichts. Ich wollte mit Sverker zusammen sein und wäre in die Villa eingezogen, wenn er das gewollt hätte. Aber er war sich ebenfalls nicht sicher, ob wir gerade in diesem Haus wohnen sollten. Ehe wir noch einen Entschluss fassen konnten, brannte es ab.«

»War jemand zu Hause, als es anfing zu brennen?«, fragte Tommy.

»Nein. Es fing vormittags an zu brennen. Sowohl Sverker als

auch ich waren bei der Arbeit. Die liegt zwar nur einen Steinwurf weit entfernt, aber niemand von uns war zu Hause.«

Irene dachte einen Augenblick nach, ehe sie fragte:

»Kann Barbro das Feuer gelegt haben?«

Carina seufzte erneut.

»Das wurde vermutlich untersucht. Aber es war nicht zu beweisen, dass das Feuer wirklich gelegt worden war. Letztendlich hieß es, dass es sich um einen Kurzschluss gehandelt haben müsste. Die Sicherungen stammten alle noch aus der Steinzeit.«

Die Polizisten tranken ihren Kaffee aus, erhoben sich und bedankten sich, dass sie hatten stören dürfen.

Carina stand in der offenen Haustür und winkte ihnen nach. Reflexmäßig winkte Irene zurück.

»Die ist nett und sieht super aus!«, sagte Tommy.

Irene konnte sich nicht rechtzeitig bremsen, sondern hörte sich zu ihrem eigenen Entsetzen murmeln:

»Und zu allem Überfluss ist das dumme Stück auch noch schlank!«

Tommy lachte laut und erleichtert begriff Irene, dass er ihren Kommentar für einen Scherz gehalten hatte.

Mit einem frechen Seitenblick auf Irene sagte er:

»Und ihr Mann sieht auch nicht schlecht aus. Ein wenig wie Pierce Brosnan. Du weißt doch, dieser James-Bond-Schauspieler.«

Irene fand das auch. Sie versuchte aber so zu tun, als ginge sie das alles nichts an. Tommy fuhr fort:

»Apropos Dr. Löwander, es ist wohl an der Zeit, sich wieder einmal mit ihm zu unterhalten. Findest du nicht auch?«

An der Löwander-Klinik waren alle Operationen eingestellt worden. Im Ärztezimmer stießen sie auf Sverker Löwander. Er blätterte unkonzentriert in einem Stapel Papiere. Mittlerweile hatte er sich frisch gemacht und den weißen Kittel ausgezogen.

In seiner Kleidung, einem dünnen, dunkelbraunen Rollkragenpullover mit Zopfmuster und Jeans, wirkte er lässig und entspannt. Der müde Zug in seinem Gesicht sprach allerdings eine andere Sprache.

»Entschuldigung. Dürfen wir einen Augenblick stören?«, sagte Tommy.

»Natürlich. Bitte. Einer von Ihnen kann da drüben sitzen und einer auf dem Sessel.«

Irene ging auf den kleinen Sessel zu und setzte sich. Das Möbelstück war erstaunlich bequem. Tommy kam sofort zur Sache:

»Wir sind einigen Gerüchten nachgegangen, die vor elf Jahren aufkamen, als die alte Chefarztvilla abbrannte.«

Sverker Löwander erwiderte scharf:

»Wieso das?«

»Ehrlich gesagt, sind wir uns da nicht so sicher. In diesem Fall tauchen die ganze Zeit Spuren auf, die in die Vergangenheit weisen. Da wir nicht den blassesten Schimmer haben, wer der Mörder sein könnte, müssen wir sämtliche Anhaltspunkte verfolgen und sehen, wo sie uns hinführen. Es ist nicht auszuschließen, dass wir dadurch in die Irre gehen. Das ist jedoch Teil der normalen Ermittlungsroutine.«

Der Arzt sah nicht sehr überzeugt aus, zuckte schließlich aber mit den Achseln.

»Was wollen Sie wissen?«

»Ihre erste Frau Barbro hat Carina beschuldigt, das Feuer gelegt zu haben. Warum tat sie das?«

Löwander ließ mit seiner Antwort auf sich warten.

»Sie war psychisch labil. Unsere Trennung nahm sie sehr mit.«

»Hatte Sie schon früher psychische Probleme gehabt?«

»Nun ja… Ehe Julia zur Welt kam, bekam Barbro eine Toxoplasmose und anschließend nach der Entbindung eine Depression. Aber die Depression ging nach ein paar Wochen vorbei.«

»Keine anderen Anzeichen für eine Depression vor der Scheidung?«

Löwander sah erstaunt und verärgert aus, als er antwortete:

»Nein. Was hat das alles mit den Morden an Linda und Marianne zu tun?«

»Die Fragen haben ermittlungstechnische Gründe.«

Anschließend ging Tommy zum Verlauf des Brandes über und zur Zeugenaussage, die Barbro Löwander abgegeben hatte. Sverker sagte genau das, was auch schon Carina und Barbro gesagt hatten. Schließlich fragte Tommy:

»Kann Barbro das Feuer gelegt haben, um sich an Ihnen und Carina zu rächen?«

Der Arzt rieb sich müde die Augen, ehe er mit großem Nachdruck entgegnete:

»Diese Frage tauchte damals schon auf. Ich bin mir ganz sicher, dass die Antwort Nein lautet. Barbro liebte die alte Villa, und zwar mehr als ich, obwohl ich meine Kindheit in ihr verbracht hatte.«

»Ein paar alte Taschen wurden offenbar vor dem Feuer gerettet und stehen jetzt auf dem Speicher der Klinik. Wissen Sie darüber etwas?«

Löwanders Erstaunen war absolut echt.

»Taschen? Ich hatte keine Ahnung, dass überhaupt etwas gerettet wurde! Das wäre …«

Er unterbrach sich und starrte wie in weite Ferne.

»Doch. Jetzt erinnere ich mich … Ich hatte am Wochenende vor dem Brand den Keller aufgeräumt und ein paar alte Reisetaschen, die weggeworfen werden sollten, neben die Kellertür gestellt. Wurden die gerettet?«

»Weiß nicht. Wahrscheinlich. Was war drin?«

»Plunder, Sachen, die Mama und Papa gehört hatten. Papiere und alte Kleider … nichts von Interesse.«

»Wer entschied, dass sie auf den Speicher der Klinik kamen?«

»Das könnte ich gewesen sein … es war alles so ein Durcheinander. Ich erinnere mich nicht. Und ich bin nie auf dem Speicher gewesen. Als ich klein war, war dort immer abgeschlossen, und später hatte ich dort nie etwas zu tun.«

Irene fand, dass es jetzt langsam an der Zeit für ihren Auftritt war.

»Ein anderes Gerücht ist uns ebenfalls zu Ohren gekommen. Es scheint für die Ermittlung ebenfalls nicht von Bedeutung zu sein. Aber da der Mörder als Schwester Tekla verkleidet war, müssen wir auch dem nachgehen. Was wissen Sie über Schwester Tekla?«

Sverker hob etwas die Brauen, und die Andeutung eines Lächelns ließ sich auf seinen Zügen ausmachen.

»Das war wirklich ein abrupter Übergang. Natürlich habe ich vom Klinikgespenst gehört. Entweder wurde sie gefeuert oder sie kündigte selbst. Offenbar ging sie nach Stockholm, um dort zu arbeiten. Aus irgendeinem Grund kam sie aber zurück und hängte sich hier auf dem Speicher auf. Ich habe Papa tatsächlich einmal danach gefragt, warum sie sich unseren Speicher ausgesucht und sich nicht in Stockholm aufgehängt hätte. Er antwortete, sie sei psychisch krank gewesen.«

»War das das einzige Mal, dass Sie sich über Schwester Tekla unterhalten haben?«

»Ja. Er hatte keine große Lust, darüber zu reden. Mein Vater war ein sehr praktischer, erdverbundener Mann. Für Gespenster und Aberglauben hatte er nichts übrig.«

»Es gibt ein altes Gerücht, wonach Ihr Vater und Schwester Tekla ein Verhältnis hatten. Haben Sie davon gehört?«

»Also wissen Sie! Das ist wirklich ...! Papa und diese alte Schwester!«

»Sie war fünfunddreißig und Ihr Vater fünfzig«, konterte Irene ruhig.

»Nein. Das stimmt nicht. Sie hat sich im Frühjahr '47 erhängt. Da war ich erst ein paar Monate alt. Mama und Papa hatten die Hoffnung, Kinder zu bekommen, bereits aufgegeben. Ich war also das größte Wunder der Natur. Mama war schließlich schon recht alt und stand während der Schwangerschaft unter der Aufsicht von Spezialisten. Sollte Papa damals … das glaube ich keine Sekunde!«

Aufgebracht betrachtete Löwander Irene. Diese beschloss, das Thema zu wechseln.

»Ihre Mutter starb offenbar, als Sie noch ziemlich klein waren?«

»Ja. Als ich neun war, erlitt sie eine Gehirnblutung. Was, zum Teufel, hat das mit den Morden zu tun?«

»Das wissen wir nicht recht. Es gibt uns selbst Rätsel auf, aber viele Spuren weisen in die Vergangenheit.«

»Verdammt merkwürdig.«

»Genau das finden wir auch. Deshalb lassen wir die Vergangenheit so lange nicht auf sich beruhen, bis wir sicher wissen, dass sie uns nicht in der Gegenwart auf die richtige Spur führen kann. Im Augenblick haben wir nur wenige konkrete Anhaltspunkte. Die Einzigen, die den Mörder gesehen haben, sind Siv Persson und die ermordete Gunnela Hägg. Von Letzterer wussten Sie ja nichts?«

»Nein. Das habe ich doch bereits gesagt.«

Es wurde still.

Tommy nickte in Richtung des Papierstapels und brach das Schweigen:

»Gibt es irgendeine Lösung für die Probleme der Klinik?«

»Nein. Ich habe beschlossen, die Klinik im Sommer zu schließen. Das Personal wird nächste Woche informiert.«

Irene empfand Mitleid mit ihm, hatte aber das deutliche Gefühl, dass er selbst bis zu einem gewissen Grad für den Verlauf der Ereignisse verantwortlich war. Es ging nicht, alles auf die Umstände zu schieben. Er war sicher ein guter Arzt, aber als Klinikchef war er zu schwach und unentschlossen. Schön und schwach, dachte sie sarkastisch und betrachtete die vornübergebeugte Gestalt.

Nachdem sie eilig einen Teller Suppe in der Personalkantine gegessen hatten, gingen Tommy und Irene hoch aufs Dezernat. Sie hatten begonnen, die Verhöre der Eheleute Löwander auszuwerten, als Hannu Rauhala bei ihnen auftauchte. In der Hand hielt er eine große altmodische Reisetasche aus braunem Leder.

Er stellte die Tasche auf den Fußboden und zog einen dicken Umschlag aus dem Bund seiner Jeans. Irene war sich sicher, dass dieser Mann ein Hellseher war. Ohne dass Tommy oder sie etwas gesagt hatten, hatte er die damaligen Ermittlungsakten zum Brand in der Chefarztvilla herausgesucht. Da sie das Ergebnis bereits kannten, konnte der Umschlag warten. Die Reisetasche war interessanter.

»Ist das die Tasche vom Speicher?«, fragte sie.

»Ja. Die Spurensicherung ist mit ihr fertig. Die anderen beiden bekommen wir morgen. Offenbar haben sie was gefunden«, antwortete Hannu.

»Was?«

»Keine Ahnung.«

Resolut ging Irene auf die Tasche zu, ergriff die Henkel und wuchtete sie auf den Schreibtisch.

»Wem gehört sie?«

»Lovisa Löwander. Steht innen.«

Die Tasche war nicht abgeschlossen, aber die Schnallen gingen etwas schwer auf, da sie angerostet waren. Schließlich gelang es Irene, die Tasche zu öffnen.

Ganz oben lag ein dunkelblaues Festtagskleid, wie es die Sophiaschwestern früher getragen hatten. Zwischen den vergilbten Kragenspitzen war die blumenähnliche Silberbrosche mit den vier Spitzen ordentlich befestigt.

Irene traute kaum ihren Augen. Als sie sich von ihrer ersten Überraschung erholt hatte, hob sie das Kleid vorsichtig hoch.

Es war genauso ein Kleid, wie es ihnen Siv Persson vorgeführt hatte. Aber dieses hier hatte Kindergröße.

»Noch eine Schwesterntracht! Ich erinnere mich, dass Siv

Persson gesagt hat, dass Sverker Löwanders Mama Sophiaschwester war.«

»Extrem kurz«, stellte Hannu fest.

»Sie muss noch bedeutend kleiner als ein Meter fünfzig gewesen sein. Eher ein Meter vierzig. Ungewöhnlich klein und dünn.«

Unter dem Kleid lagen eine Schwesternhaube und eine Schürze. Auch diese waren so klein, dass sie offenbar der Besitzerin des Kleides gehört hatten. Vorsichtig hoben sie den Inhalt der Tasche heraus und stapelten ihn ordentlich auf dem Schreibtisch. Unter der Tracht kam ein Paar schwarze Pumps zum Vorschein, ein stabiles Modell, außer der Tracht die einzigen Kleidungsstücke. Die Schuhgröße konnte nach Irenes Schätzung nicht mehr als vierunddreißig betragen.

Unter den Kleidern lagen ein paar gerahmte Fotografien, die in vergilbtes Seidenpapier eingeschlagen waren. Die erste, die sie auswickelte, zeigte offenbar die Hochzeit von Hilding und Lovisa Löwander. In der linken unteren Ecke fand sich der Stempel des Fotoateliers. Die Jahreszahl 1936 war mit schwarzer Tinte in zierlicher Schrift festgehalten.

Das Brautpaar stellte in vielerlei Hinsicht einen bemerkenswerten Anblick dar. Hilding stand kerzengerade, die rechte Hand hinter seinen Frackschößen und die linke auf der rechten Schulter der Braut. Er war wirklich ein Mann, der einen Frack tragen konnte. Groß, elegant und selbstbewusst sah er geradewegs in die Kamera. Seine Haltung, seine Züge und das kräftige Haar verrieten eine deutliche Ähnlichkeit mit seinem Sohn. Irene betrachtete das Foto genauer. Ob Sverker seine meergrünen Augen ebenfalls vom Vater geerbt hatte? Das schien nicht der Fall zu sein. Die Fotografie war zwar nachträglich koloriert, aber Hildings Augen schienen von einem unbestimmten Graublau zu sein.

Jetzt richtete sich ihre Aufmerksamkeit auf Lovisa. Die Braut reichte ihrem Zukünftigen kaum bis an die Brust. Sie schaute ebenfalls direkt in die Kameralinse, umklammerte aber gleichzeitig ein überdimensionales Brautbukett aus Rosen und Kornblumen. Wahrscheinlich war die Braut zu klein, nicht der Strauß zu groß. Auf dem Kopf trug sie einen Schleier, und das Kleid aus schwerer weißer Seide war hoch geschlossen mit langen Ärmeln.

Die drei Polizisten standen lange da und betrachteten das Bild, ohne etwas zu sagen. Schließlich meinte Tommy:

»Sie war nicht mal ein Meter vierzig.«

»Sie sieht aus wie ein kleines Mädchen«, sagte Hannu.

Irene rechnete schnell nach, ehe sie sagte:

»Lovisa war zweiunddreißig, als sie Hilding heiratete. Sie waren elf Jahre verheiratet, als Sverker zur Welt kam.«

»Es kann ihr nicht leicht gefallen sein, ein Kind zur Welt zu bringen«, stellte Tommy fest.

Das klang so, als würde er sich damit auskennen. War man bei der Geburt der eigenen drei Kinder dabei gewesen, dann hatte man einen gewissen Einblick.

Erstaunt bemerkte Irene, dass Sverker seine Augen ebenfalls nicht von der Mutter geerbt hatte. Lovisas Augen waren braun. Ihr Gesicht war süß, aber eher alltäglicher Natur. Unter dem Schleier war dunkles, gelocktes Haar auszumachen. Sverker schien ganz und gar nach seinem Vater zu schlagen.

Die beiden anderen Fotografien zeigten Sverker als Kind. Einmal als Neugeborener, einmal im Alter von etwa drei Jahren. Letztere war im Atelier aufgenommen worden. Er hielt einen Teddy gegen die Brust gepresst und lachte den Fotografen an. Die großen, blaugrünen Augen funkelten vor Freude.

Im letzten Seidenpapier steckte Lovisas Zeugnis vom Sophiahemmet. Die beste Note in Bettenmachen und Pharmakologie, die zweitbeste in den anderen Fächern. Lovisa war eine gute Schwesternschülerin gewesen. Irene musste über den Kommentar unten auf dem Zeugnis lachen: »Trotz ihrer geringen Größe trägt Lovisa ihre Tracht sehr schön.« Hoffentlich hatte Lovisa das ebenfalls als Kompliment aufgefasst.

Ganz unten lagen ein paar Bücher, offenbar alte Lehrbücher von der Schwesternschule. Dann war die Tasche leer.

»Wie kam es, dass sie dir gerade diese Tasche mitgegeben haben?«, wollte Irene wissen.

»Sie war aufgebrochen, die Sachen waren jedoch unberührt.«

»Die beiden anderen Taschen waren also durchsucht worden?«

Hannu zuckte leicht mit den Schultern.

»Offenbar.«

Vorsichtig legten sie alles wieder in die Tasche. Irene betrachtete ihre männlichen Kollegen und sagte:

»Ich finde, wir sollten das Ergebnis der Spurensicherung abwarten, ehe wir diese Tasche hier Sverker Löwander zurückgeben.«

Hannu nickte zustimmend.

Den Rest des Nachmittags verbrachte Irene damit, einen Bericht zu schreiben und die Ermittlungsakten über den Brand der Chefarztvilla zu lesen.

Der Brand hatte sich sehr schnell ausgebreitet, und das Gebäude war bis auf die Grundmauern niedergebrannt. Falls das Feuer gelegt worden war, hatte der Brandstifter wirklich Glück gehabt.

KAPITEL 16

Ausnahmsweise war Irene vor den Zwillingen zu Hause. Donnerstags kamen sie immer erst nach sechs, da sie direkt nach der Schule mit der Schulmannschaft in Basketball trainierten. Im Kühlschrank stand ein wunderbares, nach Kräutern duftendes Gericht mit Huhn, das Krister am Vorabend zubereitet hatte. Irene musste nur noch den Reis aufsetzen.

Aber erst wollte sie noch etwas nachsehen, ehe die Mädchen nach Hause kamen. Mit wenigen Schritten war sie im Obergeschoss und in Jennys Zimmer. Ein Blick unters Bett genügte: Die Papprolle lag immer noch dort. Das erleichterte ihr zwar nichts, aber sie war ein guter Aufhänger für eine Diskussion mit Jenny.

Vielleicht wäre es auch so gekommen, wenn Jenny und Katarina nicht gleichzeitig nach Hause gekommen wären. Später, als Irene sich alles noch einmal durch den Kopf gehen ließ, begriff sie, dass es Jennys Bemerkung in der Diele gewesen war, die sie so hatte handeln lassen.

»Da ist wirklich was los. Sie nennen sich Aktion direkt. Supertypen, echt. Die wissen, was sie wollen! Kein lahmes Zögern! Und außerdem sind sie Feministen! Finden, Mädchen sind genauso viel wert und so.«

Irene saß noch oben in Jennys Zimmer, als sie deren Stimme unten im Flur hörte. Ohne richtig zu wissen, warum, schlich sie sich eiligst aus dem Zimmer ihrer Tochter und in ihr Schlafzimmer. Sammie begrüßte seine beiden kleinen Frauchen aufgeregt und übertönte so alle möglichen Geräusche. Leise zog Irene die Tür hinter sich zu, ließ sie aber einen Spalt weit offen, um etwas sehen und hören zu können.

»Ach so. Wirklich saunett von denen! Und wenn wir nicht genauso viel wert wären, dann würde für uns nicht mal der Tierschutz gelten oder was? Dann wären wir nicht mal so viel wert wie ein Hamster!«

Katarinas Stimme klang wütend und sarkastisch.

»Verdammt, was bist du mies! Das ist doch gut, dass die auf unserer Seite sind!«

»Auf unserer Seite! Das sind die doch nur so lange, wie wir uns nach ihnen richten! Versuch mal, eine eigene Meinung zu haben, dann wirst du schon sehen! Dann lassen die dich nicht mehr mitspielen!«

»Darf ich aber doch! Wir sind noch mehr Mädchen in der Gruppe, und wir dürfen sagen und denken, was wir wollen! Außerdem ist das kein Problem. Meist sind wir einer Meinung.«

Wütende Schritte auf der Treppe verkündeten, dass Jenny auf dem Weg in ihr Zimmer war. Irene hörte, wie sie eine Weile nach etwas suchte und dann mit lauten Schritten wieder nach unten ging. Ein wohl bekanntes Quietschen verriet ihr, dass Jenny gerade die Kühlschranktür öffnete.

»Du hast den ganzen Apfelsaft getrunken!«, kreischte sie.

»Es war nur noch ein winziger Schluck übrig.«

»Verdammt nett von dir! Du weißt doch, dass ich keine Milch trinke, du Arsch!«

»Verzeih, Gnädigste!«

Der Ton ihrer Töchter ließ wirklich zu wünschen übrig. Irene überlegte sich schon, ob sie eingreifen sollte. Da hörte sie, wie Jenny sagte:

»Du bist doch nur sauer, dass ich endlich was Vernünftiges mache! Heute Abend wollen wir…«

Da brach ihre Tochter mitten im Satz ab. Jeder Gedanke daran, sich zu erkennen zu geben, war bei Irene wie weggeblasen.

»Was wollt ihr?«, fragte Katarina höhnisch.

»Aktion direkt!«

Eine Weile lang herrschte im Erdgeschoss eisiges Schweigen. Schließlich wurde es von Katarina gebrochen:

»Was hast du in der Rolle?«

»Geht dich nichts an!«

»Blöde Kuh!«

Irene sah vorsichtig aus dem Obergeschoss nach unten und beobachtete, wie Katarina wütend auf die Toilettentür zu marschierte. Sie knallte sie mit Nachdruck zu und schloss ab. Jenny stand noch in ihrer Winterjacke vor der Spüle und trank ein Glas Wasser. Sie hatte die Papprolle unter den linken Arm geklemmt und hielt in der rechten Hand ein Tomatenbrot. Dann ging sie eiligen Schrittes auf die Haustür zu, öffnete sie und trat ins Freie.

Als die Haustür hinter Jenny zufiel, war Irene bereits im Erdgeschoss. Lautlos ging sie hinter ihrer Tochter her.

Draußen war es dunkel und einige Grade unter null. Irene sah Jenny im Schein einer Straßenlaterne und vermutete, dass sie auf dem Weg zur Bushaltestelle war. Hastig machte sie kehrt. Sie lief zur Garage, fuhr ihren Wagen ins Freie und dann im Schritttempo Richtung Bushaltestelle. Im Halbdunkel zwischen zwei Straßenlaternen und in gehörigem Abstand blieb sie stehen. Als sie den Motor abstellte, tauchte Jenny neben dem Wartehäuschen auf. Einige Minuten später kam der Bus und Jenny stieg ein. Irene fuhr in gebührendem Abstand hinterher.

Jenny fuhr zum Frölunda Torg. Dort stieg sie aus und ging auf eines der Hochhäuser zu. Irene musste ihren Wagen abstellen und einen Parkschein lösen. Dabei verlor sie Jenny aus den Augen. Sie wusste, in welches Haus ihre Tochter gegangen war, aber nicht in welchen Treppenaufgang.

Irene verfluchte ihre eigene Dummheit. Was hätte das schon für eine Rolle gespielt, wenn sie einen Strafzettel wegen Falschparkens bekommen hätte? Jetzt war es jedoch zu spät. Jetzt konnte sie sich nur noch in ihr Auto setzen und auf Jenny warten. Beim Warten zog sie ihr Handy aus der Tasche und rief zu Hause bei Katarina an.

»Hallo, Liebes. Ich komme heute später. Im Kühlschrank steht Huhn. Du brauchst nur noch Reis und Salat zu machen… schon ein Brot gegessen. Ach so. Aber vielleicht willst du noch was essen, wenn ich nachher nach Hause komme… Okay. Ich verstehe. Aber du kannst wenigstens Sammie sein Fressen geben und mit ihm draußen eine Runde drehen, ehe du zu Anna gehst. Gut. Danke. Sei um zehn zu Hause. Morgen ist Schule. Tschüss.«

Irene unterbrach die Verbindung und richtete sich darauf ein, zu warten, bis Jenny kommen würde. Sie musste lange warten.

Im Wagen war es eiskalt, und es war fast neun Uhr, als sie wieder einen Blick auf ihre Tochter erhaschte. Jenny war nicht allein. Sie ging inmitten einer Gruppe von sechs Personen. Es war unmöglich zu erkennen, ob es sich um Mädchen oder Jungen handelte. Alle außer Jenny trugen dunkle Kapuzenjacken und die Kapuzen über die Köpfe gezogen. Die Jugendlichen gingen auf einen alten Volvo 240 undefinierbarer Farbe zu. Unterschiedliche Rosttöne überwogen. Der Wagen war unglaublich klapprig. Einer der größeren aus der Gruppe, den Irene für einen jungen Mann hielt, öffnete den Kofferraum. Nach einigem Suchen fand er das Gewünschte und reichte es Jenny. In der Kälte zog sie sich ihre Jacke aus und das Kleidungsstück, das er ihr gegeben hatte, über den Kopf. Irene wurde es mulmig, als sie sah, dass es sich dabei um eine Kapuzenjacke handelte. Rasch setzte Jenny die Kapuze auf und zog sie um das Gesicht zusammen. Jetzt sah sie aus wie die anderen.

Alle sprangen in den Wagen. Stotternd und in eine schwarze Wolke Auspuffgase gehüllt fuhr die Rostlaube zum Schluss an. Irene folgte ihnen langsam.

Der Wagen bog in den Radiovägen ein und fuhr Richtung

Mölndal. Irene hatte keine Probleme dranzubleiben, da der Volvo auch unter größten Mühen das Tachometer nicht über siebzig pressen konnte. Bei dieser Schwindel erregenden Geschwindigkeit klang der Motor wie eine alte Nähmaschine, die auf einen hackenden Zickzackstich eingestellt ist.

Sie kamen am Radiosender vorbei und fuhren noch ein Stück weiter, ehe Irene erstaunt bemerkte, dass sie links abbiegen wollten. Sie fuhren die Viktor Hasselblads Gata hinauf. Irene vergrößerte ihren Abstand, da um diese Zeit in dem Industriegebiet kaum noch Verkehr war. Die Klapperkiste vor ihr wurde noch langsamer und kroch schließlich im Schneckentempo die Straße entlang. Was hatten sie nur vor? Irenes schlimmste Ahnungen bewahrheiteten sich, als der Volvo mit einigen Fehlzündungen in eine Querstraße einbog. Irene gab Gas und fuhr vorbei. Aus den Augenwinkeln sah sie eine Neonreklame mit dem Text: »Nisses Fleischwaren und Delikatessen.«

Irene schaltete die Scheinwerfer aus und bog dann ebenfalls in eine Querstraße ein. Lautlos stieg sie aus und schloss äußerst vorsichtig die Tür. Sie wollte versuchen, über die Seitenstraßen auf die Rückseite der Betriebe an der Viktor Hasselblads Gata zu kommen. Es wäre viel leichter gewesen, zurück auf die große Straße zu marschieren, aber dort hatte die Gang sicher eine Wache platziert.

Es war nicht leicht, sich in den vielen Seitenstraßen zurechtzufinden. Nach einer Weile entdeckte sie die Rückseite der Neonreklame. Sie kam zu einem hohen Zaun, der einen großen Parkplatz hinter dem Gebäude umgab. In der Ecke des Zauns standen ein paar dichte Büsche, die einen guten Sichtschutz boten.

Irene spähte durch die Zweige. Sie sah nur drei Kühllaster, die rückwärts an der Laderampe des Gebäudes geparkt waren. Sie wurden von Wandlampen in grelles Licht getaucht. Ihren eigenen Abstand zu den Lastwagen schätzte Irene auf zwanzig Meter ein. Alles war still bis auf ein schnappendes, metallisches Geräusch, das in regelmäßigen Abständen wiederkehrte. Irene identifizierte es als Geräusch eines Seitenschneiders, der Maschendraht durchtrennt. Plötzlich sah sie wie sich dunkle Silhouetten auf die Lastwagen zubewegten. Sie zählte fünf. Sie hatte Recht gehabt: Einer schob auf der Straße Wache.

Lautlos ging sie am Maschendrahtzaun entlang. Sie hatte eine ungefähre Vorstellung davon, wo das Loch sein musste. Vorsichtig fuhr sie mit den Fingern am Draht entlang und fand die Stelle. Langsam trat sie ein paar Schritte zurück, um im Dunkeln der Hauswand hinter sich Schutz zu suchen.

Die Gruppe der Schattengestalten hatte sich am Rand des Lichtscheins versammelt. Sie waren hinter der Frontpartie des Lastwagens verborgen, der ihr am nächsten stand. Der größte von ihnen hob seinen Arm über den Kopf und teilte mit dem kräftigen Seitenschneider einen Schlag aus. Vor Irenes innerem Auge tauchte blitzartig das Bild eines anderen zum Schlag erhobenen Seitenschneiders auf.

Irene fischte ihr Handy aus der Tasche und wählte in dem Augenblick, in dem sie das splitternde Glas hörte, bereits 112. In der Zeit, bis der Molotowcocktail Feuer gefangen hatte, hatte ihr die Notrufzentrale bereits geantwortet, und sie zischte ins Telefon:

»Molotowcocktail auf Kühllaster. Militante Veganer. Högsbo Industriegebiet. Viktor Hasselblads Gata. Nisses Fleischwaren und Delikatessen. Die Täter fahren einen schrottreifen Volvo 240. Rostfarben. Kennzeichen N…«

Sie hörte nicht, dass jemand hinter ihrem Rücken angeschlichen kam, da sie sich vollkommen auf das um sich greifende Feuer und das Telefongespräch konzentrierte. Plötzlich wurde es um sie herum dunkel. Ehe sie in dem schwarzen Strudel verschwand, meinte sie noch, Jennys verzweifelten Schrei zu hören.

»Mama!«

Nach wenigen Minuten kam Irene wieder zu sich. Schnelle Schritte waren auf dem Asphalt zu hören. Autotüren wurden zugeschlagen. Obwohl Irene benommen darum betete, das Gegenteil möge geschehen, sprang der Volvo nach einer Weile an. In ihrem Kopf klopfte es gewaltig, und ihr war fürchterlich übel. Mit Mühe versuchte sie das Kinn zu heben und sich umzusehen. Alle Feuer der Hölle tanzten vor ihren Augen einen rasenden Flamenco, und die Hitze wärmte ihr Gesicht. Als sich endlich nicht mehr alles drehte, begriff sie, dass vor ihr der Kühllaster brannte. Irene ertappte sich dabei, wie sie wie hypnotisiert in die Flammen starrte. Deshalb dauerte es eine Weile, bis sie das Schluchzen hörte. Langsam wandte sie den Kopf zur Seite. Sie musste sich fast ganz umdrehen, bis sie die zusammengesunkene Gestalt sah.

Instinktiv wusste sie, dass es Jenny war, und begann auf ihre Tochter zuzukriechen. Sie wagte nicht, aufzustehen, das Risiko einer Ohnmacht war zu groß.

Jenny lag auf dem Bauch, schien aber nicht verletzt zu sein. Schluchzer schüttelten sie. Vielleicht war es aber auch die Kälte. Zu ihrem Erstaunen bemerkte Irene, dass ihre Tochter keine Jacke trug. Auch keine Kapuzenjacke, stellte sie erleichtert fest. Die wäre jetzt vermutlich ganz brauchbar gewesen. Doch Jenny hatte nur noch ein T-Shirt an. Mit zitternder Hand strich ihr Irene zärtlich über den eiskalten Arm und sagte:

»So, so, Liebes. Jetzt verschwinden wir hier aber so schnell wie möglich, ehe meine Kollegen kommen.«

Jenny schniefte und nickte. Zitternd stand sie auf und versuchte ihre Mutter auf die Beine zu ziehen. Vergeblich.

»Ich krieche«, entschied Irene.

So schnell sie konnte, kroch sie auf den Maschendrahtzaun zu. Im starken Licht des Feuers konnte sie sich leicht orientieren. Irene stützte sich am Zaun ab und stand auf. Unendlich langsam bewegte sie sich auf das dichte Gebüsch an der Ecke zu. Die Sirenen der Polizeiwagen kamen näher. In dem Augenblick, in dem das erste Blaulicht neben der Einfahrt auftauchte, ließ sich Irene hinter den Büschen fallen und zog

Jenny mit sich. Sie legte ihre Arme um ihre Tochter, um sie zu wärmen und zu beruhigen. Vollkommen reglos saßen sie da.

Eine Autotür wurde zugeschlagen, und sie hörten Schritte auf dem Asphalt.

»Verdammt! Abgeschlossen. Wir müssen … Ist das Auto da hinten von der Wachgesellschaft? Hallo, Kameraden! Gut, dass ihr da seid. Die Feuerwehr kommt jede Minute. Da hinten sind sie. Macht schon das Tor auf!«

Jetzt oder nie. Der Tumult am Tor lenkte die Polizisten und die Feuerwehrleute genügend ab, damit sie sich davonschleichen konnten. Irene legte Jenny nachdrücklich einen Arm um die Schultern. Zusammen standen sie auf und stahlen sich auf die schmale Nebenstraße.

Schritt um Schritt näherten sie sich schwankend dem Auto. Irene hatte das Gefühl, mehrere Kilometer weit gegangen zu sein, obwohl es sich in Wirklichkeit nur um knapp hundert Meter handelte.

Der Schwindel war vorüber, aber Irene fühlte sich matt und zittrig. Die Kleider klebten ihr schweißnass auf der Haut.

Ehe sie die Autotür öffnete, zog sie ihr Handy aus der Tasche und wischte es an ihrem Pullover ab. Mit all der Kraft, über die sie noch verfügte, schleuderte sie es in ein paar dichte Rhododendronbüsche vor einer Hauswand. Dort würde man es, hatte sie Glück, bis zum Sommer nicht finden.

Mit Mühe gelang es ihr, die Autotür zu öffnen. Sie ließ sich auf den Fahrersitz sinken. Dann öffnete sie Jenny, der die Zähne vor Kälte klapperten, die Beifahrertür. Irene zog ihre Lederjacke aus und gab sie ihrer Tochter. Diese begann wieder zu schniefen, riss sich aber zusammen. Mit zitternder Stimme sagte sie:

»Mama … ich habe geglaubt … dass wir … Plakate … ankleben würden. Nicht … dass wir Laster anzünden. Und er … er hat dir mit einem dicken Stock auf den Kopf geschlagen! Ich habe das gesehen und … geschrien …«

Jetzt konnte sie ihre Tränen nicht mehr zurückhalten, sondern begann laut zu heulen. Irene ließ den Motor an und fuhr vorsichtig rückwärts aus der Parklücke. Viel langsamer als die erlaubte Höchstgeschwindigkeit fuhr sie davon und weg von dem Lastwagenbrand.

Jenny zog die Nase hoch und trocknete sich mit dem Lappen aus dem Handschuhfach, mit dem Irene immer die beschlagenen Scheiben abwischte, das Gesicht. Der Lappen war so schmutzig, dass sie anschließend aussah, als hätte sie Tarnschminke aufgelegt. Irene kommentierte das nicht weiter, sondern fragte nur:

»Was ist passiert?«

Jenny putzte sich mit dem Lumpen die Nase und versuchte, ihre Stimme unter Kontrolle zu bringen.

»Als Tobi… einer der Jungen begriff, dass du meine Mama bist… nannte er mich… Polizeispitzel. Er gab mir eine Ohrfeige und wollte die… Kapuzenjacke zurückhaben.«

Ein Seitenblick verriet Irene, dass das rot verquollene Gesicht ihrer Tochter nicht nur von den Tränen kam. Über dem Wangenknochen war eine kräftige Rötung zu erkennen, die sich sicher wunderbar blau verfärben würde.

Irene bog auf das Marconikreuz ein und fuhr dann auf den Frölunda Torg zu. Als sie auf den Platz kamen, stellte sie zufrieden fest, dass ein Streifen- und ein Mannschaftswagen mit eingeschalteten Blaulichtern neben einem schrottreifen Volvo 240 standen.

Um genau zehn Uhr öffneten sie die Tür des Reihenhauses. Irene war erleichtert, dass Katarina noch nicht zu Hause war. In ihrem benebelten Kopf hatten sich die Schleier allmählich gehoben, und ein Plan hatte Gestalt angenommen. Energisch drehte sie sich zu der steif gefrorenen und gedemütigten Jenny um und sagte:

»Schnell nach oben und unter die Dusche. Ganz heißes Wasser! Direkt ins Bett, und dann tust du so, als würdest du schlafen. Sprich nicht mit Katarina. Ich komme dann mit ein paar Butterbroten hoch.«

Jenny nickte und verschwand die Treppe hinauf. Irene warf sich selbst unter die Dusche im Erdgeschoss. Die Kleider, die sie getragen hatte, wanderten direkt in die Waschküche. Anschließend rief sie bei den Kollegen in Frölunda an und zeigte an, dass ihr Handy gestohlen worden sei. Wahrscheinlich im Einkaufszentrum Frölunda Torg, wo sie um sechs Uhr eingekauft hätte. Das sagte sie, ohne auch nur eine Spur Unsicherheit zu verraten. Der Kollege am anderen Ende versprach, ihre Nummer sperren zu lassen.

Eine Viertelstunde später ging sie mit ein paar belegten Broten und einem Becher mit heißem Tee zu Jenny hoch. Sie kam gerade aus dem Badezimmer. Nachdem Jenny ihren dicksten Flanellschlafanzug angezogen hatte, den sie für die Winterferien in der Hütte in Värmland gekauft hatte, schlüpfte sie zwischen die Laken.

Irene setzte sich auf die Bettkante und sagte:

»Über diese Sache bewahren wir Stillschweigen. Kein Wort, nicht mal zu Katarina und zu Papa. Zu niemandem!«

Jennys Augen waren rot und verquollen, und der Fleck auf dem Wangenknochen nahm bereits eine Purpurfärbung an. Stumm nickte sie.

»Wir sagen, du seist mit der Jackentasche an einem Treppengeländer hängen geblieben. Dabei sei die Jacke zerrissen. Der Riss war so groß, dass er sich nicht nähen ließ. Ich habe die Jacke weggeworfen. Die Schwellung auf der Backe kommt daher, dass du mit dem Gesicht aufs Treppengeländer geknallt bist.«

Irene unterbrach sich, weil ihr etwas einfiel.

»Deine Jacke ist im Kofferraum des Volvos liegen geblieben. Hattest du etwas in den Taschen, was man zu dir zurückverfolgen kann?«

Jenny dachte nach und schüttelte dann den Kopf.

»Nein. Mein Portmonee hatte ich in der Jeans. Die Schlüssel auch. Und außerdem war das meine alte Jacke. Sie war gerade frisch gewaschen, es steckte also nichts in den Taschen. Sie… sie haben gesagt, dass wir dunkle Kleider tragen sollen, damit man uns nicht sieht. Meine neue ist doch hellgrau, deswegen habe ich die schwarze angezogen. Ich habe geglaubt, dass wir… dass wir Plakate ankleben gehen…«

»Ich weiß, Liebes. Aber jetzt ist alles wieder gut. Du musst mir versprechen, dass du dich nicht wieder mit ihnen triffst. Besteht das Risiko, dass sie deinen Namen angeben?«

»Nein. Wir sagen nie etwas zu den Bullen! Nie!«

Die Bullenmama lächelte und strich ihrer militanten Tochter über die Wange, die sich langsam blau verfärbte.

Irene lag im Bett, als sie hörte, wie Katarina durch die Haustür schlich. Verzweifelt versuchte sie, Sammie zu beruhigen, der begeistert an ihr hochsprang. Irene hörte, wie sie zischte:

»Pst, Sammie. Du weckst noch alle! Hör auf…«

Vorsichtige Schritte waren auf der Treppe zu hören. Irene schloss die Augen und stellte sich schlafend, als ihre Tochter durch die halb offene Schlafzimmertür schaute. Offenbar war sie überzeugend, denn Katarina zog leise die Tür hinter sich zu und tappte ins Badezimmer. Irene schaute auf die leuchtenden Ziffern des Weckers. Er zeigte 23.08 Uhr.

Kaum hörbar ließ Katarina das Wasser laufen und betätigte die Wasserspülung. Sie tat ihr Bestes, um über den Fußboden des Fernsehzimmers und in ihr Zimmer zu schweben.

Irene lag lange da und starrte ins Dunkel. Es war kein angenehmer Gedanke, Geheimnisse innerhalb der Familie zu haben. Aber Krister hatte unglaublich viel Stress auf der Arbeit. Ihm konnte sie das hier wirklich ersparen. Hoffentlich war Jennys Begeisterung für die Tierbefreiungsfront vorbei. Vegan würde sie wahrscheinlich weiterhin bleiben, und das würde schon genug Meinungsverschiedenheiten mit ihrem Vater verursachen. Nein, es war das Beste, ihn aus dieser Sache herauszuhalten.

Nach einer Weile ergriff sie erneut Unruhe. Wo war Katarina nur so lange gewesen? Die Mädchen gingen zwar inzwischen in die achte Klasse und waren in einem Monat fünfzehn, aber für einen Wochentag war elf Uhr zu spät zum Nachhausekommen. Vielleicht hatte sie den Abend gar nicht dort verbracht, wo sie hatte sein wollen? Was tat sie eigentlich in letzter Zeit? Hatte sie einen neuen Freund? Irene war mit einem Mal hellwach und begann sich immer schlimmere Szenarios auszumalen. Hatte sie den Mädchen auch gründlich genug erklärt, wie wichtig es war, ein Kondom zu verwenden? Aids. Geschlechtskrankheiten. Sie musste sich wirklich darum kümmern, welche Verhütungsmittel für junge Mädchen am besten waren. Schließlich beruhigte sie sich wieder. Sie sollte ihren Töchtern einfach vertrauen. Wahrscheinlich wussten sie mehr als sie selbst. Aber mit ihnen sprechen sollte sie wohl doch einmal.

Im Übrigen war es vielleicht nur gut, dass Katarina so spät nach Hause gekommen war. Sie würde kein größeres Interesse haben, ein Wort über diesen Abend zu verlieren. Alle hatten sie ihre kleinen Geheimnisse.

Der Film im Kanal 5 war zu Ende. Siv Persson war guter Dinge und in der Tat sogar etwas müde. Sie hatte sich eine Liebesgeschichte angesehen und keinen Krimi mit Mord und Totschlag. Alles, was sie an die Ereignisse der vergangenen Woche erinnern konnte, versuchte sie konsequent zu vermeiden. Und das war ihr richtig gut gelungen, fand sie. Ihre Angst war nicht mehr so groß, und es vergingen ganze Stunden, in denen sie nicht an die Löwander-Klinik denken musste. Jetzt wollte sie versuchen, sich die letzten Tage bis zur Staroperation ein bisschen zu erholen.

Sie hatte die Bilder der Mordnacht immer noch deutlich vor Augen. Besonders vor dem Einschlafen. Dann waren sie genauso deutlich wie das Bild ihres übergroßen Fernsehers.

Das kalte Mondlicht fiel auf die große blonde Frau in der

Schwesterntracht. Sie hatte das Gesicht abgewandt. Aber als Siv aufschrie, drehte sie etwas den Kopf. Eine weitere leichte Drehung, und Siv würde sie wieder erkennen… In diesem Augenblick versagte jedoch immer ihre Erinnerung.

Siv Persson stand auf, um in die Küche zu gehen. Es war fast elf, und sie wollte ihre Nachtmedizin vorbereiten. Sie legte die Tabletten immer in einen Eierbecher und stellte diesen zusammen mit einem Glas Wasser auf den Nachttisch. Seit sie vor dem Einschlafen nicht mehr lesen konnte, lag sie immer noch eine Weile wach und hörte im Radio klassische Musik. Wenn es dann auf Mitternacht zuging, nahm sie ihre Tablette. Mit ihrer Hilfe konnte sie dann bis etwa acht Uhr schlafen.

Siv Persson hatte gerade die kleine Tablette in den Porzellaneierbecher gelegt, als es leise an der Wohnungstür klopfte. Erst war sie sich nicht sicher, wirklich richtig gehört zu haben, sondern blieb nur wie angewurzelt mit dem geöffneten Tablettenröhrchen in der Hand neben dem Küchentisch stehen. Nach einer Weile wurde wieder geklopft, ebenso leise. Ihr Herz schlug schneller, und sie spürte, wie ihre Angst an Intensität zunahm. Sie erinnerte sich an die Worte des Polizisten: »Es gibt nur zwei Zeugen, die den Mörder in der Mordnacht gesehen haben. Die Stadtstreicherin ist tot. Nur Sie sind noch am Leben. Seien Sie vorsichtig.«

Warum klopfte jemand bei ihr um diese Tageszeit an? Sie erwartete wirklich keinen Besuch.

Ihr Mund war vollkommen trocken, ihre Zunge klebte am Gaumen, und sie bekam fast keine Luft mehr. Es hatte keinen Sinn zu schreien, und selbst wenn sie es versucht hätte, hätte sie keinen Ton herausgebracht. Wen sollte sie anrufen? Wer konnte ihr helfen? Die Nachbarn kannte sie kaum. Sie grüßten sich auf der Treppe, aber das war schon alles. Die Polizei? Die glaubten ohnehin schon, dass sie verrückt war. Vorsichtig schlich sie sich zur Tür und schaute durch den Spion.

Es war niemand. Niemand stand vor der Tür. Beinahe hätte sie vor Erleichterung laut gelacht. Aber das Lachen blieb ihr im Hals stecken. Sie sah zwar schlecht, hatte aber ein ausgezeichnetes Gehör. Das Geräusch war fast nicht zu hören. Es konnte nur von jemandem wahrgenommen werden, der alle seine Sinne angespannt hatte. Kleider raschelten. Jemand stand draußen an die Wand neben ihrer Tür gedrückt. Jemand wartete darauf, dass sie die Tür öffnen würde.

Ihr Herz fing an zu rasen und es sauste ihr in den Ohren. Nein, nur jetzt nicht ohnmächtig werden! Nicht ohnmächtig werden! Sie holte ein paar Mal tief Luft und versuchte sich zu beruhigen. Die Tür war solide und mit einem ausgezeichneten Sicherheitsschloss versehen. Sie hatte von innen abgeschlossen, was man eigentlich nicht tun sollte, da das bei einem eventuellen Brand sehr gefährlich werden konnte. Aber Siv hatte das seit dem Mord an Marianne Svärd immer getan.

Ihr Puls hatte sich wieder verlangsamt, als sie plötzlich bemerkte, das die Klappe des Briefeinwurfs einen Spalt weit geöffnet wurde. Das knarrte ganz leise. Entsetzt wurde sich Siv bewusst, dass der Mörder ihre Füße sehen konnte. Schnell trat sie einen Schritt zurück. Langsam wurde die Klappe wieder geschlossen. Eilige Schritte waren auf dem Steinfußboden des Treppenabsatzes Richtung Treppe zu hören. Erst war Siv Persson wie gelähmt, aber als sie die Schritte auf der Treppe hörte, lief sie eilig zum Spion.

Sie sah gerade noch einen dunklen Hut mit abwärts gebogener Krempe nach unten verschwinden. Unter der Krempe schimmerte blondes Haar.

KAPITEL 17

Kalter Regen fiel von einem dunkelgrauen Himmel. Es würde einer dieser Tage werden, an dem man überhaupt keine Lust hatte, die Rollos zu öffnen.

Irene starrte düster in den ersten Becher Kaffee des Tages. Die Wunde vom Schlag auf den Hinterkopf tat immer noch weh. Sie hatte trotzdem bis halb sieben schlafen können.

Als sie aufgewacht war, hatte sie sich krank gefühlt. Ihr Hinterkopf schmerzte, die Augen waren verklebt, und sie hatte einen Geschmack im Mund, als hätte dort ein Maulwurf das Zeitliche gesegnet. Nach ihrem Mundgeruch zu urteilen war er bereits stark verwest. Das hatte sie davon, dass sie vergessen hatte, sich vorm Zubettgehen die Zähne zu putzen.

Krister neben ihr schlief tief. Er merkte nicht, dass sie aufstand. Nach einer schnellen Dusche und einem hastigen Make-up ging sie nach unten und machte das Frühstück. Die Zwillinge kamen gegen sieben angetrödelt. Katarina schluckte die Geschichte von Jennys Malheur auf der Treppe. Wie Irene vermutet hatte, ging Katarina schnell dazu über, über etwas anderes zu reden.

Göteborgs-Posten warb mit der Schlagzeile: »Militante Veganer setzen Lastwagen in Brand.« Darunter stand in etwas kleineren Buchstaben: »Die Polizei glaubt, die Täter gefasst zu haben.« Jenny faltete die Zeitung eilig so zusammen, dass die Vorderseite nach innen kam.

Im Präsidium war die Stimmung gedämpft. Die Ermittlungsgruppe begnügte sich mit einer kurzen Morgenbesprechung. Kommissar Andersson konnte nur mitteilen, dass die Spurensicherung ein paar neue Anhaltspunkte gefunden hätte. In der einen Reisetasche hatten ein paar lange blonde Haare gelegen. Die Haare waren neueren Datums, nicht dauergewellt, gefärbt und etwa zwanzig Zentimeter lang. Möglich, dass sie von einer Perücke stammten. Haarproben von sämtlichen Damen, die im Zusammenhang mit der Ermittlung interessant waren, sollten eingesammelt werden. Fingerabdrücke ebenfalls, da sie auf der Innenseite des Verschlusses der einen Reisetasche einen Satz frische und deutliche Abdrücke gesichert hatten. Fredrik Stridh erhielt die Aufgabe, sich darum zu kümmern.

Die »Ghostbusters« konnten den Inhalt der Taschen im Labor abholen, falls sie das wollten. Sie wollten.

Hannu, Tommy und Irene bekamen vier Papiertüten ausgehändigt. Irene nutzte die Gelegenheit, beide Taschen genauer in Augenschein zu nehmen, ehe sie gingen. Sie waren größer als die von Lovisa Löwander. Die eine war aus dickem Leder mit gediegenen Beschlägen an den Ecken. Am Rand der Tasche war das Monogramm »H. L.« Offenbar hatte sie Hilding Löwander gehört.

Die andere war aus stabiler gelbgrauer Pappe. Sie wurde von zwei breiten Lederriemen umschlossen. Ein Adressenanhänger mit einem vergilbten Zelluloidfenster war am Handgriff befestigt. Der Name Tekla Olsson ließ sich erkennen. Er war in zierlicher Handschrift in schwarzer Tinte geschrieben, die über die Jahre braun geworden war.

»Mit wem fangen wir an?«, fragte Tommy.

Er hatte die vier Tüten auf seinen Schreibtisch gestellt.

»Tekla«, entgegneten Irene und Hannu gleichzeitig.

Die beiden Tüten mit der Aufschrift H. L. landeten erst einmal auf dem Fußboden.

Methodisch begann Tommy Tekla Olssons Hinterlassenschaft auf den Tisch zu legen.

Ganz oben befand sich eine Strickjacke aus dünner, schwarzer Wolle. Die Motten hatten sie aus verständlichen Gründen verschmäht: Ein durchdringender Geruch von Mottenkugeln verbreitete sich im Zimmer. Anschließend zog Tommy ein paar robuste Laufschuhe aus braunem Leder und mit einem niedrigen, kräftigen Absatz hervor, ein paar größere Unterhosen aus weißer Baumwolle, ein langes weißes Nachthemd mit Stickerei am Hals, ein dünnes, ärmelloses Nachthemd aus Baumwollsatin und ein paar dicke schwarze Strümpfe.

Irene hielt die Kleidungsstücke vor sich hin.

»Sie war fast genauso groß wie ich und hatte dieselbe Figur«, stellte sie fest.

Die nächste Tüte wurde auf den Stuhl gestellt. Sie wirkte interessanter, da sie einige Umschläge und Papiere enthielt. Ganz unten lagen ein paar dünne Bücher.

»Wir teilen die Papiere unter uns auf«, schlug Tommy vor.

Schnell verteilten sie den Inhalt der Tüte auf drei Stapel.

»Ich gehe in mein Zimmer«, sagte Hannu.

Er nickte und verschwand mit seinem Packen unterm Arm.

Es dauerte fast eine Stunde, bis Hannu wieder auftauchte. Irene war mit ihrem Stapel fertig, und Tommy hatte nur noch einen einzigen Umschlag übrig.

»Der kann warten. Ich habe reingeschaut. Irgendwelche Mietquittungen«, meinte Tommy.

Er legte den Umschlag ganz oben auf seinen Stapel.

»Wer fängt an?«, fragte er.

»Ich kann anfangen«, sagte Irene.

Sie begann ihre Papiere in der Reihenfolge durchzugehen, in der sie sie hingelegt hatte.

»Ich habe hier eine Personenstandsurkunde von 1942. Sie ist auf Tekla Viola Olsson ausgestellt, geboren am 8. Oktober 1911. Als Grund für die Ausstellung ist ›Neuanstellung‹ angekreuzt. Vielleicht wurde sie 1942 von der Löwander-Klinik angestellt?«

»Stimmt. Ich habe ihren Arbeitsvertrag«, sagte Hannu.

»Weiterhin habe ich hier mehrere Briefe einer Freundin. Laut Absender heißt sie Anna Siwér. Die Adresse lautet Rörstrandsgatan in Stockholm. Sie schreibt meist über ihren Mann und ihr kleines Kind. Im letzten Brief vom Oktober '46 hat sie offenbar ein weiteres Kind bekommen. Ein Mädchen. Das erste war ein Junge.«

»Ich habe auch drei Briefe von Anna Siwér. Im ersten vom April '43 schreibt sie: ›Mutters schwere Lungenentzündung ist deutlich besser geworden. Sie wird es auch dieses Mal wieder schaffen.‹«

Tommy legte den Brief, aus dem er gerade vorgelesen hatte, wieder hin und nahm den nächsten.

»Das Nächste ist eine Briefkarte. Da steht: ›Mutter schlechter. Sie fragt nach Dir. Du musst nach Hause kommen.‹«

Tommy nahm den dritten Brief zur Hand. Er las nicht vor, sondern sah seine Kollegen direkt an.

»Das hier ist ein langer Brief vom 1. Juni '43. Die Mutter ist gestorben und Anna schreibt über ihre tiefe Trauer. Die ganze Zeit schreibt sie Sachen wie: ›Wir werden mit dieser Trauer schon zusammen fertig werden.‹ Und: ›Es ist schwer zu begreifen, dass wir nun keine Eltern mehr haben.‹ Ich habe das Gefühl, dass Anna Teklas Schwester war.«

»Sie hatte keine Verwandten«, erinnerte ihn Hannu ruhig.

Das stimmte. So weit nicht Anna Siwér und ihre Familie ausgelöscht worden waren, ehe Tekla starb. Das wirkte wenig wahrscheinlich.

»Ich erinnere mich, dass Siv Persson sagte, sie hätte eine Cousine gehabt. Diese Cousine hätte nach Göteborg kommen sollen, um die Tasche zu holen, tauchte aber offenbar nie auf. Kann Anna Teklas Cousine gewesen sein?«, schlug Irene vor.

»In diesem Fall scheinen sie sich ungewöhnlich nahe gestanden zu sein. In dem Brief klingt das so, als sei Annas Mama auch Teklas Mama gewesen«, sagte Tommy.

»Ich habe die Sterbeurkunden von Teklas Eltern«, meinte Hannu.

Er suchte nach einem Umschlag und zog zwei Papiere daraus hervor. Die vergilbten Blätter lagen nebeneinander auf dem Tisch. Aus der einen Urkunde ging hervor, dass Teklas Mutter drei Tage nach Teklas Geburt gestorben war. Tekla war das einzige Kind gewesen. Der Vater starb knapp zwei Jahre später. Er war fast zwanzig Jahre älter als die Mutter gewesen.

»Zwei Jahre und Vollwaise. Die Ärmste«, sagte Tommy.

»Glaubt ihr, dass sie in ein Kinderheim kam?«, fragte Irene.

»Ich werde Anna Siwér und ihre Verwandten ausfindig machen«, entschied Hannu.

Irene und Tommy waren dankbar für diesen Bescheid. Die überlebenden Angehörigen der Familie Siwér waren damit so gut wie aufgefunden.

»Tekla hatte gute Noten vom Sophiahemmet. Nicht ganz so strahlende wie Lovisa, aber fast. Sie legte 1934 die Prüfung zur Krankenschwester ab.«

»Haben sie die Krankenpflegeschule des Sophiahemmet gleichzeitig besucht?«, wollte Tommy wissen.

»Nein. Tekla war sieben oder acht Jahre jünger als Lovisa. Da Lovisa direkt nach ihrem Examen wieder nach Göteborg ging und begann, im Krankenhaus ihres Vaters zu arbeiten, können sie sich kaum begegnet sein, ehe Tekla in der Löwander-Klinik anfing.«

»Und da waren Hilding und Lovisa bereits verheiratet«, sagte Tommy nachdenklich.

»Ja. Und zwar seit sechs Jahren.«

Irene deutete auf den Rest ihres Stapels und sagte:

»Der Rest sind überwiegend Weihnachtskarten und Urlaubsgrüße von Freundinnen. Wahrscheinlich Mitschülerinnen von der Schwesternschule.«

Tommy nickte zustimmend.

»Bei mir auch, aber ich habe tatsächlich auch zwei Briefe von einem Mann. Liebesbriefe. Beide sind vom Juli '42. Er verzichtet auf einen Absender und unterschreibt mit Erik.«

»Ich habe Eriks letzten Brief«, sagte Hannu.

Er zog einen dünnen Umschlag aus seinem Stapel.

»Er hat mit ihr Schluss gemacht. Traf eine andere.«

»Welches Datum steht auf dem Arbeitsvertrag mit der Löwander-Klinik?«, fragte Irene eifrig.

»Erster November '42.«

»Deswegen kam sie nach Göteborg. Die alte Leier. Eine unglückliche Liebschaft«, stellte Irene fest.

Tommy sah aus, als würde er nachdenken. Dann fragte er keinen der beiden im Besonderen:

»Ich frage mich, wo sie in Göteborg gewohnt hat?«

»Im Krankenhaus«, sagte Hannu.

Erneut blätterte er in den Papieren vor sich, ehe er fand, was er suchte.

»Anlage zum Arbeitsvertrag. Das Krankenhaus stellt ein Zimmer. Küche und Toilette sind mit drei anderen Schwestern zu teilen. Aber hier gibt es noch einen weiteren Arbeitsvertrag.«

Er zog einen dicken, weißen Umschlag ganz unten aus seinem Stapel.

»Der ist von '44. Schwester Tekla wurde Oberschwester. Und bekam eine eigene Wohnung.«

Er blätterte in dem dicken Bündel Papiere und zog eines hervor.

»Neue Anlage. Das Krankenhaus stellt jetzt ein Zimmer mit Küche und eigener Toilette und Dusche.«

»Das klingt nach der Bereitschaftswohnung«, sagte Irene erstaunt.

»Wir müssen wieder mit deinem Doktor reden«, sagte Tommy.

»Er ist nicht mein Doktor.«

Zu ihrem Ärger bemerkte sie, dass sie rot wurde. Vielleicht

litt sie ja auch unter Bluthochdruck wie Kommissar Andersson?

Tommy warf ihr einen frechen Blick zu, wechselte dann aber das Thema.

»Dann haben wir noch eine Sammlung von Gedichtbänden. Die können wir wohl beiseite legen und festhalten, dass Tekla ein Faible für Lyrik hatte. Sollen wir etwas essen, ehe wir die Tüten von Hilding durchgehen, oder erst anschließend?«

»Die Durchsicht von Teklas Sachen hat fast zwei Stunden gedauert. Ich plädiere dafür, dass wir zuerst etwas essen«, sagte Irene.

Hannu nickte.

Sie aßen ein mäßiges Bauernfrühstück in der Kantine. Die Rote Bete erinnerte eher an die unappetitlicheren Fälle des Dezernats für Gewaltverbrechen, und außerdem waren nur noch zwei beidseits gebratene Spiegeleier übrig.

Sie schaufelten das Essen in sich hinein und beschlossen, den Kaffee in ihrem Büro zu sich zu nehmen.

Alle drei setzten sich an den Schreibtisch und versuchten einen freien Fleck für ihre Kaffeebecher zu finden, was sich als ein Ding der Unmöglichkeit erwies.

»Wir müssen Teklas Sachen wieder in die Tüten tun, ehe wir uns an Hildings machen«, sagte Irene.

Nachdem sie den Kaffee ausgetrunken hatten, räumten sie den Schreibtisch ab.

»Nett, die Tischplatte wieder einmal zu sehen. Das letzte Mal war vor einigen Wochen«, sagte Tommy.

Er wuchtete eine von Hildings Tüten hoch und wollte gerade anfangen, auszupacken, als Hannu sagte:

»Könnt ihr euch die Tüten allein ansehen?«

Tommy sah ihn erstaunt an.

»Natürlich. Was hast du vor?«

»Nach Anna Siwér suchen. Oder ihren Verwandten. Und nach Teklas Totenschein.«

Hannu war bereits durch die Tür. Tommy zog viel sagend die Augenbrauen hoch. Weder er noch Irene sagten jedoch ein Wort. Man widersprach Hannu einfach nicht.

In den Tüten waren keine Kleider, sondern nur Bücher, Umschläge und Ordner. Bei den Büchern handelte es sich um Fachliteratur mit Titeln wie »Organische Chemie«, »Allgemeine Anatomie« und »Dictionnaire étymologique de la langue greque«, alle mit brüchigen, braunen Lederrücken.

»Ich weigere mich, diese Bücher zu lesen. Warum auch? Wir sollten uns lieber auf die Umschläge und die Mappen konzentrieren«, verfügte Irene. Wie schon bei Teklas Sachen teilten sie den restlichen Inhalt der Tüten auf zwei Stapel auf. Sie setzten sich an ihre Schreibtische und begannen zu lesen.

Irene lehnte sich im Stuhl zurück. Sie reckte ihre Arme, und in ihren steifen Gelenken knackte es. Anschließend betrachtete sie nachdenklich ihren Stapel Umschläge und Ordner. Sie war dabei, eine Theorie zu entwickeln.

Tommy schlug begeistert mit dem Handrücken auf eine der Mappen und rief:

»Das ist unglaublich! Ich glaube tatsächlich, dass ich etwas vollkommen …«

»Ich auch. Aber lass es uns systematisch angehen. Von Anfang an.«

»Okay. Ich habe sein Zeugnis von der Universität. Beste Noten. Aber da hieß er noch Hilding Svensson. Ein Allerweltsname. Danach hat er den Namen in Löwander ändern lassen. Das klang fescher.«

»Vielleicht. Auf der Heiratsurkunde steht, dass das Brautpaar den Nachnamen der Braut annimmt. Das war zu dieser Zeit sicher ungewöhnlich.«

»Ich habe hier den Brief eines Kommilitonen oder ehemaligen Kollegen. Darin wird Hilding zur Hochzeit gratuliert, gleichzeitig spricht der Briefschreiber zum Tod des Schwiegervaters sein Beileid aus.«

»Lovisa erbte das Krankenhaus. Aber de facto hat Hilding den Betrieb übernommen.«

Irene dachte an das Hochzeitsfoto von 1936, an den langen, eleganten Hilding Löwander, geborener Svensson, und an die puppengleiche Lovisa. In den Dreißigerjahren hatten in Schweden Depression und schwere Zeiten geherrscht. Aber Hilding war durch die Hochzeit zu Geld gekommen, zu Stellung und Status. Er erhielt von seiner Prinzessin zwar kein Schloss, aber immerhin ein eigenes Krankenhaus. Das war vermutlich für einen ehrgeizigen Arzt ohne Vermögen eine gute Partie.

»Drei meiner Ordner beziehen sich auf den Umbau der Löwander-Klinik. Es handelt sich um Skizzen des Rohrleitungsnetzes, der Aufzüge und des OP-Traktes, von allem Drum und Dran! Hilding war ordentlich. Er hob alles auf.«

»In welchem Jahr erfolgte der große Umbau?«

»Die Zeichnungen und Angebote sind aus der Mitte der Fünfzigerjahre, von '55 und '56.«

»Dann sind die Arbeiten also vermutlich '58 oder '59 ausgeführt worden.«

»Yes.«

Tommy zog eine Mappe aus dünnem blauem Karton hervor und fächelte mit ihr in der Luft herum.

»Hier sind ganz andere Sachen drin. Private Rechnungen. Interessant. Schau dir mal den Index an.«

Tommy schlug die erste Seite des Ordners auf und hielt ihn Irene hin. Mit großer Schrift hatte jemand unter A »Allgemein« geschrieben, unter B stand »Beiträge«, das Vorsatzblatt mit F trug den Vermerk »Freimaurer«. Hinter jedem Vorsatzblatt waren die Quittungen über geleistete Zahlungen ordentlich abgeheftet.

Auf das Vorsatzblatt mit T hatte Hilding »Tekla« geschrieben.

Tommy blätterte bei T um und zeigte Irene triumphierend ein Bündel Quittungen.

»Den gesamten Herbst ’46 bezahlte Hilding Löwander die Arztrechnungen für Tekla! Hier sind sieben Quittungen. Außerdem hat er ihr einen Krankenhausaufenthalt vom 1. bis zum 15. Januar ’47 bezahlt.«

»Das bestätigt meinen Verdacht!«

Irene suchte einen Ordner hervor. Der Leinenrücken trug die Aufschrift »Privat«. Er knirschte, als sie den Ordner aufschlug.

Ehe sie Tommy ihren Fund zeigte, dachte sie nach. Nach einer Weile sagte sie:

»Wir wissen, dass Lovisa Löwander den Gerüchten nach verlangt hat, dass Schwester Tekla die Klinik verlässt. Das war etwa zu der Zeit, zu der sie schwanger wurde. Meine Theorie ist, dass Tekla eine schwere Depression erlitt. Hilding bezahlte ihre Arztbesuche im Herbst und den Krankenhausaufenthalt im Januar. Die Depressionen erreichten, wie wir wissen, mit dem Selbstmord zwei Monate später ihren Höhepunkt.«

Irene blätterte in ihrem Ordner, ehe sie fand, was sie suchte. Sie nickte und fuhr dann fort:

»Ich glaube, dass Lovisa und Hilding davon ausgingen, dass sie keine Kinder bekommen könnten. Schließlich passierte mehrere Jahre lang nichts. Wahrscheinlich fühlte sie sich deswegen wertlos und hatte nicht die Kraft, zu fordern, dass Hilding und Tekla ihre Affäre beendeten. Die Schwangerschaft änderte alles. Danach konnte sie sich behaupten. Hier ist ein Papier, das auf den 5. März ’46 datiert ist.«

»Lies vor.«

»Es handelt sich um ein ärztliches Attest. Von einem Dr. Ruben Goldblum. Er schreibt: ›Dass Frau Lovisa Löwander an dem Turner-Syndrom leidet, könnte ein schwer wiegender Grund für eine Adoption sein. Ich bin seit vielen Jahren mit den Eheleuten Löwander persönlich bekannt und kann ihren bezeugt guten Lebenswandel und Ruf bestätigen. Von der Tatsache, dass Frau Lovisa Löwander über vierzig Jahre alt ist, kann man absehen, da sie eine ungewöhnlich kluge, fleißige und gesunde Frau ist. Dr. Hilding Löwander ist ein anerkannt tüchtiger Arzt und ein guter Mensch. Die beiden würden sicher die besten Eltern.‹«

»Ah. Sie wollten also adoptieren.«

»Ja.«

»Was für ein Arzt war Goldblum?«

Irene hielt das Papier gegen das Licht, um zu versuchen, den undeutlichen Stempel zu entziffern.

»Dr. gyn. steht hier. Ein Frauenarzt.«

»Ja. Aber was ist ein Turner-Syndrom?«

»Keine Ahnung.«

»Hast du sonst noch was?«

»Ja. Einen Mietvertrag für eine Einzimmerwohnung in Stockholm. An der Drottninggatan. Die Mieterin ist Lovisa Löwander, und die Vertragsdauer beträgt vier Monate, vom November '46 bis zum Februar '47.«

»Hat sie Sverker in Stockholm zur Welt gebracht?«

»Offenbar. Ich erinnere mich, dass er gesagt hat, sie sei während der gesamten Schwangerschaft von Experten behandelt worden. Die Schwangerschaft sei sehr kompliziert gewesen.«

Irene blätterte weiter in dem Ordner, bis sie die Stelle mit den schmalen und dünnen Papieren fand.

»Hier. Quittungen von Bankeinzahlungen. Am Ende jeden Monats zahlte Hilding Löwander zweihundert Kronen auf ein Konto ein. Die Einzahlungen beginnen Ende August '46 und enden Ende Februar '47. Um die Einzahlung im März kam er herum, da sich Tekla noch vor Ende März aufhängte.«

»Du glaubst, dass das Geld für Tekla bestimmt war?«

»Ja. Der Zeitraum stimmt. Er versuchte wohl sein schlechtes Gewissen zu beruhigen.«

»Bekam sie keine neue Arbeit?«

»Keine Ahnung. Sie war vielleicht zu deprimiert, um arbeiten zu können.«

Gründlich dachten beide über die neuen Erkenntnisse nach. Schließlich sagte Tommy resolut:

»Ich muss rauskriegen, was das Turner-Syndrom ist. Ich rufe eben mal Agneta an.«

Er nahm den Telefonhörer und wählte die Nummer seiner Frau, die Stationsschwester am Städtischen Krankenhaus von Alingsås war. Nach einer Weile hatte er sie am Apparat.

»Hallo, Liebling. Kannst du mir helfen und mir erklären, was für eine Krankheit das Turner-Syndrom ist?«

Er verstummte und begann etwas auf seinen Block zu kritzeln. Zweimal zog er erstaunt die Augenbrauen hoch und schaute Irene an, sagte aber nichts, sondern schrieb einfach weiter mit. Als er umblätterte, fragte sich Irene schon, ob er vorhatte, eine medizinische Abhandlung zu verfassen.

Nachdem er lange mitgeschrieben hatte, hörte er auf, sich Notizen zu machen. Er legte seinen Stift weg, dankte seiner Frau für die Hilfe und gab ihr einen Kuss durchs Telefon. Als er aufgelegt hatte, sah er Irene an und sagte:

»Halt dich fest. Es bestand keine Möglichkeit, dass Lovisa Löwander Kinder bekommen konnte. Sie hatte nämlich keine funktionierenden Eierstöcke!«

Er schaute auf seinen Block und begann vorzulesen.

»Turner-Syndrom ist eine Chromosomenstörung, die nur Mädchen befällt. Normalerweise haben Jungen die Geschlechtschromosomen XY und Mädchen XX. Mädchen, die mit dem Turner-Syndrom zur Welt kommen, haben nur ein Geschlechtschromosom. Ihr Geschlechtschromosom wird als XO bezeichnet. Sie sind kleinwüchsig und kommen nicht in die Pubertät. Man kann ihnen weibliche Hormone verabreichen, um eine Entwicklung der Brüste und so zu bewirken. Obwohl ich meine Zweifel habe, ob man das in den Zwanzigerjahren, als Lovisa jung war, bereits konnte. Sie bekam vermutlich keine Hormone. Aber Mädchen mit Turner-Syndrom sind trotzdem immer steril.«

»Steril! Aber …«

Sie wurde unterbrochen. Hannu klopfte an die Tür und trat ein. Er hatte einen Stoß Faxe in der Hand.

»Hallo. Wie bist zu zurechtgekommen?«, sagte Tommy.

»Gut. Anna Siwér ist tot. Ich habe mit Jacob Siwér, dem Sohn, gesprochen. Er wohnt immer noch in Stockholm.«

»Waren Anna und Tekla verwandt?«, wollte Irene wissen.

»Ja. Anna und Tekla waren Cousinen. Teklas Mutter starb bei ihrer Geburt. Annas Eltern nahmen Tekla zu sich. Ihr Vater fing nach der Geburt seiner Frau an zu trinken und kümmerte sich nicht um seine Tochter. Er starb zwei Jahre später. Hinterließ Tekla eine größere Geldsumme.«

»Kann sich Jacob Siwér noch an Tekla erinnern?«

»Schlecht. Er war sechs Jahre alt, als sie starb. Er sagt, dass er sich an eine Frau erinnern kann, die einmal Weihnachten bei ihnen war und die ganze Zeit geweint hat. Er glaubt, dass das Tekla war. Aber er hatte einige Briefe von Tekla, die seine Mutter aufgehoben hatte, und hat sie mir gefaxt. Und ich habe in einem Umschlag eine Fotografie von Tekla gefunden.«

Er reichte Irene die Papiere. Obenauf lag mit dem Bild nach unten eine Fotografie. In ordentlicher Schrift stand auf der Rückseite: »Tekla Olsson. Schwesternexamen Juni 1934.« Irene drehte das Bild um.

Obwohl das Foto in all den Jahren vergilbt war, sah sie es sofort. Die Einsicht machte sie ganz benommen, und sie ertappte sich dabei, wie sie die Luft anhielt. Sie zwang sich dazu, tief durchzuatmen, ehe sie sagte:

»Tekla ist Sverkers Mutter.«

Erstaunt sahen sie ihre beiden Kollegen an.

»Wie kannst du das behaupten?«, fragte Tommy.

»Die Augen. Es sind ihre Augen.«

Tommy riss das Bild an sich und betrachtete es eingehend.

Die weiße Haube mit dem schwarzen Band saß tadellos auf dem stramm hoch gesteckten blonden Haar. Die Gesichtszüge waren regelmäßig und die Zähne in dem lachenden Mund fehlerfrei. Tekla Olsson war eine Schönheit gewesen. Obwohl das Foto nur schwarzweiß und außerdem vergilbt war, hegte Irene keine Zweifel, was die Augenfarbe betraf. Grünblau wie klares Meerwasser.

»Gib mir Kraft und Stärke! Davon hatte Sverker Löwander sicher keine Ahnung! Wir haben gerade herausgefunden, dass Lovisa Löwander steril war und unmöglich Kinder bekommen konnte.«

Hannu sah sie nachdenklich an.

»Das müsste er wissen. Beide Eltern sind schließlich tot. Ob es sich um leibliche oder adoptierte Kinder handelt, steht auf dem Totenschein. Und die Totenscheine seiner Eltern müsste er gesehen haben.«

Sowohl Tommy als auch Irene sahen Hannu an. Schließlich war es Tommy, der die Frage stellte:

»Glaubst du, dass du diese beiden Totenscheine besorgen kannst …?«

Hannu nickte und verschwand durch die Tür.

Irene fing an wie wild in dem Ordner mit der Aufschrift »Persönlich« zu suchen. Da war etwas, was ihr hinter einem der Vorsatzblätter aufgefallen war. Da! Sie öffnete den Ordner ganz und nahm das Papier heraus.

Ganz oben auf dem vergilbten Blatt stand »Entbindungsprotokoll.«

»Seht her! Für Frau Lovisa Löwander gibt es ein Entbindungsprotokoll! Die Entbindung soll am 2. Januar 1947 im Sabbatsbergs-Krankenhaus in Stockholm stattgefunden haben. Hier stehen eine Menge seltsamer … Nullpara … Pelvimetrie ausgeführt … zeigt Anzeichen von … Hier! Der Knabe kommt ohne Komplikationen um 16.35 Uhr zur Welt. Geburtsgewicht 3340 Gramm.«

Irene schaut von dem Blatt aus der Krankenakte auf und sah Tommy an.

»Was bedeutet das? Wir wissen, dass Lovisa Löwander keine Kinder bekommen konnte. Mit größter Wahrscheinlichkeit sind Tekla Olsson und Hilding Löwander die Eltern von Sverker. Wie kann es da ein Entbindungsprotokoll für Lovisa geben?«

»Wer hat das Protokoll geführt?«

»Mal sehen … ach nee! Unser Freund, der Gynäkologe von der Adoptionsbescheinigung taucht hier wieder auf! Ruben Goldblum!«

»Der gute alte Freund der Eheleute Löwander.«

»Er muss ihnen geholfen haben, das Entbindungsprotokoll zu fälschen.«

»Warum?«

»Keine Ahnung. Vielleicht war es ihnen lieber, Sverker als leibliches Kind laufen zu lassen.«

»Vielleicht. Und denk daran, dass sie das Eignungsattest für die Adoption nie abschickten. Es steckt noch immer im Ordner.«

Beide grübelten einen Augenblick.

»Wenn Hilding Sverkers leiblicher Vater war, dann hätte er seinen eigenen Sohn nicht zu adoptieren brauchen. Aber Sverker kann nicht Lovisas Sohn gewesen sein. Das wissen wir. Also musste sie ihn adoptieren. Nicht wahr?«, sagte Tommy.

Irene dachte nach.

»Doch. So muss es sein.«

»Weißt du, was ich glaube. Dieses ganze Arrangement mit dem gefälschten Entbindungsprotokoll und dem Gerede, dass Lovisa während der Schwangerschaft und bei der Entbindung von Spezialisten behandelt worden sei, war nur der Versuch, einen Skandal zu vertuschen. Den Skandal, dass Hilding eine andere Frau geschwängert hatte.«

»Es kann sich auch um den innerlichen Wunsch von Lovisa gehandelt haben, ein Kind zu bekommen. Egal wie. Eine andere Möglichkeit gab es für sie zu dieser Zeit nicht. Ich vermute, dass man heute einer sterilen Frau befruchtete Eier in die Gebärmutter implantieren kann.«

»Sicherlich. Ich glaube, dass das bereits gemacht wird.«

»Aber vor fünfzig Jahren ging das nicht.«

»Nein.«

Hannu steckte seinen Kopf durch die offene Tür und sagte:

»Auf dem Totenschein wird Sverker als leiblicher Sohn von Lovisa Löwander geführt.«

»Hannu. Komm und sieh dir das an.«

Tommy hielt ihm Lovisas gefälschtes Entbindungsprotokoll hin. Hannu las es, ohne eine Miene zu verziehen.

»Das hat man wahrscheinlich zu dieser Zeit noch machen können. Es gab keine zentralen Register. Eine unverheiratete Mutter konnte ihr Kind bei der Geburt zur Adoption freigeben. Die Adoptiveltern konnten das Kind dann direkt abholen. So wurde es beispielsweise in Stockholm gehandhabt. Wenn die Adoptivmutter bei ihrer Ankunft in Göteborg eine Bescheinigung hatte, das Kind selbst zur Welt gebracht zu haben, war die Chance sehr groß, dass das Meldeamt daran nichts auszusetzen hatte«, sagte er.

»Besonders wenn die Eltern angesehen waren und als integer galten. Hier ist man wirklich sehr weit gegangen! Lovisa hatte sich sicher ein Kissen vor den Bauch gebunden, ehe sie drei Monate vor der Entbindung aus Göteborg verschwand«, sagte Irene.

»Warte mal! Tekla! Die Quittungen für die Miete!«

Tommy begann in den Papieren zu wühlen, die vor ihm lagen, bis er den Umschlag gefunden hatte. Eilig nahm er die Quittungen heraus. »Hier. Sieben Quittungen über eingezahlte Miete, jeweils hundertzehn Kronen. Ausgestellt auf Tekla Olsson. Leider steht da keine Adresse.«

»Wir müssen uns die Ordner noch einmal ansehen. Vielleicht finden wir irgendwo den Mietvertrag«, sagte Irene.

Sie hatte gerade noch Zeit, die erste Seite mit dem Index aufzuschlagen, als das Telefon klingelte.

»Inspektorin Irene Huss.«

»Also… hier ist Siv Persson. Ich muss Ihnen etwas erzählen…«

»Was ist passiert?«

»Der Mörder! Die Blondine. Gestern Abend… vor meiner Tür«, stotterte Siv Persson.

»Wir kommen sofort zu Ihnen. Machen Sie niemandem auf. Auch wenn es jemand ist, den Sie kennen.«

»Das verspreche ich. Danke… dass Sie kommen.«

Irene legte auf und erzählte ihren Kollegen von dem kurzen Gespräch. Sie fanden es unnötig, zu dritt zu fahren. Hannu und Tommy kümmerten sich um Siv Persson, und Irene blieb, um weiter in den Papieren und Briefen zu stöbern.

Doch da war keine Spur von einem Mietvertrag. Irene ging dazu über, sich die bedeutend interessanteren Briefe vorzunehmen, insgesamt neun Stück. Sie legte sie in chronologischer Reihenfolge vor sich hin.

Der erste Brief war vom 19. Juli 1945. Er wurde von einem Gedicht eingeleitet, und dann stand da:

Liebste Anna!

Ich habe die letzte Juli- und die erste Augustwoche Ferien. Am 26. Juli könnte ich auf dem Hauptbahnhof von Stockholm eintreffen. Von mir aus können wir dann direkt nach Ingarö weiterfahren. Das klingt so wunderbar, dass es euch wirklich gelungen ist, ein Haus dort draußen zu mieten! Ich habe das Gefühl, dass ich wirklich Erholung nötig habe. Es war ein arbeitsreiches Jahr. Es ist weitaus anstrengender, Wirtschaftsleiterin und Oberschwester zu sein, als ich mir das vorgestellt habe! Meine Wohnung ist wirklich gemütlich. Ein beachtlicher Unterschied zu dem kleinen Zimmer, das ich vorher hatte! Da mussten wir uns schließlich auch Küche und Toilette teilen…

Irene überflog rasch den Rest des Briefes. Von Hilding oder Lovisa Löwander kein Wort. Hastig las sie auch die anderen Briefe. Wieder war das Resultat negativ. Kein Wort von Liebe oder überhaupt von Gefühlen, nur Belanglosigkeiten über Sachen, die privat oder in der Arbeit passiert waren.

Der letzte Brief unterschied sich jedoch von den übrigen. Auch dieser wurde von einem Gedicht eingeleitet, aber danach kamen nur noch ein paar kurze Zeilen. Irene zuckte zusammen, als sie das Datum las. Der Brief war auf den 21. März 1947 datiert. Er musste am Tage oder einige Tage, bevor Tekla sich aufgehängt hatte, geschrieben worden sein.

Irene lehnte sich auf ihrem Stuhl zurück und versuchte nachzudenken. Warum hatte Anna gerade diese Briefe aufgehoben? Enthielten sie eine versteckte Botschaft? Tekla und Anna waren wie Schwestern aufgewachsen. Hatten sie eine Chiffre?

Es hatte keinen Sinn, dazusitzen und sich das Gehirn zu zermartern, wenn dort nur Blutleere herrschte. Da konnte sie genauso gut zum Kaffeeautomaten gehen und mit etwas Kaffee ihren Kreislauf wieder in Schwung bringen.

Sie hatte gerade die erforderlichen zwei Kronen in den Automaten geworfen, als sie eine wohl bekannte Stimme vernahm:

»Ach so. Hier sind Sie. Haben Sie irgendeine Sensation auf Lager?«

Kurt Hööks Stimme klang nicht böse, nur ironisch. In der Tat sehr ironisch, musste Irene feststellen, vielleicht zu Recht…

Mit einem unschuldigen Lächeln auf den Lippen drehte sie sich um.

»Hallo! Darf dieses Mal ich Sie auf einen Kaffee einladen? Er ist zwar nicht so gut wie bei der GT, aber besser als nichts.«

Höök zuckte mit den Schultern und murmelte etwas, was Irene als ein Okay deutete. Sie warf noch zwei Münzen ein und gab ihm den dampfenden Becher. Ohne sich viel dabei zu denken, lotste sie Höök in ihr Büro. Erstaunt blieb er auf der Schwelle stehen:

»Sind Sie gerade eingezogen, oder wollen Sie ausziehen?«

Irene lachte, verstand aber seine Verwunderung. Überall lagen Ordner und Papiere herum, und auf dem Fußboden standen Tüten mit Hildings und Teklas Büchern und Kleidern.

»Sie werden es nicht glauben. Das hier ist die Hinterlassenschaft des Klinikgespenstes. Sie findet in zwei großen Papiertüten Platz.«

»Jemand hat Sie reingelegt. Als Schwester Tekla starb, gab es noch keine Papiertüten. Vor allen Dingen keine, auf denen Konsum stand!«

Erstaunlich scharfsinnig. Jetzt fehlte nur noch, dass er nach den Taschen fragte.

»Wo sind die Originaltaschen? Und ist das alles, was in den Taschen war?«, wollte Höök wissen.

Irene konnte aus seiner Stimme die Neugier des Journalisten heraushören. Sie wollte gerade den Mund öffnen, um ihm eine ausweichende Antwort zu geben, da ging ihr auf, welcher Schluss sich aus seiner letzten Frage ziehen ließ.

Die Taschen waren gewaltsam geöffnet worden, als man sie gefunden hatte. Was fehlte?

Sie wurde von Hööks Stimme in ihren Überlegungen gestört:

»Wo haben Sie diese Sachen gefunden? Warum verschwenden Sie Ihre Zeit damit, diesen alten Plunder durchzuwühlen?«

Irene machte eine abwehrende Handbewegung und bat ihn, sich hinzusetzen. Sie dachte fieberhaft nach, um sich eine glaubwürdige Geschichte auszudenken, die nicht allzu weit von der Wahrheit entfernt war. Zögernd begann sie:

»Wie Sie wissen, haben wir Linda Svensson erhängt auf dem Klinikspeicher gefunden. Fast an derselben Stelle, an der sich Schwester Tekla damals erhängt hat. Dieser Speicherraum ist lange Jahre nicht mehr benutzt worden. Und wenn, dann nur als Lagerplatz.«

Irene unterbrach sich und nahm einen ordentlichen Schluck Kaffee. Schließlich fuhr sie fort:

»In einer Ecke des Speichers fanden wir drei Reisetaschen. Sie waren erst vor kürzerer Zeit aufgebrochen worden. Eine hatte Tekla Olsson gehört, die anderen beiden den Eheleuten

Löwander, also den Eltern von Sverker Löwander. Ich sitze hier und überlege mir, ob das vielleicht wichtig ist. Also die Tatsache, dass sie aufgebrochen waren. In diesem Fall will man schließlich wissen, was den Täter interessiert hat.«

»Das, was in den Taschen fehlt, natürlich«, erklärte Höök.

Er beugte sich, lang wie er war, über den Schreibtisch und ergriff die Faxe mit Teklas Briefen. Irene hatte keine Zeit zu reagieren.

»Was ist das hier?«

»Das sind alte Briefe, die Tekla Olsson an ihre Cousine in Stockholm geschrieben hat, mit der sie zusammen aufgewachsen ist.«

»Warum, um Gottes willen, interessieren Sie sich für so was?«

Irene gefielen sein forschender Blick und seine direkten Fragen nicht sonderlich. Warum hatte sie nur einen der penetrantesten Journalisten Göteborgs in ihr Zimmer gebeten?

»Wir haben versucht, diese Cousine, diese Beinaheschwester, ausfindig zu machen, aber sie ist bereits verstorben. Dafür haben wir ihren Sohn aufgetrieben, und der hat uns diese Briefe gefaxt.«

»Warum sollen die von Interesse sein?«

»Das weiß ich nicht.«

Irene hörte selbst, wie dumm das klang, versuchte aber, sich nichts anmerken zu lassen. Sie sah, wie Kurt Höök in den Faxen blätterte. Ziemlich bald tat er dasselbe wie zuvor schon sie selbst und legte sie in chronologischer Ordnung vor sich hin. Nachdenklich las er sie durch und brummte dabei ab und zu vor sich hin. Schließlich konnte sich Irene nicht länger beherrschen, sondern fragte vorsichtig:

»Glauben Sie, dass sie sich irgendeines Geheimcodes bedient haben?«

Höök sah sie scharf an.

»Was glauben Sie denn, zwischen den Zeilen lesen zu können?«

Irene beschloss, ihm etwas lückenhaft die Wahrheit zu sagen.

»Andeutungen über eine Liebesgeschichte. Wir wissen, dass wahrscheinlich eine unglückliche Liebesgeschichte hinter Teklas Selbstmord steckte.«

Höök sah mit erneutem Interesse auf den Stapel Papiere. Ohne mit dem Lesen innezuhalten, sagte er wie beiläufig:

»Und wieso ist der Grund für einen alten Selbstmord von Interesse?«

»Ehrlich gesagt wissen wir das nicht. Aber wir glauben, dass Sie in Ihrem Artikel gar nicht so danebengelegen haben. Der Mörder war in eine alte Schwesterntracht gekleidet, damit man ihn für Schwester Tekla hielt. Wir glauben, dass Mama Vogel ihn in der Mordnacht gesehen hat. Wir glauben, dass der Mörder bereits vor den Morden von Gunnelas Existenz wusste, da er so schnell darauf kam, dass sie die ›Zeugin, die anonym bleiben will‹, sein musste.«

Hööks Miene verdunkelte sich. Er sah schuldbewusst aus.

»Es ist gar nicht sicher, dass mein Artikel den Tod dieser Vogelfrau verursacht hat.«

»Nein. Das werden wir wohl nie mit Sicherheit herausfinden. Das sind alles nur Hypothesen.«

Schweigend fuhr er fort, die Briefe ein weiteres Mal durchzulesen. Schließlich schüttelte Höök den Kopf und sagte:

»Nein. Die Briefe geben keine Anhaltspunkte. Es müssen die Gedichte sein.«

»Die Gedichte?«

»Jeder Brief beginnt mit einem Gedicht. Vielleicht war das der Trick, den Tekla und Anna verwendeten, um Dinge nicht direkt sagen zu müssen.«

»Vielleicht. Aber Anna hat in den Briefen, die Tekla aufgehoben hat, keine Gedichte geschrieben.«

»Aber Tekla in denen, die Anna aufgehoben hat«, meinte Kurt Höök.

Das war Irene gar nicht aufgefallen. Sie überflog rasch die

kurzen Gedichte, ohne dass ihr das weitergeholfen hätte. Als sie sie ein weiteres Mal langsam las, schienen einige von ihnen plötzlich zeitlich zu passen, da Irene einiges von dem wusste, was Tekla in dieser Zeit zugestoßen war.

Das Gedicht im ersten Brief vom 19. Juli 1945 war ein fröhliches Sommergedicht und enthielt, so weit Irene sehen konnte, keine versteckte Botschaft. Dagegen wirkte der zweite Brief, der auf den 25. August 1945 datiert war, eindeutig verdächtig:

So wie freundliche Abendsterne leuchten
und ihren Schimmer in die Täler senden,
hat er auf seine Dienerin geschaut,
siehe, er sah sie an wie ein Liebender.

Versuchte Tekla zu erzählen, dass ihr Hilding seine Liebe erklärt hatte? »Seine Dienerin« wirkte ziemlich unterwürfig, aber vielleicht erlebte Tekla ihr Verhältnis zu dem bedeutend älteren Oberarzt ja auf diese Weise.

Die folgenden Gedichte schienen ebenfalls nicht auf eine Liebesbeziehung anzuspielen, aber das Gedicht im vierten Brief, das auf den 10. Oktober 1945 datiert war, machte Irene stutzig:

Nimm mich. – Halte mich. – Liebkose mich langsam.
Umarme mich vorsichtig eine Weile.
Weine ein wenig – um diese traurigen Umstände.
Schau mich zärtlich an, wie ich schlummere.
Verlass mich nicht. – Du wirst doch bleiben,
bleiben, bis ich selbst gehen muss.
Leg deine geliebte Hand auf meine Stirn.
Noch eine kleine Weile sind wir zwei.

»Das hier klingt nicht wie ein Liebesgedicht. Das ist … so leidvoll und traurig«, sagte Irene.

Höök nickte.

»Es war ganz klar eine unglückliche Liebe. Schließlich hat sie sich das Leben genommen.«

Ihre Liebe hatte Tekla sicher großes Leiden verursacht. Die Liebe zu einem Mann, den sie nicht bekommen konnte, und die unerträgliche Trauer, das Kind, das sie geboren hatte, nicht behalten zu dürfen. Aber das kam erst viel später. Es war also offenbar das Verhältnis mit Hilding, das Tekla mit diesen Gedichten beschrieb. Irene musste sich eingestehen, dass Höök Intuition besaß. Das war bei einem Journalisten sicher eine unschätzbare Eigenschaft.

Die Gedichte in den Briefen von Januar bis April 1946 schienen, so weit Irene das erkennen konnte, nicht auf irgendein Liebesverhältnis hinzuweisen. Dagegen hätte das Gedicht vom 7. Juni 1946 nicht eindeutiger sein können:

Er kam wie ein Wind.
Was kümmert sich der Wind um Verbote?
Er küsste meine Wange,
er küsste alles Blut von meiner Haut.
Dabei hätte es bleiben sollen:
er gehörte ja einer anderen, war nur geliehen,
einen Abend in der Zeit des Flieders
und in dem Monat des Goldregens.

»Das ist ja allerhand! Das kenne ich! Das ist von Hjalmar Gullberg. Deutlicher kann sie doch wohl nicht werden? Sie fängt an, ihr Verhältnis zu bereuen, aber schiebt alles darauf, dass sie ihm nicht hätte widerstehen können. ›Er kam wie ein Wind …‹, und sie wurde einfach umgeweht!«, sagte Kurt Höök und lachte.

»Hjalmar Gullberg. Einer der Lyrikbände war von ihm, wenn ich mich recht erinnere.«

Irene ging zu dem kleinen Bücherstapel hinüber. Ganz oben lag ein Band Gedichte von Hjalmar Gullberg. Irene blätterte darin herum, bis sie das Gedicht gefunden hatte. Es dauerte einen Augenblick, bis sie merkte, dass der Text nicht ganz übereinstimmte.

»Warten Sie. Tekla schreibt: ›*Er* gehörte ja einer anderen, war nur geliehen …‹ Aber im Buch steht: ›*Du* gehörtest ja einer anderen …!‹, aber im Gedicht steht: ›Er küsste *deine* Wange …!‹«

»Da haben Sie Ihre Chiffre«, stellte Kurt Höök gelassen fest.

Gespannt warf sich Irene über das nächste Gedicht. Der Brief war vom 30. November 1946:

Wir Frauen, wir sind der braunen Erde so nahe.
Wir fragen den Kuckuck, was er vom Frühling erwartet,
wir legen unsere Arme um die kahle Kiefer,
wir suchen im Sonnenuntergang nach Zeichen und Rat.

Ich liebte einmal einen Mann, er glaubte an nichts …
Er kam an einem kalten Tag mit leeren Augen,
er ging an einem schweren Tag, über der Stirn
das Vergessen.
Wenn mein Kind nicht lebt, ist das sein …

Das Gedicht war unheimlich. Man hatte das Gefühl, als sei es von schweren Anklagen gegen den gefühlskalten Kindsvater erfüllt. Sicher zu Recht.

Das letzte Gedicht hatte sie kurz vor ihrem Selbstmord abgeschrieben. Auf den ersten Blick schien es nicht von irgendetwas Tragischem zu handeln. Aber Irene lief es kalt den Rücken herunter, als sie die wenigen Zeilen las und sie mit Teklas Tod in Verbindung brachte:

Ich denke daran, mich auf eine lange Reise zu begeben,
wahrscheinlich wird es etwas dauern, bis wir uns
wieder sehen.
Das ist kein übereilter Beschluss, ich habe mich lange
mit diesem Plan getragen,
obwohl ich das offen nicht eher sagen konnte.

Mit diesem Gedicht sprach sie über ihren Selbstmordplan. Und sie hatte sich tatsächlich auf eine Reise begeben, wenn auch nur bis Göteborg.

Kurt Höök stand auf und reckte seine langen Glieder.

»Was halten Sie von einem Bier nach der Arbeit, am Freitag?«, fragte er.

Beinahe hätte sie Ja gesagt, aber im nächsten Augenblick kamen Hannu und Tommy über die Schwelle. Sie sahen Irene und Kurt Höök fragend an.

»Wir drehen uns immer noch im Kreis. Aber dank Ihrer Hilfe scheint das Geheimnis der Briefe jetzt zumindest gelöst zu sein«, sagte Irene unbeschwert.

Kurt Höök nickte, wünschte ihnen allen ein schönes Wochenende und verschwand auf den Korridor.

Tommy zog ironisch eine Braue hoch und äffte ihn nach:

»›Was halten Sie von einem Bier nach der Arbeit, am Freitag?‹ Seit wann lädt der einen zum Bier ein? Hüte dich vor der dritten Macht im Staate, Irene. Die Massenmedien machen mit einer armen kleinen Polizistin, was sie wollen.«

Verärgert bemerkte Irene, dass sie rot wurde. Es war wirklich wie verhext. Tommy mit seinen andauernden ironischen Bemerkungen! Er glaubt, dass ich in der Midlifecrisis stecke, dachte Irene und musste lachen. Da steckte sie doch wohl nicht?

»Er hat mir geholfen, Teklas Chiffre in den Briefen zu lösen. Wie ging es mit Siv Persson?«

»Wir haben sie zum Flughafen gefahren und zugesehen, dass sie mit der Abendmaschine nach London mitkommt. Dort wohnt ihr Sohn. Ich habe ihn angerufen, und wir haben uns darauf geeinigt. Sie war ziemlich erleichtert. Die letzten vierundzwanzig Stunden waren keine Freude für sie.«

Tommy berichtete von Siv Perssons spätabendlichem Erlebnis mit dem ungebetenen Gast. Sie hätte nicht sagen können, ob es sich um eine Frau oder um einen verkleideten Mann gehandelt hätte. Sowohl Hannu als auch Tommy waren sich einig, dass sie vollkommen glaubwürdig war.

»Wir müssen davon ausgehen, dass der Mörder dazu fähig ist, jederzeit wieder zu morden. Und Siv Persson ist die letzte lebende Zeugin, die ihn gesehen hat«, schloss Tommy.

Irene zeigte die Gedichte und erklärte ihre versteckte Botschaft.

Hannu nickte und sagte:

»Sie hat das Gerücht einer Liebesgeschichte bestätigt. Aus dem Jenseits.«

Bereits in der Diele roch es verführerisch. Nur Sammie merkte, dass Irene durch die Haustür kam. Er begrüßte sie wie immer voller Freude und Begeisterung. Sie hörte eine fröhliche Unterhaltung und das Klappern von Küchengeräten. Beide Mädchen waren offenbar zu Hause und leisteten ihrem Vater beim Kochen Gesellschaft. Das klang nett. Ihr lief bei den guten Düften, die ihr entgegenschlugen, das Wasser im Mund zusammen. Erwartungsvoll trat sie in die Küche.

»Hallo, Liebling! Das Essen ist gleich fertig. Setz dich und trink erst mal ein Bier«, sagte Krister fröhlich.

Er beugte sich vor und nahm ein brutzelndes Gratin aus dem Ofen.

»Wir haben zusammen gekocht. Papa will abnehmen«, sagte Jenny strahlend.

»Was habt ihr euch Leckeres einfallen lassen?«

»Endiviengratin mit Cheddarkäse, dazu Erbsen und Tomatensalat«, antwortete ihre Tochter stolz.

»Und?«

»Und was?«

»Und was gibt es als Hauptgericht?«

Ihre gesamte Familie sah sie erstaunt an. Die Antwort kam wie aus einem Mund:

»Das ist das Hauptgericht!«

Irene stellte düster fest, dass magere Zeiten bei Familie Huss anbrachen.

KAPITEL 18

Der Samstag verging wie im Fluge, nachdem sie sich einer Kette nicht abreißender Pflichten widmete, die sie vernachlässigt hatte. Sammie zu scheren stand ganz oben auf der Liste. Es war allerhöchste Zeit. Sein Pelz wucherte wie wild. Das Schneiden verabscheute er von Herzen, aber anschließend stolzierte er herum und präsentierte sich allen.

Dann machte sie sich ans Putzen, Waschen, Bügeln und Einkaufen für die kommende Woche.

Zum warmen Abendessen, der Hauptmahlzeit, gab es zu Irenes Erleichterung wieder Fleisch. Ein Gericht mit Schweinefilet, das die letzten Pfifferlinge aus dem Gefrierschrank enthielt, und Preißelbeeren. Dazu hatte Krister einen Chianti gekauft, der schwach nach schwarzen Johannisbeeren duftete. Jenny machte sich die Reste des vegetarischen Gerichts vom Vorabend in der Mikrowelle warm. Katarina hielt sich ans Schweinefilet. Beide Mädchen tranken Cola.

Krister hob sein Glas, räusperte sich und sagte:

»Skål, meine Mädchen. Auf mein neues Leben.«

Irene sah vollkommen entgeistert aus, sie verstand nur Bahnhof, hob aber trotzdem ihr Glas und prostete den anderen zu.

»Ich habe mich gestern mit Jenny unterhalten. Vegetarisches Essen liegt im Trend, und außerdem haben einige Gäste bereits im Restaurant nach einem vegetarischen Gericht gefragt. Noch dazu muss ich abnehmen. Mindestens zwanzig Kilo.«

Im Scherz fasste sich Krister unter den Bauch und hob ihn hoch. Er hatte die letzten Jahre wirklich ordentlich zugenommen. Jetzt wandte er sich an Irene und fragte:

»Mein Liebes, hast du gemerkt, dass das Essen anders schmeckt als sonst?«

»Nein. Es war sehr gut.«

Krister sah sehr zufrieden aus.

»Gut. Die Schlagsahne habe ich mit Milch verdünnt. Das habe ich zum ersten Mal gemacht. ›Man soll nie an den Zutaten sparen. Richtige Butter und richtige Sahne, Jungs!‹, hat mein früherer Küchenchef immer gesagt. Aber das hat seine Nebenwirkungen.«

Wieder fasste er sich unter den Bauch. Vorsichtig meinte Irene:

»Vielleicht solltest du auch mit dem Joggen anfangen?«

»Immer mit der Ruhe! Soll ich mir einen Herzinfarkt holen? Joggen ist nichts für mich. Aber ich habe mir vorgenommen, jeden Tag eine Dreikilometerrunde mit Sammie zu drehen, egal wie das Wetter ist. Und dann werde ich jeden Sonntagmorgen in Frölunda einen halben Kilometer schwimmen.«

Irene konnte kaum ihren Ohren trauen. Sie hatten in all den Jahren nie das Bedürfnis gehabt, gemeinsam Sport zu treiben. Jiu-Jitsu und Joggen hatten nur Irene interessiert, Handball und Krafttraining ebenfalls. Mit dem Handball hatte sie jedoch nach der Geburt der Zwillinge aufgehört. Da war nicht mehr genug Zeit dafür gewesen. Krafttraining war Teil des Fitnessprogramms der Polizei. Das machte sie in der Arbeitszeit.

»Jenny und ich haben uns überlegt, dass wir dreimal die Woche vegetarisch essen. An den anderen Tagen stehen Fisch und Fleisch auf dem Programm. Was meint ihr?«

Irene sah Katarina an, die skeptisch wirkte. Schließlich fragte diese:

»Nimmt man davon ab?«

»Ja. Wenn man es mit vegetarischen Ölen zubereitet und

sparsam mit der Sahne ist. Außerdem isst Jenny keine Sahne, ihr Essen ist also noch fettärmer.«

»Man darf aber Sonnenblumenkerne und Nüsse essen, damit man ausreichend Energie hat«, warf Jenny ein.

Katarina zuckte mit den Achseln und sagte:

»Na dann, meinetwegen.«

Erneut musste Irene feststellen, dass für alle, die sich normal ernähren wollten, schwere Zeiten anbrachen.

Am Sonntagmorgen erwachte sie mit dem Gefühl, unruhig geschlafen zu haben. Es war kurz nach acht. Eigentlich hätte sie fit sein müssen. Aber Kurt Hööks Frage war ständig in ihrem Unterbewusstsein herumgegeistert: Was war aus Hildings und Teklas Taschen herausgenommen worden?

Sie nahm Sammie auf eine Runde mit, damit dieser pinkeln konnte, ehe sie allein joggen ging, heute die kurze Strecke. Diese betrug nur fünf Kilometer, aber das musste an diesem Tag reichen. Vielleicht sollte sie Krister auf seinem Spaziergang mit Sammie am Nachmittag Gesellschaft leisten? Vorher wollte sie aber noch versuchen, die Frage zu klären, die ihr keine Ruhe ließ.

Zurück im Reihenhaus duschte sie und machte Frühstück. Krister kam nach unten, und sie tranken Kaffee und einigten sich, wer welchen Teil der Zeitung bekommen würde. Als sie mit dem Frühstück fertig waren, sagte sie:

»Ich fahre eine Stunde rüber ins Büro. Wir sind Freitagabend nicht ganz fertig geworden, und da ist etwas, was ich gerne bis morgen noch erledigt hätte.«

Krister nickte und sagte:

»Tu das. Ich gehe in einer halben Stunde schwimmen. Du kannst mich bis nach Frölunda mitnehmen. Ich fahre dann mit dem Bus nach Hause.«

Die Sachen lagen immer noch auf dem Schreibtisch, genauso, wie sie sie zurückgelassen hatte. Sorgfältig begann Irene damit, Teklas Hinterlassenschaft wieder in die Tüten zu packen. Gleichzeitig versuchte sie, darauf zu kommen, was wohl in ihrem Gepäck fehlen könnte.

Als Erstes legte sie die Lyrikbände und Papiere in die Tüten, dann die Kleider. Die braunen Schuhe, die Jacke, die Unterwäsche, das Nachthemd … Was fehlte? Was müsste noch dabei sein?

Irene setzte sich auf ihren Stuhl und dachte nach. Plötzlich fiel es ihr wie Schuppen von den Augen. Sie wusste jetzt, was bei Teklas Siebensachen fehlte.

Als Tekla auf dem Speicher gefunden worden war, hatte sie laut Siv Persson ihre Wochentagstracht getragen, das helle graublaue Kleid, die Haube und die Schürze. Also hätte ihre Schwesterntracht für Festtage immer noch in der Tasche liegen müssen. Das war jedoch nicht der Fall, da der Mörder sie herausgenommen und in der Mordnacht getragen hatte. In der Tasche hatte sicher auch die feinere Haube gelegen. Und schwarze Schuhe. Das hatte der Mörder also aus Teklas Tasche herausgenommen.

Die Morgenbesprechung hatte einen deutlichen Montagscharakter. Die meisten saßen da, konnten nur mit Mühe die Augen offen halten und versuchten, ihre Gehirnzellen mit Kaffee zu aktivieren. Wie immer sah nur Fredrik Stridh ausgeschlafen und wie aus dem Ei gepellt aus. Er wirkte wie eine Reklame für einen vitaminreichen Energietrunk, fand jedenfalls Irene in ihrer morgendlichen Übellaunigkeit. Sie selbst war ziemlich ausgeschlafen, obwohl es spät geworden war. Krister hatte nach der ganzen Bewegung ziemlich viel überschüssige Energie gehabt und den ersten Tag seines neuen Lebens damit gekrönt, dass er sich mit seiner Frau leidenschaftlicher und wollüstiger Liebe hingegeben hatte. Es hätte Irene nicht verwundert, wenn er sich jetzt ein paar Tage krankschreiben lassen musste. Aber es war wirklich herrlich gewesen …

Sie wurde von Fredriks munterer Stimme in die Gegenwart zurückgerissen:

»…niemand hatte irgendwelche Einwände. Ich bekam Fingerabdrücke und Haare sowohl von Doris Peterzén als auch von Barbro Löwander. Carina Löwander habe ich erst Freitagabend angetroffen. Sie fragte, wozu ich Proben von ihrem Haar und ihre Fingerabdrücke bräuchte. Ich sagte, wie es ist, dass wir Spuren am Tatort gesichert hätten. ›Welchem Tatort? Meinen Sie die Reisetaschen auf dem Speicher?‹, wollte sie wissen. Ich fragte, ob sie etwas von den Reisetaschen wüsste. ›Natürlich. Die Schlüssel waren weg, also habe ich sie aufgebrochen‹, antwortete sie da. Angeblich hat sie nach Plänen des Krankenhauses gesucht. Sie plant irgendeinen Umbau.«

»Zum Fitnesscenter«, warf Irene ein.

»Klingt wie ein Bordell«, meinte Jonny grinsend.

»Wann hat sie die Taschen aufgebrochen?«, wollte Irene wissen.

»Weihnachten.«

»Hat sie die Pläne gefunden?«

Fredrik machte ein langes Gesicht, als er erwiderte:

»Ich habe nicht daran gedacht, ihr diese Frage zu stellen.«

Irene überlegte. Jetzt wussten sie, wer die Taschen aufgebrochen hatte. Sie wussten auch, was in Hildings Tasche fehlte. Irgendwelche Pläne der Klinik hatten sie nicht gefunden. Hatte Carina auch Teklas Kleider genommen? Nicht notwendigerweise, aber sie hatten jetzt wirklich allen Grund, sich erneut mit Carina Löwander zu unterhalten.

Als hätte er ihre Gedanken gelesen, sagte Kommissar Andersson:

»Diese Carina sollten wir einmal näher unter die Lupe nehmen. Obwohl ich kaum glauben kann, dass eine Frau drei andere Frauen ermordet. Erdrosseln ist nicht gerade eine weibliche Mordmethode.«

»Wie sehen weibliche Mordmethoden denn aus?«, wollte Birgitta wissen.

»Tja… Gift oder kleinkalibrige Schusswaffen«, versuchte es Andersson.

Irene hätte mindestens zehn Morde in den letzten Jahren aufzählen können, die von Frauen mit Messern und schweren Gegenständen verübt worden waren. Aber sie sagte nichts. Diese Diskussion hätte zu nichts geführt. Dagegen war sie fest entschlossen, so bald wie möglich Carina Löwander zu überprüfen.

»Aber warum hätte Carina Löwander sie ermorden sollen? Eine Nachtschwester, eine Krankenschwester und eine Pennerin. Warum? Auch wenn sie ein Fitnesscenter eröffnen will, gibt es keinen Grund, gerade diese drei zu ermorden! Keine der drei hätte ihre Pläne für die Klinik verhindern können«, sagte Tommy.

Die schöne Carina hatte ganz offenbar Eindruck auf ihn gemacht, so schnell wie er zu ihrer Verteidigung eilte. Vielleicht befindet er sich ebenfalls in der Midlifecrisis, dachte Irene schadenfroh.

Aber sein Einwand hatte einiges für sich.

Eine Sekretärin klopfte und schaute ins Zimmer.

»Telefon für Irene Huss. Ein Kommissar Danielsson aus Frölunda.«

Irene nickte und stand auf. Sie ahnte, worum es ging. Ruhig nahm sie den Hörer.

»Irene Huss.«

»Hallo. Hier ist Danielsson aus Frölunda. Sie haben doch Ihr Handy Donnerstagabend als gestohlen gemeldet, oder?«

»Ja. Das stimmt.«

»Wir ermitteln den Anschlag auf einen Kühllaster draußen im Industriegebiet von Högsbo am selben Abend. Sie haben sicher davon gehört.«

»Ja, das habe ich in der Zeitung gelesen.«

»Die Notrufzentrale bekam einen Tipp direkt vor dem Anschlag. Wir haben den Anruf zurückverfolgt. Er kam von Ihrem Handy.«

Irene versuchte sehr überrascht zu klingen:

»Wirklich? Was Sie nicht sagen? Das ist... Können Sie

sehen, ob mit dem Telefon noch mehr telefoniert worden ist?«

»Nein. Es hat nicht den Anschein.«

»Haben Sie das Telefon gefunden?«

»Auch das nicht. Sie haben niemanden in Verdacht?«

»Nein. Es wurde aus meiner Tasche entwendet, als ich am Frölunda Torg einkaufen war. Ich habe das erst am späteren Abend bemerkt. Und hab es dann umgehend sperren lassen.«

»Ja, ja. Offenbar hatte jemand wirklich Verwendung dafür.«

In unbeschwertem Tonfall meinte er dann noch:

»Übrigens … Sie haben nicht zufällig Kinder, die Vegetarier sind?«

»Nein. Mein Mann ist Küchenchef und würde wahnsinnig, wenn jemand in der Familie Vegetarier würde.«

Ihre Stimme war ruhig und sie lachte etwas am Schluss. Aber ihr Herz setzte einen Schlag aus, und sie schien einen Augenblick keine Luft mehr zu bekommen.

»Tja … das war auch nur so eine Idee. Vielen Dank. Auf Wiederhören.«

»Auf Wiederhören. Und vielen Dank.«

Ihre Hand zitterte leicht, als sie den Hörer auf die Gabel legte.

Wieder zurück bei den Kollegen im Konferenzzimmer, fragte sie als Erstes:

»Sind die Telefonanrufe an Linda Svensson inzwischen überprüft worden?«

»Ja. Ein Gespräch von ihrer Mutter und eines von der jungen Schwester auf der Intensiv. Die mit dem kurzen blonden Haar … Anna-Karin irgendwas … Anna-Karin Arvidsson.«

Jonnys Gesicht leuchtete, als er sich wieder an den Namen der Schwester erinnerte.

Jetzt spukte da wieder diese Anna-Karin herum. Irene hatte keine Zeit gehabt, sie gründlicher zu befragen, obwohl sie sich zu Beginn der Ermittlungen etwas anderes vorgenommen hatte. Anna-Karin hatte nicht erwähnt, dass sie mit Linda an diesem Abend telefoniert hatte. Sie bekam auf der Prioritätenliste die Nummer zwei. Carina hatte immer noch Nummer eins.

Jonny fuhr fort:

»Dann stießen wir auf eine Handynummer. Dieses Gespräch kam bereits um halb sieben. Und zwar vom Handy von Sverker Löwander. Erst konnte er sich nicht daran erinnern, bei ihr angerufen zu haben, dann kam er darauf, dass irgendwelche Papiere in irgendeiner Krankenakte gefehlt hätten. Er hätte bei Linda angerufen, um zu fragen, wo sie seien. Sie hätte es jedoch nicht gewusst. Löwander fand sie am späten Abend selbst.«

Das war interessant. Auch Sverker Löwander hatte nichts davon erzählt, dass er mit Linda noch Stunden vor dem Mord telefoniert hatte. Erst als man das Gespräch zu ihm zurückverfolgen konnte, rückte er mit der Sprache heraus. Und seine Handynummer hatte in Lindas Taschenkalender gestanden. Er bekam auf Irenes Liste die Nummer drei.

»Das müssen wir genauer überprüfen. Wir müssen von der Hypothese ausgehen, dass sie zur Löwander-Klinik gelockt wurde. Wobei ich keine Ahnung habe, was so wichtig gewesen sein könnte, dass sie sich mitten in der Nacht auf den Weg machte«, sagte der Kommissar.

»Und Mariannes Taschenlampe haben wir auch nicht gefunden. Die muss der Mörder mitgenommen haben«, stellte Irene fest.

»Warum war es so wichtig, diese arme Vogeltante Gunnela Hägg auch noch umzubringen? Niemand kümmerte es doch groß, was sie vor sich hin plapperte«, meinte Fredrik.

»Es gibt wirklich eine Menge Fragen. Es ist Zeit, dass wir Antworten bekommen«, sagte der Kommissar.

»Tommy und ich können mit Carina und Sverker Löwander sprechen. Wir haben uns schon früher einige Male mit den beiden unterhalten«, sagte Irene.

Es zeigte sich, dass die Eheleute Löwander nicht zu Hause waren. Sverker hatte an der Källberg-Klinik eine große Operation. »Es war eine eilige Operation, die Dr. Löwander glücklicherweise verlegen konnte, jetzt wo die Löwander-Klinik geschlossen ist«, hatte die Schwester zu Irene gesagt.

Carina Löwander halte gerade einen Vortrag über Ergonomie für Sekretärinnen, teilte man Irene bei den Betriebsärzten mit. Der Kurs würde den ganzen Tag dauern.

Irene und Tommy beschlossen, die beiden gegen Abend zu Hause aufzusuchen.

Tommy lehnte sich in seinem Stuhl zurück, faltete die Hände im Nacken und sah Irene forschend an.

»Du hast eine Theorie vorgetragen, dass der Mörder Teklas Festkleid aus der Tasche genommen hat, und außerdem, dass es Briefe gibt, die das Gerücht bestätigen, dass Tekla Olsson ein Verhältnis mit Hilding Löwander hatte. Aber du hast nie gesagt, dass Tekla Sverkers Mutter ist.«

Irene seufzte, ehe sie antwortete:

»Ich weiß nicht recht, wie ich mich verhalten soll, was diese Sache angeht. Das hat nichts mit den Morden zu tun. Und Sverker Löwander weiß nichts von Hildings und Lovisas Betrug. Er glaubt, dass sie seine Eltern sind. Wie reagiert wohl ein fünfzigjähriger Mann, wenn er erfährt, dass das Klinikgespenst seine richtige Mutter ist …?«

»Ich verstehe, was du meinst. Dem süßen, empfindsamen Sverker sollen allzu heftige Gefühlsstürme erspart bleiben. Besonders jetzt, wo er so große Probleme mit den Finanzen hat und mit diesen unerfreulichen Morden!«

Es sah Tommy gar nicht ähnlich, so ironisch und sarkastisch zu sein. Erst war Irene erstaunt, aber dann wurde sie wütend.

»Das ist überhaupt nicht so!«

»Ach? Wie ist es denn dann?«

Irene öffnete den Mund, um zu antworten, schloss ihn aber schnell wieder. Wie war es? Eigentlich? Sie schluckte ihren Ärger hinunter und sagte:

»Es ist nur… als würde man einem Menschen etwas nehmen. Seine Identität. Er fühlt sich als Lovisas und Hildings Sohn.«

»Es ist eine Lüge. Eine Lebenslüge.«

Irene fiel keine Antwort ein. Tommy hatte Recht. Aber sie hatte keine Lust darauf, diejenige zu sein, die Sverker Löwander über seine richtige Abstammung unterrichtete.

Um das Thema zu wechseln, sagte sie:

»Ich würde gerne mit Anna-Karin Arvidsson sprechen. Der Operationsbetrieb in der Löwander-Klinik ist für ein paar Tage eingestellt, da kann sie sich nicht hinter ihrer stressigen Arbeit verstecken. Jetzt muss sie mit uns reden. Sie hat das Telefongespräch mit Linda nie erwähnt. Danach würde ich sie gern fragen und nach so manchem anderen auch.«

Anna-Karin machte gerade den Medizinschrank sauber, als die Polizisten auf die kleine Intensivstation kamen. Erst merkte sie nicht, dass sie durch die offene Tür beobachtet wurde, und fuhr unverdrossen mit ihrer Arbeit fort. Der Lappen, der mit einem streng riechenden Reinigungsmittel getränkt war, fuhr schnell über die Schrankböden und einmal um jedes Gefäß. Die Jagd auf die Bazillen war im vollen Gange. Irene hätte alles auf Anna-Karin gewettet: Die Bazillen hatten keine Chance. Bei jeder Verpackung wurde das Haltbarkeitsdatum kontrolliert, und alles, was zu alt war, landete in einem Karton mit der Aufschrift »Zurück an Apotheke«. Das war an sich keine anstrengende Arbeit, aber Anna-Karin hatte trotzdem vor Aufregung rote Flecken auf den Wangen.

Tommy räusperte sich, um sich bemerkbar zu machen, worauf die Krankenschwester zusammenzuckte.

»Gott! Was Sie mich erschreckt haben!«, rief sie.

Sie hielt mit dem feuchten Lappen in der Hand inne.

»Entschuldigen Sie. Das wollten wir nicht. Wir würden uns gern einen Augenblick mit Ihnen unterhalten«, sagte Tommy.

Er lächelte und sah sie freundlich aus seinen braunen Cockerspanielaugen an. Irene hatte einige Male dieselbe Taktik ausprobiert. Mit niederschmetterndem Ergebnis. Ob sie traurig sei, hatte man meist gefragt. Sie hatte es also sehr schnell wieder gelassen.

»Ich habe keine Zeit… ich muss die Zeit nutzen und hier aufräumen«, antwortete Anna-Karin unsicher.

»Die Bazillen laufen Ihnen schon nicht weg. Die Staubflocken auch nicht«, sagte Irene.

Tommy sah sie verärgert an, aber das konnte sie jetzt auch nicht ändern. Diese kleine Zicke versteckte sich hinter all ihren Pflichten! Jetzt würde sie endlich reden und damit basta!

Anna-Karin presste die Lippen zusammen. Ihre Wangenmuskeln zeichneten sich unter der Haut ab, aber sie antwortete nicht. Schließlich knallte sie den Lappen auf den Schreibtisch.

»Okay. Aber ich habe schon alles gesagt.«

»Nein. Das haben Sie nicht«, erwiderte Irene.

Die Wirkung auf die Krankenschwester war augenblicklich. Alle Farbe verschwand aus ihrem Gesicht, und sie riss ihre veilchenblauen Augen auf.

Anna-Karin ruderte mit der rechten Hand und bekam schließlich den Schreibtischstuhl zu fassen. Unbeholfen zog sie ihn heran und ließ sich schwer darauf fallen. Ihr eben noch bleiches Gesicht wurde von einer flammenden Röte überzogen. Noch immer sagte sie nichts.

Diese heftige Reaktion überraschte Irene. Alle ihre Polizeiinstinkte erwachten. Ihr intuitiver Lügendetektor war in höchster Alarmbereitschaft. Es hatte den Anschein, als hätte Anna-Karin ein schlechtes Gewissen. Oder hatte sie vor allem Angst?

»Wir würden gerne etwas genauer erfahren, was Sie über die Trennung Lindas von ihrem Freund wissen«, begann Tommy.

Anna-Karin entspannte sich etwas und entgegnete ruhig:

»Wir hatten nie mehr Gelegenheit, uns darüber zu unterhalten. Es ging alles so schnell. Eines Tages sagte sie einfach, dass Pontus am nächsten Wochenende ausziehen würde.«

»Das muss um den 1. Februar herum gewesen sein. Stimmt das?«

»Doch. Das könnte hinkommen.«

»Vorher hatte sie nie erzählt, dass es Probleme gibt?«

»Nein. Diese Fragen habe ich bereits beantwortet ...«

»Das wissen wir. Aber wir wollen es noch einmal hören«, unterbrach sie Irene.

»Sie hatten also keine Gelegenheit mehr, darüber zu sprechen, warum sie Schluss gemacht hatte, wenn ich Sie recht verstehe?«, fuhr Tommy fort.

»Nein. Hier ist es immer so stressig«, flüsterte Anna-Karin.

»Sie haben sich nach dieser Trennung kein einziges Mal mehr mit ihr privat getroffen?«

»Nein. Sie half Pontus dabei, seine Sachen zu packen, und ... wir hatten keine Zeit mehr dazu.«

»Aber Sie haben doch wohl miteinander telefoniert?«

Anna-Karin erhob die Stimme zu einem klaren und festen »Nein«.

Mit einem dumpfen Geräusch schnappte die Falle zu. Jetzt saß Anna-Karin fest. Sie wusste es noch nicht, würde es aber sehr bald erfahren.

»Wir wissen, dass Sie lügen. Mittlerweile ist es sehr einfach, Telefongespräche zurückzuverfolgen. Wir wissen, dass Sie Linda am Abend ihres Todes angerufen haben. Sie haben von sich zu Hause angerufen und das Gespräch ist registriert.«

Ein weiteres Mal machte Anna-Karin den wenig kleidsamen weißroten Farbwechsel durch.

»Ja ... ich vergaß ... das. War das an diesem Montagabend? Ich dachte ... das sei am Wochenende gewesen.«

»Worüber haben Sie gesprochen?«

»Linda wollte am folgenden Wochenende ein kleines Fest

veranstalten. Sie wollte mein Waffeleisen ausleihen. Wir wollten Erbsensuppe essen und anschließend Waffeln mit Multebeer… konfitüre.«

Bei den letzten Worten brach ihre Stimme, und sie begann zu weinen.

Tommy und Irene warfen sich einen Blick zu, sagten aber nichts. Ruhig warteten sie ab, bis Anna-Karins Weinkrampf vorüber war.

Schniefend nahm Anna-Karin den Lappen und putzte sich die Nase. Sofort wurde diese flammend rot. Das Reinigungsmittel hatte es in sich.

»Das ist alles so schrecklich! All das mit Marianne und Linda. Und ich habe immer Sonderschichten schieben müssen. Siv Persson ist schließlich auch krankgeschrieben. Es ist alles einfach zu viel. Ich bin vollkommen durcheinander und kann schon nicht mehr klar denken. Ich habe wirklich geglaubt, dass ich mich am Sonntagabend mit Linda unterhalten habe. Ein kurzes Gespräch. Über das Waffeleisen«, sagte Anna-Karin abschließend.

Wieder presste sie die Lippen zusammen. Es war ganz offenbar, dass sie an der Geschichte mit dem Waffeleisen festzuhalten gedachte. Ruhig sagte Irene:

»Wir müssen Sie bitten, aufs Präsidium mitzukommen.«

»Warum das?«, wollte Anna-Karin erschrocken wissen.

»Wir müssen ein richtiges Verhör mit Ihnen durchführen. Wir sind der Meinung, dass Linda mitten in der Nacht in die Löwander-Klinik gelockt wurde. Wahrscheinlich durch einen Telefonanruf. Warum sonst hätte sie bei der Eiseskälte mitten in der Nacht das Haus verlassen sollen? Und Sie haben bei ihr in der Mordnacht angerufen. Sie hat nicht bei Ihnen angerufen, weil sie das Waffeleisen borgen wollte. Sie haben bei ihr angerufen.«

Das Entsetzen der Krankenschwester war spürbar. Anna-Karins Antwort klang fast wie ein Schrei:

»Wir hatten schon vorher darüber geredet! Ich wusste nicht,

ob mein Waffeleisen noch funktioniert. Deswegen kontrollierte ich das, ehe ich bei Linda anrief und ihr sagte, dass alles okay sei. Das ist die Wahrheit!«

Vielleicht war es tatsächlich so gewesen, aber Irenes sämtliche Detektoren signalisierten »Lüge«!

»Also das Waffeleisen«, stellte sie fest.

»Ja.«

»Wir werden kontrollieren, ob Linda ein Waffeleisen hatte und ob Sie eines haben.«

Anna-Karin antwortete nicht. Sie hob das Kinn und sah Irene trotzig in die Augen. Sie schaute jedoch auch als Erste wieder weg.

»Wir hätten sie vielleicht doch direkt ins Präsidium mitnehmen sollen?«, meinte Tommy nachdenklich.

Sie saßen im Auto und waren auf dem Weg in ein Chinarestaurant zum Mittagessen.

»Nein. Sie ist schon jetzt ein Nervenbündel. Sie soll ruhig noch einen Tag schmoren. Heute Nacht wird sie wohl kaum eine ruhige Minute finden. Offenbar weiß sie etwas, womit sie nicht rausrücken will. Morgen ist sie sicher weich geklopft«, meinte Irene.

»Glaubst du? Sie wirkt, als wolle sie an ihrer Story festhalten.«

»Wir werden sehen. Mit der Dame bin ich jedenfalls noch nicht fertig.«

Irene parkte elegant vor dem China Garden ein.

Sie aßen frittiertes Schweinefilet süßsauer. Anschließend gab es Kaffee und Glücksplätzchen, und alles zusammen kostete nur fünfzig Kronen.

Auf dem Zettel in Irenes Plätzchen stand: »Starre nicht so lange in den Nebel. Du wirst sonst noch blind. Ruhe aus, sammle deine Kräfte und warte, bis sich der Nebel hebt.« Sie lachte, fand aber, dass das gar nicht so abwegig klang.

Birgitta Moberg war in ihrem Büro und übernahm den Auftrag, nachzuprüfen, ob Linda ein Waffeleisen besaß. Ehe sie verschwand, sagte sie noch:

»Das Labor hat angerufen. Sowohl die Haare als auch die Fingerabdrücke auf den Taschen stammen von Carina Löwander. Im Übrigen nehmen Jonny und Fredrik die Wohnung von Marianne Svärd noch einmal genau unter die Lupe. Letztes Mal haben wir nichts gefunden, was darauf hingedeutet hätte, dass es einen neuen Mann in ihrem Leben gab.«

»Andreas war wohl der Mann ihres Lebens«, sagte Irene.

»Offenbar. Gewisse Leute sind monogam veranlagt.«

Mit diesen Worten verschwand Birgitta auf dem Korridor. Ihre letzten Worte brachten etwas in Irene zum Schwingen, was sie bisher nicht beachtet hatte. Hannu löste Birgitta in der offenen Tür ab. Er hatte vermutlich ebenfalls ihren letzten Satz gehört. Irene sah, dass er Birgitta einen hastigen Blick hinterherwarf. Den Bruchteil einer Sekunde ließ sich ein amüsiertes Blitzen in seinen Augen ausmachen. Als er seinen eisblauen Blick auf Irene und Tommy richtete, war da allerdings nichts mehr, nur seine übliche unerschütterliche Ruhe.

»Der Totenschein von Tekla Viola Olsson. Ein Sohn ist dort verzeichnet. Vater unbekannt.«

Hannu reichte ihnen das Papier.

Tekla Viola Olsson war am 8. Oktober 1911 in der Katarina Kirchengemeinde in Stockholm geboren worden. Tod durch Selbstmord am 23. März 1947. Der Knabe hatte am 2. Januar 1947 in der Kirchengemeinde Bromma bei Stockholm das Licht der Welt erblickt.

Tommy nahm seinen Tischkalender und blätterte ein Blatt zurück.

»Am 2. Januar hat Sverker Namenstag.«

»Tekla ist in Stockholm begraben«, teilte Hannu mit.

»Möge sie dort endlich Frieden finden«, sagte Tommy und seufzte.

Schleudernd und mit quietschenden Reifen bog Irene in die asphaltierte Auffahrt ein.

»Ist das ein Notfall?«, fragte Tommy leise.

Sie antwortete nicht, fand aber auch, dass sie vielleicht etwas übertrieben hatte.

Sie klingelten und mussten lange warten, bis die Tür geöffnet wurde. Als ein kleines, dickliches Mädchen die Tür öffnete, fragte sich Irene schon, ob sie vielleicht das falsche Haus erwischt hätten. Das Mädchen zog einen Flunsch und schaute sie unter einem dicken, blonden Pony an, ohne etwas zu sagen.

»Hallo. Sind vielleicht deine Mama oder dein Papa zu Hause?«, fragte Tommy freundlich.

»Mama«, antwortete sie kurz.

Sie richtete ihren Blick auf Irene. Das Mädchen, das Sverkers und Carinas Tochter sein musste, hatte die Augen ihres Vaters und ihrer Großmutter geerbt. Im Übrigen glich sie ihren Eltern überhaupt nicht. Irene erinnerte sich daran, dass sie Emma heißen und elf Jahre alt sein musste. Emma drehte den Kopf nach hinten und rief ins Haus:

»Mama!«

Sie mussten eine geschlagene Minute warten, bis Carina Löwander erschien. Irene hörte, wie Tommy nach Luft schnappte. Sie musste ebenfalls zugeben, dass Carina sehr hübsch war.

Das blonde Haar war weit oben zu einem Pferdeschwanz zusammengebunden. Sie trug einen eisblauen, tief ausgeschnittenen Aerobicdress. Um ihre schmale Taille noch zu unterstreichen, hatte sie einen schwarzen Gürtel angezogen. Der String darunter war ebenfalls schwarz. Auf ihrer sonnengebräunten Haut standen die Schweißperlen. Vielleicht hatte sie sich auch mit einem Öl eingerieben, denn sie duftete nach Kokos. Irene stellte verärgert fest, dass sie überhaupt nicht nach Schweiß roch.

»Hallo. Entschuldigen Sie diesen Aufzug. An den Tagen, an

denen ich nicht im Fitnessstudio arbeite, sehe ich zu, dass ich hier zu Hause trainiere. Aber treten Sie doch ein.«

Carina lächelte freundlich und ließ sie in die Diele. Sie durften ihre Jacken an einer nüchtern schwarz lackierten Garderobe aufhängen.

Tommy räusperte sich:

»Wir würden Sie gerne fragen, was Sie in den Reisetaschen gefunden haben.«

»Das verstehe ich. Wirklich dumm von mir, dass ich davon nichts gesagt habe. Aber schließlich ist es schon eine Weile her. Ich dachte nie daran, dass jemand zwischen dem und dem … was der armen Linda zugestoßen ist, eine Verbindung herstellen könnte.«

Sie drehte sich um und ging voran.

Irene sah, dass Tommy auf den schwarzen String starrte, der zwischen Carinas festen Pobacken verschwand. Sie bewegte sich elastisch und schön. Kein Gramm Fett. Nur Muskeln!, dachte Irene neidisch. Sie selbst war zwar durchtrainiert, aber dieses eiserne Training jedes einzelnen Muskels hatte sie nie praktiziert. Sie hatte auch nie den Sinn davon verstanden. »Fitnesscenter«. Ausnahmsweise musste sie Jonny Recht geben. Das klang wirklich nach Bordell.

Carina ging vor ihnen her und eine Kellertreppe hinunter. Dort unten war vermutlich einmal ein großer Partykeller gewesen, aber Carina hatte ihn in ein Fitnessstudio umgewandelt. So weit Irene das beurteilen konnte, war alles vorhanden, um professionell trainieren zu können. Nicht einmal die Spiegel an den Wänden fehlten.

Carina ging durch den Trainingsraum und öffnete eine Tür am anderen Ende. Sie deutete hinein.

»Hier habe ich mein Arbeitszimmer. Und hier sehen Sie auch, was ich aus Hildings Tasche genommen habe.«

Irene und Tommy traten in das überraschend geräumige Zimmer. Unter den großen Kellerfenstern stand an der einen Wand ein Schreibtisch mit Computer, Fax und Telefon. Die Längswand füllten drei Lagerregale von IKEA. An den restlichen Wänden hingen Poster von männlichen und weiblichen Bodybuildern. In der Mitte des Raums lagen auf einem großen Küchentisch Papierrollen. Carina machte die Lampe an, die darüber hing. Sie ging auf den Tisch zu und suchte unter den Rollen eine bestimmte, schließlich hatte sie die gesuchte gefunden.

»Hier! Ein Originalplan der Löwander-Klinik.«

Sie rollte den Grundriss auf dem Tisch aus und trat anschließend beiseite, damit die Polizisten besser sehen konnten.

Die Linien waren vom Alter verblichen. In der rechten unteren Ecke stand die Jahreszahl 1884. Es konnte kein Zweifel daran bestehen, dass es sich hier wirklich um die Originalpläne der Löwander-Klinik handelte.

Im Dachgeschoss konnte Irene den Speicherraum ausmachen, auf dem Tekla und Linda tot aufgefunden worden waren. Er war als »Speicherraum« ausgewiesen. Wo heute der OP-Trakt lag, hatte es früher vier Zimmer mit der Bezeichnung »Schwesternwohnung« gegeben. Zu dieser hatten direkt bei der Treppe eine gemeinsame Küche sowie eine Toilette mit Waschraum gehört.

Auf der anderen Seite der Treppe hatten ein Bereitschaftszimmer für die Ärzte, ein Ärztezimmer, ein Zimmer für die Oberschwester und die Bereitschaftswohnung gelegen. Auf dem Plan hieß diese noch »Wohnung der Oberschwester«.

Vor ihrem inneren Auge sah Irene, wie Hilding Löwander vorsichtig die Tür des Bereitschaftszimmers der Ärzte öffnete, sich vergewisserte, dass die Luft rein war, und hastig in Teklas Wohnung schlüpfte.

Der Grundriss der Station war unverändert. An beiden Enden des Korridors lag ein kleiner Operationssaal. Im Obergeschoss war der eine Operationssaal heute zur Intensivstation umgebaut.

Das Treppenhaus mit dem Bettenaufzug gab es natürlich noch nicht. Es war erst fünfundsiebzig Jahre später gebaut worden.

Im Keller hatten die Krankenhausküche sowie die üblichen Lagerräume gelegen. Daran hatte Irene noch gar nicht gedacht: Woher kam das Essen für die stationären Patienten? Vielleicht hatten sie eine Abmachung mit einem Restaurant? Vielleicht waren sämtliche Patienten aber auch auf Diät, um nach dem kostspieligen Liften hier und dort besonders schlank und jugendlich auszusehen.

»Aha. Und was hatten Sie mit diesen alten Plänen vor?«, fragte Irene.

Ohne zu antworten, zog Carina eine neue Papierrolle hervor, rollte sie auf und legte sie über den alten Plan.

Sie hatte die Umrisse der Klinik durchgepaust und das Treppenhaus an der Rückseite ergänzt. Sehr ordentlich hatte sie alle tragenden Wände markiert. Aber da hörten auch schon alle Ähnlichkeiten zwischen der Löwander-Klinik von gestern und der von heute auf.

Im Dachgeschoss, wo sich jetzt der OP-Trakt befand, stand »Massage und Relaxing«. Bei der Bereitschaftswohnung und den beiden Zimmern der Verwaltung fand sich der Vermerk »Personal«. Das dritte Büro der Verwaltung und der Speicherraum hießen einfach »Lager«.

Die Etage mit der Station hatte sich in einen großen Gymnastiksaal verwandelt. Carina hatte jedoch »Aerobicsaal« auf ihre Zeichnung geschrieben. Die Intensivstation und das benachbarte Patientenzimmer waren jetzt ein »Krafttrainingsraum«. Im Erdgeschoss befanden sich der Empfang, eine Cafeteria, ein Schönheitssalon und ein Friseur.

Der Keller war weitgehend unverändert. Hier lagen die Umkleideräume für das Personal, der Heizkeller, die Elektrozentrale und andere unspektakuläre Kellerräume. Irene sah, dass das Hausmeisterzimmer nicht mehr als solches diente, sondern jetzt »Umkleide, Herren« genannt wurde. In diese waren Duschen, ein Whirlpool und eine Sauna eingezeichnet. Etwas weiter den Kellerkorridor entlang gab es einen ähnlichen Raum für Damen.

Tommy hob seinen Blick von der Zeichnung und sah Carina an.

»Wann haben Sie die Pläne aus Hildings Tasche genommen?«

Sie runzelte leicht die Stirn und dachte nach.

»Das muss einige Tage nach Weihnachten gewesen sein. Ich hatte zwischen den Jahren und bis Mitte Januar frei.«

»Woher wussten Sie, dass die Pläne in der Tasche liegen?«, fuhr er fort.

Ungeduldig zuckte sie mit den Achseln und sagte:

»Das wusste ich nicht. Das war eine Vermutung, die sich bestätigte.«

Carina ging auf den Schreibtischstuhl zu und setzte sich. Ehe sie wieder zu sprechen begann, heftete sie den Blick auf ein ölglänzendes, weibliches Muskelpaket.

»Die Sache war folgendermaßen. Den ganzen Herbst hatte Sverker gejammert, dass er mit den Finanzproblemen der Löwander-Klinik nicht klarkommt. Es geht da um all die Investitionen, die nötig sind, damit in dem Klinikgebäude weiterhin Krankenpflege betrieben werden darf. Dach, Entwässerung, was weiß ich. Er will den Kasten einfach loswerden. Da hatte ich die Idee, dort ein großes Fitnesscenter einzurichten. Ruhige, ländliche Lage und doch mitten in der Stadt! Perfekt für gehetzte Großstadtmenschen, die nicht die Zeit haben, mehrere Stunden zu fahren, um zu trainieren und sich zu entspannen. Ich glaube an meine Idee. Das liegt im Trend. Alle sehen immer mehr ein, wie wichtig es ist, sich um seinen Körper zu kümmern. Wenn mehr Leute das täten, dann bräuchten wir nicht so viele Krankenhäuser.

»Und was meint Ihr Mann dazu?«

Sie zögerte einen Augenblick, ehe sie antwortete:

»Er hat sich noch nicht entschieden. Aber es spricht einiges für mein Projekt.«

»Erzählen Sie uns, warum Sie die Reisetaschen auf dem Speicher aufgebrochen haben«, sagte Irene.

»Ich habe den ganzen Dezember lang über diese Idee nachgedacht. Heiligabend habe ich dann Sverker meinen Vorschlag für die Zukunft der Löwander-Klinik unterbreitet. Da habe ich ihn dann auch gefragt, ob er irgendwelche Pläne des Krankenhauses besitzt. Die hatte er nicht. Er sagte, dass sie wahrscheinlich verbrannt seien. Aber dann fiel ihm ein, dass sie irgendwo in der Klinik liegen könnten. Ich lieh mir seinen Schlüssel und durchsuchte die Klinik in aller Ruhe, da über Weihnachten und Neujahr ohnehin geschlossen war.«

»Wann haben Sie dort gesucht und wann haben Sie die Taschen gefunden?«, fragte Irene.

»Am Tag nach dem zweiten Weihnachtstag fing ich an und fand die Taschen einen Tag später. Leider gab es keine Schlüssel. Deswegen musste ich die Schlösser aufbrechen.«

»Womit haben Sie die Schlösser aufgebrochen?«

»Mit einem Schraubenzieher.«

»Wo hatten Sie den her?«

»Den hatte ich bei mir.«

»Von zu Hause?«

»Jein. Aus der Werkzeugtasche in meinem Wagen.«

»Haben Sie in einer der anderen Taschen eine Schwesterntracht gesehen?«

Carina dachte lange nach, ehe sie antwortete.

»In der größeren Tasche lagen einige alte Kleider. Vielleicht war dabei auch eine Schwesterntracht. Ich erinnere mich nicht. Schließlich war das nicht das, wonach ich suchte.«

»Nein. Sie haben nach den Plänen gesucht und die haben Sie gefunden.«

»Genau.«

»Was haben Sie mit den Taschen gemacht, nachdem Sie die Pläne gefunden hatten?«

Carina sah erstaunt aus.

»Nichts. Ich ließ sie dort stehen, wo ich sie gefunden hatte.«

»Sie haben die Taschen oder Schlösser nicht zufällig abgewischt?«

»Nein. Warum sollte ich? Ich tat schließlich nichts Ungesetzliches. Die Taschen gehören der Familie meines Mannes.«

Was sie sagte, klang richtig. Wenn sie die Taschen nicht abgewischt hatte, dann musste es jemand anderes getan haben. Wahrscheinlich der Mörder, als er sich die Schwesterntracht für die Maskerade in der Mordnacht holte.

Wieso eigentlich er? Warum sprachen sie immer von einem Er? Irene dachte daran, was Kommissar Andersson gesagt hatte, dass Erdrosseln eine wenig feminine Mordmethode sei. Es konnte sich um eine Frau handeln. Irene sah nachdenklich auf Carinas glänzende Muskeln. Doch, sie war ausreichend stark und durchtrainiert, um eine kleine grazile Frau zu erdrosseln. Alle drei Mordopfer waren klein und zierlich gewesen. Aber sie hatte kein Motiv. Ihre Pläne für das Fitnesscenter waren weit fortgeschritten, und sie schien ihren Willen durchsetzen zu können. Sie hatte keine Veranlassung, Marianne Svärd, Gunnela Hägg und Linda Svensson zu ermorden. Ganz im Gegenteil hatte sie allen Grund, zu vermeiden, dass die Löwander-Klinik mit fürchterlichen Morden in Verbindung gebracht wurde, wenn sie dort wirklich ein exklusives Fitnesscenter eröffnen wollte.

»Jetzt sehen wir schon etwas klarer. Wo finden wir Ihren Mann?«

»Er rief an, gerade als Sie kamen. Er wollte mit Konrad Henriksson Squash in der Landalahalle spielen. Sie spielen dort schon seit mehreren Jahren immer am selben Tag.«

»Wann kommt er nach Hause?«

Carina sah bedauernd aus.

»Wohl nicht vor neun. Sie gehen anschließend immer noch in die Sauna und trinken dann ein Bier. Sverker muss wieder auf andere Gedanken kommen. Das alles ist nicht leicht für ihn.«

»Können Sie ihm ausrichten, dass wir ihn morgen früh um acht in der Klinik treffen wollen? Wenn es ihm lieber ist, mit uns hier zu sprechen, kann er mich oder meinen Kollegen vor halb acht anrufen.«

Irene reichte ihr eine Visitenkarte mit ihrer Durchwahl. Carina legte sie auf den Schreibtisch, ohne einen Blick darauf zu werfen. Geschmeidig stand sie auf und führte sie durch den Trainingsraum, die Treppe hinauf und in die Diele.

Kurz bevor die Tür hinter ihnen geschlossen wurde, hörte Irene, wie Carina im Innern des Hauses rief:

»Emma! Komm doch mit mir nach unten und trainiere ein bisschen? Das könnte dir nicht schaden.«

Als Antwort hörte Irene nur, wie die Musik der Backstreet Boys aufgedreht wurde.

»Wenn du findest, dass Sverker Löwander aussieht wie Pierce Brosnan, dann finde ich, dass Carina eine zweite Sharon Stone ist«, sagte Irene.

Tommy nickte.

»Da ist was dran. Schade, dass die kleine Emma keinem ihrer schönen Eltern ähnlich sieht.«

»Mit diesen Augen wird sie im Leben schon zurechtkommen«, stellte Irene fest.

Tommy lächelte nur.

Daheim im Reihenhaus duftete es nach frisch gebackenem Brot. Irene atmete den Geruch mit Wohlbehagen ein. Sammie kam schwanzwedelnd auf sie zu, um ihr auf diese Weise mitzuteilen, dass schon seit Stunden niemand mehr mit ihm draußen gewesen war. Seine nassen Pfoten verrieten jedoch das Gegenteil.

»Du musst bis nach dem Essen warten«, sagte Irene und kraulte seine kalte Schnauze und seinen weichen Pelz.

Erwartungsvoll ging sie in die Küche.

Jenny lief mit geröteten Wangen hin und her und trug Bleche mit Brötchen.

»Hallo. Ich backe Grahambrötchen«, sagte sie fröhlich.

Krister stand am Herd und rührte in einem Topf. Auf der Arbeitsplatte lagen, so weit Irene das erkennen konnte, keine Koteletts oder fertige Fleischbällchen. Mit bösen Ahnungen ging sie auf ihren Mann zu und gab ihm einen Kuss in den Nacken, ehe sie fragte:

»Was gibt es zum Mittagessen?«

Mit einem breiten Lächeln drehte er sich um und sah sie an.

»Borschtsch. Ich habe dazu echt russische saure Sahne gemacht.«

Irene versuchte sich damit zu trösten, dass man von Grahambrötchen sicher auch satt werden konnte.

KAPITEL 19

Sverker Löwander fühlte sich nach seinem gestrigen Squashabend wieder etwas ausgeglichener, sah aber nicht viel ausgeruhter aus. Es war genau acht Uhr, und er saß im Ärztezimmer der Löwander-Klinik.

»Carina hat mir von Ihrem Besuch gestern erzählt. Ich war leider nicht zu Hause, weil ich wieder angefangen habe, Squash zu spielen. Ich habe das Gefühl, dass ich das brauche. Das Leben muss wieder in seinen alten Bahnen verlaufen…«

Er verstummte und starrte auf seine Hände, die gefaltet auf dem Schreibtisch lagen.

»Wir müssen noch ein paar Fragen stellen«, begann Tommy.

»Das ist okay.«

Tommy versuchte so unschuldig wie möglich auszusehen, was Irene signalisierte, dass er direkt zur Sache kommen wollte.

»Wie kommt es, dass Linda Ihre Handynummer in ihrem Taschenkalender stehen hatte?«

Die Frage traf Löwander unvorbereitet. Er tat aber sein Bestes, das zu verbergen.

»Das habe ich doch bereits erklärt.«

»Es wäre schön, wenn Sie es noch einmal tun könnten«, sagte Tommy freundlich, aber unerbittlich.

»Das war irgendwann, früher. Vergangenen Herbst. Ich wollte im Hotel Gothia auf eine Fortbildung. Einem Patienten ging es schlecht, und ich gab Linda meine Handynummer, weil sie gerade Dienst hatte.«

»Wäre es nicht logischer gewesen, die Nummer in das Telefonverzeichnis der Station zu schreiben?«, wandte Tommy ein.

Löwander zuckte mit den Achseln.

»Vielleicht. Aber offenbar hat sie das nicht getan.«

»Sie waren nicht dabei, als sie sich diese Nummer aufgeschrieben hat.«

»Nein.«

»Wir haben einen Telefonanruf zurückverfolgt. Von Ihrem Handy wurde am Abend des zehnten Februars bei Linda Svensson angerufen. Um 18.35 Uhr.«

Sverker Löwander rieb sich die Augen, ehe er antwortete:

»Das hatte ich total vergessen. Alles ging so durcheinander, als Marianne gefunden wurde. Und dann, als auch noch Linda … da habe ich das total vergessen.«

Er holte tief Luft, ehe er weitersprach.

»Es ging um dieses unglückselige internistische Gutachten über Nils Peterzén. Das fehlte an dem Morgen, an dem er operiert werden sollte. Nachdem ich vergeblich danach gesucht hatte, fragte ich bei Linda auf der Station nach. Es lag unten bei der Sekretärin. Ich konnte es gerade noch im Aufzug auf dem Weg nach oben in den OP-Trakt überfliegen. Natürlich hätte ich es genauer lesen sollen. Nils Peterzéns Werte waren miserabel. Er hätte von einem Pulmologen noch genauer untersucht werden müssen, ehe wir ihn operierten. Die Werte für seine Blutgase und seine Lungenfunktion standen nicht in seiner Krankenakte …«

Er seufzte. Danach richtete er seine Augen mit dem Meeresschimmer auf Irene und sagte flehentlich:

»Nils Peterzén schien wirklich in ganz passabler Verfassung zu sein. Er war ausgezeichneter Laune, scherzte, war zuversichtlich. Er wollte die Operation selber nicht aufschieben.«

Wieder verstummte er und sah die Polizisten traurig an.

»Am Abend, als es ihm dann so schlecht ging, bekamen wir

neue Werte für seine Blutgase. Natürlich waren sie sehr, sehr schlecht. Da wurde ich unruhig und wollte wissen, wie die ersten Werte ausgesehen hatten. Aber ich konnte sie nirgends finden. Schwester Ellen hatte Spätschicht, kannte sich aber mit dieser Krankenakte nicht aus. Deswegen rief ich bei Schwester Linda an. Aber sie hatte die Blutwerte von Peterzén auch nicht gesehen.«

»Sie war also zu Hause, als Sie bei ihr anriefen«, sagte Tommy.

»Ja.«

»Was für einen Eindruck machte sie?«

»Was meinen Sie?«

»Fröhlich? Angespannt? Unruhig?«

Sverker zögerte. Er dachte nach.

»Mir ist nichts Ungewöhnliches aufgefallen. Sie war vermutlich wie immer. Ich hatte meinen Kopf schließlich woanders.«

»Sie machen sich Gedanken, dass Nils Peterzén wegen einer Unachtsamkeit Ihrerseits gestorben sein könnte?«, sagte Tommy leise.

Löwander sank auf seinem Stuhl zusammen und nickte langsam, ohne zu antworten.

»Erinnern Sie sich, wann Ihre Frau mit Ihnen zum ersten Mal über ihre Pläne für ein Fitnesscenter gesprochen hat?«, fragte Tommy.

Sverker sah erstaunt aus.

»Ja. Weihnachten. Wieso?«

»Haben Sie ihr Ihren Generalschlüssel gegeben, damit sie nach den Plänen suchen konnte?«

»Ja.«

»Wann haben Sie ihn zurückbekommen?«

Der Arzt runzelte die Stirn und dachte nach.

»Weiß nicht so recht. Ich glaube vor Neujahr. Ich war hier und habe nach dem Rechten gesehen, bevor wir nach Thailand fuhren. Wir haben meinen fünfzigsten Geburtstag in Phuket gefeiert.«

»Wann sind Sie gefahren?«

»Am Silvesterabend. Am 13. Januar sind wir zurückgekommen.«

»Haben Sie sich vor einem Fest mit allen Freunden und Bekannten drücken wollen?«, fragte Irene.

Sverker lächelte schwach.

»Nein. Die kamen alle am darauf folgenden Wochenende. Man entgeht ihnen nicht.«

»Waren Sie auf dem Dachboden, als Sie vor der Reise noch einmal in der Klinik nach dem Rechten gesehen haben?«, fragte Tommy.

»Nein. Es gab nie einen Grund, dort hinaufzugehen.«

»Und nichts deutete darauf hin, dass in der Zwischenzeit jemand in der Klinik gewesen war?«

»Nein. Niemand außer Carina. Aber das wusste ich schließlich.«

Im Augenblick schienen sie mit Sverker Löwander nicht weiterzukommen. Die Polizisten erhoben sich und dankten, dass sie seine Zeit hatten in Anspruch nehmen dürfen.

Irene kam plötzlich eine Idee. Sie fragte:

»Weiß Ihre Exfrau, dass die Löwander-Klinik geschlossen werden soll?«

Sverker sah sie verwundert an.

»Nein. Wie sollte sie das wissen? Seit sowohl John als auch Julia in den USA sind, haben wir keinen Kontakt mehr.«

»Haben Sie Kontakt zu ihnen?«

»Natürlich«, antwortete er stramm.

»Es besteht keine Möglichkeit, dass sie von Carinas Idee, hier ein Fitnesscenter zu eröffnen, erfahren haben könnte?«

Zum ersten Mal während ihrer Unterhaltung sah Sverker irritiert aus.

»Nein. Sie reden nicht miteinander. Warum stellen Sie diese Fragen?«

»War nur so ein Gedanke. Barbro hat Carina und Sie schon einmal beschuldigt. Ich denke an den Brand der Chefarztvilla.«

»Da war nichts weiter. Niemand glaubte ihr. Sie war ganz offenbar aus dem Gleichgewicht geraten. Barbro würde keiner Fliege etwas zu Leide tun.«

Kommt darauf an, dachte Irene, wie stark ihre Rachegelüste sind.

Irene und Tommy entschlossen sich, auf der Intensivstation vorbeizuschauen, um mit Schwester Anna-Karin zu sprechen.

»Ich habe das Gefühl, dass Sverker uns etwas verschweigt«, sagte Tommy.

»Wie kommst du darauf?«, wollte Irene wissen.

»Erfahrung und Intuition.«

Sie einigten sich darauf, dass sie Anna-Karin aufs Präsidium mitnehmen würden, falls sie nicht freiwillig mit dem herausrücken würde, was sie wusste.

Sie gingen die Treppe hinunter und drückten auf den Türöffner der Intensivstation. Nichts geschah. Die Tür blieb geschlossen. Tommy klopfte laut und sie hörten, wie sich Schritte näherten.

»Wer ist da?«, ließ sich eine Stimme vernehmen.

Das war nicht Anna-Karin, sondern eine ältere Frau.

»Inspektorin Huss und Inspektor Persson«, sagte Tommy nachdrücklich.

Die Tür wurde vorsichtig geöffnet. In dem Spalt tauchte die ältere Schwester auf, die Margot hieß.

»Hallo. Wir suchen Anna-Karin Arvidsson«, sagte Tommy mit freundlicher Stimme.

»Anna-Karin ist nicht hier. Heute sind keine Operationen, und sie hat sich freigenommen.«

Das machte ihnen einen Strich durch die Rechnung.

»Haben Sie eine Vorstellung, wo wir sie antreffen können?«

Schwester Margot lächelte geheimnisvoll und senkte die Stimme.

»Sie hat sich einen Freund zugelegt. Das ist das Neueste. Ich darf das niemandem erzählen, aber da Sie von der Polizei sind… ich weiß, dass er in Varberg wohnt.«

»Varberg? Sie wissen nicht zufällig, wo in Varberg?«

»Nein. Aber ich glaube, dass er Lehrer ist oder irgendwas an einer Schule. Vielleicht Rektor? Nein. Ich erinnere mich nicht. Warum haben Sie es so eilig, mit Anna-Karin zu sprechen? Es ist doch wohl nicht schon wieder irgendwas… Schreckliches passiert?«

»Nein. Mit Anna-Karin hat es keine Eile. Wir können auch morgen mit ihr sprechen«, sagte Tommy.

Irene kam eine Idee.

»Wenn sie nicht nach Varberg gefahren ist, dann ist sie vielleicht zu Hause. Können Sie uns ihre Adresse geben?«, fragte sie.

»Natürlich. Ich habe sie hier.«

Schwester Margot ging zum Schreibtisch und zog die unterste Schublade heraus. Aus dieser nahm sie ein kleines schwarzes Adressbuch, das dem ähnelte, das im Sekretariat der Station lag.

»In dieser Wohnung in der Munkebäcksgatan ist sie nicht Hauptmieterin, das weiß ich. Hier ist auch ihre Telefonnummer«, sagte Schwester Margot.

Sie reichte Irene einen Zettel, und diese bat sofort darum, kurz das Telefon benutzen zu dürfen. Sie wählte die Nummer auf dem Zettel und ließ es einige Male ergebnislos klingeln. Das Gesicht der älteren Schwester verriet ganz deutlich Unruhe.

»Vielleicht ist sie einkaufen oder in Varberg«, sagte Irene und lächelte Margot beruhigend zu.

Als die schwere Tür der Intensivstation hinter ihnen zufiel, wandte sich Irene an Tommy und sagte leise:

»Direkt zur Munkebäcksgatan.«

Das dreistöckige Mietshaus aus rotem Backstein sah friedlich aus. Das Schloss der Haustür war defekt, und man kam ungehindert ins Treppenhaus. In der ersten Etage hatte Anna-Karin ihren Namen auf einen Pflasterstreifen über der Klingel geschrieben. Sie drückten wiederholte Male auf den abgegriffenen Klingelknopf, aber niemand machte auf. Das Klingeln hallte trostlos in der Wohnung wider. Irene öffnete den Briefkastenschlitz einen Spalt weit und sah Reklame auf dem Fußboden der Diele liegen.

»Sie ist nicht zu Hause«, stellte sie fest.

»Löwander war überraschend mitteilsam, was seine Fehleinschätzung des Gesundheitszustands von Nils Peterzén angeht, aber über Linda und seine Exfrau wollte er nicht sprechen«, sagte Tommy.

Sie saßen in ihrem Wagen und waren auf dem Weg ins Präsidium.

»Findest du? Es ist sicher so, dass ihm die Sache mit Nils Peterzén zu schaffen macht. Er muss einfach mit jemandem reden.«

»In diesem Fall hat er nicht die Polizei zu fürchten, sondern die Gesundheitsbehörde. Damit hast du Recht. Aber du solltest dir einmal selber zuhören. Du versuchst Löwander den Rücken freizuhalten und sein Verhalten zu erklären. Sieht so aus, als ob Frauen diesen Mann einfach immer in Schutz nehmen.«

»Wenn du meinst«, sagte Irene vage.

Sie dachte daran, was Birgitta gesagt hatte, dass gewisse Menschen monogam sind. Dann ließ sie sich noch mal Tommys Kommentar durch den Kopf gehen. Sie hatte so eine Ahnung.

Der Nachmittag verging mit Büroarbeiten. Sowohl Tommy als auch Irene saßen vor ihren Computern.

»Ich glaube, dass es für diese drei Morde ein gemeinsames Motiv gibt, nur sehen wir es nicht«, sagte Irene und seufzte.

Sie machte eine Pause beim Schreiben und sah Tommy an.

Er war ganz in seinen Zeigefingerwalzer auf der Tastatur vertieft und antwortete nur:

»Hm.«

Irene gab es auf und kehrte zu ihrem eigenen Bericht zurück.

Daheim im Reihenhaus gab es knusprig gebratenen Ostseehering mit Kartoffelbrei. Jenny aß zufrieden einen Linseneintopf und einen Berg Möhrensalat. Krister nahm einen Löffel von Jennys Linsen und probierte vorsichtig.

»Tja. Immerhin essbar. Allerdings gewöhnungsbedürftig«, lautete sein Urteil.

»Niemand muss sein Leben lassen, nur damit ich etwas auf dem Teller habe. Nicht einmal ein Hering«, sagte Jenny verächtlich.

»Hast du gehört, dass das Gemüse schreit, wenn man es erntet?«, wollte Katarina mit einem unschuldigen Lächeln wissen.

»Das ist nicht wahr«, entgegnete Jenny mürrisch.

»Doch! Das haben russische Forscher herausgefunden. Sie haben gemessen …«

»Jetzt hörst du mit diesen Dummheiten auf, Katarina!«, sagte Krister.

Beide Töchter verstummten und sahen ihren Vater verwundert an. Er wurde nur selten böse, aber wenn es passierte, dann nahm man sich besser in Acht.

Irene war ihrem Mann dankbar, dass er dem Wortwechsel Einhalt geboten hatte. Sie hatte keinerlei Illusionen, was ihre Tochter anging. Wenn sich Jenny erst einmal in den Kopf setzte, dass einem auch das Gemüse Leid tun konnte, dann würde sie vermutlich auch aufhören, Gemüse zu essen. Es gab Grenzen für das, womit Eltern fertig werden konnten.

KAPITEL 20

»Der Brand wurde von einem Nachbarn kurz vor Mitternacht entdeckt. Das Feuer war gelegt worden. Der Ermittler … also dieser Svensson … rief mich vom Tatort aus an. Er ist sich sicher, dass das Feuer in der Diele seinen Ausgang nahm. Sie ist vollständig ausgebrannt. Der Rest der Wohnung ist nicht so sehr in Mitleidenschaft gezogen. Wahrscheinlich hat der Brandstifter eine leicht entzündliche Flüssigkeit durch den Briefkastenschlitz gegossen und dann einen brennenden Lappen oder etwas anderes hinterhergeworfen.«

Kommissar Andersson sah seine Ermittlungsgruppe finster an. Niemand kommentierte seine Ausführungen, aber alle sahen plötzlich ungewöhnlich wach aus, obwohl es noch sehr früh war.

»Der Ermittler sagte auch, dass sich niemand in der Wohnung befunden hätte.«

Der Kommissar legte sein gedunsenes Gesicht in tiefe, bekümmerte Falten und meinte düster:

»Jetzt brennt es schon wieder und wir tappen immer noch im Dunkeln.«

Dem konnte niemand widersprechen. Seine Aussage gab jedoch Irenes dunkler Ahnung neue Nahrung.

»Hat Anna-Karin von sich hören lassen?«, fragte sie.

»Nein. Es sind erst knapp acht Stunden her, seit der Brand ausgebrochen ist. Es ist nicht sicher, ob es überhaupt schon in der Zeitung steht. Wenn ja, hören wir wahrscheinlich von ihr.«

Tommy sagte nachdenklich:

»Wir wissen von einer der Schwestern auf der Intensivstation, dass sie bei ihrem Freund in Varberg sein könnte.«

»Hat sie gesagt, wie er heißt?«

»Nein. Sie weiß nicht, wie er heißt, nur, dass er an einer Schule arbeitet.«

Die Stirnfalten des Kommissars wurden noch tiefer. Er ähnelte mehr und mehr einer nachdenklichen Bulldogge. Nach einer Weile glättete sich seine Stirn, und er ergriff erneut das Wort: »Wir machen das folgendermaßen. Ruft Radio Halland und Radio Göteborg an, Sveriges Radio auch. Wir suchen Anna-Karin Arvidsson. Sie soll sich umgehend mit uns in Verbindung setzen.«

»Das darf man doch nur, wenn es um einen Todesfall geht«, wandte Jonny ein.

»Darum geht es ja auch. Sie ist das nächste Opfer unseres Mörders.«

Es dauerte zwei Stunden, bis eine verschüchterte Anna-Karin Arvidsson direkt bei Kommissar Andersson anrief. Er erklärte, es seien dramatische Dinge vorgefallen, sagte aber nicht, welche, und meinte, er müsse umgehend mit ihr sprechen. Dann schickte er einen Streifenwagen, der sie direkt zum Polizeipräsidium in Göteborg bringen sollte.

Für Irene und Tommy war es eine lange Stunde des Wartens. Irene saß tief in Gedanken versunken da.

Gewisse Menschen sind monogam. Und jetzt brannte es wieder.

Anna-Karin war leichenblass und sah zu Tode erschrocken aus. Wie sie so zwischen den beiden Streifenpolizisten den Korridor entlangkam, wirkte sie, als sei sie auf dem Weg zu ihrer eigenen Hinrichtung. Sie tat Irene Leid, andererseits hatte sie sich das Ganze selbst zuzuschreiben. Sie hätte früher mit der Sprache herausrücken sollen.

Irene hielt Anna-Karin die Tür zu ihrem Zimmer auf und dankte den Kollegen aus Varberg für ihre Hilfe. Tommy bot der nervösen Krankenschwester einen Stuhl an und fing erst einmal an, mit ihr über Nebensächlichkeiten zu reden.

»Ich gehe Kaffee holen«, zwitscherte Irene und verschwand wieder auf dem Korridor. Die Krankenschwester konnte einen Augenblick der Entspannung gut gebrauchen, ehe sie über sie herfiel.

Anna-Karin weinte hemmungslos, als Irene wieder ins Büro zurückkam. Tommy saß neben ihr auf einem Stuhl, tätschelte tröstend ihre Hand und murmelte ein paar beruhigende Worte. So etwas konnte er wirklich. Er sah auf und warf Irene einen Blick zu, der besagte: Wir geben ihr noch ein paar Minuten.

»Ich habe ihr vom Brand in ihrer Wohnung erzählt und auch gesagt, dass das Feuer gelegt war«, sagte er.

Irene nickte nur und stellte die Becher auf den Tisch. Ruhig begann sie ihren Kaffee zu trinken und wartete darauf, dass der Weinkrampf der Schwester vorübergehen würde. Was nach einigen Minuten auch tatsächlich der Fall war. Irene hatte schon fast die Hoffnung aufgegeben.

Anna-Karin putzte sich mit einem Papiertaschentuch, das Tommy für sie herbeigezaubert hatte, die Nase. Mit zitternder Stimme fragte sie:

»Wer kann das nur getan haben? Warum sollte mir jemand ...?«

Fast etwas zu ruhig entgegnete Irene:

»Die Frage nach dem Wer können wir nicht beantworten, und auf die Frage nach dem Warum haben nur Sie die Antwort.«

»Warum ich?«

»Ja, Sie. Linda und Sie teilten ein Geheimnis. Möglicherweise hatte auch die arme Gunnella Hägg etwas gesehen, was sie nicht hätte sehen sollen. Sowohl Linda als auch Gunnela sind tot.«

Irene machte eine Pause, um ihre Worte richtig zur Geltung zu bringen. Dann fuhr sie fort:

»Vor einigen Tagen bekam Siv Persson spätabends Besuch. Jemand klopfte an ihrer Tür und schaute durch den Briefkastenschlitz. Aber Siv war wach, und der Mörder konnte ihre Füße durch den Spalt sehen. Sonst wäre vielleicht auch bei Siv Persson ein Feuer ausgebrochen. Wer weiß.«

»Warum … warum Siv?«

»Sie sah den Mörder in der Mordnacht. Die andere Zeugin war Gunnela Hägg. Und die ist, wie gesagt, tot.«

»Wie geht es Siv?«

»Wir haben sie an einen sicheren Ort gebracht, wo der Mörder sie nicht finden wird. Aber nun fiel sein Blick stattdessen auf Sie. Warum?«

Obwohl sie sich mehrmals räusperte, gelang es Anna-Karin nicht, ihrer Stimme Festigkeit zu verleihen.

»Das … weiß ich nicht.«

»Doch. Das wissen Sie. Oder Sie ahnen es. Aber ihre Solidarität mit Linda ist verfehlt. Sie ist bereits tot. Und Sie sind als Nächste an der Reihe.«

Anna-Karin begann am ganzen Körper zu zittern und zu schluchzen.

»Das ist unmöglich … da besteht kein Zusammenhang.«

Vorsichtig mischte sich Tommy in die Unterhaltung ein und sagte leise:

»Das zu beurteilen, müssen Sie schon uns überlassen. Vielleicht handelt es sich nur um das winzige Teil eines Puzzles, aber es kann ungeheuer wichtig sein. So wichtig, dass der Mörder dafür ein weiteres Mal töten würde.«

Er verstummte und legte vorsichtig seine Hand auf die ihre.

»Sie schützen jemanden, und zwar nicht Linda. Jemanden, der noch am Leben ist. Nicht wahr? Ich ahne, wer es ist, will aber, dass Sie mir den Namen sagen. Seinen Namen.«

Anna-Karin zog hastig ihre Hand an sich und starrte Tommy mit weit aufgerissenen Augen an. Er schaute sie ruhig und voller Mitgefühl an.

Um die Nase herum wurde sie bleich. Mehrmals öffnete sie

den Mund, als müsse sie nach Luft schnappen. Irene fürchtete schon, sie würde ohnmächtig werden, aber das wurde sie nicht. Stattdessen schien sie vollkommen entkräftet. Tränen liefen ihr die Wangen hinunter, mit halb erstickter Stimme schluchzte sie:

»Sverker … Sverker Löwander.«

Sie bekam ein neues Taschentuch und putzte sich ein weiteres Mal die Nase. Es war, als hätte sie die Nennung des Namens ruhiger gemacht.

»Sverker und Linda … waren zusammen. Sie waren so verliebt. Linda sagte, dass sie heiraten wollten, sobald er sich von Carina hätte scheiden lassen.«

Irene hatte ihre Ahnungen gehabt, war jedoch trotzdem vollkommen fassungslos, als sie diese bestätigt sah. Sverker und Linda! Er war doch doppelt so alt wie sie! Aber dann ermahnte sie sich und dachte daran, welche Wirkung dieser Mann auf sie gehabt hatte. Er hatte das gewisse Etwas, wie man früher zu sagen pflegte. Die Zwillinge würden sicher sagen, er sei ein Supertyp. Einige hatten es, andere nicht. Und einige sind monogam, andere nicht. Sverker Löwander hatte schon früher unter Beweis gestellt, dass er es nicht war. Damals war es das Verhältnis mit Carina gewesen. Dieses Mal handelte es sich um eine Affäre mit einer noch jüngeren Frau. Warum hatte er nichts gesagt?

»Wissen Sie, seit wann Linda und Sverker Löwander ein Verhältnis miteinander hatten?«

Anna-Karin nickte und schluckte.

»Seit der Weihnachtsfeier. Seitdem waren sie zusammen.«

»Das wissen Sie sicher?«

»Ja. Linda hat mir selber erzählt, wie es dazu kam. Ich habe ihr versprochen, es niemandem zu erzählen … aber … ich weiß nicht … Wahrscheinlich ist es so, wie Sie sagen. Es muss sich um dieses Geheimnis handeln. Obwohl ich nicht verstehe, warum. Sverker liebte Linda. Er hätte nie jemandem wehgetan. Er ist so lieb.«

Sie verstummte, suchte nach einer trockenen Ecke ihres Taschentuchs und putzte sich die Nase.

»Was hat Linda Ihnen erzählt? Wie wurde aus Sverker und Linda ein Paar?«

»Es war bei der Weihnachtsfeier für das Personal. Die findet immer am Abend statt, bevor die Löwander-Klinik über Weihnachten schließt. Wir waren im Valand. Früher haben sie offenbar immer in der Klinik gefeiert. Aber das habe ich nie erlebt. Jedenfalls gab es erst ein Buffet, und dann wurde getanzt. Die älteren Schwestern gingen ziemlich früh nach Hause, aber wir jüngeren blieben noch. Sverker Löwander blieb auch. Er tanzte mit uns allen. Er ist wirklich ein guter Tänzer, er kann alle Tänze.«

Er ist alt genug, um alle Tänze kennen gelernt zu haben, als sie noch neu waren, dachte Irene.

Anna-Karin verstummte und dachte nach, ehe sie fortfuhr:

»Wir hingen alle etwas in den Seilen. Wir hatten schließlich Glögg getrunken und Bier und Schnaps. Linda erzählte mir später, dass es auf der Tanzfläche zwischen ihr und Sverker gefunkt habe. Offenbar sind sie mit dem Taxi weggefahren, ohne dass es jemand bemerkt hat.«

»Wohin?«

»Zur Löwander-Klinik. Sie konnten schließlich weder zu ihm noch zu ihr. Bei ihr war schließlich Pontus, und er hatte Carina. Sie sind also in die Bereitschaftswohnung gefahren.«

Irene wurde unbehaglich zu Mute. Die Geschichte kam ihr bekannt vor.

»Wissen Sie, ob sie sich noch öfters in der Wohnung getroffen haben?«

Anna-Karin nickte.

»Ja. Meist an den Wochenenden, wenn niemand in der Klinik war. Aber Linda machte Schluss mit Pontus. Wahrscheinlich hätten sie sich jetzt zu Hause bei ihr treffen können. Aber da ist man natürlich nicht vor dem Klatsch der Nachbarn sicher…«

»Aber Linda hat gesagt, dass sie heiraten wollten?«

»Ja.«

»Wann hat sie Ihnen das erzählt?«

Anna-Karin schluckte mehrere Male, bevor sie flüsterte:

»Am Wochenende, bevor sie … starb. Sie kam abends zu mir. Ich war allein, mein Freund war beim Arbeiten. Wir tranken eine Flasche Wein. Da erzählte sie mir alles. Niemand sonst wusste was. Aber sie wollte sich jemandem anvertrauen.«

»Entschuldigen Sie die Frage, aber wie heißt Ihr Freund und warum arbeitet er am Wochenende? Wir dachten, dass er an der Schule ist. Lehrer arbeiten doch nicht an Wochenenden?«

Ein Lächeln huschte über Anna-Karins gequältes Gesicht.

»Er heißt Ola Pettersson und ist Ratgeber für die Mittelstufe in Varberg. Er führte an diesem Wochenende bei einer Schuldisko die Aufsicht. Deswegen haben wir uns nicht gesehen.«

Irene kam wieder zum Thema zurück:

»In dieser kurzen Zeit war also Lindas und Sverkers Romanze so weit gediehen, dass Sverker Löwander ihr bereits die Ehe versprochen hatte?«

»Ja. Das sagte sie jedenfalls.«

»Hat sie sonst noch was gesagt? Fühlte sie sich bedroht?«

»Nein. Absolut nicht. Sie wirkte nur wahnsinnig glücklich.«

Irene dachte über das Gesagte nach. Plötzlich gab es eine Erklärung dafür, warum Linda um Mitternacht in der Löwander-Klinik gewesen war. Vorsichtig fragte Irene:

»Glauben Sie, dass Linda Sverker in der Nacht in der Klinik treffen wollte, in der sie und Marianne ermordet wurden?«

Anna-Karin nickte und sagte mit zitternder Stimme:

»Ja. Das ist eben das, woraus ich nicht schlau werde. Ich habe ständig darüber nachgedacht. Außer mir wusste niemand, dass sie zusammen waren und sich immer in der Klinik trafen. Niemand! Aber warum sollten sie sich mitten in der Nacht treffen? Warum wurden Marianne und Linda ermordet? Und von wem? Sverker kann es nicht gewesen sein. Das weiß ich. Er liebte Linda.«

»Wie wollen Sie das wissen?«

»Das hat Linda gesagt. Und Sie haben ja auch Augen im Kopf. Er ist krank vor Kummer. Ich versichere Ihnen, er ist in diesen Wochen, seit Linda verschwunden ist… und gefunden wurde, um zehn Jahre gealtert.«

Anna-Karin hatte ihr Papiertaschentuch ganz fest zusammengeknüllt und fing jetzt an, nervös Fetzen davon abzureißen. Irene seufzte und griff nach dem Papierkorb unter ihrem Schreibtisch. Sie reichte ihn Anna-Karin und sagte freundlich:

»Sie können Ihr Taschentuch hier reinwerfen.«

Zum ersten Mal während ihres Gesprächs wich die Blässe der Krankenschwester einer verlegenen Röte. So sah sie wirklich viel gesünder aus. Irene fuhr fort:

»Wo wollen Sie jetzt wohnen? In Ihre Wohnung können Sie nicht.«

Anna-Karin zuckte zusammen.

»Darüber habe ich noch gar nicht nachgedacht. Ich muss wohl wieder bei meiner Mutter einziehen. Sie wohnt in Kungälv. Es ist kein Problem, von dort mit dem Bus zur Arbeit zu kommen.«

»Gut. Aber Sie müssen uns ihre Adresse und Telefonnummer geben. Halten Sie sich von der Klinik fern, bis wir den Mörder gefasst haben. Und geben Sie keinem Ihre neue Adresse. Das ist zu gefährlich. Verhalten Sie sich in Kungälv unauffällig.«

»Kann ich nach Varberg fahren und Ola besuchen?«

»Telefonieren Sie die nächsten Tage nur mit ihm. Wir sind sicher, dass wir den Mörder in den nächsten Tagen fassen werden.«

Irene klang zuversichtlicher, als sie es eigentlich war, aber Anna-Karin schienen die Worte der Inspektorin gut zu tun.

Sie rief bei ihrer Mutter an und kündigte ihr Kommen an. Die Erwähnung des Brandes löste an beiden Enden der Leitung Tränenströme aus. Als sie auflegte, schien sie jedoch in bedeutend besserer Verfassung zu sein. Tommy sorgte dafür, dass sie von der Polizei nach Kungälv gebracht wurde.

Als sich die Tür hinter Anna-Karins Rücken schloss, streckte Irene die Hand aus und wählte die Nummer der Löwander-Klinik.

»Ja. Ich hatte ein … Verhältnis mit Linda.«

Hatte Sverker Löwander bisher immer gerädert und übermüdet ausgesehen, so schien er jetzt vollkommen in sich zusammenzufallen. Seine Augen waren fast ganz in ihren Höhlen verschwunden. Sein Haar war ungewaschen, und in den letzten Wochen hatte er mehrere Kilo abgenommen. Seine Hände zitterten sichtbar. Offenbar isst und schläft er nicht ordentlich, dachte Irene.

»Seit wann ging diese Beziehung?«, fragte Tommy.

»Unmittelbar vor Weihnachten. Da begannen wir …«

Sverker verstummte und starrte geistesabwesend auf Irenes und Tommys unordentliches Bücherregal. Irene hatte sich auf den Stuhl neben der Tür gesetzt. Ohne groß darüber zu sprechen, hatten sie sich stillschweigend geeinigt, dass Tommy das Verhör leiten sollte.

»Wo trafen Sie sich?«

»In der Bereitschaftswohnung.«

»Können Sie uns von der Nacht erzählen, in der sie verschwand?«

Löwander wandte seinen Blick nicht vom Bücherregal, als er zögernd zu sprechen begann.

»Wir hatten uns am Wochenende nicht getroffen.«

Erneut verstummte er. Ruhig fragte Tommy:

»Warum nicht?«

»Meine Tochter Emma war mit der Familie einer Freundin ins Fjäll gefahren, und ich war mit Carina Samstag auf ein großes Fest eingeladen. Am Sonntag hatte Linda keine Zeit. Sie und Pontus wollten noch die letzten seiner Sachen packen.«

»Deswegen entschieden Sie, sich in der Klinik zu treffen?«
»Ja.«
»Warum sollte sie so spät am Abend dorthin kommen?«
Sverker Löwander stützte seine Stirn schwer in seine Hände und murmelte leise:
»Geisterstunde. Da ist niemand vom Personal unterwegs. Kein Risiko, dass jemand sie sehen würde. Wir hätten eine ganze Stunde gehabt…«
»War sie pünktlich?«
Ohne die Stirn zu heben, schüttelte der Arzt den Kopf und antwortete, Trauer in der Stimme:
»Nein. Sie tauchte um Mitternacht einfach nicht auf. Ich habe sie nie mehr lebend wieder gesehen.«
»Haben Sie sie geliebt?«, fragte Tommy weiter.
Erst hatte es nicht den Anschein, als hätte Sverker die Frage gehört, aber nach einer Weile nahm er die Hände vom Gesicht und nickte.
»Ja. Sehr.«
»So sehr, dass Sie bereits vom Heiraten gesprochen hatten?«
Jetzt zuckte der Arzt zusammen und sah Tommy zum ersten Mal direkt an.
»Heiraten? Wer hat das gesagt?«
»Das hatten Sie also nicht getan?«
Sverker wirkte geniert und strich sich wiederholte Male mit zitternden Händen durch sein schmutziges Haar. Schließlich antwortete er:
»Also… Ich sagte zu Linda, dass Carina und ich eine schlechte Ehe führen, dass ich mir denken könnte, mit Carina über eine Scheidung zu sprechen.«
»Haben Sie das getan?«
»Nein.«
»Warum nicht?«
»Ich kam nicht mehr dazu, ehe… das alles hier passierte.«
»Aber Linda hat es offenbar so verstanden, dass Sie ihr versprochen haben, sie zu heiraten.«

»So? Doch. Es wäre wohl so gekommen. So… allmählich.«

»Um wieder auf die Mordnacht zurückzukommen. Erzählen Sie uns, was geschah, als Sie auf Linda warteten.«

»Ich war um halb zwölf auf meinem Zimmer. Ich zog mich aus und legte mich ins Bett. Versuchte zu lesen. Dann wurde es zwölf und nach zwölf.«

»Wurden Sie unruhig?«

»Nicht wirklich. Ich dachte, ihr sei vielleicht etwas dazwischengekommen, und sie hätte sich verspätet. Aber die Minuten vergingen. Sie kam nicht.«

Er sah auf seine zitternden Hände und holte tief Luft, ehe er fortfuhr:

»Als es Punkt Viertel nach zwölf war, fiel der Strom aus. Ich sah gerade auf die Uhr. Erst war ich nur verärgert. Aber dann hörte ich den Alarm des Beatmungsgeräts und stand hastig auf. Eilig zog ich ein paar Kleider über und lief nach unten. Den Rest wissen Sie. Aber die ganze Zeit fragte ich mich, wo wohl Linda steckt. Ich befürchtete das Schlimmste.«

»Schwester Siv hat erzählt, dass Sie mit ihrer Taschenlampe durch den Hinterausgang der Intensivstation in den OP-Trakt gegangen seien. Haben Sie dort etwas von Linda oder Marianne gesehen?«

»Nein. Natürlich habe ich nach beiden gesucht. Aber ich sah überhaupt niemanden. Ich fühlte mich jedoch beobachtet. Unten in der Eingangshalle… als ich auf die Polizei wartete, um aufzumachen. Ich weiß, dass das wahnsinnig klingt, aber es war ein sehr starkes Gefühl. Und ich bin nicht abergläubisch.«

»Sie glauben nicht, dass es das Klinikgespenst war?«

»Nein. Alle älteren Krankenhäuser mit Selbstachtung haben ein Krankenhausgespenst. Unseres heißt Tekla. Hätte sich diese Schwester nicht auf dem Speicher erhängt, hätte jemand sicher ein anderes Gespenst erfunden.«

»Wenn es kein Gespenst war, dann muss es mit anderen Worten ein Mensch gewesen sein.«

»Ja.«

»Sie haben keine Ahnung, wer?«

Einen Augenblick lang hatte Irene den Eindruck, Sverker würde zögern. Etwas glomm in seinen Augen, was sich nur sehr schwer deuten ließ. Er schaute nach unten, ehe er antwortete.

»Nein.«

»Nun zu etwas anderem. Was haben Sie gestern Abend gegen zwölf gemacht?«

»Gestern Abend? Geschlafen. Ich habe tatsächlich zum ersten Mal geschlafen, seit… es passiert ist. Sechs Stunden am Stück. Ich bin wohl schon gegen halb elf eingeschlafen. Das war wohl der Wein.«

»Der Wein?«

»Carina hatte am Abend zuvor eine Flasche geöffnet, und es war noch die Hälfte übrig. Sie hatte zum Abendessen ein Fleischgericht gemacht und den Wein auf den Tisch gestellt. Rotwein passte gut, und ich trank zwei Gläser. Das genügte offenbar.«

»Waren Carina und Emma zu Hause?«

»Emma schlief bereits, als ich mich hinlegte. Carina arbeitet an Dienstagen immer spät. Sie kommt nie vor halb elf nach Hause.«

»Haben Sie sie nach Hause kommen hören?«

»Ja. Ich hörte sie, ehe ich einschlief. Warum fragen Sie?«

»Aber Sie haben gestern nicht mehr miteinander gesprochen?«

»Nein. Ich schlief ein, ehe sie ins Schlafzimmer kam.«

Tommy berichtete ihm vom Brandanschlag auf Anna-Karin Arvidsson. Er sagte auch, dass sie erst wieder zur Arbeit kommen könne, wenn die Bedrohung gegen sie ausgeräumt sei, mit anderen Worten: wenn der Mörder gefasst sei.

Während Tommy sprach, sah Irene, wie sich Sverker wieder in sich zurückzog. Er starrte wieder blind auf das Bücherregal, und es war zu bezweifeln, ob er überhaupt zuhörte.

»Er ahnt etwas. Oder er weiß etwas«, sagte Irene.

»Warum glaubst du das?«, fragte Tommy.

»Da war etwas, als du von dem Brand bei Anna-Karin erzählt hast... Ich hatte das deutliche Gefühl, dass er nur mit halbem Ohr zuhörte. Er hatte seine Gedanken woanders.«

»Ja, aber schließlich ist er vollkommen am Ende. Er hatte vielleicht einfach nicht mehr die Kraft, sich noch mehr Scheußlichkeiten anzuhören.«

»Vielleicht nicht.«

Irene war nicht überzeugt, konnte aber ihre Behauptung auch nicht an etwas Konkreterem festmachen. Vorerst musste sie das auf sich beruhen lassen. Sie kam auf etwas anderes zu sprechen:

»Jetzt brennt es schon wieder in diesem Fall.«

»Brennt? Meinst du den Brand von Mama Vogels Geräteschuppen?«

»Ja. Und den Brand der Chefarztvilla vor zwölf Jahren. Und den gestern Abend. Dreimal hat es jetzt gebrannt. Ich glaube, wir sollten zum Brand der Villa zurückkehren. Wer war in den verwickelt?«

»Barbro Löwander und Carina. Und Sverker.«

»Und wer von den dreien kann die beiden späteren Brände gelegt haben?«

Tommy überlegte sich das gründlich. Schließlich sagte er:

»Im Prinzip alle drei.«

»Genau. Barbro lebt, seit die Kinder in den USA sind, allein. Sie kann ohne größere Probleme kommen und gehen, wann sie will.«

»Was hätte sie für ein Motiv?«

»Rache. Hass auf Sverker und Carina.«

»Vielleicht. Für Sverker oder Carina wäre es nicht so einfach. Sie leben schließlich zusammen und merken, wenn der andere verschwindet.«

»Glaubst du? Ich finde, dass die beiden sehr getrennte Wege gehen. Was den Brand im Geräteschuppen betrifft, könnten sie ihn beide gelegt haben. Sie sahen sich erst wieder, als es Zeit war, auf dieses Fest zu gehen. Vorher könnten sie beide die Kerze auf den Lumpenhaufen gestellt haben. Beide haben sie kein Alibi. Ihre Tochter Emma war in den Skiferien. An die brauchten sie nicht zu denken. Sverker sagte, dass er Kostenvoranschläge durchgerechnet hätte. Wohlbemerkt hielt er sich in der Klinik auf. Knapp zwei Stunden, nachdem er die Klinik verlassen hatte, brach der Brand aus. Carina hatte in ihrem privaten Fitnessraum trainiert und joggte dann noch eine Runde. Sie kam ein paar Minuten nach Sverker nach Hause. Bemerkenswert übrigens, dass sie nach allem, was in der Klinik vorgefallen war, den Nerv hatten, auf ein Fest zu gehen.«

»Linda und Gunnela Hägg waren noch nicht gefunden worden, als es im Geräteschuppen brannte.«

»Das ist richtig. Aber Linda war verschwunden.«

»Sverker musste Carina gegenüber so tun, als sei nichts, um ihr nicht zu zeigen, wie unruhig er war.«

»Genau. Und Carina hat während dieser ganzen Geschichte keinen sonderlich besorgten Eindruck gemacht. Sie ist wirklich cool.«

»Ja. Zielbewusst. Hat sie einmal den Entschluss gefasst, dass aus der alten Löwander-Klinik ein Fitnesscenter wird, dann setzt sie ihren Willen auch durch.«

Eine Weile lang wurde es in ihrem kleinen Zimmer still. Schließlich fragte Irene:

»Wer von den dreien ist es deiner Meinung nach?«

»Keinesfalls Barbro. Sie gewinnt nichts dadurch, dass sie Linda, Marianne oder Gunnela Hägg ermordet. Wenn sie die Schuldige wäre, hätte sie wohl eher etwas gegen Carina unternommen. Vielleicht hätte sie sie ermordet.«

»Dieser Gedanke ist mir auch schon gekommen. Barbro als Täterin wirkt absurd. Seit der Scheidung ist zu viel Zeit vergangen.«

»Also Sverker oder Carina.«

»Ja. Aber es fällt mir immer noch schwer, ein Motiv für alle diese Morde zu finden.«

»Was haben wir bloß übersehen? Auf welche Fragen haben wir keine Antwort?«

Irene dachte nach.

»Warum hatte Marianne Lindas Taschenkalender in der Kitteltasche? Wo ist Mariannes Taschenlampe?«

»Yes. Wir wissen, dass der Mörder eine Taschenlampe brauchte, um auf der Treppe zum Speicher etwas zu sehen. Er brauchte auch Licht, als er Linda aufknüpfte. Wahrscheinlich verwendete der Mörder die Taschenlampe auch auf dem Weg durch den OP-Trakt, da dieser fensterlos ist. Auf der Treppe nach unten brauchte er keine Taschenlampe. Die Straßenlaternen und der Mond schienen durch die Fenster. Laut Siv Persson war es fast taghell.«

»Und was machte der Mörder dann mit der Taschenlampe?«

»Wo hat man Taschenlampen?«

Tommy sah Irene neugierig an.

»Wo? Tja. Ich habe eine in der Garage. Und eine im Besenschrank. Aber die ist kaputt. Und dann habe ich noch eine im Auto.«

Irene nickte langsam. Endlich bekam sie Ordnung in ihre Gedanken.

»Ich habe auch eine Taschenlampe im Auto und ein Abschleppseil und einen Wagenheber, aber kein Werkzeug. Hast du Werkzeug im Auto?«

»Im Auto? Nein. Das habe ich in der Garage. Ich habe einen Steckschlüsselsatz im Auto und einen Wagenheber. Abschleppseil habe ich keins.«

»Du hast also keinen Werkzeugkasten mit Hammer und Schraubenzieher und so im Auto?«

»Nein. Warum liegst du mir mit Werkzeugkästen in den Ohren?«

»Weil Carina Löwander gesagt hat, dass sie einen im Kofferraum hat. Sie behauptet, dass sie einen Schraubenzieher aus dem Werkzeugkasten im Auto nahm, um damit die Schlösser der Reisetaschen auf dem Speicher aufzubrechen. Diesen Werkzeugkasten würde ich mir gerne einmal ansehen.«

»Warum?«

»Wenn es den nicht gibt, dann muss sie den Schraubenzieher irgendwo anders hergehabt haben. Ich wette, aus dem Kellerzimmer des Hausmeisters. Bekanntlich hat dort jemand auch eine große Zange und ein paar Meter Flaggenleine mitgehen lassen.«

Irene erreichte Sverker Löwander endlich um sechs Uhr abends zu Hause.

»Warum wollen Sie sich die Garage und unsere Autos ansehen?«, fragte er misstrauisch.

Irene hatte nie ein Problem damit gehabt, etwas zu erfinden. Deswegen sagte sie ruhig:

»Wir suchen nach einem Werkzeug, auf das gewisse Spuren passen, die wir gefunden haben. Etwas wurde aufgebrochen. Eventuell handelt es sich um ein stumpfes Messer, vielleicht auch um einen Schraubenzieher. In der Löwander-Klinik und beim Hausmeister haben wir nichts gefunden, was gepasst hätte. Deswegen suchen wir jetzt zu Hause bei allen, die in die Sache verwickelt sind. Auch bei den Mordopfern.«

Das Letzte sagte sie nur, damit das Ganze nach Routine klingen würde.

»Was wurde denn aufgebrochen?«

»Das darf ich Ihnen leider nicht sagen. Aus ermittlungstechnischen Gründen.«

Das klang immer gut und pflegte weitere Fragen im Keim zu ersticken. Auch auf Sverker Löwander hatte es die beabsichtigte Wirkung.

»Ich muss Emma zum Reiten fahren. Wir sind bereits etwas spät dran. Ich warte immer auf sie, bis sie fertig ist. Wir sind in der Regel nicht vor neun zu Hause.«

»Ihre Frau ist auch nicht zu Hause?«

»Nein. Sie kommt erst um halb elf.«

Eine Familie, die spät zu Bett ging. Wirklich viel zu spät. Die Autos würden auch nicht in der Garage stehen. Irene dachte rasch nach. Dann sagte sie:

»Können Sie morgen früh Ihren Wagen in der Garage lassen?«

Eine Weile wurde es am anderen Ende still.

»Ja. Vermutlich ist es am besten, die Sache so schnell wie möglich hinter sich zu bringen. Aber in unseren Autos liegen nicht viele Werkzeuge. Das müsste also alles sehr schnell gehen. In der Garage gibt es auch nicht viel Werkzeug. Ich gehöre nicht zu den Bastlern und Tüftlern.«

»Schön, dass sich das so einfach regeln lässt. Das Ganze ist eine reine Routinesache. Aber alles muss systematisch überprüft werden. Nichts darf dem Zufall überlassen bleiben, wie Sie wissen«, zwitscherte Irene.

Sie war erstaunt, dass er diese dürftige Begründung schluckte, aber er schien das Recht der Polizei, seine Autos und seine Garage zu durchsuchen, nicht in Frage zu stellen. Die Sache wäre unangenehmer geworden, wenn er nach einem Durchsuchungsbeschluss und nach seinen Rechten gefragt hätte. Aber Irene wollte nicht auf einen Gerichtsbeschluss warten. Das dauerte zu lange. Außerdem waren ihre Hypothesen, mit denen sie eine Durchsuchung von Löwanders Autos und Garage begründen konnte, zu vage.

KAPITEL 21

Ein eiskalter Regen fiel von einem pechschwarzen Himmel. Auf dem kurzen Weg von ihrem Wagen zur Treppe des Löwander-Hauses wurde Irene patschnass. Sie spürte, wie das kalte Wasser in einem Rinnsal ihren Nacken hinunterlief, während das Schellen der Klingel im Haus widerhallte. Nach dem dritten Klingeln hörte sie, wie sich Schritte näherten. Die ziegelrote Tür wurde einen Spalt weit geöffnet. Durch den Spalt hörte sie eine Stimme, wütend wie das Zischen einer Kreuzotter:

»Wer da?«

»Hier ist Inspektorin Irene Huss. Ich habe mit Ihrem Mann gesprochen und …«

Die Tür wurde geöffnet, und Irene sah sich in der dunklen Diele einer ungekämmten Gestalt in weißem Morgenmantel gegenüber.

»Hallo! Treten Sie doch ein. Wie spät ist es?«

Die Stimme klang warm und freundlich, nichts Biestiges lag mehr in ihr.

»Fast acht.«

»Um Gottes willen! Ich habe verschlafen! Entschuldigen Sie. Ich muss nachsehen, ob Emma in die Schule gekommen ist.«

»Ich brauche nicht lange. Ich habe gestern mit Ihrem Mann gesprochen. Hat er Ihnen das nicht erzählt?«

Carina hielt auf dem Weg ins Obergeschoss noch einmal inne.

»Nein. Er schlief bereits, als ich gestern nach Hause kam. Und heute Morgen habe ich geschlafen, als er ging. Wir haben gestern Morgen zuletzt miteinander gesprochen.«

Das erstaunte Irene nicht weiter. Deswegen sagte sie munter:

»Es geht um eine Routinekontrolle. Alle Fahrzeuge, die sich in der Nähe der Löwander-Klinik befunden haben, sollen überprüft werden. Sowohl von außen als auch von innen.«

»Innen und außen? Wieso das?«

»Reine Routine, wie gesagt. Wir haben gewisse Spuren gesichert, die wir jetzt überprüfen müssen. Mehr kann ich dazu nicht sagen. Aus ermittlungstechnischen Gründen.«

Carina sah unschlüssig aus. Zu Irenes unerhörter Erleichterung begann sie ebenfalls nicht, nach einem Durchsuchungsbeschluss zu fragen.

»Ach so? Nun…«

Eilig sagte Irene:

»Sie brauchen mich nicht zu begleiten. Wenn Sie mir nur den Garagen- und die Autoschlüssel geben, dann komme ich schon allein zurecht.«

Immer noch sehr unschlüssig ging Carina auf eine hohe und schmale, weiß lackierte Kommode zu, die neben der Garderobe stand. Diese Kommode schien unzählige kleine Schubfächer zu haben, und jedes hatte einen mikroskopisch kleinen schwarzen Knopf. Carina zog eine der oberen Schubladen heraus und nahm zwei Schlüsselbunde. Sie warf einen misstrauischen Blick in den schmalen, zinngerahmten Spiegel über der Kommode. In diesem Spiegel begegneten sich ihre Augen. Irene war darauf gefasst gewesen und strahlte nichts als ruhige Freundlichkeit aus. Carina presste die Lippen zusammen und drehte sich um. Sie ging zu Irene zurück und sagte:

»Hier. An beiden hängt ein Garagenschlüssel. Sie sehen, welcher Schlüssel für den BMW und welcher für den Mazda ist.«

»Danke. Es dauert nicht lange. Ich bringe Ihnen die Schlüssel dann wieder zurück.«

Irene trat erneut in den Regenguss. Als sie an ihrem Wagen vorbeiging, gab sie Tommy ein Zeichen, er solle sitzen bleiben. Es war sicher kein Fehler, dass jemand das Haus plus Hausherrin unter Beobachtung hatte.

Irene zog das schwere Garagentor auf und schloss es hinter sich. Sie tastete sich vor und fand einen Lichtschalter. Die Garage wurde von einer schwachen Glühbirne an der Decke erhellt. Draußen war es fast dunkel, sodass durch das Fenster weit oben neben dem Garagentor so gut wie kein Licht fiel.

Es handelte sich um eine Doppelgarage. Der blaue Mazda und der silbergraue BMW standen nebeneinander. Irene beschloss, zuerst den BMW zu untersuchen.

Der Fahrgastraum war peinlich sauber. Der Wagen war fast neu, sicher nicht mehr als ein paar Monate alt. Im Handschuhfach lagen nur eine Sonnenbrille und ein Paket Kaugummi. Der Kofferraum war fast ebenso leer. Reservereifen, Wagenheber und ein Erste-Hilfe-Kissen des Roten Kreuzes, das war alles.

Der Mazda wirkte vielversprechender. Er hatte bereits ein paar Jahre auf dem Buckel und war bei weitem nicht so ordentlich wie der BMW. Auf dem Boden vor der Rückbank lagen eine leere Coladose und eine Menge Papierchen von Süßigkeiten. Auch im Handschuhfach fand sich so einiges, aber nichts von Interesse für Irene.

Der Kofferraum war ein einziges Durcheinander, was für ältere Autos typisch ist. Hier lag wirklich eine Tasche mit Werkzeug, aber in dieser war kein Schraubenzieher. In der Tasche gab es Teile eines Steckschlüsselsatzes, ein Fläschchen Nähmaschinenöl, einen kleinen Wagenheber und einen Kreuzschlüssel. Sie hob die Tasche hoch, um dahinter schauen zu können.

In dem schwachen Licht sah sie plötzlich ganz hinten im Kofferraum Stahl aufblitzen. Sie beugte sich vor, um den Metallgegenstand hervorzuziehen. Als ihre behandschuhten Finger sich vorsichtig um das kalte Metall schlossen, setzte ihr Herz einen Schlag aus.

Sie richtete sich auf und hielt den Gegenstand vorsichtig mit zwei Fingern gegen das schwache Licht, um besser sehen zu können.

Im Unterbewusstsein nahm sie einen bekannten Duft wahr und reagierte blitzschnell. Sie warf den Metallgegenstand zurück und klammerte sich an der Kante des Kofferraums fest. Unter Aufbietung all ihrer Kräfte machte sie einen Satz zurück und trat mit beiden Beinen nach hinten aus. Mit einem dumpfen Schlag traf sie die Person hinter sich. Ein ersticktes »Uff« und ein schwerer Fall gegen das Garagentor bestätigten, dass der schwere Tritt getroffen hatte. Dennoch war es dem Angreifer gelungen, ebenfalls einen harten Treffer zu landen. Doch statt Irenes Kopf, wie beabsichtigt, traf er die Wade. Irene spürte, wie etwas barst. Eine Sekunde später hatte sie bereits jedes Gefühl im rechten Fuß verloren. Das Bein trug sie nicht mehr.

Sie warf sich auf dem linken Bein herum und sah, wie Carina sich an das Garagentor gestützt aufzurichten suchte. Sie hielt die linke Hand gegen das Brustbein gepresst, wo der Tritt sie erwischt hatte. Als Irene Carinas Kleider sah, musste sie an Ninja-Krieger denken. Sie trug schwarze Trikothosen und ein enges schwarzes T-Shirt. Unter dem T-Shirt zeichneten sich ihre gut trainierten Muskeln ab.

Wo war Tommy? Warum war er Carina nicht gefolgt? Er musste doch gesehen haben, wie sie sich in die Garage geschlichen hatte. Aus den Augenwinkeln sah Irene in diesem Augenblick eine halb offene Tür direkt neben dem Garagentor. Da verstand sie, dass man die Garage auch durch das Kellergeschoss betreten konnte. Tommy hatte keine Ahnung, was sich hier gerade abspielte. Und dass sie gerade Irenes Unterschenkel mit einem großen und schweren Engländer zerschlagen hatte, konnte er auch nicht wissen.

Carina hatte sich jetzt wieder auf die Füße gearbeitet und

beugte sich zum Engländer vor. Sie stöhnte laut, als sie sich bewegte, was Irene unerhört freute. Das Brustbein und einige Rippen waren wahrscheinlich gebrochen. Ihre Voraussetzungen waren jetzt nicht mehr so unausgewogen. Der größte Unterschied war jedoch, dass Carina eine Waffe in der Hand hielt, während Irene unbewaffnet war. Aber Irene war im Jiu-Jitsu sehr weit gekommen, und von diesem Kampfsport verstand Carina vermutlich überhaupt nichts. Auf Carinas Pluskonto war zu verbuchen, dass sie extrem stark und durchtrainiert war und außerdem vollkommen verrückt und lebensgefährlich.

So schnell sie konnte, wich Irene ins Innere der Garage zurück, um das Auto zwischen sich und Carina zu bringen. Hinter der Motorhaube wurde es eng. Das streikende Bein behinderte sie und machte ihre Bewegungen unbeholfen. Irene übertrieb ihre Probleme, um ihrer Angreiferin das Gefühl der Sicherheit zu geben. Ein triumphierendes Funkeln tauchte jetzt in Carinas wahnsinnigen Augen auf. Sie verzog die Oberlippe zu einem höhnischen Grinsen und begann, sich Irene zu nähern. Diese stand jetzt auf der anderen Seite der Motorhaube des Mazda. Carina fixierte sie. Ziemlich lange verweilten sie so, ohne etwas zu sagen. Schließlich brach Irene das Schweigen.

»Carina. Machen Sie nicht alles nur noch schlimmer. Meine Kollegen wissen, dass ich bei Ihnen bin. Sie stehen bereits unter Verdacht und haben keine Chance, davonzukommen. Es ist vollkommen sinnlos, dass Sie jetzt noch über mich …«

Carina stieß ein Geräusch aus, das einem Ruf und einem Zischen glich. Dann sprang sie auf den Kühler des Mazda. Den Engländer hielt sie schräg vor sich. Sie plante offenbar einen kräftigen Rückhandschlag auf Irenes Kopf.

Das passte dieser perfekt. Sie machte zwei Schritte zurück, bis sie mit dem Rücken gegen die Wand stieß. Jetzt sah sich Carina gezwungen, vom Kühler herabzuspringen und mindestens einen Schritt auf Irene zuzugehen. Geschmeidig hüpfte

Carina herab. Sie hielt den Engländer immer noch in der Rückhandposition und war vollkommen unvorbereitet, als Irene einen Schritt nach vorne machte und den Schlag mit ihren beiden Unterarmen abwehrte. Sie bekam Carinas Arm zwischen ihren beiden Unterarmen zu fassen. Ehe sich Carina noch von ihrer Überraschung erholt hatte, warf sich Irene nach rechts und zog Carina dabei mit sich. Sie legte Carina in einem regelrechten shi-ho-nage zu Boden. Das Adrenalin bewirkte, dass sie härter als nötig zupackte. Carina schrie laut auf und ließ den Engländer widerstandslos fallen. Irene bekam ihn zu fassen und hob ihn hoch.

Glücklicherweise hatte sie noch nicht alles aus ihrer Zeit als Handballspielerin vergessen. Sie traf das Fenster neben dem Garagentor genau in der Mitte. Es lag zwei Meter über dem Zementfußboden direkt unter dem Dach. Mit einem lauten Klirren splitterte die Scheibe, und mit einem metallischen Klappern fiel der Engländer auf die Erde vor der Garage.

Es war, als hätte das Klirren der Scheibe Carina zu neuem Leben erweckt. Sie begann sich unter Irene zu aalen und spannte ihren starken, sehnigen Körper. Carina war die stärkere von ihnen, aber Irene beherrschte Kampftechnik. Der Schweiß lief ihr den Rücken hinunter, als sie versuchte, Carinas Bemühung, sich zu befreien, abzublocken. Obwohl Irene Carinas Hand in einem harten Sicherungsgriff hielt, schien diese keinen Schmerz zu empfinden. Irenes einzige Chance bestand darin, festzuhalten und den Druck zu erhöhen. Schließlich krachte es im Handgelenk und Carina schrie wie von Sinnen. Durch Carinas Gebrüll hörte Irene, wie Tommy an das verschlossene Garagentor klopfte und etwas Unverständliches rief. Anschließend hörte sie ihn davonlaufen. Sekunden später hielt ein Auto mit quietschenden Reifen vor der Garage. Irene sah Tommys Kopf und Schultern auf der anderen Seite des kaputten Fensters. Er hatte ihren Wagen unter dem Fenster geparkt und stand auf der Motorhaube. Mit dem Engländer schlug er die restlichen Glassplitter aus dem Fensterrahmen.

Dann streckte er die Hand hindurch und öffnete es. Das Fenster war groß genug, um hindurchklettern zu können. In Irenes Bein klopfte es. Es tat fürchterlich weh. Ihre Kräfte ließen nach und sie brauchte dringend Verstärkung.

Tommy zog Handschellen aus der Tasche. Mit vereinten Kräften gelang es ihnen, Carina zu bändigen. Sie schrie und wehrte sich aus Leibeskräften. Sicher tat ihr das gebrochene Handgelenk fürchterlich weh, aber sie trat immer noch mit aller Kraft um sich. Schließlich fesselte ihr Tommy auch noch die Beine und setzte sich darauf.

»Für Sie ist die Sache jetzt vorbei. Alles ist vorbei«, sagte er hart.

Die Wirkung ließ keine Sekunde auf sich warten. Carina regte sich nicht mehr und richtete ihren Blick auf Tommy. Könnten Blicke töten, hätte sie jetzt ein viertes Opfer auf dem Gewissen gehabt. Oder ein fünftes, wenn man Nils Peterzén mitrechnete.

KAPITEL 22

Sie weigert sich, zu reden. Um offen zu sein, bin ich mir nicht mal sicher, ob sie hört, was ich sage.«

Die Staatsanwältin Inez Collin sah aufrichtig bekümmert aus. Ein teurer Schuh aus Ziegenleder in einem dunklen Bordeauxton an ihrem einen Fuß wippte ungeduldig auf und nieder. Irene bewunderte die Farbsicherheit der Staatsanwältin. Die Schuhe hatten denselben Farbton wie ihr Kostüm, das aus einer Jacke und einem bis zu den Knien reichenden Rock bestand. Die professionell lackierten Fingernägel waren ebenfalls weinrot, die Bluse war aus einer schimmernden, hellgrauen Seide. Die dünnen Nylonstrümpfe nahmen den Grauton wieder auf. Phantastischerweise war dieses Grau mit der Augenfarbe der Staatsanwältin identisch. Wie machte sie das nur? Gefärbte Kontaktlinsen vielleicht? Wohl nicht! Inez Collin hatte immer dieselben grauen Augen und dasselbe stramm hoch geflochtene, platinblonde Haar gehabt. Irene bewunderte sie, weil sie gut aussehend und klug war. Aber nicht einmal sie bekam Carina Löwander klein.

Carina schwieg wie eine Mauer. Drei Stunden am Tag trainierte sie in ihrer Zelle. Die Musik dazu kam aus einem kleinen Kassettenrekorder. Das war das Einzige, was man ihr in der U-Haft zugestanden hatte. Der gegipste Unterarm und die angebrochene Rippe schienen sie nicht weiter zu stören. Wenn die Ermittler versuchten, sie zu verhören, saß sie einfach nur mit einem abwesenden und höhnischen Lächeln auf den Lippen da und starrte leer gegen die Wand. Eine rechtspsychiatrische Untersuchung war bereits beantragt. Bis dahin würde es jedoch dauern. Die Ermittlungsgruppe wollte ihre offenen Fragen gerne vorher beantwortet haben.

»Das Schwierige an der Beweisführung ist, dass nur Carina selber beantworten kann, wie die Morde abgelaufen sind und warum sie sie verübt hat. Eigentlich haben wir nur sehr dürftige Beweise. Unser Trumpf ist natürlich die Taschenlampe, die im Kofferraum ihres Wagens gefunden wurde. Dass sie diese Taschenlampe behalten hat, auf der ›Intensiv‹ und die Initialen M. S. eingraviert sind! Die Haare in der Reisetasche sowie die Fingerabdrücke stammen ebenfalls von ihr. Nichts davon beweist jedoch, dass die Morde wirklich sie begangen hat. Das Einzige, was wir de facto in der Hand haben, ist der Mordversuch an der Inspektorin Huss«, sagte Inez Collin.

»Sie war verdammt tüchtig, alle Zeugen aus dem Weg zu räumen«, brummelte Kommissar Andersson.

»Eine entging ihr jedoch«, sagte Birgitta Moberg.

Sie machte eine Kunstpause, bevor sie fortfuhr:

»Siv Persson. Ich habe sie gestern Abend in London angerufen. Sie kommt heute Nachmittag mit ihrem Sohn nach Hause.«

»Sie wird nie zugeben, dass es sich nicht um ein Gespenst gehandelt hat!«, schnaubte Jonny.

»Das hat sie bereits getan. Ich glaube, es war der erste Schock, der sie so felsenfest daran glauben ließ, dass sie ein Gespenst gesehen hätte. Am Telefon hat sie etwas Interessantes zu mir gesagt: ›Jetzt hat sie angefangen, mir den Kopf zuzuwenden. Bald sehe ich, wer es ist.‹ Als ich sie fragte, wie sie das meint, erwiderte sie: ›Genau so.‹ Vielleicht erkannte sie Carina ja doch«, meinte Birgitta.

»Die Alte ist vollkommen übergeschnappt«, sagte Jonny.

Irene bewegte vorsichtig ihr eingegipstes Bein. Unter dem Gips juckte es. Die Operation der vom Knochen abgerissenen Sehnen war gut verlaufen, aber sie würde ein paar Wochen lang einen Gips tragen müssen. Glücklicherweise hatten die Knochen gehalten: Knochenerweichung hatte bei ihr wohl noch nicht eingesetzt.

Inez Collin sah lange auf Irenes eingegipstes Bein. Nachdenklich legte sie den Kopf zur Seite. Schließlich sagte sie:

»Ein gegipstes Bein sieht wirklich eindrucksvoll aus. Viel schlimmer als ein gegipstes Handgelenk.«

Die versammelte Ermittlungsgruppe sah höflich erstaunt aus. Nachdenklich meinte die Staatsanwältin:

»Ich denke daran, welcher Persönlichkeitstyp Carina ist. Ich habe den Eindruck, sie findet, dass sie über allen anderen steht. Cleverer. Schöner. Stärker. Sie findet, dass sie das Recht hat, zu allen Mitteln zu greifen, um ihre Ziele zu erreichen. Eine Psychopathin. Ich glaube, sie ist so eitel wie die meisten Psychopathen. Sehr eitel. Vielleicht sollten wir uns das zu Nutze machen.«

Schnell skizzierte sie ihre Strategie. Erst protestierte Irene lautstark, ließ sich zum Schluss aber überzeugen. Es war wirklich einen Versuch wert.

Sie liehen sich einen Rollstuhl von der Einsatzzentrale. Irene setzte sich, und ihre Kollegen halfen ihr, die Beinstütze auszuklappen. Das gegipste Bein vor sich ausgestreckt sah sie in der Tat ziemlich kläglich aus. Wehrlos und verletzlich.

Fredrik Stridh sollte Pfleger spielen. Mit quietschenden Reifen fuhr er sie in den Aufzug, um noch durch die Türen zu kommen, die sich gerade schlossen. Er drückte auf einen der oberen Knöpfe, und sie fuhren ins Stockwerk, wo das Untersuchungsgefängnis untergebracht war.

Carina war eben erst aus der Dusche gekommen. Sie saß da und trocknete sich ihre Haare mit einem Handtuch. In der kahlen Zelle roch es gut, weiblich. Ein teures Parfüm, das ganz schwach nach Kokos duftete. Dieser Duft hatte Irene in der Garage gewarnt, dass sie nicht mehr alleine war. Der Aufenthalt in Untersuchungshaft hatte Carinas Sonnenbräune noch nicht verblassen lassen. Nicht zu fassen, dass diese schöne Frau eine mehrfache Mörderin ist, dachte Irene.

Fredrik trat als Erster in die Zelle und sagte.

»Hallo. Sie haben Besuch.«

Ohne auf eine Antwort zu warten, trat er wieder auf den Korridor und schob Irene mit dem Rollstuhl in die Zelle. Carina hörte damit auf, sich die Haare trockenzurubbeln, und sah Irene durchdringend an. Sie sagte immer noch nichts.

Fredrik meinte:

»Wirklich nicht schön, wie Sie der armen Irene zugesetzt haben. Das Bein ist glatt durchgebrochen! Sie ist mehrere Monate lang krankgeschrieben!«

Das Letzte sagte er nur, weil er sich etwas zu lebhaft in Irenes Rolle hineinversetzt hatte. Carina schien nicht zu reagieren, ihre Augen blitzten jedoch interessiert auf, als sie Irenes eingegipstes Bein näher betrachtete.

Irene beeilte sich, fortzufahren:

»Sie sind wirklich stark. Das war die übelste Schlägerei, die mir je untergekommen ist. Ich muss zugeben, dass Sie die stärkste und intelligenteste Person sind, die mir je begegnet ist. Unglaublich durchtrainiert!«

Irene verstummte. Sie fragte sich, ob sie wohl zu dick aufgetragen hatte. Offenbar nicht, denn auf Carinas Lippen breitete sich ein zufriedenes Lächeln aus. Sie schien auf jeden Fall zuzuhören. Das bestärkte Irene, und sie fuhr fort:

»Das Schlauste war natürlich, sich die Schwesterntracht von Schwester Tekla anzuziehen, die Sie in der Reisetasche gefunden hatten. Hätte Sie jemand gesehen, hätte er glauben müssen, das Klinikgespenst vor sich zu haben. Wirklich clever.«

Zu Irenes Erstaunen ging Carina darauf ein:

»Es lief wirklich alles wie am Schnürchen. Die abergläubischen Weiber glaubten, dass ich das Gespenst bin.«

Dann verstummte sie, aber ihr Gesichtsausdruck war nicht so abwesend wie sonst. Sie schien zufrieden zu sein.

»Was ich nicht verstehe, ist, warum Linda sterben musste. Obwohl sie natürlich versucht hatte, sich Ihren Mann unter den Nagel zu reißen...«, sagte Irene.

Carinas Blick drückte grenzenlose Verachtung aus, als sie antwortete:

»Was sie und Sverker in der Bereitschaftswohnung trieben, war mir völlig egal! Es ging um die Klinik! Ich hatte den Plan, sie in eines der feinsten Fitnesscenter von Göteborg umzubauen! Was ich mir schon für eine Arbeit mit den Zeichnungen und der Planung gemacht hatte! Und dann kommt dieses Miststück und versucht Sverker dazu zu überreden, sich scheiden zu lassen!«

»Sagte er wirklich, dass er sich scheiden lassen will?«, fragte Irene und versuchte, ihre Stimme empört klingen zu lassen.

»Ich habe sie gehört...!«

Carina hielt inne und warf Irene einen misstrauischen Blick zu. Aber diese wusste, was sie zu tun hatte, und erwiderte ihn mitfühlend. Das ermunterte Carina und sie fuhr fort:

»Ich stand vor der Tür der Bereitschaftswohnung und habe sie belauscht. Das war am ersten Wochenende, nachdem wir aus Thailand zurück waren. Sverker hatte angeblich etwas Unaufschiebbares in der Klinik zu tun. Ich wusste, was ihn dorthin zieht, tat aber so, als sei nichts. Das kannte ich schließlich. Vor zwölf Jahren hatte ich es schließlich genauso gemacht. Ha! Ich wusste genau Bescheid. Aber ich folgte ihm... ich öffnete die Tür der Bereitschaftswohnung... und da hörte ich...«

Sie presste die Lippen zusammen. Ihre Augen waren schmale Schlitze. Sie zischte:

»Das konnte ich nicht zulassen! Meine Pläne und meine Klinik... es war ihr Fehler, dass sie starb. Sie hätte mit Sverker ruhig rummachen dürfen, wenn ihr das so sehr am Herzen lag. Aber sie wollte ihn heiraten. Diese verdammte Schlampe! Das war ausgeschlossen! Ich habe nicht das Geld, um die Klinik zu kaufen. Aber sie gehört ja Sverker, und wir sind schließlich immer noch verheiratet!«

Trotzig hob sie das Kinn und sah Irene direkt an, die eifrig und zustimmend nickte. Vorsichtig fragte sie:

»Wie sind Sie ins Krankenhaus gekommen? Sverker hatte doch wohl seinen Generalschlüssel zurückbekommen?«

Carina lächelte pfiffig und sagte in vertraulichem Ton:

»Ich habe nicht nur Pläne in Hildings Reisetasche gefunden. Dort lag auch ein Schlüsselbund mit Schlüsseln für die alte Villa. Und ein Generalschlüssel für die Klinik! Die Schlösser sind seit Jahren nicht mehr ausgetauscht worden. Natürlich hatte Hilding auch einen Generalschlüssel. Den hatte Sverker vollkommen vergessen!«

Der Triumph ließ das Gesicht von Carina aufleuchten. Sie war wirklich sehr mit sich zufrieden.

»Als Sverker anrief und sagte, dass er in der Klinik übernachten müsse, hatte ich sofort das Gefühl, dass sie dorthin kommen würde. Und ich wusste auch, wann. Sverker besitzt keine Phantasie. Die Schwesterntracht hatte ich bereits mitgenommen und zu Hause versteckt. Dann zog ich mich im Wäldchen um. Sie hätten mich sehen sollen, wie ich über die Wiese gegangen bin! Wenn mich jemand gesehen hätte, hätte ihn der Schlag getroffen!«

Unerwartet lachte Carina höhnisch. Irene stellte es die Nackenhaare auf. Ohne ihre Gefühle zu zeigen, sagte sie:

»Meine Güte, wie clever! Und doch hat Sie jemand gesehen: die Pennerin aus dem Geräteschuppen. Wussten Sie, dass sie dort hauste?«

Carina sah verärgert aus.

»Ich hab sie an Weihnachten bemerkt, als ich nach den Plänen suchte. Ein ekliges, altes Weib! Ich wusste, dass sie im Geräteschuppen wohnt. An diesem Abend hatte ich sie vergessen, aber ich wusste sofort, dass sie es sein musste, als ich später die Zeitung las. Da sie mich gesehen hatte… hielt ich es für das Beste, sie verschwinden zu lassen.«

»Sie sah Sie in die Klinik gehen. Sind Sie vor oder nach Linda in das Gebäude hinein?«, fragte Irene vorsichtig.

»Vorher. Ich habe drinnen auf sie gewartet. Sie sah sehr überrascht aus in ihren letzten Minuten!«

Wieder hallte ihr unheimliches Lachen zwischen den Mauern wider. Irene ließ sie zu Ende lachen und fragte dann erst:

»Aber was hatte Ihnen Marianne getan? Bedrohte sie ebenfalls Ihre Pläne?«

Eine Falte tauchte zwischen Carinas Augenbrauen auf.

»Sie hörte mich und Linda. Diese verdammte Linda hatte einen kleinen Rucksack in der Hand und den warf sie die Treppe runter, als ich … sie erwischte.«

»Sie standen also auf dem oberen Treppenabsatz vor dem OP-Trakt?«

»Ja. Hinter der Aufzugtür. Ich machte einfach nur einen Schritt vor, als sie aus dem Aufzug kam.«

Irene schauderte es.

»Wirklich gut ausgedacht. Aber Linda warf ihre Tasche die Treppe runter, und das hörte Marianne?«

»Ja. Ich ging nach unten, um den Rucksack zu holen, und da hörte ich, wie sich Marianne an der Klinke der Intensivstation zu schaffen machte. Ich kam gerade noch die Treppe wieder hoch, konnte Linda aber nicht mehr wegschaffen. Diese verdammte, dumme Nachtschwester begann die Treppe hochzugehen und zu rufen: ›Hallo? Bist du das, Linda?‹ Da wurde mir klar, dass ich auch sie zum Schweigen bringen musste. Und das tat ich dann.«

»Mit der Leine, an der Sie dann Linda aufhängten?«

»Sonst hatte ich nichts in der Hand.«

»Und dann haben Sie Linda vor die Tür zum Speicher gelegt und sind mit Mariannes Leiche im Aufzug nach unten gefahren. Wie kamen Sie auf die Idee, den Strom in der Klinik abzustellen?«

»Ich brauchte Zeit. Wegen der Nachtschwester brauchte ich

schließlich länger. Damit hatte ich nicht gerechnet. Ich wollte nicht, dass Sverker anfangen würde, in der Klinik herumzuschnüffeln. Nicht ehe ich fertig war jedenfalls.«

»Alles lief genauso, wie Sie es geplant hatten.«

Irene versuchte, ihre Stimme bewundernd klingen zu lassen. Ohne Vorwarnung beugte sich Carina vor und schlug hart auf Irenes Gips. Das tat höllisch weh und der Schmerzensschrei war alles andere als gespielt.

»Das tat weh«, stellte Carina zufrieden fest.

Irene jammerte noch etwas extra, ehe sie erneut ansetzte:

»Warum gingen Sie die große Treppe nach unten? Es bestand doch das Risiko, dass Siv Persson Sie sehen würde? Was sie ja auch tat.«

Als sie den Namen der Nachtschwester hörte, tauchte eine neuen Falte zwischen Carinas Augenbrauen auf. Sie saß einen Augenblick schweigend da, ehe sie antwortete:

»Gerade als ich den Speicher verließ und denselben Weg zurückgehen wollte, den ich gekommen war, hörte ich, wie Sverker die Tür der Intensivstation öffnete. Er war auf der Suche nach Marianne und Linda. Also ging ich schnell durch den OP-Trakt und die große Treppe hinunter. Da hat mich diese dumme Nachtschwester gesehen. Aber sie wurde vor Schreck ohnmächtig. So hatte ich es mir gedacht.«

Ein zufriedenes Lächeln umspielte Carinas Mundwinkel. Ihr Blick hatte eine seltsame Glut. Vertraulich beugte sie sich vor, und Irene bereitete sich auf den nächsten Schlag auf den Gips vor. Zu ihrer Verwunderung begann Carina stattdessen zu flüstern.

»Ich hörte, dass Sverker hinter mir herkam. Er kümmerte sich um die wirre Krankenschwester und überließ ihr seine Taschenlampe. Dann ging er die Treppe hinunter. Es fehlte nicht viel, und ich hätte einen Schritt vor gemacht. Um ihn zu erschrecken. Aber ich blieb dann doch lieber im Schatten und schaute zu, wie er den Polizisten die Tür öffnete. Dann lief ich die Treppe hinunter in den Keller. Anschließend brauchte ich nur noch quer durch den Keller zu gehen, die Treppe hinauf und durch die Hintertür ins Freie.«

Der Triumph umgab sie wie eine Korona. Irene lief es kalt den Rücken herunter. Entsetzen, das reine, ungeminderte Entsetzen, flößte diese Frau ihr ein. Ohne ihre Gefühle zu zeigen, sagte sie schmeichelnd:

»Dass Sie auch noch daran gedacht haben, Lindas Fahrrad wegzuschaffen. Deswegen kamen wir nie auf den Gedanken, dass sie in der Klinik sein könnte.«

»Auf der gefrorenen Wiese Fahrrad zu fahren, war leicht. Obwohl es im Park und unten am Bach dunkel war. Dann schob ich das Rad unter die Brücke und zog mir die Schwesterntracht aus.«

»Hatten Sie andere Kleider drunter?«

Irene riss die Augen gespannt auf. Sie übertrieb.

»Ja. Strumpfhosen und einen schwarzen Wollpullover. Obwohl es auf dem Speicher kalt war, brach mir der Schweiß aus, als ich … mit Linda beschäftigt war.«

Einen Augenblick lang wurde es still.

»Hatten Sie Ihren Wagen hinter dem Tannenwäldchen geparkt?«, fragte Irene.

»Ja. Von der Brücke zum Auto waren es nur ein paar Meter. Niemand sah mich.«

»Dass Sie nicht erfroren sind. Es waren schließlich fünfzehn Grad minus.«

»Ich hatte eine Jacke im Kofferraum.«

Irene war sich klar darüber, dass Carina jetzt den Fehler begangen hatte, Mariannes Taschenlampe in den Kofferraum zu werfen. Sie hatte vermutlich doch ziemlich unter Druck gestanden. Irene beschloss, die Taschenlampe noch nicht zu erwähnen. Carina war vermutlich nicht daran interessiert, über ihre Fehler zu sprechen.

»Sie waren wirklich unglaublich geschickt, alle Spuren zu verwischen. Dass Sie eine Gefahr in Siv Persson sahen, verstehe ich. Sie hätte Sie schließlich erkannt haben können. Aber warum stellte Anna-Karin Arvidsson ebenfalls eine Bedrohung dar?«

Carina sah nicht aus, als wollte sie antworten. Irene verstand, warum. Der Brandanschlag auf Anna-Karin war ein Fiasko gewesen. Das Opfer lebte noch.

Und über Fiaskos wollte Carina nicht sprechen. Irene war erstaunt, dass sie jetzt trotzdem etwas sagte:

»Ich wusste, dass Anna-Karin und Linda eng befreundet gewesen waren. Linda hatte zu Sverker gesagt, dass sie nicht einmal ihrer besten Freundin von ihrer Beziehung erzählt hätte. Da fragte Sverker, wer ihre beste Freundin sei. Darauf antwortete Linda: ›Anna-Karin.‹«

»Das hörten Sie also, als Sie Linda und Sverker in der Bereitschaftswohnung belauschten?«

»Ja. Ich konnte mich nicht darauf verlassen, dass Linda die Wahrheit gesagt hatte. Sie hatte Anna-Karin vielleicht doch etwas erzählt.«

Carina war unheimlich intelligent und intuitiv. Linda hatte ihrer Freundin wirklich alles erzählt, aber erst eine Woche später.

»Ich habe mir überlegt, wie Sie überhaupt noch etwas sehen konnten, nachdem Sie den Strom lahm gelegt hatten«, sagte Irene.

Carina sah erstaunt aus, als sie erwiderte:

»Aber das müssen Sie doch begreifen? Sie haben doch die Taschenlampe gefunden. Ich erinnerte mich plötzlich an diese Taschenlampe … als Sie runter in die Garage gingen.«

»Das war also die Taschenlampe, die Marianne in ihrer Kitteltasche hatte?«

»Ja.«

»Wir fanden auch einen Taschenkalender in ihrer Kitteltasche. Haben Sie den gesehen?«

»Ja. Aber der interessierte mich nicht.«

Marianne hatte offenbar Lindas Taschenkalender in der Kitteltasche gehabt, als sie ermordet wurde. Das konnte nur eins bedeuten: Er musste Linda aus ihrem Rucksack gefallen sein, als sie diesen die Treppe hinunterschleuderte. Carina hatte ihn übersehen, als sie dem Rucksack hinterhergelaufen war. Aber Marianne hatte ihn gefunden und gewusst, dass es Lindas war. Deswegen hatte sie auch Lindas Namen gerufen, als sie die Treppe hinaufgegangen war.

»Ich verstehe, dass Sie uns auf eine falsche Fährte locken und außerdem die Schwesterntracht beseitigen wollten, als Sie den Geräteschuppen angezündet haben. Und um alle Spuren von Gunnela Hägg zu beseitigen.«

Carina sah Irene stirnrunzelnd an.

»Gunnela Hägg. Hieß sie so?«

»Ja.«

Carina antwortete nicht. Sie starrte mit einem kalten, höhnischen Lächeln auf den Lippen gegen die Wand. Sie hatte sich wieder in sich selbst zurückgezogen und schien Irene nicht länger wahrzunehmen.

Irene nickte Fredrik zu. Dieser stand von seinem Stuhl neben der Tür auf und rollte den Rollstuhl auf den Korridor.

Dort stellte er das Tonband ab, das hinter Irenes Rücken verborgen gewesen war. Sie würden es nie bei Gericht verwenden können, aber es konnte der Staatsanwältin unschätzbare Informationen liefern, wie sie bei den Ermittlungen weiter vorgehen und die Anklage gestalten sollte.

»Geht jemand mit ein Bier trinken?«

Kurt Höök streckte seinen rotblonden Schopf durch die Tür von Irenes und Tommys Zimmer.

»Vielleicht nachher. Wir sind noch nicht ganz mit dem Abschlussbericht über die Löwander-Morde fertig«, sagte Tommy.

Kurt nickte und lächelte Irene an.

»Ihr wisst, wo ihr mich finden könnt.«

Er verschwand wieder auf dem Korridor. Tommy grinste Irene an.

»Wirklich ein Charmebolzen, dieser Höök.«

»Allerdings.«

Tommy wurde ernst und sah Irene nachdenklich an.

»Apropos Charmebolzen. Hast du Sverker Löwander von seiner richtigen Herkunft erzählt?«

»Nein. Du vermutlich auch nicht?«

»Nein.«

Irene streckte sich nach ihren Krücken aus. Sie stand auf und sagte:

»Jetzt finde ich, dass wir ein Bier trinken gehen sollten.«

»Yes.«

EPILOG

Es war eine sternenklare Nacht. Das Fest bei Tommy und Agneta war sehr nett gewesen, aber Irene hatte zu viel Wein getrunken. Glücklicherweise hatte sie Krister als Chauffeur. Er musste am Sonntag arbeiten. Das war auch der Grund dafür, dass sie kurz nach zwölf bereits auf dem Heimweg waren.

Sie befanden sich fast allein auf dem Delsjövägen. Plötzlich begann Sammie auf dem Rücksitz zu jaulen. Sie hatten ihn mitnehmen müssen, da die Zwillinge beide etwas vorgehabt hatten.

»Natürlich! Wir haben vergessen, mit dem Hund Gassi zu gehen, bevor wir losgefahren sind«, sagte Krister.

Irene erwachte aus ihrem weinseligen Schlummer und sah sich schlaftrunken um. Als sie erkannte, wo sie waren, sagte sie:

»Du kannst da vorne rechts einbiegen. Direkt hinter der Brücke kann man parken. Beim Tannenwäldchen. Da liegt der Park der Löwander-Klinik. Da führen eine Menge Leute ihre Hunde aus. Das weiß ich. Es ist erst knapp vier Wochen her, dass ich in der Hundescheiße herumgestiefelt bin.«

Krister fuhr über die kleine Brücke und parkte. Auf leicht wackligen Beinen stieg Irene aus dem Wagen.

»Bleib sitzen. Ich gehe«, sagte sie.

Tief atmete sie die kühle Nachtluft ein. Das machte sie munterer, eine Runde durch den Park würde sie vermutlich noch nüchterner machen.

Sammie war Feuer und Flamme. Begeistert begann er, am Rand des Tannenwäldchens herumzuschnüffeln. Irene ließ sich an der Leine mitschleifen.

Es dauerte eine Weile, bis sie begriff, dass sie in Richtung Park unterwegs waren. Sammie war auf dem Weg zur Laube. Es war dunkel, und Irene stolperte mehrere Male. Sammie hob immer wieder das Bein und zerrte an der Leine. In den Büschen musste etwas Interessantes liegen.

Sie hielt Sammie zurück. Sowohl Hund als auch Frauchen fuhren furchtbar zusammen, als es in den Büschen krachte und ein Reh auf die Wiese sprang.

Irene sah zu dem düsteren Klinikgebäude hinüber. Die blinden schwarzen Fenster blickten bedrohlich zurück. Ungewollt suchte sie mit den Augen das kleine Speicherfenster, hinter dem zwei Krankenschwestern in einem Abstand von fünfzig Jahren erhängt aufgefunden worden waren. Bei diesem Gedanken schauderte es sie. Im nächsten Augenblick ließ ihr der Schrecken das Blut in den Adern gerinnen.

Hinter dem Fenster der kleinen Dachgaube meinte sie die Konturen einer Person zu erkennen, die direkt vor dem Fenster stand. Eine schwach silberglänzende Handfläche wurde gegen die Scheibe gedrückt. Sie blieb auf ihr haften, bis sich die restliche Gestalt aufgelöst hatte und eins mit dem Dunkel geworden war.